"Todd é o maior fenômeno literário dessa geração."
— *Revista Cosmopolitan*

"Assim como aconteceu com *Crepúsculo*, eu queria largar tudo para ler. Todd, garota, você é uma gênia!"
— *Blog Once Upon a Twilight*

"O Mr. Darcy e a Lizzy Bennet da nossa geração… Ao pesquisar 'bad boy' no dicionário, deveria aparecer Hardin, *Belo desastre*, e Mr. Darcy."
— *Blog That's Normal*

"A única coisa que você pode esperar é que vai ser surpreendida."
— *Blog Vilma's Book*

"Anna Todd consegue fazer você gritar, chorar, rir, se apaixonar, ficar em posição fetal… Não importa se você leu ou não leu a versão de Wattpad, *After* é um livro imperdível — mas se prepare para sentir emoções que você não sabia que um livro poderia causar. E, se você leu a versão de Wattpad, o livro é dez vezes melhor."
— *Blog Fangirlish*

"Uma leitura muito divertida e cheia de drama, drama, drama… Este livro vai te dominar desde a primeira página."
— *Blog A Bookish Escape*

"Não consegui largar este livro! Levava ele comigo para todo lugar para poder consumir minha dose de Hessa a cada momento livre. Isso sim é ficar viciado desde a primeira página!"
— *Blog Grown Up Fangirl*

"Quero mais. ☹"
— *Leitores no mundo inteiro*

Também de Anna Todd:

After
After – Depois da verdade
After – Depois da esperança
After – Depois da promessa
Before – A história de Hardin antes de Tessa

ANNA TODD

AFTER
DEPOIS DO DESENCONTRO

Tradução

ALEXANDRE BOIDE
CAROLINA CAIRES COELHO

paralela

Copyright © 2014 by Anna Todd
Todos os direitos reservados.

Publicado em Língua Portuguesa por acordo com a Gallery Books, um
selo da Simon and Schuster, Inc.

A Editora Paralela é uma divisão da Editora Schwarcz S.A.

Grafia atualizada segundo o Acordo Ortográfico
da Língua Portuguesa de 1990, que entrou em vigor
no Brasil em 2009.

TÍTULO ORIGINAL After We Fell

CAPA Tamires Cordeiro/ Inspirada no design da capa do Grupo Planeta,
Espanha

IMAGEM DE CAPA © Shutterstock

IMAGEM DE MIOLO Departamento de Arte do Grupo Planeta, Espanha

PREPARAÇÃO Marina Vargas

REVISÃO Renata Lopes Del Nero e Thaís Totino Richter

Dados Internacionais de Catalogação na Publicação (CIP)
(Câmara Brasileira do Livro, SP, Brasil)

Todd, Anna
    After : depois do desencontro / Anna Todd ; tradução
Alexandre Boide e Carolina Caires Coelho. — 1ª ed. — São
Paulo : Paralela, 2015.

    Título original: After We Fell.
    ISBN 978-85-65530-86-6

    1. Ficção norte-americana I. Título.

15-02339   CDD-813.5

Índice para catálogo sistemático:
1. Ficção : Literatura norte-americana   813.5

14ª reimpressão

[2021]
Todos os direitos desta edição reservados à
EDITORA SCHWARCZ S.A.
Rua Bandeira Paulista, 702, cj. 32
04532-002 — São Paulo — SP
Telefone: (11) 3707-3500
editoraparalela.com.br
atendimentoaoleitor@editoraparalela.com.br
facebook.com/editoraparalela
instagram.com/editoraparalela
twitter.com/editoraparalela

*Para J., por me amar de um jeito que a maioria
das pessoas pode apenas sonhar.
E para os Hardins do mundo, que merecem
ter suas histórias contadas também.*

Prólogo

TESSA

Quando encaro o rosto familiar daquele estranho, sou inundada por lembranças.

Eu costumava ficar sentada, penteando o cabelo da minha Barbie. Muitas vezes, desejando que *eu* fosse a boneca: a vida dela era perfeita. Ela era linda e estava sempre bem-arrumada, como deveria. Seus pais deviam ter orgulho dela, na minha cabeça. Seu pai, fosse quem fosse, provavelmente era um grande executivo que viajava o mundo para garantir o sustento da família enquanto sua mãe ficava cuidando da casa.

O pai da Barbie nunca chegava em casa berrando e trançando as pernas. Não gritava com a mãe dela, obrigando Barbie a se esconder na estufa para fugir da barulheira e das louças sendo quebradas. E se, por acaso, algum pequeno mal-entendido simples de resolver causasse uma discussão entre seus pais, Barbie sempre podia contar com Ken, seu namorado loiro e perfeito, para fazer companhia a ela... até mesmo na estufa.

Barbie era perfeita, então devia ter uma vida perfeita, com pais perfeitos.

Meu pai, que foi embora nove anos atrás, está parado na minha frente, sujo e maltrapilho. Nada parecido com o que deveria ser, nada parecido com o que me lembro. Tem um sorriso no rosto enquanto me olha, e outra lembrança surge em minha mente.

Meu pai, na noite em que foi embora... o rosto impassível da minha mãe. Ela não chorou. Só ficou esperando que ele saísse porta afora. Naquela noite, ela mudou; nunca mais voltou a ser uma mãe amorosa. Ela se tornou uma pessoa dura, fria e infeliz.

Mas estava presente depois que ele decidiu não estar.

1

TESSA

"Pai?" Esse homem diante de mim não pode ser meu pai, apesar dos olhos castanhos tão familiares me encarando.

"Tessie?" Sua voz é mais áspera do que eu me recordava de minhas lembranças distantes.

Hardin se vira para mim, com os olhos faiscando, e depois para o meu pai.

Meu pai. Aqui neste lugar barra-pesada, vestindo roupas imundas.

"Tessie? É você mesmo?", ele pergunta.

Estou paralisada. Não tenho nada para dizer a esse bêbado usando a cara do meu pai.

Hardin põe a mão no meu ombro em uma tentativa de despertar uma reação. "Tessa..."

Dou um passo na direção do estranho, que sorri. Sua barba castanha tem fios grisalhos, e seu sorriso não é branco e limpo como eu me lembrava... como ele foi ficar assim? Toda a esperança de que meu pai tivesse mudado de vida como Ken se esvai, e a confirmação de que esse homem é mesmo meu pai me deixa mais abalada do que deveria.

"É, sou eu", alguém diz, e depois de um momento percebo que sou eu quem está falando.

Ele se aproxima de mim e me dá um abraço. "Não acredito! Você está aqui! Tenho tentado..."

Ele é interrompido por Hardin, que me puxa para me afastar. Dou um passo atrás, sem saber como agir.

O estranho — meu pai — olha para Hardin, depois para mim, assustado e perplexo. Mas logo assume uma postura mais relaxada e mantém a distância, o que para mim é melhor.

"Estou tentando encontrar você faz meses", ele diz, passando a mão na testa e deixando uma mancha de sujeira na pele.

Hardin fica na minha frente, pronto para atacar. "Eu estou morando aqui", respondo baixinho, olhando por cima do ombro de Hardin. Fico feliz por ele estar me protegendo, e nesse momento me dou conta de que ele deve estar absolutamente perplexo.

Meu pai se vira para ele, e o olha de cima a baixo por um tempo. "Uau. O Noah mudou um bocado."

"Não, esse é o Hardin", eu explico.

Meu pai se aproxima um pouco mais de mim, e percebo que Hardin fica tenso. Assim de perto, consigo sentir o cheiro dele.

Não sei se é por causa do álcool em seu hálito ou dos anos de bebedeira que ele confundiu os dois. Hardin e Noah são extremos opostos, e eu nunca comparei um com o outro. Meu pai passa um dos braços em volta de mim, e Hardin me lança um olhar, mas balanço a cabeça de leve para tranquilizá-lo.

"Quem é ele?" Meu pai mantém o braço em torno de mim por um tempo desconfortavelmente longo enquanto Hardin parece prestes a explodir — não necessariamente de raiva, percebo; ele só não faz ideia de como agir, ou do que dizer.

Na verdade somos dois. "Ele é meu... O Hardin é meu..."

"Namorado. Sou o namorado dela", ele complementa por mim.

O homem arregala os olhos castanhos quando por fim examina melhor a aparência de Hardin.

"Prazer, Hardin. Eu sou o Richard." Ele estende a mão suja para cumprimentar Hardin.

"Hã... Prazer." Hardin está claramente bastante... inquieto.

"O que vocês dois estão fazendo aqui?"

Aproveito a oportunidade para me afastar do meu pai e ficar ao lado de Hardin, que enfim se recompõe e me puxa para junto dele.

"O Hardin veio fazer uma tatuagem", respondo de forma automática. Minha mente é incapaz de processar o que está acontecendo.

"Ah... Legal. Eu também já fui a esse lugar."

Imagens do meu pai bebendo café antes de sair para o trabalho inundam a minha mente. Ele não era assim, nunca falou assim antes, e com certeza não tinha nenhuma tatuagem quando eu o conhecia. Quando eu era uma garotinha.

"Pois é, meu amigo Tom é tatuador." Ele levanta a manga da camisa e mostra algo que lembra um crânio tatuado no antebraço.

Aquilo não combina com ele, mas, olhando com mais atenção, talvez combine, sim. "Ah...", é tudo o que consigo dizer.

É uma situação estranha demais. Esse homem é meu pai, o homem que abandonou minha mãe e eu. E está aqui diante de mim... bêbado. E eu não sei o que pensar.

Uma parte de mim está empolgada — uma parte pequena, que me recuso a reconhecer no momento. Venho torcendo secretamente para encontrá-lo desde que minha mãe contou que ele estava de volta à região. Sei que é bobagem — uma idiotice, na verdade —, mas de alguma forma ele parece melhor do que antes. É um alcoólatra e provavelmente um sem-teto, mas sinto mais a sua falta do que gostaria de admitir, e talvez ele esteja só passando por uma fase difícil. Quem sou eu para julgar esse homem, sem saber nada sobre ele?

Quando dou uma olhada nele e no movimento da rua ao nosso redor, é bizarro constatar que o mundo continua a ser o mesmo de sempre. Eu podia jurar que o tempo tinha parado quando meu pai apareceu cambaleando na nossa frente.

"Onde você está morando?", pergunto.

O olhar defensivo de Hardin está grudado no meu pai, observando-o como se fosse um predador perigoso.

"Estou sem endereço fixo no momento." Ele limpa a testa com a manga da camisa.

"Ah."

"Estava trabalhando na Raymark, mas fui demitido", ele me conta.

Eu me lembro vagamente de ter ouvido o nome Raymark antes. Acho que é alguma fábrica. Ele virou operário?

"E você, o que anda fazendo? Já faz o quê... Uns cinco anos?"

Sinto que Hardin fica tenso quando respondo: "Não, faz nove anos".

"Nove anos? Desculpa, Tessie." Suas palavras saem um pouco enroladas.

Ouvir o apelido que ele usava para mim é de cortar o coração; ele só me chamava assim nos melhores momentos, quando me punha nos ombros e corria pelo quintal, antes de ir embora. Não sei o que fazer. Sinto

11

vontade de chorar por revê-lo depois de tanto tempo, de rir da ironia de encontrá-lo nessa situação, e também de gritar com ele por ter me abandonado. É atordoante vê-lo dessa maneira. Lembro dele como um bêbado, mas um bêbado agressivo, não um bêbado sorridente que mostra suas tatuagens e cumprimenta meu namorado. Talvez ele tenha se tornado um homem mais gentil...

"Acho melhor a gente ir", diz Hardin, olhando para o meu pai.

"Me desculpa, sério mesmo. Não foi tudo culpa minha. A sua mãe... você sabe como ela é." Ele tenta se defender, agitando as mãos diante do corpo. "Por favor, Theresa, me dá uma chance", o homem implora.

"Tessa...", Hardin me chama.

"Só um segundo", digo ao meu pai. Seguro Hardin pelo braço e o puxo para um pouco mais longe.

"O que diabos você está fazendo? Não está pensando em...", ele começa.

"Ele é meu *pai*, Hardin."

"Ele é um bêbado sem-teto, porra", ele retruca, irritado.

Meus olhos se enchem de lágrimas ao ouvir suas palavras duras mas verdadeiras. "A gente não se vê faz nove anos."

"Exatamente... porque ele abandonou você. Isso é uma perda de tempo, Tessa." Ele olha por cima de mim para o meu pai.

"Eu não ligo. Quero ouvir o lado dele."

"Tudo bem, beleza. Pensei que você fosse convidar o cara para ir até o apartamento ou coisa do tipo." Ele balança a cabeça.

"Se me der vontade eu convido. Se ele quiser ir, pode ir. A casa é minha também", retruco. Olho para o meu pai, com suas roupas sujas e em mau estado, olhando para o chão de cimento diante dele. Quando foi a última vez que dormiu em uma cama? Ou fez uma boa refeição? Pensar nisso me dá um aperto no coração.

"Você não pode estar pensando em levar esse cara para nossa casa", Hardin diz, passando os dedos pelos cabelos em seu gesto habitual de frustração.

"Não para morar com a gente nem nada... só por uma noite. Nós podemos fazer um jantar", sugiro. Meu pai ergue a cabeça e me olha nos olhos. Eu desvio o olhar quando ele sorri.

"Um *jantar*? Tessa, ele é um bêbado maldito que sumiu por quase dez anos... e você quer fazer um jantar para ele?"

Com vergonha do descontrole de Hardin, eu o puxo pela gola da camiseta mais para perto e falo baixinho: "Ele é meu *pai*, Hardin, e eu já cortei relações com a minha mãe".

"Isso não significa que tenha que voltar a falar com *esse* cara. Isso não vai terminar bem, Tess. Você é boazinha demais, mesmo com pessoas que não merecem."

"É importante para mim", respondo, e o olhar dele se suaviza um pouco antes mesmo de eu apontar as contradições de suas objeções.

Ele solta um suspiro e mexe nos cabelos, frustrado. "Merda, Tessa, isso não vai terminar bem."

"Você não tem como saber, Hardin", sussurro e olho para o meu pai, que está alisando a barba. Sei que Hardin pode ter razão, mas devo a mim mesma uma tentativa de conhecer melhor esse homem, ou pelo menos ouvir o que ele tem a dizer.

Volto para falar com o meu pai, e uma apreensão instintiva faz minha voz vacilar um pouco. "Quer ir jantar lá em casa?"

"Sério?", ele pergunta, com o rosto iluminado de esperança.

"Sério."

"Tudo bem! É, tudo bem!" Ele sorri, e por um breve momento o homem das minhas lembranças aparece — o homem que ele era antes de ser dominado pela bebida.

Hardin não diz uma palavra enquanto caminhamos até o carro. Sei que ele está irritado, e entendo por quê. Mas também sei que o pai dele mudou para melhor — é quem administra nossa universidade, caramba. Será que sou muito ingênua por esperar uma mudança similar no meu pai?

Quando chegamos mais perto do carro, meu pai pergunta: "Uau... esse é o seu carro? É um Capri, certo? Modelo do anos setenta?"

"É." Hardin se acomoda no banco do motorista.

Meu pai não questiona a resposta seca de Hardin, e fico contente por isso. O rádio está baixo e, assim que Hardin liga o motor, nós dois estendemos a mão para aumentar o volume, na esperança de que a música preencha o silêncio constrangedor.

Durante todo o caminho até o apartamento, fico me perguntando o que a minha mãe ia achar disso tudo. Só de pensar nisso sinto um calafrio, e tento desviar o foco para minha mudança para Seattle.

Não, é quase pior. Não sei como falar sobre esse assunto com Hardin. Fecho os olhos e encosto a cabeça na janela. A mão quente de Hardin cobre a minha, e meus nervos começam a se acalmar.

"Uau, é aqui que vocês moram?" Meu pai fica boquiaberto no banco traseiro quando paramos na garagem do prédio.

Hardin me olha como quem diz "vai começar", e eu respondo: "É, mudamos para cá tem uns meses".

No elevador, fico vermelha ao notar o olhar protetor de Hardin, e abro um meio sorriso em uma tentativa de acalmá-lo. Parece funcionar, mas estar em casa na companhia de um quase desconhecido é esquisito demais, e começo a me arrepender de tê-lo convidado. Só que é tarde demais.

Hardin abre a porta e entra sem olhar para trás, indo direto para o quarto sem dizer nada.

"Já volto", digo para o meu pai e viro as costas, deixando-o sozinho na entrada do apartamento.

"Será que posso usar o banheiro?", ele pede atrás de mim.

"Claro. Fica ali no corredor", respondo, apontando para a porta do banheiro sem olhar.

No nosso quarto, Hardin está sentado na cama, tirando as botas. Ele olha para a porta e faz um gesto para que eu a feche.

"Eu sei que você está bravo comigo", comento baixinho enquanto vou até ele.

"Estou mesmo."

Seguro o rosto dele entre as mãos, acariciando suas bochechas com meus polegares. "Não é para ficar."

Ele fecha os olhos ao sentir meu toque, e sinto seus braços enlaçando minha cintura. "Ele vai magoar você. Só estou tentando impedir que isso aconteça."

"Ele não tem como me magoar... o que pode fazer comigo? Já estamos afastados um do outro há tanto tempo..."

"Ele deve estar lá fora enfiando nossas coisas no bolso agora mesmo", Hardin responde bufando, e eu não consigo segurar o riso. "Não tem graça nenhuma, Tessa."

Solto um suspiro e puxo o queixo dele para cima, forçando-o a olhar para mim. "Que tal você ser menos negativo e se animar um pouco? As coisas já estão bem confusas sem você fazendo cara feia e me pressionando ainda mais."

"Não estou fazendo cara feia. Só estou tentando proteger você."

"Não precisa fazer isso... ele é meu pai."

"Ele não é seu pai..."

"Por favor?" Passo meu polegar por seus lábios, e a expressão dele se atenua.

Soltando outro suspiro, ele finalmente responde: "Tudo bem, vamos jantar com o cara, então. Vai saber qual foi a última coisa que ele comeu sem pegar em uma lata de lixo qualquer."

Meu sorriso desaparece e meus lábios começam a tremer involuntariamente. Ele percebe.

"Desculpa. Não chora." Ele suspira. Hardin não parou de suspirar desde que encontramos meu pai do lado de fora do estúdio de tatuagem. Ver Hardin *preocupado* — mesmo que, como todos os seus outros sentimentos, a preocupação se misture com a raiva — só torna a situação ainda mais surreal.

"Não volto atrás em nada do que disse, mas vou tentar não agir como um babaca." Ele fica de pé e me dá um beijo no canto da boca. Quando saímos do quarto, ele murmura: "Vamos lá alimentar o mendigo", o que não ajuda muito a melhorar meu humor.

O homem na sala de estar não poderia estar mais deslocado, olhando ao redor, observando os livros nas prateleiras.

"Vou fazer o jantar. Quer ficar vendo tevê?", sugiro.

"Posso ajudar?", ele se oferece.

"Hã, tudo bem." Abro um meio sorriso, e ele me segue até a cozinha. Hardin fica na sala, preferindo manter distância, como eu imaginava.

"Não acredito que você já está adulta, morando sozinha", meu pai comenta.

Pego um tomate na geladeira enquanto tento reorganizar meus pensamentos. "Estou fazendo faculdade na wcu. O Hardin também", respondo, omitindo deliberadamente o fato de que ele está prestes a ser expulso.

"Sério? Na wcu? Uau." Ele se senta à mesa, e percebo que suas mãos estão limpas. A mancha de sujeira no rosto não está mais lá, e uma marca molhada no ombro da camisa me revela que ele estava tentando deixá-la mais limpa. Ele está nervoso também, e perceber isso faz com que eu me sinta melhor.

Quase conto sobre Seattle e sobre o novo e empolgante rumo que minha vida está tomando, mas ainda preciso conversar com Hardin. O reaparecimento do meu pai representa mais um desvio de rota no meu plano inicial. Não sei com quantos problemas vou ser capaz de lidar ao mesmo tempo antes que tudo acabe desabando em cima de mim.

"Eu queria ter estado por perto para ver tudo isso acontecer. Sempre soube que você ia ser alguma coisa na vida."

"Mas você *não estava* por perto", respondo secamente. Sinto uma pontada de culpa assim que digo essas palavras, mas não me arrependo.

"Eu sei, mas agora estou, e quero compensar isso."

Essa resposta, apesar de simples, é também um pouco cruel, porque me dá esperanças de que ele talvez não seja tão ruim no fim das contas, de que só esteja precisando de ajuda para parar de beber.

"Você está... Você ainda bebe?"

"Bebo." Ele olha para baixo. "Não tanto quanto antes. Sei que não é o que parece, mas os últimos meses foram difíceis, só isso."

Hardin aparece na porta da cozinha, e sei que está se esforçando para ficar em silêncio. Espero que consiga.

"Eu vi a sua mãe algumas vezes."

"Ah, é?"

"É. Ela não quis contar onde você estava, mas parece muito bem", ele comenta.

É muito estranho ouvi-lo falar da minha mãe. Ouço a voz dela na minha cabeça, me dizendo que esse homem abandonou a gente. Que é por causa dele que ela é assim.

"O que aconteceu... entre vocês?" Coloco peitos de frango na panela, e ouço o óleo estalar e espirrar enquanto espero pela resposta. Não queria me virar e olhar para a cara dele depois de fazer uma pergunta tão direta e abrupta, mas também não consegui não perguntar.

"A gente não se entendia. Ela sempre quis mais do que eu poderia oferecer, e você sabe bem como é sua mãe."

Eu sei muito bem, mas não gosto da maneira como ele fala dela, com um tom depreciativo.

Transferindo a culpa da minha mãe de volta para ele, eu me viro rapidamente e pergunto: "Por que você não me ligou?".

"Eu *liguei*... sempre ligava. E mandei presentes no seu aniversário todos os anos. Ela nunca contou para você, né?"

"Não."

"Bom, é verdade... eu fiz tudo isso. Senti muita saudade nesse tempo todo. Nem acredito que estou aqui com você agora." Os olhos dele se enchem de lágrimas e sua voz parece vacilar. Ele se levanta e se aproxima de mim; não sei como reagir. Eu não conheço mais esse homem, acho que nunca conheci.

Hardin entra na cozinha para criar uma barreira entre nós, e mais uma vez fico contente por ele interferir. Não sei o que pensar de tudo isso. Preciso manter alguma distância física entre esse homem e eu.

"Sei que você nunca vai me perdoar." Ele quase chora, e eu sinto um frio na barriga.

"Não é isso. Só preciso de um tempo antes de deixar você entrar na minha vida de novo. A gente nem se conhece", eu respondo, e ele balança a cabeça.

"Eu sei, eu sei." Ele senta de novo à mesa, e me deixa terminar de preparar o jantar.

2

HARDIN

O merda do doador de esperma da Tessa limpa dois pratos de comida sem nem parar para respirar direito. Aposto que estava morrendo de fome, morando na rua e tudo mais. Não é que eu não me sinta mal pelas pessoas que não têm muita sorte na vida e passam por situações difíceis — meu problema é com esse cara, que é um bêbado e abandonou a filha, então não sinto nem um pouco de pena dele.

Depois de engolir um copo d'água, ele sorri para a minha menina. "Você é uma ótima cozinheira, Tessie."

Acho que vou dar um berro se ele chamá-la assim de novo.

"Obrigada." Tessa sorri, porque *ela* é uma pessoa boa. Dá para ver a encenação dele fazendo efeito, tentando curar as feridas que provocou quando a abandonou ainda criança.

"É sério. Você precisa me ensinar essa receita algum dia."

Para preparar *onde*? Na sua cozinha imaginária?

"Claro", ela responde, e fica de pé para tirar o prato, pegando o meu também.

"Acho melhor eu ir andando. Adorei o jantar", diz Richard — ou *Dick*, o cretino —, ficando de pé.

"Não, você pode... Pode passar a noite aqui se quiser. A gente leva você de volta... para *casa* de manhã", ela diz, sem saber se escolheu as palavras certas para descrever a situação.

Eu só sei de uma coisa: não estou gostando nada dessa merda toda.

"Seria ótimo", responde Dick, esfregando os braços.

Deve estar se coçando por uma bebida, esse cretino de merda.

Tessa abre um sorriso. "Legal. Vou pegar um travesseiro e um lençol lá no quarto." Olhando para o pai e depois para mim, ela deve ter percebido o que estou achando de tudo isso, porque me pergunta: "Vocês vão ficar bem aqui sozinhos por dois minutos, né?".

O pai dela dá risada. "Claro, preciso mesmo conhecer melhor o Hardin."

Ah, não, não precisa me conhecer coisa nenhuma.

Ela franze a testa ao olhar para mim e nos deixa sozinhos na cozinha.

"Então, Hardin, onde foi que você conheceu a minha Tessa?", ele pergunta. Escuto quando ela fecha a porta, e espero mais um pouco para me certificar de que não está ouvindo. "Hardin?", ele repete.

"Vamos deixar uma coisa bem clara", eu começo, e me inclino sobre a mesa na direção dele, que fica tenso. "Ela não é a *sua* Tessa... é *minha*. E sei muito bem o que você está armando, então não pense nem por um segundo que eu vou cair nessa."

Ele ergue as mãos, todo manso. "Não estou armando nada. Eu só..."

"O que você quer, dinheiro?"

"Quê? Claro que não. Eu não quero dinheiro. Só quero voltar a ter uma relação com a minha filha."

"Você teve nove anos pra fazer isso, mas só está aqui porque vocês se encontraram por acaso em uma porra de um estacionamento. É bem diferente de procurar por ela", rosno, já imaginando minhas mãos apertando o pescoço dele.

"Eu sei." Ele sacode a cabeça, olhando para baixo. "Sei que fiz um monte de besteira, mas vou compensar tudo isso."

"Você está bêbado... agora mesmo, sentado na minha cozinha, você está bêbado, caralho. Eu sei reconhecer. E não tenho nenhuma pena de um homem que abandona a família e nove anos depois ainda não conseguiu dar um jeito na própria vida."

"Eu sei que as suas intenções são boas, e é bom ver que você quer proteger a minha filha, mas não vou estragar tudo desta vez. Só quero uma chance de me entender com ela... e com você."

Fico em silêncio, tentando acalmar meus pensamentos furiosos.

"Você é muito mais agradável quando ela está por perto", ele comenta baixinho.

"A sua encenação é muito mais malfeita quando ela não está por perto", eu retruco.

"Você tem todo o direito de não confiar em mim, mas só estou pedindo uma chance. Por ela."

"Se ela se magoar por sua causa, acabo com você." Talvez eu devesse me sentir mal por ameaçar o pai de Tessa desse jeito, mas só o que sinto por esse bêbado patético é raiva e desconfiança. Meus instintos me dizem para protegê-la, e não para ficar com dó de um bêbado desconhecido.

"Isso não vai acontecer", ele promete.

Eu reviro os olhos e tomo um gole da minha água.

Pensando que me convenceu, ele tenta ser engraçado: "Essa conversa... nossos papéis estão invertidos, sabia?".

Eu ignoro e vou para o quarto. É o melhor a fazer, antes que Tessa volte para a cozinha e me encontre estrangulando o pai dela.

3

TESSA

Quando Hardin entra pisando duro no quarto, estou com um travesseiro, um lençol e uma toalha nas mãos.

"Tudo bem, o que foi que aconteceu?", pergunto, esperando ele explodir e reclamar por eu ter convidado meu pai para dormir aqui sem falar com ele antes.

Hardin vai até a cama e deita, depois olha para mim. "Nada. A gente só conversou. Depois achei que já tinha passado tempo demais fazendo sala para o nosso hóspede e decidi vir pra cá."

"Por favor, me diz que você não pegou pesado com ele." Eu mal conheço o meu pai. A última coisa que quero é que as coisas fiquem ainda mais tensas.

"Eu nem encostei nele", Hardin responde e fecha os olhos.

"Acho que vou levar a roupa de cama para ele e me desculpar pelo seu comportamento, como sempre", digo, irritada.

Na sala, encontro meu pai sentado no chão, mexendo nos buracos da calça jeans. Ele ergue a cabeça quando me ouve chegar. "Você pode sentar no sofá", eu digo e deixo as coisas no braço do móvel.

"Eu... bem, não queria sujar o seu sofá." A expressão dele é de puro constrangimento, e sinto um aperto no coração.

"Não se preocupe com isso... você pode tomar um banho, e o Hardin com certeza tem umas roupas que pode emprestar para você esta noite."

Ele não olha para mim, mas esboça uma recusa: "Eu não quero abusar da sua boa vontade".

"Não tem problema, sério. Vou pegar umas roupas. Pode ir tomar banho. A toalha está aqui."

Ele abre um sorrisinho desanimado. "Obrigado. Estou muito feliz por ver você de novo. Estava morrendo de saudade... e agora estou aqui com você."

"Desculpa se o Hardin tratou você mal. Ele é bem..."

"Protetor?", ele conclui por mim.

"É, acho que sim. Ele pode ser bem grosso às vezes."

"Tudo bem. Sou homem. Sei lidar com essas coisas. Ele só está querendo cuidar de você, e eu entendo. Ele não me conhece. Nem você, para falar a verdade. Ele me lembra alguém que eu conheci..." Meu pai se interrompe e abre um sorriso.

"Quem?"

"Eu mesmo... Eu era igual a ele. Só respeitava quem merecia o meu respeito, e passava por cima de todo mundo que cruzava o meu caminho. Eu tinha essa mesma atitude, a única diferença é que ele tem muito mais tatuagens." Ele ri, e o som traz de volta lembranças esquecidas fazia tempo.

É uma sensação boa, e eu sorrio para ele, que fica de pé e pega a toalha. "Vou tomar aquele banho então."

Eu aviso que vou pegar uma muda de roupa e deixar do lado de fora do banheiro.

No nosso quarto, Hardin ainda está deitado na cama, de olhos fechados e com os joelhos dobrados.

"Ele está tomando banho. Eu disse que ele podia usar umas roupas suas."

Ele senta na cama. "Como assim?"

"Ele não tem nenhuma roupa limpa." Vou andando até a cama, com os braços estendidos para acalmá-lo.

"Ótimo, Tessa, pode dar todas as minhas roupas para ele", Hardin responde, irritado. "Quer oferecer o meu lado da cama também?"

"Você precisa parar com isso *agora*. Ele é meu pai, e quero saber onde isso vai dar. Só porque você não consegue perdoar o seu pai, isso não significa que pode sabotar a minha tentativa de me entender com o meu", eu respondo, igualmente irritada.

Hardin me encara. Seus olhos verdes se estreitam, e ele sem dúvida está se segurando para não dizer em voz alta as coisas horríveis que está pensando.

"Não é nada disso. Você é ingênua demais. Quantas vezes vou ter que repetir? Nem todo mundo merece a sua bondade, Tessa."

Nesse momento, eu perco a cabeça. "Só você, né? Você é o único que eu tenho que perdoar, o único que sempre merece mais uma chance? Isso é ridículo, você está sendo muito egoísta." Abro a gaveta de baixo para pegar uma calça de moletom. "E quer saber? Eu prefiro ser ingênua e ver o lado bom das pessoas a ser uma cretina que pensa que todo mundo quer se aproveitar de mim."

Pego uma camiseta e um par de meias e saio. Enquanto deixo as roupas do lado de fora do banheiro, ouço a voz do meu pai cantando baixinho no chuveiro. Encosto a orelha na porta e não consigo conter um sorriso. Lembro da minha mãe falando sobre a cantoria do meu pai, que ela achava irritante, mas eu adoro.

Ligo a tevê na sala e deixo o controle remoto sobre a mesinha para encorajá-lo a assistir o que quiser. Será que ele assiste televisão?

Arrumo a cozinha e deixo as sobras sobre a bancada, para o caso de ele sentir fome. *Quando foi a última vez que ele fez uma refeição decente?*, eu me pergunto outra vez.

A água ainda está correndo no banheiro. Ele deve estar gostando do chuveiro quente, o que significa que provavelmente não tomava banho fazia tempo.

Quando finalmente volto para o quarto, Hardin está sentado com o fichário novo de couro que comprei para ele no colo. Passo por ele sem fazer contato visual, mas então sinto seus dedos segurando meu braço.

"Será que a gente pode conversar?", ele pergunta, me puxando para ficar de pé entre suas pernas. Suas mãos rapidamente afastam o fichário.

"Pode falar."

"Me desculpa por ter sido um babaca, tá bom? Eu só não sei o que pensar sobre tudo isso."

"Tudo isso o quê? Nada mudou."

"Claro que mudou. Um homem que nem eu nem você conhecemos está na minha casa, e quer se aproximar de você de novo depois de todos esses anos. Isso não faz sentido, e o meu primeiro instinto é ficar na defensiva. Você sabe disso."

"Eu entendo, mas você não tem o direito de falar essas coisas, de se referir a ele como um mendigo. Isso me magoou muito."

Ele abre minhas mãos, entrelaçando os dedos nos meus, e me puxa mais para perto. "Desculpa, linda, de verdade." Ele leva nossas mãos até a boca e beija devagar cada um dos meus dedos, e minha raiva se dissolve com o toque de seus lábios.

Eu levanto uma sobrancelha. "Você vai parar com os comentários maldosos?"

"Vou." Ele vira uma das minhas mãos, passando o dedo pelas linhas da minha palma.

"Obrigada." Observo os dedos compridos dele passearem dos meus pulsos até a ponta dos meus dedos.

"Só toma cuidado, tá? Porque eu não vou pensar duas vezes se precisar..."

"Ele parece bem, não parece? Quer dizer, ele é legal", digo baixinho, interrompendo sua promessa de violência.

Os dedos de Hardin param de se mover. "Sei lá. É, ele parece ser legal."

"Ele não era nada legal quando eu era criança."

Hardin me olha com os olhos inflamados, apesar das palavras gentis. "Não fala essas coisas quando eu estiver perto dele, por favor. Estou me segurando aqui, então é melhor não forçar a barra."

Eu subo no colo dele, que deita, puxando meu corpo para junto de si.

"Amanhã é o grande dia." Ele suspira.

"É", eu murmuro contra seu braço, absorvendo seu calor. A audiência sobre a expulsão de Hardin por ter dado uma surra em Zed está marcada para amanhã. Não vai ser exatamente um ponto alto da nossa vida.

De repente sinto uma pontada de pânico ao lembrar da mensagem que Zed me mandou. Quase tinha me esquecido disso depois de encontrar meu pai em frente ao estúdio de tatuagem. Meu telefone vibrou no bolso enquanto a gente esperava Steph e Tristan, e Hardin ficou me olhando em silêncio enquanto eu lia. Felizmente, ele não perguntou o que era.

Podemos conversar, só nós dois, amanhã de manhã, por favor? Foi a mensagem de Zed.

Não sei o que pensar. Não sei se devo falar com ele, especialmente depois que ele contou para Tristan que vai prestar queixa contra Hardin. Espero que ele tenha falado isso só para manter sua reputação. Não sei o que vou fazer se Hardin se der mal — mal *de verdade*. Sei que preciso responder à mensagem, mas não é uma boa ideia con-

24

versar com Zed sozinha. Hardin já está encrencado demais, e eu não quero piorar a situação.

"Está me ouvindo?" Hardin me cutuca, e eu olho para ele enquanto nos abraçamos.

"Não, desculpa."

"Está pensando em quê?"

"Em tudo: em amanhã, na audiência, na expulsão, na Inglaterra, em Seattle, no meu pai..." Solto um suspiro. "Em tudo."

"Mas você vai comigo, né? Na audiência sobre a expulsão?" A voz dele não está alterada, mas dá para ver que ele está nervoso.

"Se você quiser eu vou", respondo.

"Eu preciso de você lá."

"Então eu vou." Preciso mudar de assunto, então digo: "Ainda não acredito que você fez essa tatuagem. Deixa eu ver de novo".

Ele me tira de cima dele para poder virar de costas. "Levanta a minha camisa."

Levanto a barra da camiseta preta até expor suas costas inteiras, e em seguida tiro a bandagem branca que cobre as palavras recém-tatuadas.

"Tem um pouco de sangue no curativo", eu aviso.

"É normal", ele responde, se divertindo com a minha ignorância.

Eu passo o dedo pela pele avermelhada, contornando aquelas palavras perfeitas. A tatuagem que ele fez para mim é minha favorita. As palavras são perfeitas — significam muito para mim, e pelo jeito para ele também. Mas sobre elas paira o peso da minha escolha de me mudar para Seattle. Vou contar tudo amanhã, assim que sair a decisão sobre a expulsão. Prometi a mim mesma mil vezes que vou contar. Quanto mais eu esperar, mais irritado ele vai ficar.

"Essa prova de comprometimento basta para você, Tessie?"

Eu olho feio para ele. "Não me chama assim."

"Eu odeio esse apelido", ele diz, virando a cabeça para me olhar, ainda deitado de bruços.

"Eu também, mas não quero que ele saiba. Enfim, a tatuagem é suficiente."

"Tem certeza? Porque eu posso voltar lá e tatuar o seu rosto embaixo." Ele dá risada.

"Não faça isso, por favor!", respondo sacudindo a cabeça, o que o faz rir ainda mais.

"Tem certeza de que isso basta?" Ele senta e cobre de novo as costas com a camiseta. "Não vai ter casamento", ele acrescenta.

"Então é isso? Você fez uma tatuagem para não precisar casar comigo?" Não sei como me sentir em relação a isso.

"Não exatamente. Fiz a tatuagem porque estava a fim, e porque não fazia uma nova há um tempo."

"Que amor."

"Foi pensando em você também, para mostrar que é isso que eu quero." Ele faz um gesto apontando para nós dois e segura minha mão. "O que quer que exista entre a gente, eu não quero perder. Já perdi antes e ainda não consegui recuperar totalmente, mas sinto que estou chegando lá."

Sua mão está quente, e parece estar no lugar certo junto à minha.

"Então, mais uma vez, usei as palavras de um homem muito mais romântico que eu para dizer o que eu queria." Ele abre um sorriso radiante, mas posso ver o medo por trás.

"Acho que Darcy ia ficar chocado se soubesse como você usou as famosas palavras dele", provoco.

"Acho que ele ia me dar um high-five", ele se gaba.

Minha risada soa como um grunhido. "High-five? Fitzwilliam Darcy nunca ia fazer uma coisa dessas."

"Você acha que ele estava acima dessas coisas? Nada disso. Ele ia querer sentar aqui e tomar uma cerveja comigo. A gente ia bater um papo sobre a teimosia irritante das nossas mulheres."

"Vocês têm é muita sorte de ter nós duas, porque só Deus sabe quem mais ia aguentar vocês."

"Ah, é?", ele questiona, abrindo um sorriso e mostrando as covinhas.

"Óbvio."

"Acho que você tem razão. Mas trocaria você pela Elizabeth sem pensar duas vezes."

Comprimo os lábios em uma linha reta e levanto uma das sobrancelhas, esperando uma explicação.

"Só porque ela tem a mesma visão que eu sobre o casamento."

"Mas ela casou mesmo assim", eu lembro.

Em um movimento que não é nem um pouco a cara de Hardin, ele me pega pelos quadris e me empurra de volta para a cama, fazendo minha cabeça cair sobre a pilha de almofadas que ele tanto detesta — um fato que ele sempre faz questão de me lembrar. "Se é assim, Darcy pode ficar com vocês duas!" Sua risada ecoa pelo quarto, junto com a minha.

Essas breves cenas nas quais discutimos sobre personagens fictícios e ele ri como uma criança são os momentos que fazem o inferno por que passamos valer a pena. Momentos como esse me blindam contra a realidade difícil do nosso relacionamento, contra todos os obstáculos que ainda vamos enfrentar.

"Pelo jeito ele saiu do banho", Hardin comenta, cauteloso.

"Vou lá dizer boa-noite." Eu me desvencilho do abraço de Hardin dando um beijo de leve em sua testa.

Na sala, vejo que as roupas de Hardin ficaram meio estranhas no meu pai, mas serviram melhor do que eu esperava.

"Obrigado de novo pelas roupas. Vou deixar aqui quando for embora de manhã", ele me diz.

"Tudo bem, você pode levar... se estiver precisando."

Ele senta no sofá com as mãos no colo. "Você já fez muito por mim, mais do que eu merecia."

"Não foi nada, sério."

"Você é muito mais compreensiva que a sua mãe." Ele abre um sorriso.

"Não sei se entendo de verdade tudo que aconteceu, mas eu chego lá."

"É só isso que estou pedindo, um tempinho para conhecer minha filhinha... quer dizer, minha filha *adulta*."

Abro um sorriso tenso. "Eu também quero isso."

Sei que ele ainda tem um longo caminho pela frente, e não estou disposta a perdoá-lo da noite para o dia. Mas ele é meu pai, e não consigo odiá-lo. Prefiro acreditar que ele pode mudar, já vi isso acontecer antes. O pai de Hardin, por exemplo, mudou completamente, apesar de seu filho não conseguir deixar para trás seu passado doloroso. E Hardin também mudou. E, como não deve existir muita gente mais teimosa que ele no mundo, acho que há esperança para o meu pai, por pior que ele esteja.

"O Hardin me odeia. Eu estou bem arranjado aqui."

O senso de humor dele é contagiante, e eu dou uma risada. "Pois é, está mesmo." Olho para o corredor e vejo meu namorado todo de preto, observando nós dois com a testa franzida e os olhos cheios de desconfiança.

4

TESSA

"Desliga isso", resmunga Hardin quando o som do alarme ecoa pelo quarto escuro.

Procuro meu celular e, finalmente, com uma passada de polegar sobre a tela, o barulho incômodo para. Sinto os ombros pesados quando sento na cama, e a tensão do dia que começa ameaça me empurrar de volta para baixo: a decisão da universidade sobre a expulsão de Hardin, a possibilidade de Zed prestar queixa contra ele e, por fim, a reação de Hardin quando eu disser a ele que pretendo me mudar junto com a Vance para Seattle e quero que ele vá junto, apesar de detestar a cidade.

Não sei qual dessas coisas me deixa mais apavorada. Quando acendo a luz do banheiro e jogo água fria no rosto, concluo que a queixa de agressão é o problema mais grave. Se Hardin for preso, eu sinceramente não sei o que vou fazer, sem falar no que ele vai fazer. Só de pensar sinto um frio no estômago. O pedido de Zed para falar comigo hoje de manhã volta à minha mente, que começa a girar a mil por hora especulando sobre o motivo da conversa, principalmente depois que ele insinuou que está "apaixonado" por mim na última vez que nos vimos.

Respiro fundo com o rosto na toalha pendurada na parede. Será que é melhor responder à mensagem de Zed e pelo menos descobrir o que ele tem para me dizer? Talvez ele possa explicar por que falou uma coisa para mim e outra para Tristan sobre prestar queixa. Fico me sentindo culpada por pedir para ele não fazer isso, principalmente levando em conta a surra que Hardin deu nele, mas amo Hardin, e Zed queria o mesmo que Hardin no começo: ganhar a aposta. Nenhum dos dois é inocente nessa história.

Antes que eu acabe enlouquecendo de tanto pensar no que pode acontecer, escrevo para Zed. Só estou tentando ajudar Hardin. É o que digo a mim mesma diversas vezes depois de apertar o botão de enviar e passar a me preocupar com meu cabelo e minha maquiagem.

* * *

Quando vejo o lençol cuidadosamente dobrado no braço do sofá, sinto um aperto no coração. Ele foi embora? *Como vou entrar em contato com ele...*

O som de um armário sendo aberto na cozinha me tranquiliza. Acendo a luz e vejo meu pai derrubar uma colher no chão de cimento, assustado.

"Desculpa, eu estava tentando não fazer barulho", meu pai diz enquanto se agacha para pegar o talher.

"Tudo bem. Eu já estava acordada. Você podia ter acendido a luz." Rio baixinho.

"Não queria acordar vocês. Eu só ia pegar um pouco de cereal. Espero que você não se incomode."

"Claro que não." Ligo a cafeteira e olho o relógio. Tenho que acordar Hardin em quinze minutos.

"Quais são os seus planos para hoje?", ele pergunta com a boca cheia do cereal favorito de Hardin.

"Bem, eu tenho aula, e Hardin tem uma audiência com o conselho diretor da universidade."

"O conselho diretor? Parece sério..."

Olho para meu pai e me pergunto se devo contar a ele. Considerando que preciso começar a me aproximar de algum jeito, respondo: "Ele se meteu em uma briga no campus".

"E por causa disso vai ter que se explicar para o conselho diretor? No meu tempo, a gente levava um tapa na mão e ponto final."

"Ele destruiu uns equipamentos, uns equipamentos bem caros, e quebrou o nariz do outro cara." Dou um suspiro e ponho uma colher de açúcar no café. Vou precisar de muita energia hoje.

"Que beleza. E qual foi o motivo da briga?"

"Eu. Bem, mais ou menos. Foi uma coisa que foi crescendo com o tempo e no fim... explodiu."

"Bom, estou gostando ainda mais do Hardin hoje do que estava ontem à noite." Ele sorri. Apesar de o fato de ele simpatizar com o meu namorado ser uma coisa boa, é pelo motivo errado. Não quero que eles se aproximem por causa da violência.

Balanço a cabeça negativamente e tomo um gole do meu café, deixando o líquido quente acalmar meus nervos à flor da pele.

"De onde ele é?" Meu pai parece genuinamente interessado em saber mais sobre Hardin.

"Inglaterra."

"Foi o que imaginei pelo sotaque. Mas às vezes é difícil diferenciar os ingleses dos australianos. A família dele ainda mora lá?"

"A mãe dele mora. O pai mora aqui. É o reitor da WCU."

Os olhos castanhos dele brilham de curiosidade. "É bem irônica, então, essa coisa da expulsão."

"Muito." Suspiro.

"Ele e a sua mãe já se conheceram?", ele pergunta antes de pôr uma colherada de cereal na boca.

"Já, e ela tem ódio mortal dele." Eu fecho a cara.

"'Ódio' é uma palavra bem forte."

"Pode acreditar que nesse caso é até pouco." A dor de ter cortado relações com minha mãe me incomoda muito menos do que antes. Só não sei se isso é bom ou ruim.

Meu pai pousa a colher e balança a cabeça algumas vezes. "Ela sabe ser bem teimosa às vezes, mas só deve estar preocupada com você."

"Não precisa. Eu estou bem."

"Bom, então deixa ela tomar a iniciativa de se reaproximar. Você não tem que ser obrigada a escolher um dos dois." Ele sorri. "Sua avó também não gostava de mim... deve estar se revirando no túmulo agora mesmo por minha causa."

É tudo tão estranho, tomar café da manhã com meu pai na minha cozinha depois de tantos anos. "É difícil para mim, porque sempre fomos muito próximas... na medida do possível, claro."

"Sua mãe sempre quis que você fosse igual a ela. Desde que você era pequena. Ela não é má pessoa, Tessie. Só tem medo."

Olho para ele sem entender. "De quê?"

"De tudo. De perder o controle. Aposto que ver você com o Hardin deve ter deixado ela apavorada, porque significa que ela não tem mais controle sobre você."

Fico olhando para a xícara vazia diante de mim. "Foi por isso que você foi embora? Porque ela queria controlar tudo?"

Meu pai solta um suspiro leve e ambíguo. "Não, fui embora porque tinha meus próprios problemas, e não estávamos fazendo bem um ao outro. Não precisa se preocupar com a gente." Ele ri. "É melhor se preocupar com você mesma e com o seu namorado encrenqueiro."

Não consigo imaginar o homem sentado diante de mim sendo capaz de manter uma conversa com a minha mãe. Eles são diferentes demais. Quando olho para o relógio, vejo que já passa das oito.

Levanto e coloco minha xícara na lava-louças. "Preciso acordar o Hardin. Pus sua roupa na máquina de lavar ontem à noite. Vou me arrumar e já trago para você."

Vou até o quarto e vejo que Hardin já está acordado. Ao vê-lo vestir uma camiseta preta, eu sugiro: "Talvez fosse bom usar alguma coisa um pouco mais formal na audiência".

"Por quê?"

"Porque eles vão decidir o seu futuro, e uma camiseta preta não mostra muito empenho da sua parte. Você pode trocar de roupa assim que acabar, mas realmente acho que deveria aparecer mais bem vestido."

"Que meeeerda." Ele exagera na indignação e joga a cabeça para trás.

Passo por ele e pego uma camisa de botão preta e uma calça social no armário.

"A calça não... pelo amor de Deus."

Eu entrego a calça para ele. "Só durante a audiência."

Ele segura a peça como se fosse lixo nuclear ou um artefato alienígena. "Se eu usar essa merda e for expulso mesmo assim, vou pôr fogo naquele campus."

"Como você é dramático." Reviro os olhos para ele, que parece contrariado enquanto veste a calça.

"Nosso apartamento ainda está servindo como abrigo de sem-teto?"

Largo a camisa ainda no cabide em cima da cama e vou pisando duro até a porta.

Ele passa os dedos pelo cabelo, nervoso. "Porra, Tess, desculpa. Estou ficando ansioso, e não posso nem comer você para relaxar porque seu pai está deitado na porra do sofá."

A linguagem vulgar dele mexe com os meus hormônios, mas ele tem razão: o fato de o meu pai estar na sala é um grande impedimento. Vou andando até Hardin, que se enrola para abotoar o último botão da camisa com os dedos compridos, e tiro as mãos dele do caminho. "Deixa que eu faço isso."

Seu olhar se ameniza, mas dá para ver que ele está começando a entrar em pânico. Eu detesto vê-lo assim. É muito estranho. Ele costuma estar no controle o tempo todo, nunca se preocupa muito com nada — a não ser comigo, e mesmo nesse caso ele é muito bom em esconder os sentimentos.

"Vai dar tudo certo, lindo. A gente vai dar um jeito."

"Lindo?" Ele abre um sorriso, e eu fico vermelha.

"É... lindo." Ajusto o colarinho da camisa, e ele se inclina para a frente para me dar um beijo na ponta do nariz.

"Você tem razão. Na pior das hipóteses, a gente se muda para a Inglaterra."

Ignoro o comentário e vou até o armário pegar as minhas roupas. "Você acha que eles vão me deixar entrar?", pergunto, sem saber o que vestir.

"Você quer?"

"Se deixarem, quero." Pego o vestido roxo novo que pretendia usar na Vance amanhã. Tiro a roupa e me visto o mais rápido que consigo. Calço sapatos de salto alto pretos e saio do armário segurando a frente do vestido. "Me ajuda?", peço a Hardin, virando de costas para ele.

"Você está me torturando de propósito." Seus dedos percorrem os meus ombros e as minhas costas, me deixando arrepiada.

"Desculpa." Sinto a boca seca.

Ele sobe o zíper devagar, e eu estremeço quando seus lábios tocam a pele sensível da minha nuca. "Precisamos ir", digo, e ele solta um grunhido, deslizando os dedos para minha cintura.

"Vou ligar para o meu pai no caminho. Vamos deixar o... seu pai onde?"

"Vou perguntar para ele. Você pega minha bolsa?", eu peço, e ele faz que sim com a cabeça.

"Tess", ele me chama quando ponho a mão na maçaneta. "Gosto desse vestido. E de você. Bom, eu te amo, claro... e esse seu vestido novo", ele continua. "Eu amo você e essas suas roupas chiques."

Faço uma mesura e dou uma voltinha para ele me ver melhor. Por mais que eu deteste ver Hardin nervoso, também não deixa de ser uma situação interessante, porque me lembra que ele não é tão durão assim no fim das contas.

Meu pai está sentado no sofá da sala e pegou no sono de novo. Não sei se devo acordá-lo ou deixá-lo descansando até voltarmos do campus.

"Deixa, é melhor ele continuar dormindo", diz Hardin, como se tivesse lido meus pensamentos.

Escrevo um bilhete rápido avisando a que horas vamos voltar e deixo os números dos nossos telefones. Duvido que ele tenha um celular, mas deixo os números mesmo assim.

O trajeto até o campus é curto demais, e Hardin parece prestes a gritar ou socar alguma coisa a qualquer momento. Quando chegamos, ele dá uma olhada no estacionamento em busca do carro de Ken.

"Ele disse para a gente se encontrar aqui", diz Hardin, olhando para a tela do celular pela quinta vez em cinco minutos.

"Olha ele ali." Aponto para o carro prata que entra no estacionamento.

"Finalmente. Por que tanta demora, porra?"

"Pega leve. Ele está fazendo isso por você. Por favor, tenta ser legal", eu imploro, e Hardin solta um suspiro de frustração, mas concorda.

Ken trouxe sua mulher, Karen, e o filho dela, Landon, o que deixa Hardin surpreso e me faz sorrir. Gosto tanto deles por apoiarem Hardin, apesar de ele agir como se não quisesse ajuda.

"Você não tem nada melhor para fazer, não?", Hardin diz quando Landon se aproxima.

"Olha só quem fala", retruca Landon, e Hardin dá risada.

Ao ouvir os dois, Karen abre um sorriso radiante, que contrasta com sua expressão preocupada quando desceu do carro.

Enquanto caminhamos até o prédio da administração, Ken comenta: "Acho que não vai demorar. Liguei para todo mundo que podia e mexi todos os pauzinhos possíveis, então espero que dê tudo certo". Ele se interrompe por um instante e se vira para Hardin. "Pode deixar que eu falo lá dentro... É sério." Ele fica em silêncio, esperando a resposta do filho.

"Tá, tudo bem", Hardin responde sem discutir.

Ken balança a cabeça e abre as imensas portas de madeira para entrarmos. Olhando para trás, ele diz com um tom carregado de autoridade: "Tessa, sinto muito, mas você não vai poder entrar. Não quis forçar a barra, mas você pode esperar do lado de fora". Ele se vira e abre um sorriso de consolação para mim.

Hardin imediatamente entra em pânico. "Como assim, ela não pode entrar? Eu preciso dela do meu lado!"

"Eu sei. Sinto muito, mas só a família pode entrar", explica seu pai enquanto indica o caminho pelo corredor. "A não ser que ela fosse depor como testemunha, mas nesse caso seria um tremendo conflito de interesses."

Ken faz um sinal para pararmos diante de uma sala de reuniões e comenta: "Não que *eu* também não tenha um conflito de interesses, já que sou o reitor. Mas você é meu filho, então vamos nos limitar a um conflito, certo?".

Eu me viro para Hardin. "Ele tem razão, é melhor assim. Não tem problema", garanto.

Ele solta minha mão e faz que sim com a cabeça, olhando feio para o pai, que dá um suspiro e diz: "Hardin, por favor, tente...".

Hardin ergue uma das mãos. "Tá bem, tá bem", ele promete, e me beija na testa.

Quando os quatro entram na sala, sinto vontade de pedir a Landon para ficar esperando do lado de fora comigo, mas sei que Hardin precisa dele lá dentro, apesar de não admitir. Fico me sentindo uma inútil, sentada do lado de fora da sala enquanto um grupo de engomadinhos de terno decide o futuro de Hardin. Bom, talvez tenha uma coisa que eu possa fazer para ajudar...

Pego meu celular e mando uma mensagem para Zed. **Estou no prédio da administração, você pode vir aqui?**

Fico olhando para a tela, esperando uma resposta, e meu telefone se ilumina menos de um minuto depois. **Beleza, estou indo.**

Estou do lado de fora, aviso.

Dou uma última olhada para a porta e saio do prédio. Está frio demais para ficar esperando ao ar livre com um vestido na altura do joelho, mas não tenho escolha.

* * *

Depois de esperar um pouco, estou quase desistindo e voltando para dentro quando vejo a caminhonete de Zed entrar no estacionamento. Ele desce do carro vestindo um moletom preto e jeans escuros. Os hematomas em seu rosto me deixam chocada, apesar de eu já tê-lo visto ontem.

Ele enfia as mãos no bolso da frente do moletom. "Oi."

"Oi. Obrigada por vir falar comigo."

"Foi ideia minha, lembra?" Ele sorri, e fico um pouco menos tensa. Eu retribuo o sorriso. "É verdade."

"Quero conversar sobre o que você me disse no hospital", ele diz, justamente o assunto sobre o qual eu queria falar.

"Eu também."

"Você primeiro."

"A Steph me contou que você disse pro Tristan que vai prestar queixa contra o Hardin." Tento não olhar para seus olhos roxos e machucados.

"Foi."

"Mas você me disse que *não ia* prestar queixa. Por que mentiu para mim?" Tenho certeza de que a mágoa está bem aparente em minha voz trêmula.

"Eu não menti. Quando conversamos, era essa a minha intenção."

Chego mais perto dele. "E o que fez você mudar de ideia?"

Ele dá de ombros. "Um monte de coisas. Pensei em todas as merdas que ele fez comigo, e com você também. Ele não merece sair dessa impune." Zed aponta para o próprio rosto. "Olha o que ele fez comigo."

Fico sem saber o que dizer para Zed. Ele tem toda razão de estar chateado com Hardin, mas não queria que envolvesse a polícia.

"Ele já está encrencado com o conselho diretor", argumento, na esperança de fazê-lo mudar de ideia.

"Não vai acontecer nada. A Steph me contou que o pai dele é o reitor", Zed ironiza.

Droga, Steph... Por que contou isso a ele? "Não quer dizer que ele não esteja encrencado", respondo, balançando a cabeça.

Mas minhas palavras só o deixam ainda mais irritado. "Tessa, por que você sempre defende ele sem pensar duas vezes? Não importa o que ele faça, você está sempre pronta para tomar as dores dele!"

"Não é verdade", minto.

"É, sim!" Ele joga as mãos para o alto, incrédulo. "Você *sabe* que é! Disse que ia pensar quando falei para você terminar com ele, e uns dias depois vejo vocês juntos em um estúdio de tatuagem. Isso não faz o menor sentido."

"Eu sei que você não entende, mas eu amo ele."

"Se ama tanto assim, então por que está fugindo para Seattle?"

Essas palavras me atingem duramente. Fico em silêncio por um instante, então respondo: "Não estou fugindo para Seattle. Estou indo atrás de uma oportunidade melhor."

"Ele não vai com você. Nossos amigos conversam, sabia?"

Quê? "Ele tinha planos de ir", minto. Mas dá para ver que Zed não cai nessa.

Com um olhar desafiador, ele olha para o lado antes de me encarar. "Se me disser que não sente nada por mim, nada mesmo, eu retiro a queixa."

Nesse momento, o ar parece ficar mais gelado e o vento, mais forte. "Quê?"

"É isso mesmo que você ouviu. Me pede para sumir da sua vida e nunca mais falar com você, e eu retiro a queixa." Essa exigência lembra algo que Hardin me disse muito tempo atrás.

"Mas não é isso que eu quero. Não quero romper relações com você", admito.

"O que você quer, então?", ele pergunta, com a voz cheia de tristeza e mágoa. "Porque você parece tão confusa quanto eu! Vive me mandando mensagens e se encontrando comigo. Depois me beija e dorme na mesma cama que eu. E sempre me procura quando ele te magoa! O que você quer de mim?"

Pensei que tivesse deixado minhas intenções bem claras no hospital. "Não sei o que quero de você, mas sou apaixonada por *ele*, e isso nunca vai mudar. Desculpa se dei a impressão errada, mas..."

"Me diz por que você vai para Seattle daqui a uma semana e ainda não contou para ele!", Zed grita comigo, agitando os braços diante do corpo.

"Não sei... Vou contar quando tiver uma oportunidade."

"Vai nada, porque você sabe que ele não vai querer ir", Zed esbraveja, desviando os olhos de mim.

"Ele... bom..." Não sei o que dizer, porque tenho muito medo de Zed estar certo.

"Quer saber, Tessa? Você pode me agradecer depois."

"Pelo quê?" Vejo os lábios dele se contorcerem em um sorriso perverso.

Zed ergue o braço e aponta para alguma coisa atrás de mim, o que me faz sentir um calafrio. "Por contar para ele por você."

Sei que, quando me virar, vou dar de cara com Hardin. Sou capaz de jurar que estou sentindo sua respiração acelerada na minha nuca junto com o vento forte.

5

HARDIN

Quando saio do prédio, o vento me atinge com força, carregando até mim a única voz que eu não esperava ouvir nesse momento. Já tive que aguentar um monte de gente falando mal de mim sem poder me defender e, depois disso, só queria ouvir a voz da minha menina, do meu anjo.

E foi o que ouvi, mas acompanhada da voz *dele*. Quando contorno o prédio, lá está ele. Lá estão *eles*. Tessa e Zed.

Meus primeiros pensamentos são: *O que ele está fazendo aqui, caralho? Por que Tessa saiu do prédio para falar com ele? Qual parte de "fica longe dele, porra" ela não entendeu?*

Quando o filho da puta levanta a voz para ela, começo a andar na direção deles: ninguém grita com ela desse jeito. Mas quando ele fala sobre Seattle... eu paro. *Tessa está planejando ir para Seattle?*

E Zed sabia, mas eu não?

Isso não pode estar acontecendo, não é possível. Ela não ia fazer planos de ir embora sem me contar...

Os olhos desvairados e o sorrisinho arrogante de Zed são um tapa na minha cara enquanto tento organizar meus pensamentos caóticos. Quando Tessa se vira para mim, seus movimentos são dolorosamente lentos. Seus olhos azuis acinzentados estão arregalados, com as pupilas dilatadas por causa do susto.

"Hardin..." Consigo ver que ela está falando comigo, mas sua voz se perde no vento.

Sem saber o que dizer, fico parado enquanto minha boca se mexe — se abrindo e se fechando várias vezes até que finalmente as palavras atravessam minha garganta. "Então era esse seu plano?", consigo perguntar.

Ela afasta o cabelo do rosto e franze a boca imediatamente, esfregando os braços cruzados com as mãos.

"Não! Não é nada disso, Hardin, é que..."

"Vocês dois são cheios de segredinhos, não é mesmo? Você..." Aponto para o filho da puta. "Você está sempre armando pelas minhas costas para dar em cima da minha namorada, o tempo todo, caralho. Não importa o que eu faça, não importa quantas vezes eu encha sua cara de porrada, você sempre volta se arrastando como uma maldita barata."

Para minha surpresa, ele tem a coragem de abrir a boca. "Ela..."

"E *você*..." Aponto para a menina loira que está esmagando meu mundo com a ponta afiada de seu salto alto. "Você... fica fazendo joguinhos comigo o tempo todo, agindo como se estivesse preocupada, mas na verdade estava planejando me abandonar esse tempo todo! Você sabe que eu não vou para Seattle, e mesmo assim ia fugir... sem nem me falar nada!"

Com os olhos marejados, ela tenta argumentar comigo. "Foi por isso que eu ainda não contei, Hardin, porque..."

"Para de falar, porra", eu esbravejo, e ela leva a mão ao peito, como se as minhas palavras tivessem machucado.

E talvez tenham mesmo. E talvez tenha sido essa a minha intenção, para ela poder sentir o que eu estou sentindo.

Como ela teve coragem de me humilhar desse jeito... e logo na frente de Zed?

"Por que ele está aqui?", pergunto.

O sorrisinho desaparece do rosto dele quando ela se vira para encará-lo antes de se voltar de novo para mim. "Eu pedi para ele vir me encontrar aqui."

Dou um passo atrás, fingindo estar surpreso. Ou talvez esteja surpreso mesmo — não sei o que estou sentindo de verdade com esse turbilhão dentro de mim. "Olha só! Vocês dois realmente têm uma relação toda especial."

"Eu só queria falar com ele sobre a queixa de agressão. Estou tentando *ajudar* você, Hardin. Por favor, me *escuta*." Ela dá mais um passo na minha direção, afastando o cabelo do rosto outra vez.

Balanço a cabeça de um lado para o outro. "Nada disso! Eu ouvi a conversa de vocês. Se não quer nada com ele, fala agora, na minha frente."

Seus olhos cheios de lágrimas me imploram silenciosamente para não forçá-la a humilhar Zed na minha frente, mas isso não me abala.

"Agora mesmo, ou acabou tudo entre a gente." Minhas palavras queimam como ácido na minha língua.

"Eu não quero nada com você, Zed", ela diz, olhando para mim. As palavras saem apressadas, quase em pânico, e percebo que está sofrendo por ter que falar isso.

"Nada mesmo?", pergunto, abrindo um sorriso parecido com o de Zed momentos antes.

"Nada mesmo." Ela franze a testa, e ele passa as mãos pelos cabelos.

"Agora diz que nunca mais quer falar com ele", eu mando. "Diz isso olhando na cara dele."

Mas quem resolve falar é Zed. "Hardin, para com isso. Deixa quieto. Já entendi. Não precisa entrar no joguinho doentio dele, Tessa. Já deu para entender", ele diz de um jeito patético, como uma criancinha tristonha.

"Tessa...", eu começo, mas quando ela me encara o que vejo em seus olhos acaba comigo. Nojo — ela está com nojo de mim.

Ela dá um passo na minha direção. "Não, Hardin, eu não vou fazer isso. Não porque quero ficar com ele, porque não quero. Eu amo você, só você, mas o que você está fazendo é horrível, uma crueldade, e me recuso a participar." Ela morde o interior da boca para não chorar.

Que diabos eu estou fazendo?

Com uma determinação feroz, ela me diz: "Eu vou para casa. Quando você quiser conversar sobre Seattle, é lá que eu vou estar." Depois disso, ela vira as costas e sai andando.

"Você não tem nem como ir para casa!", grito para ela.

Zed estende o braço na direção de Tessa. "Eu dou uma carona para ela", ele diz.

Isso faz alguma coisa explodir dentro de mim. "Se eu já não tivesse me fodido demais por sua causa, *acabava* com você agora mesmo. Não estou falando só de quebrar uns ossos, eu literalmente ia arrebentar sua cabeça no concreto e ver você sangrar até..."

"Para com isso!", Tessa grita ao se virar, tapando os ouvidos.

"Tessa, se você...", Zed diz baixinho.

"Zed, eu agradeço tudo o que você fez por mim, mas chega." Ela tenta soar dura, mas fracassa completamente.

Com um último suspiro, ele vira as costas e sai andando.

Vou na direção do meu carro e, quando estou quase lá, meu pai e Landon aparecem — claro. Ouço os saltos de Tessa atrás de mim.

"Nós já estamos indo", eu aviso antes que eles abram a boca.

"Ligo para você daqui a pouco", ela diz para Landon.

"Você vai na quarta-feira, né?", ele pergunta.

Ela abre um sorriso, um sorriso falso para disfarçar o pânico em seu olhar. "Vou, claro."

Landon olha para mim, obviamente percebendo a tensão entre nós. *Ele sabe sobre o plano dela? Provavelmente... deve até ter ajudado a elaborar.*

Entro no carro sem tentar esconder minha impaciência.

"Eu ligo para você", ela repete para Landon e faz um aceno de despedida para o meu pai antes de entrar. Desligo a música assim que ela coloca o cinto de segurança.

"Vai em frente", ela diz, sem nenhuma emoção na voz.

"Quê?"

"Pode gritar comigo. Eu sei que é isso que você vai fazer."

Fico sem saber o que dizer. Com certeza eu ia gritar com ela, mas esse comentário me deixa sem chão.

É claro que é isso que ela espera — é o que sempre acontece. É o que eu faço...

"E então?" Ela comprime os lábios em uma linha reta.

"Não vou gritar com você."

Ela olha rapidamente para mim antes de se concentrar em algum ponto do outro lado da janela.

"Não sei o que fazer a não ser gritar com você... esse é o problema." Solto um suspiro derrotado e apoio a cabeça no volante.

"Eu não estava fazendo nada pelas suas costas, Hardin, não era essa minha intenção."

"Mas com certeza foi o que pareceu."

"Eu nunca faria isso com você. Eu te amo. Você vai entender tudo quando a gente conversar melhor."

Essas palavras despertam a ira dentro de mim. "Eu *fiquei sabendo* que você vai se mudar... logo. Não sei nem quando... e nós *moramos juntos*, Tessa. Dormimos na mesma cama, caralho, e você simplesmente vai embora? Eu sempre soube que isso ia acontecer."

Ouço o clique do cinto de segurança sendo aberto e sinto suas mãos me empurrando pelos ombros. Em questão de segundos ela está no meu colo, montada em mim com o vestido levantado, os braços gelados em torno do meu pescoço e o rosto molhado de lágrimas enterrado no meu peito.

"Me larga", digo, tentando me livrar dos seus braços.

"Por que você sempre acha que eu vou abandonar você?" Ela me aperta com mais força.

"Porque você vai."

"Não estou indo para Seattle para abandonar você, é por mim, pela minha carreira. Sempre quis ir para lá, e agora surgiu uma ótima oportunidade. Falei com o sr. Vance quando estávamos separados, e já tentei te contar várias vezes, mas ou você me interrompia ou não queria falar sobre nada sério."

Só consigo pensar nela fazendo as malas e indo embora, deixando só uma porcaria de bilhete no balcão da cozinha. "Nem tenta pôr a culpa em mim." Minha voz não sai com metade da convicção que eu gostaria.

"Não estou culpando você, mas sabia que não ia me apoiar. E você sabe como isso é importante para mim."

"Como vai ser, então? Se você for morar lá, não vamos mais continuar juntos. Eu te amo, Tessa, mas não vou mudar para Seattle."

"Por quê? Você nem sabe se ia gostar de lá ou não. A gente podia pelo menos tentar e, se não der certo, a gente vai para a Inglaterra... talvez", ela diz.

"Você também não sabe se vai gostar de Seattle." Olho para ela com uma expressão vazia. "Sinto muito, mas vai ter que escolher: ou eu ou Seattle."

Ela olha para mim por um momento, depois volta para o banco do passageiro sem dizer uma palavra.

"Não precisa decidir agora, mas o tempo está passando." Engato a marcha do carro e saio do estacionamento.

"Não acredito que você está me obrigando a escolher." Ela não olha para mim.

"Você sabe o que eu penso sobre Seattle. E teve sorte de eu ter me controlado quando você estava lá com ele."

"Eu tive 'sorte'?", ela ironiza.

"Esse dia já está uma merda. Não vamos brigar agora. Espero uma resposta sua até sexta-feira. A não ser que você já tenha ido embora até lá, claro." Essa ideia faz um calafrio percorrer o meu corpo.

Sei que ela vai me escolher — não existe outra opção Nós podemos ir para a Inglaterra e ficar longe dessa merda toda. Ela não falou nada sobre faltar à aula hoje, o que é bom, já que seria mais um motivo para briga.

"Você está sendo muito egoísta", ela acusa.

Não discuto, porque sei que ela está certa. Mas comento: "Bom, algumas pessoas considerariam egoísmo não contar para o seu namorado que você está indo embora. Onde você vai morar? Já tem um lugar?".

"Não, ia procurar amanhã. Nós vamos viajar com a sua família na quarta." Demoro um pouco para me tocar do que ela está falando.

"Nós?"

"Você disse que ia..."

"Eu ainda estou tentando digerir essa merda toda sobre Seattle, Tessa." Sei que estou sendo um babaca, mas a situação como um todo é absurda. "E não vamos esquecer que você ligou pro Zed", eu acrescento, aumentando ainda mais a tensão.

Tessa fica em silêncio enquanto dirijo. Tenho que olhar para ela várias vezes para ter certeza de que não está dormindo.

"Vai ficar sem falar comigo?", pergunto por fim, quando chegamos mais perto do nosso... do *meu* apartamento.

"Eu não sei o que dizer." Sua voz sai baixa, derrotada.

Eu estaciono, e só então me dou conta. *Merda.* "Seu pai ainda está aqui, né?"

"Não sei se ele tem algum outro lugar para ir...", ela diz sem me olhar.

Quando saímos do carro, eu digo: "Bom, quando chegarmos lá em cima, eu pergunto se ele quer uma carona para algum lugar."

"Não, pode deixar que eu faço isso", ela murmura.

Apesar de estar andando do meu lado, minha menina parece estar a quilômetros de distância de mim.

6

TESSA

Estou decepcionada demais com Hardin para discutir, e ele está irritado demais comigo para falar sem gritar. Na verdade, ele recebeu a notícia melhor do que eu imaginava, mas como pode ter coragem de me obrigar a escolher? Ele sabe que Seattle é importante para mim, e eu estou sempre cedendo por ele — e é isso que me magoa mais. Ele diz que não consegue ficar longe de mim, que não pode viver sem mim, mas está me dando um ultimato, e isso não é justo.

"Se ele tiver roubado alguma coisa nossa...", Hardin começa quando chegamos à porta.

"Chega." Espero que meu cansaço tenha ficado bem evidente, e que ele não piore as coisas ainda mais.

"Só estou dizendo."

Enfio minha chave na fechadura e destranco a porta, considerando por um instante a possibilidade de ter acontecido o que Hardin falou. Eu não conheço esse homem, isso é verdade.

A paranoia desaparece assim que entramos. Meu pai está caído sobre o braço do sofá. Sua boca está escancarada, e ele está roncando alto.

Sem dizer nada, Hardin vai para o quarto, e eu vou para a cozinha pegar um copo d'água e pensar um pouco no que fazer. A última coisa que quero é brigar com Hardin, mas não aguento mais essa mania de ele só pensar em si mesmo. Sei que ele mudou muito, que está se esforçando de verdade, mas já dei a ele chance depois de chance, o que só serviu para criar um ciclo de volta-e-separa que surpreenderia até Catherine Earnshaw. Não sei quanto tempo consigo manter a cabeça à tona nesse tsunami que chamamos de relacionamento. Toda vez que penso que vou conseguir emergir, sou sugada de volta para baixo d'água por mais um conflito com Hardin.

Depois de alguns momentos, levanto e vou dar uma olhada no meu pai. Ele ainda está roncando de um jeito que eu acharia engraçado se não estivesse tão preocupada. Depois de decidir o que fazer, vou para o quarto.

Hardin está deitado de barriga para cima com os braços sob a cabeça, olhando para o teto. Quando estou prestes a falar, ele quebra o silêncio.

"Eu fui expulso. Só para o caso de você querer saber."

Vou correndo até ele, com o coração a mil. "Quê?"

"Isso mesmo. Me expulsaram." Ele encolhe os ombros.

"Desculpa. Eu devia ter perguntado antes." Tinha certeza de que Ken ia conseguir tirar Hardin dessa confusão. Fico arrasada por ele.

"Tudo bem. Você estava muito ocupada com Zed e com seus planos para Seattle, lembra?"

Sento na beirada da cama, o mais distante possível dele, e faço força para controlar a língua. Mas não consigo. "Eu estava só querendo saber se ele prestou queixa contra você. Ele falou que ainda..."

Ele me interrompe com as sobrancelhas arqueadas de um jeito irônico. "Eu ouvi o que ele falou. Também estava lá, lembra?"

"Hardin, já estou cansada desse seu comportamento. Eu sei que você está chateado, mas precisa parar de me desrespeitar." Falo devagar, para ele entender bem.

Hardin fica perplexo por um momento, mas logo se recupera. "Como é?"

Tento manter a expressão mais séria e neutra de que sou capaz. "É isso mesmo que você ouviu: para de falar assim comigo."

"Foi mal... É que eu fui expulso da faculdade, encontrei você com *ele* e depois fiquei sabendo dessa história de mudança para Seattle. Eu diria que tenho o direito de ficar um pouco irritado."

"Tem, tem todo o direito de ficar irritado, mas não tem o direito de agir como um babaca. Eu pensei que a gente ia conversar e resolver tudo como adultos... pelo menos uma vez."

"O que você quer dizer com isso?" Ele senta na cama, mas eu mantenho a distância.

"Significa que, depois de seis meses de vaivém, achei que a gente seria capaz de resolver um problema sem ninguém precisar ir embora nem sair quebrando tudo."

"Seis meses?" Ele parece perplexo.

"É, seis meses." Estranhamente, eu evito olhá-lo nos olhos. "Desde que a gente se conheceu."

"Não sabia que fazia tanto tempo."

"Pois é, mas faz." *Para mim parece uma vida inteira.*

"Não parece tanto tempo assim..."

"Isso é um problema para você? Acha que estamos juntos há tempo demais?" Eu finalmente encaro seus olhos verdes.

"Não, Tessa, é que eu não tinha parado para pensar nisso. Nunca tive um relacionamento de verdade, então seis meses é bastante tempo para mim."

"Bom, a gente não namorou esse tempo todo. Na maior parte do tempo a gente estava brigando ou se evitando", eu lembro.

"Quanto tempo, exatamente, você ficou com o Noah?"

Fico surpresa com a pergunta. Nós já conversamos antes sobre meu relacionamento com Noah, mas nunca por mais de cinco minutos, por causa do ciúme de Hardin.

"Somos melhores amigos desde sempre, mas só começamos a namorar no ensino médio. Na verdade já estávamos juntos antes, mas nenhum dos dois tinha se dado conta disso." Observo Hardin com um olhar cauteloso, esperando sua reação.

Falar sobre Noah me faz sentir saudade dele — não de uma forma romântica, mas como alguém da família que não vejo há muito tempo.

"Ah." Ele põe as mãos no colo, e sinto vontade de estender o braço para segurá-las. "Vocês brigavam?"

"Às vezes. Nossas brigas eram sobre que filme assistir, ou por que ele tinha se atrasado para me buscar."

Ele não tira os olhos das mãos. "Não era que nem as nossas, então?"

"Acho que ninguém briga tanto como nós." Abro um sorriso em uma tentativa de tranquilizá-lo.

"O que mais você fazia? Tipo, com ele?", Hardin pergunta, e sou capaz de jurar que quem está sentado naquela cama é um garotinho de olhos verdes brilhantes, com as mãos quase tremendo.

Contraio os ombros de leve. "Não muita coisa, na verdade, além de estudar e ver milhares de filmes. Nossa relação era mais de melhores amigos, acho."

"Mas você amava o Noah", o garotinho me lembra.

"Não da mesma forma que amo você", respondo pela milésima vez.

"Você abriria mão de Seattle por ele?" Hardin cutuca a pele áspera em torno das unhas. Quando levanta a cabeça, a insegurança é visível em seus olhos.

Então é por isso que estamos falando sobre Noah: a baixa autoestima de Hardin está mais uma vez dominando seus pensamentos, e ele está se comparando de novo com as pessoas com quem acha que devo ficar.

"Não."

"Por que não?"

Seguro sua mão para aplacar sua preocupação infantil.

"Porque eu não devia ter que escolher, e ele sempre soube quais eram meus planos e sonhos, então nunca teríamos uma discussão por causa disso."

"Eu não tenho motivo nenhum para ir para Seattle." Ele solta um suspiro.

"Tem eu... você iria por mim."

"Isso não basta."

Ah... Eu desvio os olhos dele.

"Sei que é uma merda eu dizer isso, mas é verdade. Não tenho nenhum motivo para ir para lá, e você vai ter um novo emprego, vai fazer novos amigos..."

"Você também pode ter um novo emprego. O Christian falou que arruma um trabalho para você, e podemos fazer novos amigos juntos."

"Eu não quero trabalhar para ele, e acho que não ia me dar bem com as pessoas que você escolhe como amigos. Seria tudo muito diferente por lá."

"Você não tem como saber. Eu sou amiga da Steph."

"Só porque vocês duas eram colegas de quarto. Eu não quero mudar para lá, Tessa, principalmente depois de ter sido expulso. Faz mais sentido para mim voltar para a Inglaterra e terminar a faculdade por lá."

"A questão não é só o que faz sentido para você."

"Considerando que você estava planejando tudo pelas minhas costas e voltou a se encontrar com Zed, eu não diria que está em condições de impor nada."

"Ah, é? Porque na verdade não decidimos que estamos juntos de novo. Só concordei em voltar para cá, e você concordou em me tratar melhor." Levanto da cama e começo a andar de um lado para o outro. "Mas você agiu pelas minhas costas e deu uma surra nele, o que resultou na sua expulsão, então quem não está em condições de impor nada aqui é você."

"Você estava mentindo pra mim!" Ele eleva o tom de voz. "Estava planejando me abandonar e nem me contou!"

"Eu sei! E peço desculpas por isso, mas, em vez de discutir quem está *mais* errado, por que não tentamos encontrar um meio-termo?"

"Você..." Ele se interrompe e levanta da cama. "Você não..."

"O quê?", eu pressiono.

"Sei lá, não consigo nem pensar direito de tão puto que estou com você."

"Eu não queria que você descobrisse tudo dessa forma, mas não sei mais o que dizer."

"Diz que você não vai."

"Eu não vou tomar essa decisão agora. Não precisa ser assim."

"Quando, então? Eu não vou ficar esperando para sempre..."

"O que você vai fazer, então, vai embora? O que aconteceu com aquela história de 'A partir de hoje, não quero me afastar de você'?"

"Sério mesmo que você vai jogar isso na minha cara? Não acha que uma boa hora para falar sobre Seattle teria sido antes de eu fazer uma porra de tatuagem para você? Porque a ironia da situação está bem clara para mim." Ele chega mais perto de mim, em uma postura de desafio.

"Eu ia contar!"

"Mas não contou."

"Quantas vezes você vai repetir isso? Podemos ficar discutindo sobre esse assunto o dia todo, mas sinceramente não tenho forças. Estou cansada", eu digo.

"Cansada? *Você* está cansada?" Ele solta uma risadinha.

"É, estou." É verdade, estou cansada de brigar com ele sobre Seattle. É uma sensação sufocante e frustrante, e para mim já deu.

Ele pega uma blusa preta no armário e veste antes de começar a calçar as botas.

"Aonde você vai?", pergunto.

"Para bem longe daqui", ele responde, bufando.

"Hardin, você não precisa sair", digo quando ele abre a porta, mas ele me ignora.

Se meu pai não estivesse na sala, eu iria atrás dele e o forçaria a ficar. Mas, sinceramente, estou cansada de ir atrás dele.

7

HARDIN

O pai de Tessa está acordado, sentado no sofá com os braços cruzados e olhando pela janela com uma expressão vazia.

"Quer uma carona para algum lugar?", pergunto. Não que eu esteja animado com a ideia de sair com ele, mas de jeito nenhum quero deixá-lo aqui sozinho com ela.

Ele vira a cabeça na minha direção como se tivesse levado um susto. "Hã, quero, você não se incomoda?", ele pergunta.

"Não", eu me apresso em responder.

"Certo, eu só vou me despedir da Tessie." Ele olha na direção do nosso quarto.

"Tudo bem. Espero você no carro."

Saio pela porta sem saber para onde vou depois de me livrar do velho, mas sei que vai ser melhor para nós dois se eu não ficar aqui. Estou com muita raiva de mim mesmo. Sei que a culpa não é só dela, mas estou acostumado a soltar os cachorros em cima das pessoas, e Tessa está sempre comigo, o que faz dela um alvo fácil. Eu sou um filho da puta patético, sei disso. Mantenho os olhos fixos na porta de entrada do prédio, à espera de Richard. Se ele não aparecer logo, vou embora sem ele. Mas solto um suspiro ao pensar nisso, porque não quero que ele fique aqui com ela.

Finalmente, o Pai do Ano sai pela porta e baixa as mangas da camisa. Pensei que fosse usar as minhas roupas que Tessa deu a ele, mas está vestido do mesmo jeito que ontem, só que agora está limpo. Porra, Tessa é mesmo boazinha demais.

Aumento o volume do rádio quando ele abre a porta do carro, esperando que a música desencoraje qualquer tentativa de conversa.

Até parece. "Ela pediu para dizer para você tomar cuidado", ele diz assim que entra, e põe o cinto de segurança olhando para mim, como se estivesse me ensinando como fazer isso. Como se fosse uma aeromoça orientando os passageiros em um avião. Faço que sim com a cabeça de leve e saio da garagem.

"Como foi sua audiência hoje?", ele pergunta.

"Sério mesmo?" Eu levanto as sobrancelhas para ele.

"Só queria saber." Ele batuca com os dedos na perna. "Fico feliz que ela tenha ido com você."

"Certo."

"Ela é bem parecida com a mãe."

Olho feio para ele. "É nada. Ela não tem nada a ver com aquela mulher." *Ele está tentando ser chutado do carro no meio da via expressa?*

Ele dá risada. "Só as coisas boas, claro. Ela é muito determinada, assim como Carol. Quando quer uma coisa, não volta atrás, mas a Tessie é muito mais meiga e gentil."

Lá vamos nós de novo com essa merda de chamá-la de Tessie.

"Ouvi vocês brigando. Foi isso que me acordou."

Eu reviro os olhos. "Desculpa aí por acordar você ao meio-dia depois de dormir no sofá da nossa sala."

Mais uma vez, ele dá uma risadinha. "Já entendi, cara... você está revoltado com o mundo. Eu também era assim. Ainda sou. Mas, quando você arruma alguém disposto a aguentar todas as suas merdas, não precisa mais ser assim."

Então, velhote, o que você sugere que eu faça já que é a sua filha que está me deixando puto desse jeito? "Olha só, até admito que você não é tão otário quanto eu imaginava, mas não estou pedindo conselho, então nem perde seu tempo."

"Não estou dando conselho, estou falando por experiência própria. Não quero que vocês terminem."

Não estamos terminando nada, babaca. Só estou tentando marcar minha posição. Quero ficar com ela, e vou ficar. Ela só precisa ceder e vir comigo. Estou muito puto por ela ter envolvido Zed na história de novo, apesar de tudo.

Eu desligo o maldito rádio. "Você nem me conhece... e não conhece ela, para dizer a verdade. Por que se importa com isso?"

"Porque sei que você faz bem para ela."

"Ah, sabe?", respondo, caprichando no sarcasmo. Por sorte, já estamos chegando ao outro lado da cidade, então a conversa constrangedora está prestes a terminar.

"Sei."

Nesse momento me dou conta, apesar de jamais admitir isso para ninguém, de que é legal ouvir alguém dizer que eu faço bem para Tessa, mesmo que seja o bêbado cretino do pai dela. Para mim tá valendo.

"Você vai querer manter contato com ela?", pergunto, depois acrescento: "E para onde eu estou levando você, aliás?"

"Pode me deixar perto do estúdio onde nos encontramos ontem. De lá eu me viro. E, sim, espero poder manter contato com ela. Tenho muitas mancadas para compensar."

"É, tem mesmo", concordo.

O estacionamento perto do estúdio de tatuagem está vazio, o que faz sentido, já que ainda não é nem uma da tarde.

"Você pode me levar até o fim da rua?", ele pergunta.

Faço que sim com a cabeça e passo direto pelo estúdio. As únicas coisas no fim da rua são um bar e uma lavanderia fechada.

"Obrigado pela carona."

"Falou."

"Quer entrar?", Richard convida, apontando com o queixo para o bar.

Encher a cara com o pai de Tessa, um bêbado sem-teto, não me parece a coisa mais inteligente para fazer no momento.

Por outro lado, eu não sou exatamente uma pessoa conhecida por tomar boas decisões. "Ah, foda-se", eu resmungo, desligo o carro e entro com ele. Eu não tinha nenhum lugar em mente para ir mesmo.

O bar é escuro, e cheira a mofo e uísque. Vou atrás dele até o pequeno balcão e escolho um banquinho para sentar, deixando um lugar vazio entre nós. Uma mulher de meia-idade usando o que imagino serem as roupas de sua filha adolescente vem até nós. Sem dizer nada, ela entrega para Richard um copo de uísque com gelo.

"E para você?", ela pergunta, com uma voz mais grossa e mais áspera que a minha.

"A mesma coisa."

A voz de Tessa me dizendo para não fazer isso ressoa claramente dentro da minha cabeça. Eu afasto suas palavras da minha mente.

Levanto o copo e fazemos um brinde antes do primeiro gole. "Como você arruma dinheiro para encher a cara se não trabalha?", pergunto.

"Limpo o bar a cada dois dias, então posso beber de graça." A vergonha é perceptível em sua voz.

"Por que não para com a bebedeira e começa a trabalhar para ganhar dinheiro?"

"Sei lá. Já tentei várias vezes." Ele olha para o copo com os olhos carregados, que por um instante lembram os meus. Consigo ver uma sombra de mim mesmo dentro deles. "Espero que fique mais fácil vendo minha filha com mais frequência."

Eu balanço a cabeça, sem nem me dar ao trabalho de fazer um comentário sarcástico. Em vez disso, seguro o copo gelado entre os dedos. A queimação provocada pelo uísque é bem-vinda, e viro a cabeça para matar o restante da bebida. Quando empurro o copo no balcão não muito bem polido do bar, a mulher me olha e começa a servir outra dose.

8

TESSA

"Seu pai?" Landon parece incrédulo ao telefone.

Esqueci que não tinha conseguido falar com ele sobre esse assunto.

"Pois é, nós demos de cara com ele ontem..."

"Como ele está? O que ele falou? Como foi?"

"Ele..." Não sei por que, mas fico com vergonha de contar a Landon que meu pai continua bebendo. Sei que ele não me julgaria, mas mesmo assim fico apreensiva.

"Ele ainda está..."

"É, ainda. Estava bêbado quando nos encontramos, mas passou a noite aqui." Fico enrolando uma mecha de cabelo com o dedo indicador.

"E o Hardin deixou?"

"Ele não tem que deixar. A casa é minha também", esbravejo. Mas imediatamente me arrependo da maneira como falei. "Desculpa. É que estou de saco cheio dessa coisa do Hardin pensar que pode controlar tudo."

"Tessa, quer que eu vá até a sua casa?" Landon é muito gentil. Isso fica bem claro em seu tom de voz.

"Não, eu só estou sendo dramática." Solto um suspiro e olho ao redor do quarto. "Acho que eu vou até aí, na verdade. Ainda dá tempo de pegar a última aula." Uma aula de ioga me faria muito bem, e um café também.

Fico escutando o que Landon tem a dizer enquanto me visto para a ioga. Parece perda de tempo dirigir até o campus só por causa de uma aula, mas não quero ficar sentada aqui esperando Hardin voltar do lugar para onde fugiu.

"O professor Soto perguntou por que você não foi à aula hoje, e Ken falou que ele escreveu um depoimento a favor do Hardin. Dá para acreditar?"

"Soto fez isso? Sei lá... Ele já ofereceu ajuda antes, mas pensei que não estivesse falando sério. Talvez ele goste do Hardin."

"Sério mesmo? Do *Hardin*?" Landon cai na risada, e eu acabo rindo junto.

Deixo meu telefone cair na pia enquanto faço um rabo de cavalo. Solto um palavrão para mim mesma e ponho o aparelho de volta na orelha a tempo de ouvir Landon dizer que vai passar na biblioteca antes da próxima aula. Depois de me despedir dele, desligo e começo a escrever uma mensagem para avisar Hardin onde vou estar, mas acabo desistindo.

Quando chego ao campus, o vento voltou a soprar forte, e o céu está escuro e fechado. Depois de pegar um café, ainda tenho meia hora antes da aula de ioga. A biblioteca fica do outro lado do campus, então não tenho tempo de ir falar com Landon. Em vez disso me pego esperando do lado de fora da sala do professor Soto. Sua aula deve terminar a qualquer...

Meus pensamentos são interrompidos pela multidão de estudantes que sai praticamente correndo porta afora. Ajeito a bolsa no ombro e tento abrir caminho para entrar. O professor Soto está de costas para mim, vestindo uma jaqueta de couro.

Quando se vira, me cumprimenta com um sorriso. "Srta. Young."

"Oi, professor Soto."

"O que traz você aqui? Veio saber qual foi o tópico de hoje para escrever no diário?"

"Não, o Landon já me passou. Vim até aqui para agradecer." Fico remexendo desconfortavelmente os pés em meus tênis de ginástica.

"Pelo quê?"

"Por ter escrito um testemunho em defesa do Hardin. Sei que ele não trata você muito bem, então merece um agradecimento especial."

"Não foi nada, de verdade. Todo mundo merece uma educação de qualidade, inclusive os esquentadinhos." Ele dá risada.

"Pois é." Dou um sorriso e fico olhando ao redor da sala, sem saber o que dizer.

"Além disso, o Zed fez por merecer", ele diz de repente.

Quê?

Olho de novo para ele. "Como assim?"

O professor Soto pisca os olhos algumas vezes, como se estivesse voltando a si. "Nada. É que... Com certeza Hardin deve ter tido um bom motivo para fazer o que fez, só isso. Preciso ir, tenho uma reunião daqui a pouco, mas obrigado por vir falar comigo. Vejo você na próxima aula, na quarta-feira."

"Não vou estar aqui na quarta. Vou viajar."

Ele faz um aceno rápido com a mão. "Bem, divirta-se, então. Falo com você na volta." Ele sai andando apressado, me deixando perplexa com seu comentário.

9

HARDIN

Richard, meu improvável companheiro de copo, foi ao banheiro pela quinta vez desde que chegamos. Tenho a impressão de que Betsy, a mulher do bar, meio que tem uma queda pelo cara, o que me deixa bem desconfortável.

"Mais um?", ela pergunta.

Respondo com um aceno de cabeça, sem querer muita conversa. São quase duas da tarde e já tomei quatro doses, o que não seria tão ruim se não fosse uísque puro com uma pedrinha miserável de gelo.

Meus pensamentos estão turvos e minha raiva ainda não passou. Não sei nem com quem estou mais bravo, nem por que, então desisto de pensar e simplesmente entro no modo puto da vida com tudo.

"Aqui está." A mulher do bar desliza a bebida pelo balcão até mim enquanto Richard se acomoda no banquinho ao meu lado. Pensei que ele tivesse entendido a importância do lugar vazio entre nós, mas pelo jeito não.

Ele se vira para mim, passando as unhas na barba comprida. O barulho que ele faz é enervante. "Você pediu outro para mim?"

"Você devia raspar essa coisa", ofereço minha opinião alcoolizada.

"Isso aqui?" Ele faz o mesmo movimento outra vez com a mão.

"É, isso aí. Não é nem um pouco bonito", respondo.

"Eu não ligo... me mantém aquecido." Ele dá risada, e eu dou um gole na minha bebida para não rir também.

"Betsy!", ele grita. Ela balança a cabeça e pega o copo vazio no balcão. Ele olha para mim. "Vai me contar por que está bebendo?"

"Não." Balanço meu copo de uísque em um movimento giratório, fazendo a única pedra de gelo tilintar.

"Beleza. Nada de perguntas, então. Só bebida", ele diz com um sorriso.

A maior parte da minha raiva por ele se dissipou. Quer dizer, até eu imaginar uma loirinha de dez anos se escondendo na estufa de sua mãe. Seus olhos azuis acinzentados estão arregalados, com medo... e então um menino loiro usando uma porra de um cardigã aparece para salvar o dia.

"Só uma pergunta", ele insiste, interrompendo meus pensamentos.

Respiro fundo e tomo um longo gole de uísque para não fazer nenhuma idiotice. Quer dizer, nenhuma idiotice maior que beber com o pai alcoólatra da minha namorada. Essa família e suas malditas perguntas. "Só uma", respondo.

"Você foi mesmo expulso da faculdade hoje?"

Olho para o letreiro de neon de um anúncio de cerveja enquanto penso a respeito, me arrependendo de ter tomado quatro... não, *cinco* doses. "Não. Mas ela acha que eu fui", confesso.

"E por que ela acha isso?" *Intrometido do caralho.*

"Porque foi isso que eu falei." Eu me viro para ele e digo com os olhos sem expressão: "Já chega de confissões por hoje."

"Você que sabe." Ele sorri e levanta o copo para brindar com o meu, mas eu o afasto, balançando a cabeça. Pela maneira como dá risada, dá para perceber que não esperava mesmo que eu brindasse com ele. Pelo jeito, ele me considera divertido na mesma medida em que eu o considero irritante.

Uma mulher mais ou menos da idade dele aparece e se senta no banquinho ao lado. Ela passa o braço fino sobre os ombros de Richard e ele a cumprimenta de forma efusiva. Não parece ser uma sem-teto, mas os dois obviamente se conhecem. Ele provavelmente passa a maior parte do tempo nesse bar horrível. Aproveito a distração para ver se recebi alguma mensagem de texto ou ligação de Tessa. Nada.

Fico aliviado mas ao mesmo tempo irritado por ela não ter tentado falar comigo. Aliviado porque estou bêbado, e irritado porque já estou com saudade. Cada copo de uísque que desce pela minha garganta faz com que eu sinta mais falta dela, torna o vazio de sua ausência ainda maior.

Porra, o que foi que ela fez comigo?

Ela é enfurecedora, e está sempre me provocando. É como se ela literalmente ficasse tramando novas formas de me deixar furioso. Na verdade, deve ser exatamente isso que ela está fazendo. Deve estar sentada na cama de pernas cruzadas com aquela agenda idiota no colo, uma caneta presa nos dentes e outra atrás da orelha, pensando em mais coisas para me tirar do sério.

Faz seis meses que estamos juntos — seis meses. Não é pouco, nunca aguentei passar tanto tempo assim com uma pessoa. É verdade que não estamos namorando há esse tempo todo, e muitos meses foram gastos — não, *desperdiçados* — com as minhas tentativas de ficar longe dela.

A voz de Richard interrompe meus pensamentos. "Essa é a Nancy."

Faço um aceno de cabeça para a mulher e volto a olhar para o balcão de madeira escura.

"Nancy, esse rapaz bem-educado aqui é o Hardin. Ele é o namorado da Tessie", ele anuncia com orgulho.

Por que ele teria orgulho de alguém como eu ser namorado de sua filha?

"Tessie tem um namorado! Ela está aqui? Eu adoraria conhecê-la! O Richard fala tanto nela!"

"Ela não está aqui", eu resmungo.

"Que pena. Como foi a festa de aniversário dela? Foi no fim de semana passado, não foi?", ela pergunta.

Quê?

Richard olha para mim, claramente implorando para eu confirmar alguma mentira que ele contou. "É, foi legal", ele responde por mim antes de engolir o restante da bebida.

"Que bom", diz Nancy, e em seguida aponta para a porta. "Ah, aí está ela!"

Meus olhos se voltam para a porta, e por um momento chego a pensar que ela está falando de Tessa, o que não faz o menor sentido. Elas nem se conhecem. Em vez dela, quem atravessa o pequeno recinto na nossa direção é uma loirinha magricela. Esse bar está ficando cheio demais.

Ergo meu copo vazio no ar. "Mais um."

Depois de uma revirada de olhos e de um xingamento baixinho — cretino —, ela me serve mais uma dose.

"Essa é minha filha, Shannon", Nancy me explica.

Shannon me olha de cima a baixo com olhos escondidos por trás de cílios enormes que mais parecem duas aranhas. Essa menina usa maquiagem demais.

"Shannon, esse é o Hardin", Richard apresenta, mas não faço nenhuma menção de cumprimentá-la.

Alguns meses atrás, eu provavelmente teria dado pelo menos alguma atenção para essa menina desesperada. Talvez tivesse até deixado ela me chupar no banheiro imundo daqui. Mas agora só quero que ela pare de me olhar.

"Acho que, se você puxar mais um pouco, vai pular tudo para fora", comento diante de sua maneira irritante de puxar a camiseta para baixo para escancarar o pouco de decote que consegue ter.

"Como é?", ela retruca, bufando e pondo as mãos na cintura estreita.

"É isso mesmo que você ouviu."

"Ei, ei. Vamos manter a calma", diz Richard, levantando as mãos.

Depois disso, Nancy e sua filha piranha vão procurar uma mesa para sentar.

"De nada", eu digo para ele, que balança a cabeça.

"Você é um filho da puta desagradável." Antes que eu possa dizer alguma coisa, ele acrescenta: "É assim mesmo que eu gosto".

Três doses depois, eu mal consigo me equilibrar no banquinho. Richard, que obviamente não faz nada na vida além de beber, parece estar com o mesmo problema, porque está chegando perto demais de mim.

"Então, quando saí no dia seguinte, tive que andar mais de três quilômetros! E, para piorar, começou a chover..."

Ele continua com sua história sobre a última vez em que foi preso. Eu continuo a beber, fingindo que ele não está falando comigo.

"Se eu tenho que guardar seu segredo, você podia pelo menos me dizer por que falou para a Tessie que foi expulso", ele diz por fim.

De alguma forma, eu sabia que ele ia esperar eu estar completamente bêbado para tocar nesse assunto de novo. "Porque é mais fácil se ela acreditar nisso", admito.

"Como assim?"

"Porque eu quero que ela vá para a Inglaterra comigo, e ela não está muito animada com a ideia."

"Não entendi." Ele aperta o nariz na altura dos olhos.

"Sua filha quer me abandonar, e não posso deixar isso acontecer."

"Então você falou que foi expulso da faculdade para ela ir com você para a Inglaterra?"

"Mais ou menos isso."

Ele olha para sua bebida, depois para mim. "Que ideia idiota."

"Eu sei." E parece *realmente* uma idiotice depois que eu disse em voz alta, mas de alguma forma fez sentido na minha cabeça perturbada.

"Quem é você para me dar conselhos, aliás?", eu retruco por fim.

"Ninguém. Só estou dizendo que você vai terminar como eu se continuar assim."

Sinto vontade de mandar o cara se foder e cuidar da própria vida, mas quando olho para ele vejo de novo a semelhança que notei quando chegamos ao bar. Merda.

"Não conta para ela", eu lembro.

"Não vou contar." Ele se vira para Betsy. "Mais uma rodada."

Ela sorri para ele e começa a preparar nossas bebidas. Acho que não consigo beber mais nada.

"Para mim chega. Você já está com três olhos", eu digo.

Ele dá de ombros. "Sobra mais para mim."

Eu sou um namorado de merda, penso comigo mesmo, me perguntando o que Tessie — Tessa, *porra* — está fazendo agora.

"Eu sou um pai de merda", diz Richard.

Estou bêbado demais para saber a diferença entre pensar as coisas e dizer em voz alta, então não sei se foi só uma coincidência ou se falei aquilo.

"Chega para lá", uma voz áspera diz para Richard.

Olho para o lado e vejo um baixinho ainda mais barbudo que meu companheiro de copo.

"Não tem mais banquinhos para lá, amigo", Richard responde sem se alterar.

"Bom, então é melhor você cair fora", o homem ameaça.

Porra, isso não. Não agora.

"Nós não vamos sair daqui", eu respondo para o sujeito.

O sujeito então comete o grande erro de arrancar Richard do banco puxando-o pelo colarinho.

10

TESSA

A caminhada de volta até o carro depois da aula de ioga parece mais longa que o habitual. O peso da expulsão de Hardin e da mudança para Seattle foi tirado dos meus ombros durante a meditação, mas agora, fora das quatro paredes da sala, está de volta, multiplicado por dez.

Assim que começo a sair com o carro do estacionamento, meu telefone vibra no banco do passageiro. Hardin.

"Alô?" Eu estaciono e ponho o carro em ponto morto.

Mas é uma voz de mulher que fala do outro lado da linha, fazendo meu coração parar de bater. "É a Tessa?"

"Sim."

"Ótimo. Estou aqui com seu pai e..."

"O... namorado dela...", ouço Hardin grunhir ao fundo.

"É, seu *namorado*", ela repete, de um jeito nada simpático. "Você tem que vir buscar os dois antes que alguém chame a polícia."

"A polícia? Onde eles estão?" Engato a marcha do carro de novo.

"No Dizzy's, em Lamar. Conhece?"

"Não, mas procuro no Google."

"Hã... claro."

Ignorando a ironia, desligo o telefone e procuro às pressas o melhor caminho para chegar ao bar. *Por que diabos Hardin e o meu pai estão em um bar às três da tarde? Por que diabos Hardin e o meu pai estão juntos?*

Isso não faz sentido — e que história é essa de polícia? O que eles aprontaram? Eu devia ter perguntado para a mulher no telefone. Só espero que não tenham brigado *um com o outro*. Era só o que me faltava.

Minha imaginação vai a mil durante o trajeto, e só consigo achar que Hardin matou o meu pai, ou vice-versa. Não vejo nenhuma viatura quando chego ao pequeno bar, o que é um bom sinal, acho. Paro bem em frente à porta e entro correndo, desejando estar vestida com um moletom, e não uma camiseta.

"Aí está ela!", meu pai grita para mim, todo feliz.

Dá para ver que ele está bêbado quando vem cambaleando na minha direção.

"Você precisava ter visto, Tessie!" Ele bate as mãos uma na outra. "Hardin encheu o cara de porrada!"

"Onde ele...", começo a perguntar, mas nesse momento a porta do banheiro se abre e Hardin sai, limpando as mãos sujas de sangue em um pedaço de papel manchado de vermelho.

"O que aconteceu?", grito para ele do outro lado do bar.

"Nada... fica calma."

Começo a caminhar na direção dele, perplexa. "Você está *bêbado*?", pergunto e dou uma olhada em seus olhos, que estão vermelhos.

Ele desvia o olhar. "Talvez."

"Inacreditável." Cruzo os braços quando ele tenta segurar minha mão.

"Ei, você deveria me agradecer por defender o seu pai. Ele estaria estendido no chão agora se não fosse por mim." Ele aponta para um homem sentado no chão com um saco de gelo no rosto.

"Não deveria agradecer porcaria nenhuma... você está bêbado no meio da tarde! E com o meu pai, ainda por cima! O que você tem na cabeça?" Me afasto dele pisando duro, a caminho do fundo do bar, onde meu pai está sentado.

"Não fica brava com ele, Tessie. Ele te ama." Meu pai está defendendo Hardin.

O que ele tem na cabeça?

Quando Hardin vem até nós, eu cerro os punhos e grito: "Então agora que vocês encheram a cara juntos viraram melhores amigos? Nenhum de vocês dois deveria estar bebendo!".

"Linda", Hardin fala no meu ouvido e tenta me abraçar.

"Ei", a mulher atrás do balcão diz, batendo na superfície de madeira para atrair minha atenção. "Você precisa tirar esses dois daqui."

Faço que sim com a cabeça e olho para os dois bêbados idiotas sob minha responsabilidade. O rosto do meu pai está vermelho, o que me faz concluir que ele apanhou, e as mãos de Hardin estão começando a inchar.

"Você pode passar a noite lá em casa para curar essa bebedeira, mas esse comportamento é inaceitável." Quero brigar com eles, para deixar claro o quanto estão sendo infantis. "E isso vale para os dois."

Saio pisando duro daquele lugar malcheiroso e chego ao carro antes mesmo que eles alcancem a porta do bar. Hardin olha feio para o meu pai quando ele tenta colocar a mão em seu ombro. Fico esperando no carro, enojada.

A embriaguez de Hardin me deixa preocupada. Sei muito bem como ele fica quando está bêbado e acho que nunca o vi nesse estado antes, nem mesmo na noite em que ele quebrou todas as louças de Karen. Sinto saudade dos tempos em que Hardin só bebia água nas festas. Temos uma longa lista de problemas para resolver, e essa bebedeira só piora a nossa situação.

Pelo jeito, meu pai deixou de ser um bêbado violento para se transformar em um bebum engraçadinho, que não para de contar piadas irritantes e de mau gosto. Durante todo o caminho para casa, ele fica rindo das próprias piadas, às vezes acompanhado por Hardin. Não foi assim que imaginei que seria meu dia. Não sei o que aproximou Hardin do meu pai, mas agora que os dois estão bêbados no meio da tarde, sei que não estou gostando nada dessa "amizade".

Quando chegamos em casa, deixo meu pai na cozinha comendo os cereais de Hardin e vou para o quarto — onde começam e terminam a maior parte das nossas discussões.

"Tessa", Hardin começa assim que eu fecho a porta.

"Nem começa", respondo com frieza.

"Não fica brava comigo... a gente só estava tomando uns drinques." Seu tom é de brincadeira, mas não estou com o menor saco para isso.

"'Só 'tomando uns drinques'? Com o meu pai... um alcoólatra com quem estou tentando reconstruir uma relação, que eu queria que começasse a pensar em ficar sóbrio. Foi com ele que você foi tomar seus 'drinques'?"

"Linda..."

Eu balanço a cabeça. "Não me vem com esse papo de 'linda'. Eu não gostei nem um pouco do que você fez."

"Não aconteceu nada." Ele segura meu braço para me puxar, mas, quando o afasto, ele cambaleia e cai na cama.

"Hardin, você se meteu em uma briga de novo!"

"Foi uma briguinha de nada. Ninguém está nem aí para isso."

"Eu estou."

Sentado na beirada da cama, ele olha para mim com os olhos verdes manchados de vermelho e pergunta: "Então por que está me abandonando? Se está tão preocupada comigo?".

Meu coração se aperta um pouco mais dentro do peito.

"Não estou abandonando você. Estou pedindo para você ir comigo." Solto um suspiro.

"Mas eu não quero ir", ele resmunga.

"Eu sei, mas essa é a única coisa que me sobrou na vida... além de você, claro."

"Eu caso com você." Ele tenta segurar minha mão, mas eu dou um passo atrás.

Minha respiração se acelera. Tenho certeza de que não ouvi direito o que ele falou. "*Quê?*" Estendo as mãos, impedindo que ele se aproxime.

"Eu disse que caso com você se escolher ficar comigo." Ele fica de pé e dá um passo na minha direção.

Mesmo que eu saiba que não significam nada por causa da quantidade de álcool correndo nas veias dele, essas palavras me deixam empolgada. "Você está bêbado", retruco.

Ele só está falando em casamento porque está bêbado, o que é ainda pior do que nem considerar essa hipótese.

"E daí? Estou falando sério."

"Não está, não." Faço que não com a cabeça e evito seu toque outra vez.

"Estou, sério... Não agora, claro, mas daqui a tipo... uns seis anos?" Ele coça a testa com o polegar, pensativo.

Eu reviro os olhos. Apesar do coração disparado, essa última parte, propondo o casamento de forma vaga, para "daqui a tipo seis anos", mostra que ele já está voltando a cair na real, por mais que seu lado bêbado ainda tente me convencer do contrário. "Vamos ver o que você vai dizer sobre isso amanhã", respondo, certa de que ele não vai se lembrar de nada.

"Você vai estar usando essa calça?" Seus lábios se curvam em um sorriso pervertido.

"Não. E não começa a falar sobre essa maldita calça."

"Foi você que quis usar. Você sabe o que eu acho dela." Ele olha para baixo e aponta para o próprio colo, erguendo as sobrancelhas.

O Hardin bêbado, provocador e brincalhão é fofo... mas não o suficiente para me fazer ceder.

"Vem cá", ele pede, fingindo uma careta de preocupação.

"Não. Ainda estou chateada com você."

"Qual é, Tessie, não seja má." Ele dá risada e esfrega os olhos com as costas da mão.

"Se um de vocês me chamar assim de novo, juro que..."

"Tessie, qual é o problema, Tessie? Você não gosta de ser chamada de Tessie, Tessie?"

O sorriso de Hardin se escancara, e minha determinação começa a enfraquecer quando olho para ele.

"Você vai me deixar arrancar a sua calça?"

"Não. Tenho um monte de coisas para fazer hoje, e nenhuma delas inclui deixar você tirar a minha roupa. Até chamaria você para ir comigo, mas, como decidiu encher a cara com o meu pai, vou ter que ir sozinha."

"Você vai sair?" A voz dele é suave e ao mesmo tempo áspera por causa da bebida.

"Vou."

"Mas não com essa roupa, né?"

"Com essa roupa, sim. Eu posso usar a roupa que eu quiser." Pego um moletom e vou na direção da porta. "Volto mais tarde. Não faz mais nenhuma besteira, porque eu não vou pagar fiança para tirar você nem o meu pai da cadeia."

"Nervosinha. Adorei sua atitude, mas tenho uma coisa melhor para você fazer com essa sua boca." Eu ignoro o comentário grosseiro, e ele insiste: "Fica comigo".

Saio do quarto e do apartamento bem rápido, antes que ele acabe me convencendo a ficar. Ainda ouço Hardin gritar "Tessie" antes de chegar à porta, e sou obrigada a tapar a boca para esconder a risadinha que deixo escapar. Esse é o meu problema: quando o assunto é Hardin, meu cérebro não sabe distinguir o certo do errado.

11

TESSA

Quando chego ao carro, imediatamente me arrependo de não ter ficado no quarto com Hardin e seu humor brincalhão.

Mas tenho mesmo muita coisa para fazer. Preciso ligar para a mulher de Seattle para falar sobre o apartamento, comprar algumas coisas para a viagem com a família de Hardin e, o mais importante de tudo, pensar sobre a mudança para Seattle. O papo de casamento de Hardin quase me balançou, mas sei que amanhã o pedido não vai estar de pé. Estou tentando desesperadamente não pensar demais no que ele falou e mudar de ideia, mas está sendo mais difícil do que eu esperava.

Eu caso com você se escolher ficar comigo.

Fiquei surpresa — chocada, na verdade — quando ouvi essas palavras. Ele parecia tão calmo, com um tom de voz neutro, como se estivesse anunciando o que íamos jantar. Mas eu sei muito bem o que está acontecendo: ele está ficando desesperado. O álcool e seu desespero para me manter longe de Seattle são os únicos motivos por trás dessa proposta. Mesmo assim, não consigo parar de repetir as palavras na minha mente. É patético, eu sei, mas, para ser sincera, estou dividida entre a esperança e a consciência de que a proposta não é séria.

Quando chego à Target, ainda não liguei para Sandra (acho que é esse o nome da mulher) para falar sobre o apartamento. Pelas fotos do site, parece ser um lugar legal. Não chega nem perto do apartamento onde moramos hoje, mas é o suficiente e cabe no meu orçamento. Não tem prateleiras para os livros ocupando paredes inteiras nem a parede de tijolo aparente de que tanto gosto, mas serve.

Estou pronta para me mudar para Seattle. Estou pronta para tomar essa decisão pelo meu futuro. Espero por isso desde que me entendo por gente.

Ando pela loja, distraída com meus pensamentos sobre Seattle e minha situação, e logo percebo que minha cesta está cheia de coisas aleatórias, e nada do que eu preciso para a viagem. Sabão para a lava-louças, pasta de dente, uma pá de lixo nova. Por que comprar isso se vou me mudar? Ponho a pá de volta na prateleira e também umas meias coloridas que peguei aparentemente sem nenhum motivo. Se Hardin não vier comigo, vou ter que comprar louças novas, tudo novo. É um alívio o apartamento ser mobiliado, já que isso me poupa de ter que comprar um monte de coisas.

Depois da Target, não sei mais o que fazer. Não quero voltar para o apartamento com Hardin e meu pai lá, mas não tenho para onde ir. Vou passar três dias com Landon, Ken e Karen, então acho melhor não ir até a casa deles incomodá-los. Estou precisando de amigos. Ou pelo menos de uma amiga. Posso ligar para Kimberly, mas ela deve estar ocupada demais cuidando da própria mudança. Sortuda. Ela está indo para Seattle por causa de Christian, é verdade, mas dá para ver no jeito como ele olha para ela que a seguiria para onde quer que fosse.

Enquanto procuro nos contatos do telefone o número de Sandra, quase acabo clicando no nome de Steph.

Fico me perguntando o que ela deve estar fazendo. Hardin provavelmente ficaria maluco se descobrisse que nos encontramos. Só que ele não está em condições de me dizer o que fazer depois de encher a cara e se meter em uma briga em plena luz do dia.

Decido ligar para ela, que atende imediatamente.

"Tessa! O que você anda aprontando?", ela fala alto, para superar as vozes das pessoas conversando ao fundo.

"Nada. Estou saindo do estacionamento da Target."

"Ah, que divertido, hein?" Ela dá risada.

"Não exatamente. Você está ocupada?"

"Não, só estou indo almoçar com uma amiga."

"Ah, tá. Bom, me liga quando puder, então", respondo.

"Você pode vir junto, se quiser. Vamos no Applebee's do lado do campus."

Esse Applebee's me faz lembrar de Zed, mas a comida é boa e ainda não comi nada hoje.

"Tudo bem. Tem certeza de que não vou incomodar?", pergunto.

Escuto o barulho da porta de um carro se fechando ao fundo. "Claro que não! Vai pra lá. Nós chegamos em uns quinze minutos."

Ligo para Sandra no caminho de volta para o campus e deixo uma mensagem de voz. Não consigo ignorar o alívio que sinto quando a ligação cai na caixa-postal, apesar de não saber por quê.

O Applebee's está bem cheio quando chego, e não vejo Steph quando esquadrinho o restaurante em busca de seus cabelos vermelhos, então dou meu nome para a recepcionista.

"Quantas pessoas?", ela pergunta com um sorriso simpático.

"Três, acho..." Steph falou que estava com uma amiga, então imagino que não deva vir mais ninguém.

"Bom, tenho uma mesa livre agora, então é melhor já acomodar você." A moça sorri e pega quatro cardápios no balcão atrás de si.

Eu a sigo até uma mesa no fundo do restaurante e fico esperando Steph. Dou uma olhada no meu telefone para ver se chegou alguma mensagem de Hardin, mas não, ele deve estar dormindo como uma pedra. Quando volto a olhar para a frente, minha adrenalina imediatamente sobe, pois vejo diante de mim uma cabeleira cor-de-rosa cintilante.

12

HARDIN

Abro o armário da cozinha em busca de alguma coisa para comer. Preciso me livrar do excesso de álcool no meu organismo.

"Ela está furiosa com a gente", Richard comenta, me observando.

"Está mesmo." Não consigo conter o sorriso ao me lembrar de seu rosto vermelho de raiva, as mãos fechadas ao lado do corpo. Ela estava puta da vida.

Não tem graça. Quer dizer, tem... Mas não *devia* ter.

"A minha filha é do tipo que guarda rancor?"

Olho para ele por um minuto. É estranho um pai ter que perguntar a um namorado sobre o temperamento da filha. "Está na cara que não. Afinal de contas, você está na nossa cozinha comendo todo o meu cereal." Eu chacoalho a caixa vazia.

Ele sorri. "Acho que você tem razão", ele diz.

"Pois é, geralmente eu tenho mesmo." Mas na realidade não é nem um pouco assim. "Acho que para você deve ser uma droga ter aparecido agora, já que ela vai se mudar daqui a menos de uma semana", digo enquanto ponho um pote de plástico no micro-ondas. Nem sei o que tem dentro, mas estou morrendo de fome, bêbado demais para cozinhar, e Tessa não está aqui para preparar alguma coisa para mim. *Como é que eu vou me virar depois que ela for embora, caralho?*

"É uma droga mesmo", ele diz com uma careta. "Ainda bem que Seattle não é muito longe."

"A Inglaterra é."

Depois de uma longa pausa, ele responde: "Ela não vai para a Inglaterra".

Olho feio para ele. "E como é que você sabe, porra? Voltou a falar com ela tem o quê, dois dias?" Estou prestes a explodir, mas o apito irritante do micro-ondas interrompe a conversa.

72

"Mas eu conheço a Carol, e sei que ela não iria para a Inglaterra."

Então ele vai voltar a ser o bêbado irritante de ontem.

"Tessa não é a mãe dela, e eu não sou você."

"Tudo bem", ele responde, dando de ombros.

13

TESSA

Molly.

Fico rezando para a presença dela ser mera coincidência, mas, quando Steph surge atrás dela, eu me afundo no assento.

"Oi, Tessa!", Steph diz e senta na minha frente, se encostando à parede para que sua "amiga" possa se acomodar ao seu lado. *Por que ela me convidaria para um almoço com a Molly?*

"Há quanto tempo", diz Molly, a piranha.

Não sei o que falar para nenhuma das duas. Minha vontade é levantar e ir embora, mas em vez disso abro um meio sorriso e respondo: "Pois é".

"Você já pediu?", pergunta Steph, ignorando o fato de que apareceu no restaurante com minha pior inimiga — na verdade minha única inimiga.

"Não." Pego meu celular dentro da bolsa.

"Não precisa ligar para o papai, eu não mordo", ironiza Molly.

"Eu não ia ligar para o Hardin", respondo. Eu ia mandar uma mensagem de texto para ele, o que é bem diferente.

"Sei", ela retruca, dando risada.

"Para", repreende Steph. "Você disse que ia se comportar, Molly."

"Por que você veio, aliás?", pergunto para a menina que mais desprezo no mundo.

Ela dá de ombros. "Estou com fome", ela responde com indiferença, claramente zombando dos meus sentimentos.

Pego meu moletom e faço menção de levantar. "Acho melhor eu ir embora."

"Não, fica! Por favor, você vai se mudar e depois a gente não vai mais se ver", Steph pede, fazendo beicinho.

"Quê?"

"Você vai embora daqui a alguns dias, não vai?"

"Quem foi que te contou isso?"

Molly e Steph se olham antes de Steph responder: "Zed, eu acho. Mas não importa. Pensei que você fosse me contar".

"Eu ia. É que tinha muita coisa acontecendo ao mesmo tempo. Eu ia contar hoje...", respondo, olhando para Molly para explicar minha relutância em continuar.

"Eu ainda queria que você tivesse me contado. Eu fui sua primeira amiga aqui." Steph volta a fazer beicinho, de um jeito que faz eu me sentir mal, mas ao mesmo tempo é meio cômico, então fico aliviada quando a garçonete chega para anotar nosso pedido de bebidas.

Enquanto Steph e Molly pedem seus refrigerantes, mando uma mensagem para Hardin. **Você deve estar desmaiado, mas vim almoçar com a Steph, e ela trouxe a Molly** :/ Envio a mensagem e olho para as duas.

"Então, está empolgada com a mudança? Como você e o Hardin vão fazer agora?", Steph pergunta.

Encolho os ombros e olho ao redor. Não estou nem um pouco a fim de discutir meu relacionamento na frente da filha de Satã.

"Pode falar na minha frente. Vai por mim, não estou interessada na sua vidinha entediante", ironiza Molly, tomando um gole de sua água.

"Confiar em você?" Eu dou risada, e meu telefone vibra.

Vem para casa. É a resposta de Hardin.

Não sei o que esperava que ele dissesse, mas fico decepcionada com seu conselho, ou melhor, com a falta de um.

Não, estou com fome, respondo.

"Olha, você e o Hardin são fofos e tal, mas eu realmente não estou mais nem aí para o relacionamento de vocês", Molly informa. "Tenho o meu próprio relacionamento para me preocupar agora."

"Ótimo. Bom para você." Sinto pena do idiota, quem quer que ele seja.

"Por falar nisso, Molly, quando a gente vai conhecer esse cara misterioso?", Steph pergunta para a amiga.

Molly faz um gesto com a mão rejeitando a ideia. "Não sei. Mas agora não."

A garçonete volta com nossas bebidas e anota nossos pedidos. Assim que ela se afasta, Molly se volta para mim, sua verdadeira presa. "Aliás,

você está muito puta com o Zed por ele querer pôr o Hardin na cadeia?",
ela pergunta, e eu quase cuspo minha água.

A ideia de Hardin ir para a cadeia faz meu sangue congelar. "Estou
tentando impedir que isso aconteça."

"Boa sorte. A não ser que esteja disposta a dar para o Zed, não tem
nada que você possa fazer." Ela abre mais um sorrisinho, batucando com
a unha verde neon na mesa.

"Isso nunca vai acontecer", respondo com um grunhido.

Tenho uma coisa para você comer aqui. Brincadeira. Mas agora falando sério: vem pra casa antes que aconteça alguma coisa e eu não consiga te salvar.

Me *salvar*? Do quê? De Molly e Steph? Steph é minha amiga, e eu já
provei que sei dar uma lição em Molly, e não pensaria duas vezes em fazer
isso de novo. Ela é irritante e insuportável, mas não tenho mais medo dela.

Pela mensagem pervertida, dá para ver que Hardin ainda está
bêbado.

É sério, sai daí. Ele insiste quando eu não respondo.

Jogo o celular na bolsa e volto minha atenção para as meninas.

"Você já fez isso antes, então que diferença faz?", Molly questiona.

"Como é?", rebato.

"Não estou julgando você. Eu já dei para o Hardin. Para o Zed também", ela lembra.

Minha frustração é tão grande que tenho vontade de gritar. "Eu não
dormi com o Zed", digo por entre os dentes cerrados.

"Sei...", Molly diz, e Steph olha feio para ela.

"Alguém disse para vocês que eu dormi com o Zed?", pergunto.

"Não", Steph responde antes que Molly possa se manifestar. "E,
enfim, chega de falar do Zed. Quero falar sobre Seattle. O Hardin vai
com você?"

"Vai", minto. Não quero admitir, ainda por cima na frente de Molly,
que Hardin se recusa a ir comigo para Seattle.

"Então nenhum de vocês vai ficar aqui? Vai ser bem estranho", Steph
comenta, franzindo um pouco a testa.

Vai ser estranho começar em uma nova faculdade depois de tudo
por que passei na wcu. Mas é exatamente disso que preciso — um novo

começo. Essa cidade inteira está contaminada por lembranças de traições e falsas amizades.

"A gente devia fazer alguma coisa esse fim de semana... tipo uma despedida", Steph sugere.

"Não, nada de festas", eu recuso.

"Não, não uma festa, só o nosso grupinho." Ela me olha como se estivesse suplicando. "Vamos ser sinceras: a gente provavelmente nunca mais vai se ver, e o Hardin devia se encontrar com os amigos dele pelo menos uma última vez."

Eu hesito e sou obrigada a desviar o olhar, virando a cabeça para o balcão do bar.

A voz de Molly quebra o silêncio. "Eu não vou, não se preocupa."

Olho de novo para elas, e nesse momento nossa comida chega.

Mas, a essa altura, já perdi o apetite. *As pessoas estão mesmo dizendo que dormi com Zed? Será que Hardin ouviu essa suposta fofoca? Zed vai mesmo mandar Hardin para a cadeia?* Minha cabeça começa a doer.

Steph come algumas batatas fritas e antes de terminar de mastigar continua: "Fala com o Hardin e depois me conta. Podemos fazer a reunião no apartamento de alguém... no do Tristan e do Nate, até. Assim não vai aparecer ninguém nada a ver".

"Eu posso perguntar... Mas não sei se ele vai querer." Meus olhos se voltam para a tela do celular. Três chamadas perdidas. Uma mensagem de texto: **Atende o telefone.**

Vou embora assim que terminar de comer, calma. Bebe um copo d'água, respondo e começo a remexer nas minhas batatas.

Mas Molly obviamente percebe a tensão e começa a falar sem nenhum freio na língua. "Bom, ele *vai* gostar da ideia... Era todo mundo amigo dele antes de você chegar e estragar o cara."

"Eu não estraguei ninguém."

"Estragou, sim. Ele está muito diferente... não liga mais para ninguém."

"Amigos dele...", eu ironizo. "Ninguém liga para ele também. O único que ainda tenta manter contato é o Nate."

"Isso é porque a gente sabe que...", Molly começa.

Mas Steph levanta a mão para interrompê-la. "Chega. Meu Deus", ela resmunga, esfregando as têmporas.

"Vou pedir para embalarem minha comida e vou para casa. Isso foi uma péssima ideia", digo a ela. Não sei onde Steph estava com a cabeça quando me chamou para almoçar com Molly. Ela podia pelo menos ter me avisado.

Steph me lança um olhar compreensivo. "Desculpa, Tessa. Pensei que vocês podiam começar a se dar bem, já que ela não quer mais dar para o Hardin." Ela olha feio para Molly, que encolhe os ombros.

"A gente *está* se dando bem... melhor que antes", Molly diz.

Minha vontade é de tirar aquele sorrisinho do rosto dela na base do tapa. Mas o toque do telefone de Steph interrompe meus pensamentos violentos.

Um olhar intrigado aparece em seu rosto. Em seguida diz: "É o Hardin. Ele está me ligando", e mostra o telefone para mim.

"É porque eu não respondi as mensagens dele. Ligo para ele daqui a pouco", eu digo e Steph ignora a chamada.

"Meu Deus, que obsessão." Molly termina de comer uma batata frita.

Mordo a língua e peço para a garçonete embalar minha comida para viagem. Mal toquei na comida, mas não quero fazer um escândalo no meio do restaurante.

"Por favor, pensa sobre sábado. Nós podemos fazer tipo um jantar, em vez de uma festa", Steph sugere. E abre um sorriso sedutor. "Por favor?"

"Vou ver o que posso fazer, mas vamos viajar e só voltamos no sábado de manhã."

Ela balança a cabeça. "Você escolhe a hora."

"Obrigada. A gente se fala", digo antes de pagar a minha conta.

Não gosto da ideia, mas ela tem razão — nós não vamos mais nos ver. Hardin vai ter que ir para algum lugar. Talvez não para Seattle, mas ele não vai ficar aqui agora que foi expulso, e provavelmente vai querer ver seus amigos uma última vez.

"Ele está ligando de novo", Steph me avisa; ela nem se dá ao trabalho de esconder que está se divertindo.

"Fala para ele que eu já estou indo." Eu levanto e vou em direção à porta.

Quando me viro para olhar, Steph e Molly estão conversando, e o telefone de Steph está largado sobre a mesa diante delas.

14

HARDIN

"Tessa, se você não me ligar agora, vou atrás de você, bêbado ou não", ameaço e jogo meu telefone no sofá com força. O celular quica no encosto e vai parar no chão.

"Ela vai voltar", garante o babaca do Richard, como se isso fosse de grande ajuda.

"Eu sei!", grito para ele e pego meu celular. Por sorte, a tela não rachou. Olho feio para o velho bêbado antes de ir para o quarto.

O que ele está fazendo aqui de novo, caralho? E por que a Tessa não está? Não tem a menor chance de um encontro dela com Molly terminar bem.

Assim que começo a pensar em um plano para ir atrás dela apesar de estar sem chave, sem carro e com uma quantidade de álcool no sangue bem acima do permitido por lei, ouço a porta da frente se abrir.

"Ele, hã, foi deitar", Richard diz bem alto, com uma alegria totalmente descabida. Acho que ele está tentando me alertar sobre a chegada de Tessa.

Abro a porta antes que ela responda, e estendo o braço para chamá-la para o quarto. Ela não parece nem um pouco intimidada ou preocupada com a minha cara feia.

"Por que não atendeu quando eu liguei?", pergunto.

"Porque eu disse que já estava vindo. E vim."

"Você devia ter atendido. Eu fiquei preocupado."

"Preocupado?" Ela fica claramente surpresa com as minhas palavras.

"É, preocupado. Por que diabos você estava com a Molly?"

Ela pendura a bolsa no encosto da cadeira. "Sei lá. A Steph me convidou para almoçar e ela apareceu junto."

Porra, Steph. "Por que ela fez isso, porra? Ela foi desagradável?"

"Não mais que o normal." Ela ergue a sobrancelha, me observando.

"A Steph foi muito vaca por aparecer com ela. O que elas falaram?"

"Nada demais, mas acho que as pessoas estão espalhando boatos sobre mim." Ela fecha a cara e senta para tirar os sapatos.

"Quê? Que tipo de boato?"

O que quero perguntar de verdade é: quem eu preciso matar?

Porra, ainda estou bêbado. Como isso é possível? Faz pelo menos três horas. Lembro vagamente de ter ouvido algum tempo atrás que o efeito de cada dose demora uma hora para passar. Se for assim, vou ficar chapado por umas dez horas. Isso se eu não tiver errado nas contas.

"Você me ouviu?" A voz de Tessa soa preocupada.

"Não, desculpa", resmungo.

Ela fica vermelha. "Acho que as pessoas estão dizendo que o Zed e eu... você *sabe*."

"O quê?"

"Que nós... dormimos juntos." Seus olhos parecem cansados, e ela fala baixinho.

"Quem está dizendo isso?" Tento manter meu tom de voz sob controle, apesar da raiva que começa a crescer dentro de mim.

"Pelo jeito está rolando um boato. A Steph e a Molly me falaram."

Não sei se tento consolá-la ou se extravaso minha raiva. Estou bêbado demais para lidar com toda essa merda.

Ela põe as mãos no colo e olha para baixo. "Eu não quero que as pessoas pensem isso de mim."

"Não liga para elas, são duas idiotas. Se estiver rolando algum boato, eu vou dar um jeito nisso." Eu a puxo para sentar comigo na cama. "Não esquenta."

"Você está bravo comigo?", ela pergunta, me encarando com seus olhos azuis acinzentados.

"Estou", respondo. "Estou irritado porque você não atendeu o telefone, depois a Steph também não atendeu. Mas não estou bravo por causa dessa merda de boato — pelo menos não com você. Elas devem ter inventado isso só para encher o seu saco." A ideia de Steph e Molly falando merda para Tessa só para deixá-la magoada me deixa furioso.

"Não entendo por que ela apareceu lá com a Molly, que, aliás, fez questão de me lembrar que já dormiu com você." Ela faz uma careta. Eu também.

80

"Ela é uma vadia que não tem mais nada para fazer a não ser ficar lembrando de quando dava para mim feito uma louca."

"Hardin", Tessa reclama da minha descrição explícita demais.

"Desculpa. Mas você entendeu."

Ela abre o fecho da pulseira e levanta para colocá-la em cima da escrivaninha. "Você ainda está bêbado?"

"Um pouco."

"Um pouco?"

Eu sorrio. "Um pouco mais do que um pouco."

"Você está tão estranho." Ela revira os olhos e pega a porcaria da agenda na gaveta da escrivaninha.

"Como assim?" Levanto da cama e fico de pé atrás dela.

"Você está bêbado e mesmo assim está sendo legal. Tipo, estava bravo por eu não ter atendido, mas agora está todo..." Ela olha bem para mim. "*Compreensivo*, acho que é essa a palavra, com esse lance da Molly."

"O que você esperava que eu fizesse?"

"Sei lá... que gritasse comigo? O seu temperamento não é dos melhores quando você bebe", ela fala baixinho.

Dá para perceber que ela não está querendo me provocar, mas também quer que eu saiba que não vai deixar pra lá. "Eu não vou gritar com você. Só não queria que andasse com elas. Você sabe como elas são, principalmente a Molly, e não quero que ninguém magoe você." Depois acrescento, para enfatizar: "De jeito nenhum".

"Bom, elas não me magoaram, mas... Sei que é bobagem, mas eu só queria ter um almoço normal com uma amiga."

Sinto vontade de dizer que Steph não é a escolha ideal em se tratando de amizade, mas ela não tem nenhum amigo além de mim e do Landon... e do Noah.

E do Zed.

Bom, Zed não mais. Essa merda acabou, e tenho quase certeza de que ele não vai dar as caras por um bom tempo.

15

TESSA

O fato de Hardin estar sendo sensato me surpreende e consigo relaxar um pouco. Ele cruza as pernas e se inclina para trás, apoiado na palma das mãos. Não sei se devo tocar no assunto Seattle agora, já que ele está de bom humor, ou se é melhor esperar.

Mas, se eu resolver esperar, só Deus sabe quando vamos conseguir falar sobre isso de novo.

Eu me viro para ele, vejo seus olhos verdes me observando e decido arriscar. "A Steph quer fazer uma festinha de despedida", digo e espero sua reação.

"Para onde ela vai? Para a LSU?"

"Não. É para mim", explico, deixando de fora o detalhe de ter dito para elas que ele vai comigo para Seattle.

Ele olha bem para mim. "Você falou para elas que vai se mudar?"

"Falei. Por que não falaria?"

"Por que você ainda não se decidiu, certo?"

"Hardin, eu vou para Seattle."

Ele encolhe os ombros, despreocupado. "Você ainda tem um tempo para pensar."

"Enfim... o que você acha dessa ideia de festa? Ela falou que podia ser só tipo um jantar ou uma reuniãozinha na casa do Nate e do Tristan, em vez de uma festa na fraternidade", explico, mas Hardin ainda está embriagado e não parece estar me ouvindo. Dou uma olhada na minha programação para a próxima semana. Espero que Sandra entre contato logo para falar do apartamento, caso contrário não vou ter onde morar quando chegar em Seattle e vou acabar tendo que me mudar levando só uma mala para um quarto de hotel barato. Eca.

"Não, a gente não vai", ele me surpreende com a resposta.

Eu me viro para ele. "Quê? Por que não? Se for um jantar não vai ser tão ruim... sem bebedeira e essa palhaçada de verdade ou desafio, entendeu?"

Ele dá uma risadinha e o divertimento em seus olhos é visível. "Verdade ou *consequência*, Tess."

"Você entendeu! Vai ser a última vez que nós... bom, que *eu* vou ver essa galera e eles meio que foram meus amigos, por mais estranho que possa parecer." Prefiro não pensar no início da minha "amizade" com eles.

"A gente conversa sobre isso mais tarde. Esse assunto está me dando dor de cabeça", ele resmunga.

Solto um suspiro de derrota. Dá para notar em seu tom de voz que a conversa acabou.

"Vem cá." Ele senta de novo na cama e abre os braços para mim.

Fecho a agenda e vou até ele. Quando fico de pé entre suas pernas, suas mãos sobem para os meus quadris. Ele me olha com um sorriso pervertido.

"Você não deveria estar brava comigo ou algo assim?"

"Eu nem sei mais o que pensar, Hardin", admito.

"Sobre o quê?"

Jogo os braços para cima. "Sobre tudo. Seattle, a transferência de campus, a mudança do Landon, a sua expulsão..."

"Eu menti", ele diz sem se alterar e passa o nariz de leve na minha barriga.

Como é? "Quê?" Passo os dedos por seus cabelos, e ele ergue a cabeça para me encarar.

"Eu menti sobre ter sido expulso", ele confessa, encolhendo os ombros.

Dou um passo atrás. Ele tenta me puxar de volta, mas eu não me mexo. "Por quê?"

"Não sei, Tessa", ele diz, ficando de pé. "Fiquei chateado quando vi você lá com o Zed e descobri essa merda toda de Seattle."

Não posso acreditar. "Então você me falou que tinha sido expulso porque estava puto comigo?"

"Foi. Bom, tem outra razão também."

"*Que* outra razão?"

Ele suspira. "Você vai ficar brava." Seus olhos ainda estão vermelhos, mas ele parece estar ficando sóbrio rapidinho.

Eu cruzo os braços. "É, provavelmente. Mas me conta mesmo assim."

"Queria que você ficasse com pena de mim e mudasse para a Inglaterra comigo."

Não sei o que pensar sobre essa confissão. Eu deveria estar irritada. E *estou*. Puta da vida. Que cara de pau, tentar fazer eu me sentir culpada para me levar para a Inglaterra. Ele deveria ter jogando limpo desde o início... mas ainda assim me sinto um *pouco* melhor por ouvir isso da boca dele em vez de ficar sabendo da verdade por outras fontes, como normalmente acontece.

Ele me olha com uma expressão de interrogação. "Tessa...?"

Olho para ele e *quase* abro um sorriso. "Sinceramente, estou surpresa por você ter me contado tudo antes que eu ficasse sabendo por outra pessoa."

"Eu também." Ele elimina a distância entre nós, me segurando pelo pescoço com as mãos abertas. "Por favor, não fica brava comigo. Eu sou um cuzão."

Solto o ar com força, mas adoro sentir seu toque. "Que péssima defesa."

"Eu não estou me defendendo. Sou um babaca. E sei disso, mas eu te amo e estou de saco cheio dessa porra toda. Eu sabia que você ia descobrir tudo mais cedo ou mais tarde, principalmente com essa porcaria de viagem com a família do meu pai."

"Então você me contou porque eu ia acabar descobrindo?"

"Pois é."

Puxo a cabeça um pouco para trás para poder encará-lo. "Você ia continuar mentindo para mim e ia me obrigar a ir com você para a Inglaterra por pena?"

"Na prática é por aí..."

Como diabos eu devo reagir a isso? Sinto vontade de falar que ele é maluco, que não é meu pai e precisa parar de tentar me manipular, mas em vez disso fico parada de boca aberta, como uma idiota. "Você não pode tentar me forçar a fazer as coisas mentindo e me manipulando."

"Eu sei que é uma coisa escrota", ele responde, com uma expressão de preocupação em seus olhos verdes. "Não sei por que faço isso. Só sei que não quero perder você e estou desesperado."

Dá para ver em seu olhar que ele não entende o que está fazendo. "Pois é, não sabe mesmo. Se soubesse, não teria mentido."

Hardin põe as mãos na minha cintura. "Tessa, me desculpa, sério mesmo. Você precisa admitir que nós dois estamos ficando bem melhores nessa porra toda de relacionamento."

Ele tem razão. De um jeito totalmente bizarro, estamos nos comunicando bem melhor do que antes. Ainda estamos longe de ter um relacionamento normal, mas relacionamento normal nunca foi o nosso lance.

"Então, a coisa do casamento... não é suficiente para você ir comigo?"

Meu coração dispara dentro do peito, e sou capaz de jurar que ele consegue ouvir. Mas respondo simplesmente: "A gente conversa sobre isso quando você não estiver mais bêbado."

"Eu não estou tão bêbado assim."

Eu sorrio e dou um tapinha em seu rosto. "Para uma conversa como essa está."

Ele sorri e me puxa mais para perto. "Quando você vai voltar de Sand Point?"

"Você não vai?"

"Não sei."

"Você disse que ia. Nós nunca viajamos juntos."

"E Seattle?", ele rebate, e eu dou risada.

"Na verdade, você apareceu por lá sem ser convidado, e foi embora na manhã seguinte."

Ele passa a mão no meu cabelo. "Isso são detalhes."

"Eu quero muito que você vá. O Landon vai se mudar em breve." Só de pensar nisso, já fico chateada.

"E daí?", ele pergunta, sacudindo a cabeça.

"E tenho certeza de que o seu pai vai adorar se você for."

"Ah, ele. Deve estar meio puto porque me deram uma multa e me colocaram sob vigilância condicional. Qualquer merda que eu fizer, estou fora."

"Então por que você não pede transferência para o campus de Seattle junto comigo?"

"Não quero mais ouvir a palavra 'Seattle' hoje. Eu tive um dia péssimo e estou com uma dor de cabeça dos diabos..." Ele me beija na testa.

Afasto um pouco a cabeça. "Você encheu a cara com o meu pai e mentiu sobre ser expulso... se eu quiser conversar sobre Seattle, é sobre isso que vamos falar", respondo, irritada.

Ele sorri. "E você saiu com essa calça depois de me provocar, e ainda por cima não atendeu quando liguei." Ele passa o polegar pelo meu lábio inferior.

"Não precisa me ligar tantas vezes. É sufocante. Até a Molly chamou você de obcecado", respondo, sorrindo sob seu toque carinhoso.

"Ah, chamou?" Ele continua acariciando o contorno dos meus lábios, que se abrem contra minha vontade.

"Chamou", eu murmuro.

"Humm..."

"Eu sei muito bem o que você está fazendo." Eu tiro sua outra mão do meu quadril, onde seus dedos já tinham começado a se insinuar sob o elástico da minha calça.

Ele sorri. "E o que é?"

"Está tentando me distrair para eu não ficar brava com você."

"E está dando certo?"

"Não muito. Além disso, meu pai está aqui, e não tem a menor chance de eu transar com você com ele logo ali na sala." Estendo o braço e dou um tapa de brincadeira na bunda dele.

Isso só faz com que ele chegue ainda mais perto. "Ah, que nem quando trepamos bem aqui", ele aponta para a cama, "enquanto minha mãe dormia no sofá?" Ele se encosta em mim outra vez. "Ou quando a gente transou no banheiro da casa do meu pai, ou quando a gente fez a maior putaria no quarto com Karen, Landon e meu pai dormindo no mesmo corredor?" Ele baixa a mão e acaricia minha coxa de leve. "Ah, espera, você deve estar falando de quando comi você em cima da mesa no seu trabalho e..."

"Tudo bem! Tudo bem! Já entendi." Fico toda vermelha, e ele dá risada.

"Vem, Tessie, deita aqui."

"Você é doente." Eu dou risada e me afasto.

"Aonde você vai?", ele pergunta fazendo um beicinho.

"Vou ver como o meu pai está."

"Por quê? Para você voltar daqui a pouco e a gente..."

"Não! Meu Deus... vai dormir ou algo assim!", eu exclamo. Fico contente por Hardin ainda estar com um espírito brincalhão, mas, apesar de sua confissão, continuo irritada por ele ter mentido para mim e estar sendo teimoso a ponto de não querer nem *falar* sobre Seattle.

Pensei que, depois de voltar do Applebee's, ele fosse estar furioso por eu não ter respondido suas mensagens. Nunca imaginei que íamos conversar normalmente e que ele fosse admitir que mentiu sobre a expulsão. Talvez Steph tenha avisado que eu já estava a caminho, e então ele se acalmou. Mas o telefone de Steph estava na mesa quando virei para olhar...

"Você falou que a Steph não atendeu quando você ligou?", pergunto.

"Foi, por quê?" Ele fica me olhando, confuso.

Encolho os ombros, sem saber o que dizer. "Só para saber."

"Tá, mas por quê?" Ele fica sério.

"Pedi para ela avisar a você que eu já estava vindo e não entendi por que ela não fez isso."

"Ah." Ele vira a cabeça e pega um copo em cima da cômoda. Essa conversa toda está muito esquisita — Steph não ter dado meu recado, ele ter desviado o olhar.

"Vou lá para a sala. Você também pode vir se quiser."

"Eu vou. Só preciso trocar de roupa antes."

Balanço a cabeça e viro a maçaneta da porta.

"Mas e o seu pai? Ele acabou de voltar para a sua vida e você já vai embora?" Suas palavras me fazem deter o passo. Eu já tinha pensado sobre isso antes, mas não engulo o fato de Hardin lançar essa pergunta sobre mim feito uma bomba.

Preciso de um momento para me recuperar antes de sair do quarto. Quando chego à sala, meu pai está dormindo de novo. Encher a cara na hora do almoço deve ser uma coisa exaustiva. Desligo a televisão e vou até a cozinha pegar água. As palavras de Hardin sobre minha mudança logo depois de reencontrar meu pai ficam martelando na minha cabeça. Mas a verdade é que não posso interromper meu futuro por causa de um homem que eu não via fazia nove anos. Se as coisas fossem diferentes, eu até levaria isso em consideração, mas quem me abandonou foi ele.

Quando estou voltando para o quarto, escuto a voz de Hardin falando lá dentro.

"Que porra foi essa hoje?", ele está perguntando com a voz abafada.

Ponho a orelha contra a porta do quarto. Eu deveria simplesmente entrar, mas tenho a sensação de que ele não quer que eu ouça essa conversa. O que significa que eu tenho todos os motivos para ouvi-la.

"Foda-se, isso não devia ter acontecido. Agora ela está toda chateada, e você tinha que..." Não consigo ouvir o resto da frase.

"Vê se não estraga tudo, porra", ele esbraveja.

Com quem ele está falando? E quem tinha que fazer o quê? Será que é Steph? Ou pior, Molly?

Ouço seus passos se aproximando da porta, e entro no banheiro às pressas.

Momentos depois, ele bate de leve na porta. "Tessa?"

Quando abro, sei que devo estar parecendo meio perturbada. Meu coração está a mil, e sinto um nó no estômago. "Ah, oi. Eu já estava terminando", digo em um tom de voz quase inaudível.

Hardin levanta uma sobrancelha. "Certo..." Ele olha para o corredor. "Cadê o seu pai? Dormiu?"

"É, dormiu", respondo, e o sorriso dele se escancara.

"Bom, então vamos voltar para o quarto", ele diz, me segura pela mão e começa a me puxar para lá.

Enquanto vou com ele para o quarto, a paranoia se instala nos meus pensamentos sem cerimônia, como uma velha amiga.

16

TESSA

A minúscula parte do meu cérebro reservada para o bom senso tenta mandar uma mensagem para o resto da minha mente, o espaço ocupado por Hardin e tudo relacionado a ele. Meu lado sensato — o que restou dele, pelo menos — está me dizendo que eu preciso fazer algumas perguntas, que não posso deixar isso passar. Já deixei passar coisas demais.

Mas essa é só uma parte microscópica do meu cérebro. A parte maior acaba vencendo. Afinal, eu quero mesmo provocar uma briga ou fazer acusações por causa de uma coisa que pode ser só um mal-entendido? Ele pode ter só ficado bravo com a Steph por ter levado a Molly para almoçar comigo. Não consegui ouvir a conversa muito bem, e ele podia estar só me defendendo. Ele foi tão sincero quando confessou que mentiu sobre a expulsão... Por que ia me enganar agora?

Hardin senta na cama, me pega pela mão e me puxa para seu colo. "Bom, nós conversamos sobre uns assuntos bem sérios, e o seu pai está dormindo. Acho que temos que pensar em outra coisa para nos ocupar..." Ele abre um sorriso ridículo mas contagiante.

"Você só pensa em sexo?", pergunto, dando um empurrão em seu peito de forma brincalhona.

Ele deita na cama, com uma das mãos na parte inferior das minhas costas e outra atrás da minha coxa, me puxando para junto de si. Eu monto em cima dele e Hardin me puxa para baixo, fazendo nossos rostos quase se tocarem.

"Não, penso em outras coisas também. Por exemplo, nesses lábios abertos me abocanhando..." Ele roça sua boca na minha. Sinto o toque de menta em seu hálito quando me beija. A pressão de seus lábios é suficiente para fazer uma onda de eletricidade se espalhar pelo meu corpo e me deixar querendo mais.

"Penso no meu rosto enfiado no meio das suas pernas enquanto você...", ele começa a falar, mas eu cubro sua boca com a minha mão. Ele põe a língua para fora e começa a lambê-la, e eu a retiro às pressas.

"Eca." Franzindo o nariz, limpo a mão molhada em sua camiseta.

"Eu não vou fazer barulho", ele diz baixinho, erguendo os quadris para se encostar em mim. "Quero ver se você consegue prometer a mesma coisa."

"Meu pai...", eu lembro a ele, com muito menos convicção dessa vez.

"E daí, porra? A casa é nossa. Se ele não gostar, pode ir embora."

Lanço para ele um olhar quase sério. "Não seja grosso."

"Não estou sendo, mas quero você, e deveria poder transar quando quisesse", ele fala, e eu reviro os olhos.

"E a minha vontade, não conta? É do meu corpo que estamos falando aqui." Tento fingir que meu coração não está disparado, e que não estou ansiosa para senti-lo em mim.

"Claro que sim. Mas eu sei que, se fizer isso..." Ele estende o braço e enfia a mão por baixo do elástico da minha calça e da calcinha. "Está vendo, eu sabia que você ia estar prontinha quando eu começasse a falar em chupar..."

Dou um beijo em sua boca para calar suas obscenidades, e solto entre seus lábios a respiração ofegante provocada por seus dedos em meu clitóris. Ele me toca bem de leve, só para me torturar.

"Por favoooor", peço gemendo, e ele faz um pouco mais de pressão, enfiando um dedo em mim.

"Foi o que eu pensei", ele me provoca e começa a mover o dedo lentamente.

Ele logo para e me deita ao seu lado na cama. Antes que eu possa reclamar, ele senta, segura minha calça, aquela de que parece gostar tanto, e puxa com força para baixo. Levanto o quadril para facilitar, e ele tira minha calcinha também.

Sem dizer nada, faz um gesto para que eu me acomode mais para cima na cama. Empurro o corpo para trás me apoiando nos cotovelos, e me encosto na cabeceira. Hardin deita de bruços diante de mim, envolvendo minhas coxas com os braços e afastando minhas pernas.

Ele abre um sorrisinho. "Pelo menos tenta não fazer barulho."

Começo a revirar os olhos, mas então sinto sua respiração quente — de leve a princípio, depois com mais intensidade quando ele chega mais perto. Sem nenhum aviso, sua língua passeia por mim, e eu estendo o braço para pegar uma almofada, a amarela, que Hardin vive dizendo que é horrorosa. Cubro meu rosto com ela, para abafar os ruídos que escapam dos meus lábios enquanto sua língua começa a se mover cada vez mais depressa.

De forma abrupta, a almofada é arrancada do meu rosto. "Não, linda, quero que você fique olhando", Hardin avisa, e eu concordo com um gesto de cabeça. Ele leva o polegar aos lábios, e sua língua desliza sobre mim. Movendo a mão entre as minhas pernas, ele encontra meu ponto mais sensível. Minhas pernas se enrijecem — seu toque no meu clitóris é divino. Seu dedo faz movimentos circulares com uma suavidade que me deixa louca.

Como ele mandou, olho para o meio das minhas pernas e vejo seus cabelos bagunçados caindo sobre a testa e sendo puxados de volta para trás. A visão de sua boca contra mim, impulsionada pela imaginação daquilo que não consigo ver, faz com que a sensação se intensifique ainda mais, e eu sei, simplesmente *sei*, que não vou conseguir ficar quieta quando o orgasmo começa a crescer dentro de mim. Com uma das mãos cobrindo a boca e a outra enterrada em seus cabelos, começo a mexer meus quadris para acompanhar o movimento de sua língua. É uma sensação muito gostosa.

Puxo seu cabelo e sinto Hardin gemer junto a mim, me deixando cada vez mais perto...

"Mais forte", ele pede, ofegante.

Quê?

Ele segura a mão que está em entrelaçada em seus cabelos e me faz puxar com força... Ele quer que eu puxe?

"Vai em frente", ele diz com um olhar cheio de desejo e começa a fazer movimentos mais rápidos com o dedo, baixando a cabeça para pôr a língua de novo em ação. Seguro seus cabelos com força, e ele me encara com os olhos semicerrados. Quando se abrem completamente, estão brilhando como duas esmeraldas. Ele continua me encarando, e minha visão fica borrada e desaparece por um momento.

"Isso, linda", ele murmura.

Percebo que ele está com a mão no meio das pernas e não consigo mais me segurar. Fico vendo Hardin masturbar seu pau duro para gozar junto comigo. Nunca vou me acostumar com as sensações que ele provoca em mim. Vê-lo se masturbar, sentindo sua respiração ofegante contra mim...

"Você tem um gosto delicioso, linda", ele murmura, acelerando os movimentos da própria mão. Quase não sinto meus dentes se cravando na palma da minha mão enquanto gozo e continuo puxando seus cabelos.

Eu pisco algumas vezes. E depois mais algumas, sentindo os olhos pesados.

Quando recobro a consciência, sinto que ele está ajustando o peso do corpo e apoiando a cabeça na minha barriga. Abro os olhos e vejo que os dele estão fechados, e seu peito está ofegante, a respiração acelerada.

Eu o puxo pelo ombro e tento pôr a mão no meio de suas pernas.

Hardin olha para mim. "Eu... hã, já terminei", ele avisa.

Fico olhando para ele.

"Eu já gozei..." O cansaço em sua voz é nítido.

"Ah."

Ele abre um sorriso preguiçoso e meio bêbado e levanta da cama. Depois vai até a cômoda, abre a gaveta e pega uma bermuda branca.

"Preciso tomar banho e me trocar, obviamente." Ele aponta para a virilha, onde, apesar do jeans escuro, a mancha úmida é evidente.

"Como nos velhos tempos?" Eu abro um sorriso, que ele retribui.

Hardin vem até mim e dá um beijo na minha testa, depois outro na minha boca. "Bom saber que você não perdeu seu toque", ele comenta a caminho da porta.

"Não foi o *meu* toque", eu lembro, e ele sacode a cabeça antes de sair do quarto.

Pego minhas roupas na borda da cama, torcendo para que o meu pai ainda esteja dormindo no sofá e que, caso tenha acordado, não resolva parar Hardin no caminho para o banheiro. Segundos depois a porta do banheiro se fecha, e fico de pé para me vestir.

Quando termino, pego meu telefone para ver se tem alguma mensagem de voz de Sandra, mas ela não me ligou. Só vejo um pequeno envelope no canto da tela indicando uma nova mensagem de texto — talvez ela esteja ocupada e tenha resolvido me escrever.

Abro a mensagem e leio: **Preciso conversar com você.**

Solto um suspiro quando vejo o nome do remetente: Zed.

Apago a mensagem e ponho o telefone de volta na escrivaninha. Então a curiosidade toma conta de mim e olho ao redor à procura do celular de Hardin. Meu coração acelera quando me lembro do que aconteceu na última vez que bisbilhotei seu celular. Não terminou nada bem.

Mas dessa vez eu sei que ele não está escondendo nada. Ele não faria isso. Estamos em um estágio completamente diferente de antes. Ele fez uma tatuagem para mim... só não quer mudar de cidade comigo. Não tenho com que me preocupar. *Certo?*

Procuro na cômoda depois de não encontrá-lo na escrivaninha, então concluo que ele deve ter levado o celular para o banheiro. Porque isso é super normal, né?

Não tenho com que me preocupar. Só estou paranoica porque estou estressada, tento lembrar a mim mesma.

Antes de continuar a afundar num poço sem fundo de preocupação, tento me convencer de que nem deveria estar procurando o telefone dele, que eu ficaria furiosa se Hardin fizesse isso comigo.

Mas ele deve fazer. Eu só não o peguei no flagra ainda.

A porta do quarto se abre, e eu levo um susto, como se tivesse sido surpreendida fazendo algo que não deveria. Hardin entra no quarto descalço, sem camisa, vestindo só a bermuda, com o elástico da cueca aparecendo.

"Está tudo bem?", ele pergunta, enxugando os cabelos com uma toalha branca. Adoro como seus cabelos ficam escuros quando estão molhados — o contraste com seus olhos verdes é indescritível.

"Está. Você foi bem rápido no banho." Eu sento na cadeira. "Eu deveria ter deixado você mais sujo", comento, tentando distraí-lo do tremor em minha voz.

"Eu estava com pressa para ver você", ele responde de forma nada convincente.

Eu abro um sorriso. "Você está com fome, né?"

"Pois é", ele admite com um sorriso. "Fiquei com fome."

"Foi o que eu pensei."

"Seu pai está dormindo... ele vai ficar aqui enquanto a gente estiver fora?"

A empolgação toma o lugar da preocupação. "Você vai?"

"É, acho que vou. Mas, se for tão chato quanto imagino que vai ser, eu volto depois da primeira noite."

"Certo", eu respondo, compreensiva. Mas por dentro estou radiante, porque tenho certeza de que ele não vai voltar mais cedo. Ele só está reclamando para manter a pose.

Hardin passa a língua pelos lábios, e eu lembro dele no meio das minhas pernas. "Posso perguntar uma coisa?"

Ele me olha nos olhos, faz que sim com a cabeça e senta na cama. "O quê?"

"Quando você... você sabe, foi porque eu estava puxando o seu cabelo?"

"Como é?" Ele ri baixinho.

"Quando eu puxei o seu cabelo, você gostou?" Eu fico vermelha.

"É, gostei."

"Ah." Nem consigo imaginar o quanto estou vermelha agora.

"Você acha isso esquisito? Eu ter gostado?"

"Não, só fiquei curiosa", respondo com sinceridade.

"Todo mundo tem suas preferências durante o sexo. Essa é uma das minhas, apesar de eu ter acabado de descobrir." Ele sorri, nem um pouco incomodado com o que está dizendo.

"Ah, é?" Fico empolgada com a ideia de que ele descobriu uma coisa nova comigo.

"É", ele confirma. "Quer dizer, outras meninas já puxaram meu cabelo antes, mas com você é diferente."

"Ah", digo pela décima vez, mas agora desanimada.

Provavelmente sem perceber minha reação, Hardin me encara com os olhos verdes cheios de curiosidade. "Tem alguma coisa que *você* gosta e eu nunca fiz?"

"Não, eu gosto de tudo que você faz", respondo baixinho.

"Eu sei, mas deve ter alguma coisa que você já pensou em fazer e nós não fizemos ainda, certo?"

Eu faço que não com a cabeça.

"Não precisa ficar com vergonha, linda... todo mundo tem fantasias."

"Eu não." Pelo menos, acho que não. Não tenho nenhuma experiência a não ser com Hardin, e não conheço nada além das coisas que já fizemos.

"Tem, sim", ele diz com um sorriso. "Só temos que descobrir qual é."

Sinto um frio na barriga e fico sem saber o que dizer.

Mas nesse momento a voz do meu pai interrompe a conversa. "Tessie?"

Minha primeira reação é de alívio por sua voz estar vindo da sala, e não do corredor.

Hardin e eu ficamos de pé.

"Eu vou ao banheiro", aviso.

Ele faz que sim com um sorriso malicioso e vai para a sala ficar com o meu pai.

Quando entro no banheiro, vejo o celular de Hardin em cima da pia.

Sei que não deveria, mas não consigo me segurar. Imediatamente abro o registro de chamadas, mas nada aparece. Todas as informações foram apagadas. Nenhuma ligação está registrada na tela. Tento ver as mensagens de texto.

Outra vez, nada. Ele apagou tudo.

17

TESSA

Hardin e meu pai estão sentados à mesa da cozinha quando saio do banheiro com o celular de Hardin na mão.

"Estou definhando aqui, linda", diz Hardin quando chego até eles.

Meu pai me lança um olhar meio envergonhado. "Eu também comeria alguma coisa...", ele comenta, inseguro.

Ponho as mãos no encosto da cadeira de Hardin e ele inclina a cabeça para trás, seus cabelos molhados tocando meus dedos. "Então eu sugiro que façam alguma coisa para comer", respondo, pondo o celular dele na mesa.

Ele me olha com uma expressão completamente neutra. "Certo...", ele diz, levantando e indo até a geladeira. "Está com fome?", pergunta.

"Eu trouxe o resto do meu almoço do Applebee's."

"Está muito brava por eu ter bebido com ele hoje?", meu pai pergunta.

Olho para ele e tento suavizar minha expressão. Eu sabia como meu pai era, e o convidei para ficar na minha casa mesmo assim. "Não estou, mas não quero que isso aconteça de novo."

"Não vai acontecer. Além disso, você está de mudança", ele me lembra, e olho para o outro lado da mesa para encarar o homem com quem voltei a falar há apenas dois dias.

Eu não respondo. Em vez disso, vou até a geladeira e abro a porta do freezer.

"O que você quer comer?", pergunto para Hardin.

Ele se vira para mim com um olhar cauteloso, claramente tentando avaliar meu estado de espírito. "Pode ser só um frango ou algo assim... ou a gente pode pedir alguma coisa."

Solto um suspiro. "Vamos pedir alguma coisa, então." Não quero ser grossa, mas minha mente está a mil, tentando entender por que ele precisa apagar todos os registros de seu telefone.

Depois de decidir que vamos pedir alguma coisa, meu pai e Hardin começam uma disputa para decidir se vai ser pizza ou comida chinesa. Hardin quer pizza e vence a discussão lembrando a meu pai quem vai pagar. Mas meu pai não parece ficar ofendido com o jeito de Hardin resolver as coisas. Ele simplesmente dá risada e mostra o dedo do meio.

É estranho ver os dois interagindo. Depois que meu pai foi embora, eu ficava fantasiando quando via meus amigos com seus pais. Criei uma imagem dele parecida com o homem com quem convivi na infância, só um pouco mais velho, mas definitivamente não um bêbado sem-teto. Sempre o imaginei carregando uma pasta cheia de documentos importantes, indo para o carro de manhã com uma caneca de café na mão. Não imaginei que estaria bebendo, que estaria acabado desse jeito, sem lugar para morar. Não consigo imaginar minha mãe tendo nem mesmo uma conversa com esse homem, muito menos passando anos casada com ele.

"Como você e a minha mãe se conheceram?", pergunto de repente, dando voz aos meus pensamentos.

"No colégio", ele responde.

Hardin pega o celular e vai para a sala pedir a pizza. Ou então fazer uma ligação para alguém e apagar o registro em seguida.

Fico sentada à mesa da cozinha, de frente para o meu pai. "Quanto tempo vocês namoraram antes de casar?"

"Uns dois anos. Nós casamos jovens."

Fico meio sem graça de fazer tantas perguntas, mas sei que não conseguiria uma resposta com a minha mãe. "Por quê?"

"Você nunca conversou sobre isso com a sua mãe?", ele questiona.

"Não. Nós nunca falamos sobre você. Sempre que eu toco no assunto, ela logo se fecha", conto a ele e vejo a expressão em seu rosto mudar de curiosidade para vergonha.

"Ah."

"Desculpa", eu digo, sem saber muito bem por quê.

"Não, eu entendo. E não culpo a sua mãe." Ele fecha os olhos por um instante depois abre de novo. Hardin volta para a cozinha e senta ao meu lado. "Respondendo à sua pergunta, nós casamos cedo porque ela ficou grávida de você, e seus avós me detestavam e não me queriam por perto. Então juntamos os trapos." Ele sorri, se divertindo com a lembrança.

"Vocês casaram para implicar com os meus avós?", pergunto com um sorriso.

Meus avós, que descansem em paz, eram meio... intensos. *Muito* intensos. Minhas memórias de infância com eles incluem levar bronca na mesa do jantar por dar risada e ter que tirar os sapatos antes de pisar no carpete. No meu aniversário, eles me mandavam um cartão impessoal e o extrato da caderneta de poupança que tinham aberto para mim — nem de longe o presente ideal para uma garotinha.

Minha mãe é na prática um clone da minha avó, só um pouco menos afetada. Mas ela tenta. Passa os dias e as noites tentando ser tão perfeita quanto se lembra de sua mãe ser.

Ou tão perfeita quanto ela imagina que sua mãe fosse, eu me pego pensando.

Meu pai dá risada. "Em certo sentido sim, para irritar os velhos. Mas sua mãe sempre quis casar. Ela praticamente me arrastou para o altar." Ele dá outra risada, e Hardin dá uma olhada para mim antes de se juntar a ele.

Olho feio para Hardin, já prevendo algum comentário engraçadinho sobre eu forçá-lo a casar.

Eu me viro para o meu pai. "Você era contra o casamento?", questiono.

"Não. Quer dizer, não lembro. Só sei que estava morrendo de medo de ter um bebê aos dezenove anos."

"E com razão. Dá para ver como você se saiu bem", comenta Hardin.

Olho feio para ele, mas meu pai se limita a revirar os olhos.

"Não é uma coisa que eu recomendaria, mas muitos jovens conseguem dar conta." Ele ergue as mãos, resignado. "Só que eu não era um deles."

"Ah", eu digo. Não consigo nem imaginar como seria ser mãe na minha idade.

Ele sorri, claramente disposto a me dar todas as respostas que eu quiser. "Mais alguma pergunta, Tessie?"

"Não... acho que era só isso", respondo. Não me sinto muito à vontade com ele, mas, por algum motivo, fico mais tranquila com ele do que com minha mãe.

"Se quiser saber mais alguma coisa, é só perguntar. Enquanto isso, você se incomoda se eu tomar um banho antes de jantar?"

"Claro que não. Pode ir", respondo.

Parece que ele está aqui há mais de dois dias. Aconteceu tanta coisa desde que ele apareceu — a expulsão/não expulsão de Hardin, a conversa com Zed no estacionamento, o almoço com Steph e Molly, o registro de chamadas apagado. Coisas demais. Essa quantidade sempre crescente de problemas na minha vida não parece que vai acabar tão cedo.

"Que foi?", Hardin pergunta quando meu pai entra no banheiro.

"Nada." Fico de pé e saio andando, mas ele me segura.

"Eu conheço você bem demais para acreditar nisso. Me diz qual é o problema", ele exige sem se alterar, com as mãos na minha cintura.

Eu olho bem no fundo de seus olhos. "Você."

"Eu *o quê?* Fala comigo", ele pede.

"Você está esquisito e apagou todas as mensagens e chamadas do seu celular."

Seu rosto se contorce de irritação, e ele aperta o nariz na altura dos olhos. "Por que você mexeu no meu telefone?"

"Porque você está agindo de um jeito estranho e..."

"E então você resolveu fuçar nas minhas coisas? Eu já não falei para você não fazer isso?"

A expressão de indignação no rosto dele parece tão deliberada e ensaiada que faz meu sangue ferver. "Eu sei que não deveria mexer nas suas coisas, mas você também não deveria me dar motivo para isso. E, se não tem nada para esconder, qual é o problema? Eu não ia ligar se você mexesse no meu celular. Não tenho nada para esconder." Pego meu telefone no bolso e estendo para ele. Logo em seguida começo a entrar em pânico, achando que talvez eu *não tenha apagado* a mensagem de Zed, mas Hardin ignora minha demonstração de confiança.

"Você só está inventando desculpas para o seu comportamento psicótico", ele diz, me atingindo duramente com suas palavras.

Fico sem ter o que dizer. Na verdade, tenho muito para falar, mas as palavras ficam entaladas na minha garganta. Tiro as mãos dele da minha cintura e saio andando. Ele disse que me conhece o suficiente para saber quando tem alguma coisa errada comigo. Ora, eu também conheço Hardin o suficiente para saber como ele se comporta quando é pego fazendo alguma coisa errada. Não importa se é uma mentira qualquer ou uma aposta sobre a minha virgindade, sua reação é sempre a mesma: primeiro ele fica desconfiado, depois quando eu toco no assunto ele fica irritado e na defensiva e no fim acaba me atacando com suas palavras.

"Não dá as costas para mim", ele grita.

"Não vem atrás de mim", respondo antes de desaparecer dentro do quarto.

Mas ele aparece na porta logo depois. "Não gosto quando você fuça nas minhas coisas."

"Não gosto de me sentir *obrigada* a fazer isso."

Ele fecha a porta e se encosta na superfície de madeira. "Mas você não precisa se sentir assim. Eu apaguei os registros porque... foi um acidente. Não tem nenhum motivo para você ficar preocupada."

"Preocupada? Você não quer dizer psicótica?"

Ele suspira. "Não foi isso que eu quis dizer."

"Então que não dissesse. Porque eu não tenho como adivinhar suas intenções."

"Então para de fuçar nas minhas coisas. Só assim eu vou saber se posso ou não confiar em você."

"Tudo bem." Eu sento na cadeira da escrivaninha.

"Tudo bem", ele repete e senta na cama.

Não sei se acredito nele ou não. Nada faz sentido, mas pode ser que seja verdade. Talvez ele tenha apagado as mensagens e as chamadas por engano, e talvez estivesse *mesmo* falando com Steph ao telefone. Os pedaços de conversa que escutei fomentam a minha imaginação, mas não quero perguntar para Hardin, porque não quero que ele saiba que eu estava ouvindo atrás da porta. E, de qualquer forma, ele não ia mesmo me contar sobre o que eles conversaram.

"Não quero nenhum segredo entre nós. Precisamos superar essa fase", eu lembro a ele.

"Eu sei, *porra*. Não tem segredo nenhum. Você está agindo como uma louca."

"Para de me chamar de louca. Você não tem moral nenhuma para falar isso para ninguém." Eu me arrependo das minhas palavras imediatamente, mas ele não parece ter ficado abalado.

"Me desculpa, tá bom? Você não é louca", ele diz com um sorriso. "Só fuçou no meu telefone."

Abro um sorriso forçado e tento me convencer de que ele está certo, de que estou sendo paranoica. Na pior das hipóteses, ele está escondendo alguma coisa de mim. Vou acabar descobrindo mais cedo ou mais tarde, assim como fiquei sabendo de todo o resto. Não tenho por que ficar obcecada agora.

Repito mentalmente essa justificativa até estar convencida.

Meu pai grita alguma coisa da sala, e Hardin diz: "Acho que a pizza chegou. Você não vai ficar brava comigo o resto da noite, vai?".

Mas ele sai do quarto antes de me dar a chance de responder.

Eu me viro na cadeira e olho para o lugar onde deixei meu telefone ao entrar. Por curiosidade, vejo se tem alguma mensagem nova e, claro, constato que chegou outra mensagem de Zed. Nem perco meu tempo lendo dessa vez.

O dia seguinte é meu último no escritório e vou dirigindo mais devagar até lá. Quero me lembrar de cada rua, de cada prédio no caminho. Esse estágio remunerado foi um sonho que virou realidade. Sei que vou continuar trabalhando para a Vance em Seattle, mas foi aqui que comecei, que minha carreira deslanchou.

Quando saio do elevador, Kimberly está sentada à sua mesa, com várias caixas de papelão empilhadas ao seu lado.

"Bom dia!", ela cumprimenta.

"Bom dia." Minha voz não é capaz de expressar a mesma alegria demonstrada por ela. Meu cumprimento soa estranho e apreensivo.

"Pronta para a sua última semana aqui?", ela pergunta enquanto encho um copinho de isopor com café.

"É... meu último *dia*, na verdade. Vou viajar o resto da semana", eu lembro.

"Ah, é. Eu até esqueci. Uau! Seu último dia! Eu devia ter comprado um cartão ou coisa do tipo." Ela sorri. "Mas, pensando bem, eu posso te entregar na semana que vem, no seu primeiro dia no escritório novo."

Eu dou risada. "E *você*, está pronta? Quando vai para lá?"

"Na sexta! Nossa mudança já está na casa nova, só esperando por nós."

Tenho certeza de que a casa nova de Kimberly e Christian é linda, espaçosa e moderna, assim como a atual. A aliança de noivado de Kimberly brilha sob a luz, e não consigo parar de olhar para o lindo anel toda vez que o vejo.

"Ainda estou esperando a mulher me dar um retorno sobre o apartamento", eu digo, e ela se vira para mim.

"Quê? Você ainda não tem um apartamento?"

"Tenho... já até mandei a papelada. Só precisamos acertar uns detalhes do contrato."

"Só faltam seis dias", Kimberly avisa, em pânico por causa da minha situação.

"Eu sei, está tudo sob controle", eu garanto, torcendo para que seja verdade.

Se isso tivesse acontecido alguns meses atrás, todos os detalhes da mudança já estariam planejados, mas ando estressada demais ultimamente para pensar em qualquer coisa, inclusive Seattle.

"Tá bom. Se precisar de ajuda, é só avisar", ela se oferece antes de atender ao telefone, que está tocando na mesa.

Quando vou para minha sala, encontro algumas caixas vazias no chão. Não tenho muitos objetos pessoais no escritório, então não devo demorar muito tempo para guardar tudo.

Vinte minutos depois, quando estou fechando a última caixa, ouço uma batida de leve na porta. "Pode entrar", eu digo.

Por um momento, chego a pensar que é Hardin, mas quando me viro vejo Trevor parado na porta, vestindo uma calça jeans clara e uma camiseta branca. Sempre fico surpresa ao vê-lo com roupas informais. Estou acostumada demais com ele de terno.

"Está pronta para a grande mudança?", ele pergunta enquanto tento levantar uma caixa que acabei enchendo demais.

"Sim, quase. E você?" Ele vem até mim, pega a caixa e põe sobre a mesa.

"Obrigada." Abro um sorriso e limpo as mãos no meu vestido verde.

"Eu já. Estou indo hoje mesmo, depois de encerrar por aqui."

"Que legal. Sei que você já estava pronto para ir para Seattle desde a última vez que estivemos lá."

Eu fico vermelha ao dizer isso, e ele também. Na "última vez que estivemos lá", Trevor me levou para jantar em um lugar bem legal, mas depois eu recusei seu beijo e ele foi ameaçado e empurrado por Hardin. Não faço a menor ideia do motivo que me levou a tocar nesse assunto.

Ele me olha com uma expressão vazia. "Foi um fim de semana interessante. Enfim, sei que você também deve estar empolgada. Afinal, sempre quis morar em Seattle."

"Pois é, mal posso esperar."

Trevor olha ao redor da sala. "Sei que não é da minha conta, mas o Hardin vai se mudar para Seattle com você?"

"Não." Minha boca responde antes de minha mente refletir a respeito. "Quer dizer, ainda não sei. Ele disse que não quer, mas espero que mude de ideia..." Eu continuo a falar, as palavras vão saindo sem freio, apressadas, e Trevor parece um tanto sem graça enquanto põe as mãos no bolso da calça antes de enfim me interromper.

"Por que ele não quer ir com você?"

"Na verdade não sei, mas espero que ele vá." Solto um suspiro e sento na cadeira de couro.

Os olhos azuis de Trevor encontram os meus. "Só se fosse maluco ele não iria."

"Isso com certeza ele é." Eu dou risada, tentando diminuir a tensão entre nós.

Ele ri também, sacudindo a cabeça. "Bom, preciso terminar algumas coisas antes de pegar a estrada. Mas *nós* nos vemos em Seattle."

Ele sai da minha sala com um sorriso, e por algum motivo me sinto ligeiramente culpada. Pego meu celular e mando uma mensagem para Hardin, contando casualmente que Trevor passou na minha sala. Pela primeira vez, o ciúme de Hardin parece algo positivo para mim — quem sabe ele não fica com ciúmes de Trevor e decide mudar para Seattle no fim das contas? Não parece muito provável, mas não consigo não me agarrar ao último fio de esperança de que ele mude de ideia. O tempo está passando — seis dias não é muito tempo para planejar tanta coisa. Ele precisaria pedir transferência, o que não seria problema, considerando o cargo de Ken.

Seis dias não parece tempo suficiente para mim também, apesar de eu estar decidida a ir para Seattle. Não tenho opção. É o meu futuro, e não posso tornar Hardin o centro do meu mundo enquanto ele não estiver disposto a assumir um compromisso. Eu ofereci uma alternativa justa: mudamos para Seattle primeiro e, caso não dê certo, podemos ir para a Inglaterra. Mas ele nem parou para pensar antes de recusar. Espero que essa viagem para observar baleias com a família dele faça Hardin ver que pode tentar coisas novas comigo e com Landon, Ken e Karen, que fazer coisas divertidas e saudáveis não é nenhum sacrifício.

Só que a pessoa em questão é Hardin, e em se tratando dele nada é fácil.

O telefone da minha mesa toca, desviando meus pensamentos do estresse de Seattle. "Tem visita para você", Kimberly avisa, e meu coração dispara com a perspectiva de ver Hardin.

Só faz algumas horas, mas sempre fico com saudade dele quando estamos longe. "Diz para o Hardin que ele pode vir aqui. Estou até surpresa por ele ter esperado você me avisar", eu digo.

Kimberly estala a língua. "Hã, não é o Hardin."

Será que Hardin trouxe meu pai até aqui? "É um cara mais velho de barba?"

"Não... é jovem... da idade do Hardin", ela praticamente sussurra.

"Ele está com o rosto machucado?", pergunto, apesar de já saber a resposta.

"Está. Quer que eu peça para ele ir embora?"

Não quero mandar Zed embora, já que ele não fez nada de errado, a não ser não obedecer à ordem de Hardin para ficar longe de mim. "Não, tudo bem. É um amigo meu. Pode deixar ele entrar."

Por que vir até aqui? Com certeza deve ter a ver com as mensagens que ignorei, mas não sei o que pode ser tão urgente para ele dirigir quarenta minutos para me contar pessoalmente.

Desligo o telefone e fico em dúvida se mando ou não uma mensagem para Hardin avisando que Zed está aqui. Guardo meu celular na gaveta da mesa. A penúltima coisa de que preciso é que Hardin venha até aqui, já que ele não vai conseguir se controlar e vai armar um escândalo no meu último dia de trabalho.

A *última* coisa de que preciso é que ele seja preso, de novo.

18

TESSA

Quando abro a porta da sala, Zed está parado no corredor com uma expressão séria, vestindo uma blusa xadrez vermelha e preta, calça jeans escura e tênis. O inchaço em seu rosto ainda não melhorou muito, mas os hematomas nos olhos e no nariz passaram do roxo para um tom de azul esverdeado.

"Oi... desculpa ter vindo sem avisar", ele diz.

"Aconteceu alguma coisa?", pergunto e vou andando até minha mesa.

Ele fica parado na porta por um instante, sem jeito, antes de entrar. "Não. Quer dizer, sim. Estou tentando falar com você desde ontem, mas você não respondeu minhas mensagens."

"Pois é. Eu e Hardin já estamos cheios de problemas, e eu não quero criar mais um. E ele não quer que eu fale mais com você."

"E você vai deixar ele decidir com quem você pode ou não falar?" Zed senta na cadeira diante da minha mesa. A maneira como estamos acomodados, eu do outro lado da mesa, confere a nossa conversa um tom mais oficial e mais sério, o que não chega a ser desconfortável, apenas formal demais.

Olho pela janela antes de responder.

"Não, não é bem assim. Sei que ele é meio controlador e acaba fazendo tudo errado, mas eu entendo por que ele não quer mais que eu seja sua amiga. Eu também não ia querer que ele ficasse se encontrando com alguém por quem sente alguma coisa", justifico, e os olhos de Zed se arregalam.

"O que foi que você disse?"

Droga. "Nada, eu só quis dizer que..." O ar fica pesado, e sou capaz de jurar que as paredes estão se fechando sobre mim. Por que fui falar isso? Não que não seja verdade, mas não vai melhorar em nada minha situação.

105

"Você sente alguma coisa por mim?", ele pergunta, com seus olhos se iluminando a cada palavra.

"Não... Quer dizer, sentia. Sei lá", começo a gaguejar, sentindo vontade de dar um tapa na minha própria cara por dizer as coisas sem pensar.

"Tudo bem se não sentir, não precisa ser obrigada a mentir."

"Não estou mentindo. Eu gostava de você. E talvez ainda goste, mas sinceramente não sei. É tudo muito confuso. Você sempre diz as coisas certas e está sempre do meu lado. Faz sentido eu sentir alguma coisa por você. Eu já disse isso antes, mas nós dois sabemos que é uma causa perdida."

"Por quê?", ele questiona. Não sei quantas vezes mais vou ter que rejeitá-lo até ele entender o que estou dizendo.

"Porque não adianta. Nunca vou poder ficar com você. Nem com ninguém, na verdade. Ninguém além dele."

"Você só está dizendo isso porque ainda está nas garras dele."

Tento sufocar a raiva que começa a crescer dentro de mim ao ouvir as palavras de Zed contra Hardin. Ele tem todo o direito de guardar ressentimentos, mas não gosto quando ele insinua que não tenho nenhum poder nem controle sobre meu próprio relacionamento.

"Não, estou dizendo isso porque sou apaixonada por ele. E, apesar de não querer voltar a esse assunto com você, sou obrigada a fazer isso. Não quero iludir você ainda mais. Sei que você não entende por que ainda estou com ele depois de tudo o que aconteceu, mas o meu amor por ele é muito grande, maior que tudo. Eu não estou nas garras dele. Estou com ele porque quero."

É verdade. Tudo que eu disse para Zed é verdade. Mesmo que Hardin não vá para Seattle comigo, isso não significa que vamos terminar. Podemos nos falar pelo Skype e nos encontrar nos fins de semana até ele ir para a Inglaterra. Mas espero que até lá ele perceba que não quer ficar longe de mim.

Talvez a distância amoleça o coração de Hardin. Isso pode ser um fator-chave para ele ir ficar comigo em Seattle. Nosso histórico mostra que não conseguimos passar muito tempo longe um do outro — deliberadamente ou não, sempre acabamos juntos de alguma forma. É difícil me lembrar de quando a minha vida não girava em torno dele. Já tentei milhares de vezes me imaginar sem ele, mas é quase impossível.

"Acho que ele não dá nem chance de você pensar no que é o melhor para a sua vida", Zed afirma com convicção, apesar da voz embargada. "O Hardin só pensa nele mesmo."

"É aí que você se engana. Eu sei que vocês têm contas para acertar, mas..."

"Não, você não faz ideia do tipo de contas que nós temos para acertar", ele se apressa em dizer. "Se soubesse..."

"Ele é apaixonado por mim, e eu por ele", interrompo. "Sinto muito por você ter acabado envolvido no meio dessa história. Me desculpa, de verdade. Nunca quis magoar você."

Ele franze a testa. "Você fica sempre dizendo isso, mas continua me magoando."

Detesto confrontos mais que tudo na vida, principalmente quando isso envolve magoar alguém de quem gosto, mas essas coisas todas precisam ser ditas para que Zed e eu possamos superar esse... não sei nem como caracterizar o que temos. *Problema? Mal-entendido? Timing errado?*

Olho para Zed, na esperança de que ele consiga ver a sinceridade nos meus olhos. "Não foi a minha intenção. Desculpa."

"Não precisa ficar se desculpando. Eu já sabia disso quando decidi vir até aqui. Você deixou bem claro como se sentia lá do lado de fora do prédio da administração."

"Então por que você veio?", pergunto baixinho.

"Para falar com você." Ele olha ao redor, depois para mim. "Esquece. Não sei por que vim até aqui, na verdade." Ele solta um suspiro.

"Tem certeza? Você parecia bem determinado alguns minutos atrás."

"Não. Como você disse, não adianta. Desculpa por ter vindo aqui sem avisar."

"Tudo bem, não precisa pedir desculpas", eu digo.

Nós estamos sempre pedindo desculpas um para o outro, penso comigo mesma.

Ele aponta para as caixas no chão. "Então você vai mesmo assim?"

"Vou, já está quase tudo pronto."

O clima entre nós fica inacreditavelmente pesado, e nenhum dos dois sabe o que dizer. Zed olha para o céu cinzento do lado de fora, e eu fico olhando para o carpete no chão atrás dele.

Por fim ele fica de pé e fala alguma coisa, apesar de eu mal conseguir ouvir as palavras por causa da tristeza em sua voz. "É melhor eu ir, então. Desculpa por ter vindo aqui. Boa sorte em Seattle, Tessa."

Eu também fico de pé. "Me desculpa por tudo. Queria que as coisas tivessem sido diferentes."

"Eu também. Mais do que você imagina", ele diz e se afasta da cadeira.

Sinto um aperto no coração. Zed sempre foi muito legal comigo, e tudo que fiz foi iludi-lo para depois rejeitá-lo.

"Já decidiu se vai prestar queixa ou não?" Não é a melhor hora para perguntar isso, mas acho que não vamos mais nos ver.

"Já, e não vou prestar. Cansei dessa história. Não faz sentido prolongar esse assunto ainda mais. E eu falei que se você me dissesse que não queria mais me ver eu ia deixar isso de lado, não falei?"

De repente sinto que, se Zed continuar me olhando desse jeito, provavelmente vou começar a chorar. "Falou", respondo baixinho. Estou me sentindo como a Estella de *Grandes esperanças*, brincando com os sentimentos de Pip. Meu Pip está parado na minha frente, me encarando com seus olhos cor de mel. E esse é um papel que eu realmente não quero representar.

"Me desculpa por tudo, de verdade. Queria continuar sendo sua amiga", digo.

"Eu também, mas você não tem permissão para ter amigos." Ele solta um suspiro, passando os dedos pelo lábio inferior e apertando-o.

Decido não comentar o que ele falou: a questão não é ter "permissão" para fazer as coisas. Mas preciso me lembrar de ter uma conversa com Hardin sobre essa impressão que as pessoas têm e dizer a ele que não gosto que pensem isso sobre mim.

Nesse momento, meu telefone toca, quebrando o silêncio. Levanto um dedo para pedir a Zed que não saia ainda.

"Tessa." A voz áspera de Hardin reverbera na minha cabeça. *Merda.*

"Oi", cumprimento com a voz abalada.

"Está tudo bem?"

"Está, estou bem."

"Você não parece nada bem", ele comenta. *Por que ele tem que me conhecer tão bem?*

"Estou bem", respondo outra vez. "Só estava distraída."

"Certo. Bom, preciso que você me diga o que quer que eu faça com o seu pai. Mandei uma mensagem, mas você não respondeu. Tenho coisas para fazer, e não sei se devo deixar ele aqui ou se é melhor ele ir para outro lugar."

Dou uma olhada para Zed, que está de pé junto à janela, sem olhar para mim. "Não sei, ele não pode ir com você?" Meu coração está disparado.

"Não. Sem chance."

"Então é melhor ele ficar por aí mesmo", respondo, torcendo para a conversa acabar logo. Vou contar para Hardin sobre a visita de Zed, mas não gosto nem de imaginar qual seria sua reação se soubesse que ele está aqui agora, e não estou a fim de descobrir.

"Tudo bem, você se vira com ele quando chegar."

"Certo. Bom, a gente se fala quando eu chegar em casa..."

Uma música começa a tocar dentro da minha sala, e demoro um tempinho para perceber que está vindo de Zed. Ele tira o celular do bolso e desliga, mas não sem que Hardin perceba.

"Que música é essa? De quem é esse telefone que está tocando?", ele questiona.

Meu sangue gela e preciso de um tempo para pensar a respeito. Eu não deveria ficar com medo de que Hardin saiba que Zed está aqui. Não estou fazendo nada de errado. Ele apareceu e já está de saída. Mas Hardin fica irritado até quando Trevor passa na minha sala, e ele trabalha comigo e tem todo o direito de vir.

"O porra do Trevor está aí?"

"Não, não é o Trevor. É o Zed", respondo e prendo a respiração.

O outro lado da linha fica em silêncio. Olho para tela para ver se a ligação não caiu. "Hardin?"

"Oi", ele responde, bufando.

"Você me ouviu?"

"Sim, Tessa, eu ouvi."

É isso mesmo? Por que ele ainda não está gritando comigo nem ameaçando matar o Zed?

"Nós conversamos sobre isso mais tarde. Só pede para ele ir embora, por favor", ele diz com toda a calma.

"Tudo bem..."

"Obrigado. A gente se fala quando você chegar", Hardin responde e desliga o telefone.

Quando ponho o telefone no gancho, um tanto perplexa, Zed se vira para mim e fala: "Desculpa, eu sei que ele vai surtar com você".

"Não vai, não. Ele vai ficar numa boa", respondo, sabendo que não é verdade, mas me sinto bem do mesmo jeito. A reação de Hardin à presença de Zed na minha sala me surpreendeu. Eu não esperava que ele fosse ficar tão calmo. Pensei que fosse dizer que estava vindo para cá. Espero de verdade que não esteja.

Zed caminha de novo na direção da porta. "Certo. Então é melhor eu ir."

"Obrigada por ter vindo, Zed. A gente provavelmente não vai mais se ver antes de eu ir embora."

Ele se vira, e vejo alguma coisa brilhar em seus olhos, mas desaparece antes que eu consiga decifrar o que é. "Não vou dizer que conhecer você não complicou a minha vida, mas eu não mudaria nada. Passaria por toda essa merda de novo — as brigas com o Hardin, as amizades perdidas, tudo. Faria tudo de novo por você", ele diz. "Acho que sou azarado mesmo. Não consigo conhecer uma garota que já não seja apaixonada por outro."

Suas palavras mexem comigo, como sempre. Ele é bastante sincero o tempo todo, e eu o admiro por isso.

"Tchau, Tessa", ele diz.

Suas palavras são muito mais que uma simples despedida entre amigos, mas não posso me apegar muito a isso. Se eu disser alguma coisa errada, ou qualquer coisa que seja, posso acabar iludindo-o outra vez.

"Tchau, Zed." Abro um meio sorriso, e ele dá um passo na minha direção.

Entro em pânico por um instante, pensando que ele vai me beijar, mas não é isso o que acontece. Ele me envolve em um abraço forte mas rápido e dá um beijo de leve na minha testa. Em seguida, vai até a porta, segura a maçaneta e se apoia nela quase como se fosse uma bengala.

"Se cuida, tá?", ele diz, abrindo a porta.

"Pode deixar. Seattle não é tão ruim assim." Abro um sorriso. Agora me sinto tranquila, como se finalmente tivéssemos encerrado o que existia entre nós.

Ele franze a testa e sai da sala. Quando fecha a porta, escuto quando diz baixinho: "Eu não estava falando sobre Seattle".

19

TESSA

Assim que a porta se fecha e Zed vai embora — de uma vez por todas —, fecho os olhos e reclino a cabeça no encosto da cadeira. Não sei como estou me sentindo. Meus sentimentos estão todos misturados, pairando sobre mim em uma nuvem de caos. Parte de mim está aliviada por ter posto um ponto final na minha relação mal resolvida com Zed. Mas outra parte, menor, está sentindo a perda. Zed é o único dos supostos amigos de Hardin que sempre ficou do meu lado, e é estranho me dar conta de que nunca mais vou vê-lo. As lágrimas indesejadas fazem meus olhos arderem e escorrem pelo meu rosto enquanto tento me controlar. Eu não deveria estar chorando por isso. Deveria estar feliz por finalmente resolver tudo com Zed, virar a página e nunca mais tocar no assunto.

Não que eu quisesse ficar com Zed, ou que seja apaixonada por ele, ou que pudesse escolhê-lo em vez de Hardin. Mas eu gosto dele, e queria que as coisas tivessem sido diferentes. Queria que minha relação com ele tivesse sido apenas platônica — assim talvez eu não precisasse excluí-lo da minha vida.

Não sei por que ele veio até aqui, mas fico contente que tenha ido embora sem dizer nada que me deixasse ainda mais confusa e magoasse Hardin ainda mais.

O telefone da minha mesa toca, e eu limpo a garganta antes de atender. Quando digo "alô", minha voz soa patética.

Já a voz de Hardin é firme e cristalina. "Ele já foi?"

"Já."

"Você está chorando?"

"Eu só estou...", começo.

"*O quê?*", ele pergunta em tom de súplica.

"Não sei, só estou contente que tenha acabado." Limpo os olhos de novo.

Ele solta um suspiro do outro lado da linha e me surpreende dizendo: "Eu também".

As lágrimas não estão mais rolando, mas a minha voz está péssima. "Obrigada" — eu faço uma pausa — "por ser compreensivo comigo."

Tudo acabou bem melhor do que eu esperava, mas não sei se fico aliviada ou preocupada. Decido não me preocupar mais e terminar meu último dia na Vance da forma mais tranquila possível.

Por volta das três horas, Kimberly passa na minha sala. Atrás dela está uma garota que tenho quase certeza de que nunca vi por aqui.

"Tessa, essa é a Amy, minha substituta", diz Kimberly, apresentando a garota tímida e linda.

Levanto da mesa, onde estou lendo, e faço questão de abrir um sorriso para Amy. "Oi, Amy. Eu sou a Tessa. Você vai gostar muito daqui."

"Obrigada! Já estou *adorando*", ela responde, toda animada.

Kim dá risada. "Bom, eu só queria dar uma passadinha na sua sala enquanto fingimos que estamos fazendo um tour pelo prédio."

"Ah, entendi. Você está treinando bem a sua substituta", provoco.

"Ei! Ser noiva do patrão tem suas vantagens", Kim diz em tom de brincadeira.

Ao lado dela, Amy dá risada, e Kim a conduz para outro corredor. Meu último dia finalmente acaba, e me pego desejando que tivesse passado mais devagar. Vou sentir falta daqui e estou meio apreensiva de ir para casa e encontrar Hardin.

Dou uma última olhada na minha primeira sala. Meus olhos se voltam direto para a mesa. Sinto um nó no estômago ao ser invadida por lembranças minhas com Hardin naquela mesa. Parece uma coisa absurda: transar em cima da mesa com alguém podendo chegar a qualquer momento. Eu estava concentrada demais em Hardin para pensar em qualquer outra coisa... o que parece ser um padrão na minha vida.

No caminho de casa, paro no mercado para comprar algumas coisas — só o necessário para o jantar de hoje, já que viajamos amanhã de manhã. Estou empolgada e ao mesmo tempo nervosa com a viagem. Espero que Hardin consiga manter seu temperamento sob controle nesses dois dias que vamos passar com sua família.

Como isso não parece muito provável, torço apenas para que o barco seja grande o suficiente para que Hardin possa ficar no canto dele.

Destranco a porta do apartamento e a empurro com o pé, pegando as sacolas de compras do chão. A sala está uma bagunça, com garrafas de água vazias e embalagens de comida espalhadas pela mesinha de centro. Meu pai e Hardin estão sentados cada um em uma ponta do sofá.

"Como foi seu dia, Tessie?", meu pai pergunta, virando o pescoço para me olhar.

"Bom. Foi meu último dia lá", eu conto, apesar de ele já saber. Começo a tirar o lixo que eles deixaram na mesinha e no chão.

"Fico feliz que tenha sido um bom dia", meu pai comenta.

Eu me viro para Hardin, que está com o olhar fixo na tela da tevê.

"Vou fazer o jantar e depois tomar um banho", aviso a eles, e meu pai me segue até a cozinha.

Enquanto tiro as compras das sacolas e coloco a carne moída e as tortilhas na bancada, meu pai me observa atentamente. Por fim, ele diz: "Um amigo meu disse que pode vir me buscar aqui mais tarde. Sei que vocês vão passar uns dias fora."

"Ah, tudo bem. A gente pode dar uma carona pra você de manhã se for melhor", ofereço.

"Não, vocês já foram muito generosos comigo. Só me promete que vai me avisar quando chegar de viagem."

"Tudo bem... Mas como vou entrar em contato com você?"

Ele esfrega a nuca. "De repente você pode ir até Lamar. Eu estou sempre por lá."

"Certo, pode deixar."

"Vou ligar para ele e avisar que já estou pronto", ele avisa e sai da cozinha.

Ouço Hardin provocar meu pai por precisar decorar o número de telefone das pessoas porque não tem um celular e reviro os olhos quando meu pai começa com seu discurso de que quando era criança não existiam celulares.

Os tacos com carne moída são fáceis de fazer e não exigem que eu pense muito. Fico torcendo para Hardin vir até a cozinha falar comigo, mas acho melhor mesmo esperar até meu pai ir embora. Arrumo a mesa para o jantar e chamo os dois. Hardin entra primeiro, quase sem olhar para mim, e meu pai vem atrás.

Quando senta na cadeira, meu pai diz: "O Chad vem me buscar daqui a pouco. Obrigado por terem me deixado ficar aqui. Vocês foram muito generosos". Ele olha para Hardin depois para mim. "Muito obrigado, Tessie e Bomba-H", ele acrescenta. Pela maneira como Hardin revira os olhos, dá para ver que é uma piadinha só entre eles dois.

"Sem problema, sério mesmo", eu respondo.

"Estou muito feliz por termos nos reencontrado", ele diz e começa a comer com vontade.

"Eu também..." Abro um sorriso, ainda sem conseguir me acostumar com a ideia de que esse homem é meu pai, o homem que eu não via há nove anos, o homem de quem guardava tanto rancor. E agora ele está jantando na minha cozinha comigo e com o meu namorado.

Olho para Hardin à espera de um comentário malcriado, mas ele não diz nada, continua comendo em silêncio, o que está me deixando maluca. Queria que ele falasse alguma coisa... qualquer coisa.

Às vezes o silêncio dele é bem pior que a gritaria.

20

HARDIN

Quando terminamos de comer, Tessa se despede de seu pai, de um jeito meio formal demais, e vai tomar banho. Eu queria ir para o chuveiro com ela, mas o amigo de Richard está demorando horas.

"Ele vem ainda *hoje* ou...", eu começo.

Richard balança a cabeça umas vinte vezes, mas olha pela janela com uma expressão preocupada. "Ah, sim, ele disse que já estava chegando. Deve ter errado o caminho ou coisa do tipo."

"Entendi", eu respondo.

Ele sorri. "Vai sentir a minha falta?"

"Eu não iria tão longe."

"Bom, de repente eu consigo um emprego e posso visitar vocês em Seattle."

"Nós *não vamos* para Seattle."

Ele me encara com um olhar de sabedoria. "Entendi", ele repete, usando a mesma palavra que usei instantes atrás.

Uma batida na porta interrompe nossa conversa irritante, e ele vai atender. Eu fico de pé, para o caso de ele precisar de um último empurrãozinho para ir embora.

"Obrigado por vir me buscar, cara", o pai de Tessa diz para seu amigo, que fica parado na porta, mas enfia a cabeça para dentro. Ele é alto e tem os cabelos compridos presos em um rabo de cavalo imundo e seboso. Seu rosto é magro, suas roupas são velhas e suas unhas são linhas negras em suas mãos ossudas.

Que porra é essa?

A voz grave combina com sua aparência quando ele comenta, com um tom meio surpreso: "Sua filha mora aqui?".

Esse cara não é um bêbado.

"Mora. Legal, né? Estou orgulhoso dela." Richard sorri, e o cara dá um tapinha no ombro dele.

"E esse aí, quem é?", pergunta o homem.

Os dois olham para mim. Richard sorri. "Ele? Esse é o Hardin, o namorado da Tessie."

"Legal, eu sou o *Chad*", ele se apresenta, anunciando o próprio nome como se fosse uma celebridade e eu tivesse a obrigação de conhecê-lo.

Definitivamente não é um bêbado. É coisa muito pior.

"Certo", respondo, olhando enquanto seus olhos dão uma geral na sala. Fico aliviado por Tessa estar no banho e não precisar conhecer esse cara bizarro.

Quando escuto a porta do banheiro, solto um palavrão baixinho. Cantei vitória antes do tempo. Chad ergue as mangas da camisa para coçar os braços, e nesse momento eu entendo a mania de limpeza de Tessa e sinto vontade de passar um esfregão na porra do piso.

"Hardin?" A voz dela atravessa o corredor.

"É melhor vocês irem agora", digo para os dois fodidos diante de mim no tom mais ameaçador possível.

"Eu quero conhecer a filha do Richard", Chad diz com um brilho sinistro nos olhos, e tenho que me segurar para não jogar os dois sacos de ossos pela janela.

"Ah, não quer, não", respondo.

Richard me olha. "Certo... certo... estamos indo", ele diz e começa a empurrar seu amigo para fora. "A gente se vê, Hardin. Mais uma vez, obrigado. E vê se fica longe da cadeia." Com um sorrisinho depois da última provocação, ele sai do apartamento.

"Hardin?", Tessa me chama de novo, entrando na sala.

"Eles acabaram de sair."

"O que aconteceu?", ela pergunta.

"*O que aconteceu?* Hã... vamos ver. O Zed apareceu no seu trabalho e o bêbado do seu pai trouxe um puta cara bizarro para o nosso apartamento." Depois de uma breve pausa, eu acrescento: "Tem certeza de que ele só bebe?".

"Quê?" A manga da camiseta dela — bom, da *minha* camiseta — escorrega e expõe seu ombro. Ela puxa de volta e senta no sofá. "Como assim, 'só bebe'?"

Olhando para ela, desisto de plantar a semente da desconfiança de que seu pai, além de bêbado, seja também um drogado. Ele não parece ser tão ruim quanto o desgraçado que veio buscá-lo, mas ainda estou com o pé atrás. Mesmo assim, digo apenas: "Sei lá. Esquece, eu só estava pensando alto".

"Tudo bem...", ela diz baixinho.

Eu a conheço muito bem e sei que a ideia de que seu pai possa usar drogas não passou pela sua cabeça e que ela não vai chegar a essa conclusão a partir do que eu falei.

"Você está bravo comigo?" Sua voz sai baixinha, bem contida.

Sei que ela está esperando uma explosão de raiva a qualquer momento. Estou adiando de propósito essa conversa por um motivo. "Não."

"Tem certeza?" Ela me encara com seus olhos grandes e lindos, implorando para que eu diga alguma coisa.

Eles são bem convincentes.

"Não, não tenho certeza. Não sei. Estou muito puto, é verdade, mas não quero brigar. Estou tentando mudar, sabia? Me controlar melhor, não explodir por qualquer coisinha." Solto um suspiro, esfregando a nuca. "Apesar de isso *não ser* só uma coisinha. Já falei mil vezes para você não encontrar mais o Zed, mas isso continua acontecendo." Lanço para ela um olhar cheio de frieza — não por maldade, mas porque preciso saber como seus olhos vão reagir quando acrescento: "Como você se sentiria se eu fizesse isso com você?".

Ela praticamente desaba diante dos meus olhos. "Eu ia me sentir muito mal. Sei que não foi certo encontrar com ele", ela responde, sem tentar se defender.

Por essa eu não esperava. Pensei que ela fosse gritar comigo e proteger o imbecil do Zed, como sempre. "Não foi mesmo", eu digo e solto um suspiro. "Mas se você disse para ele que acabou, então acabou. Fiz tudo o que podia para manter ele longe de você, mas ele não se toca. Então é você que tem que fazer isso."

"Acabou, eu juro. A gente não vai mais se ver."

Ela olha para mim, e eu estremeço ao me lembrar dela ao telefone mais cedo, chorando por causa da despedida.

"Nós não vamos na tal festa no sábado", aviso, e a decepção em seu rosto é visível.

"Por que não?"

"Porque eu não acho que seja uma boa ideia." Na verdade, eu *sei* que não é.

"Eu quero ir." Ela comprime os lábios em uma linha reta.

"Nós não vamos", repito.

Ela corrige a postura e retruca: "Se eu quiser ir eu vou".

Ela é teimosa pra caralho. "Será que podemos falar sobre isso mais tarde, por favor? Temos algumas coisas para fazer antes dessa merda de viagem nessa porra de barco, caralho."

Ela abre um sorriso brincalhão. "Não dava para incluir mais uns palavrões nessa frase?"

Eu sorrio e a imagino debruçada no meu colo para levar umas palmadas por ser tão abusada. Ela provavelmente ia gostar: deitada com a bunda para cima, levando uns tapinhas não muito fortes, só o suficiente para deixar a pele vermelha...

"Hardin?"

Meus pensamentos depravados são interrompidos, e eu os afasto da minha mente... por enquanto. Ela esconderia o rosto de vergonha se soubesse no que eu estava pensando.

21

TESSA

Sacudo seu braço mais uma vez, com mais força. "Hardin! Você precisa levantar... *agora*. A gente vai se atrasar."

Já estou vestida e pronta e nossas malas estão no carro. Deixei ele dormir o máximo possível. Além disso, quem arrumou tudo ontem à noite fui eu — ele nunca ia conseguir organizar as coisas direito.

"Eu não vou...", ele resmunga.

"Por favor, levanta!", eu peço e o puxo pelo braço. Meu Deus, seria muito melhor se ele gostasse de acordar cedo, como eu.

Ele cobre o rosto com o travesseiro, e eu o arranco e o jogo no chão. "Não, me deixa em paz."

Decido tentar outra abordagem e levo a mão à parte da frente de sua cueca. Ele dormiu de roupa e tudo ontem à noite, e não foi nada fácil tirar sua calça jeans sem acordá-lo. Mas agora ele está vulnerável... e manipulável.

Minhas unhas roçam de leve sua pele tatuada logo acima da cintura... Ele nem se mexe.

Enfio a mão dentro da cueca, e ele abre os olhos. "Bom dia", ele diz com um sorriso sacana.

Eu tiro a mão e fico de pé. "Levanta."

Ele boceja de forma dramática, olha para a cueca e diz: "Pelo jeito eu... já levantei...". Hardin finge que está dormindo de novo e começa a roncar como um personagem de desenho animado. Ele está sendo inconveniente, mas bonitinho e brincalhão. Espero que ele continue assim pelo resto da semana — na verdade, pelo resto do dia já está bom.

Enfio a mão dentro de sua cueca outra vez, e quando seus olhos se arregalam e me encaram com uma expressão de cachorro pidão, eu balanço a cabeça e tiro a mão.

"Não é justo", ele resmunga.

Mas ele levanta e veste outra vez a mesma calça de ontem. Em seguida vai até a cômoda, pega uma camiseta preta, olha para mim, guarda de volta e pega uma branca. Ele dá uma ajeitada nos cabelos com os dedos antes de puxá-los para trás.

"Será que dá para eu escovar os dentes antes?" Seu tom é de puro sarcasmo, e sua voz está áspera por causa do sono.

"Dá, mas anda logo, porque a gente precisa ir", eu aviso e dou uma última geral no apartamento para garantir que está tudo em ordem.

Minutos depois, Hardin aparece na sala, e enfim nós saímos.

Ken, Karen e Landon estão esperando do lado de fora da garagem quando chegamos.

Eu baixo o vidro da janela. "Desculpem o atraso", digo quando estacionamos perto de onde eles estão.

"Tudo bem! Pensei que ia ser uma boa ideia ir todo mundo no mesmo carro, já que a viagem vai ser longa", Karen sugere com um sorriso.

"Nem fodendo", Hardin murmura ao meu lado.

"Vamos lá." Ela aponta para a suv parada na frente da garagem. "Ken me deu de aniversário, e a gente nunca usa."

"Não. De jeito nenhum", Hardin diz um pouco mais alto.

"Vai ser legal", digo baixinho para ele.

"Tessa...", ele começa.

"Hardin, por favor, não dificulta as coisas", eu imploro. De leve, bem de leve, pisco meus olhos de forma sedutora, esperando que isso faça algum efeito.

Depois de ficar me olhando por um momento, sua expressão enfim se suaviza. "Tudo bem. Porra, sorte sua que eu te amo."

Eu aperto sua mão. "Obrigada." Em seguida me viro para Karen. "Tudo bem", digo com um sorriso e desligo meu carro.

Hardin põe nossas malas no carro de Karen, fazendo cara feia o tempo todo.

"Vamos nos divertir", Landon comenta aos risos quando eu entro no carro.

Hardin senta ao meu lado no banco de trás depois de fazer um comentário sobre não querer sentar ao lado de Landon. Quando Ken sai com o carro, Karen liga o rádio e começa a cantar baixinho.

"Parece que estamos em uma porra de comédia para a tevê", Hardin comenta enquanto segura minha mão e a põe sobre seu colo.

22

TESSA

"Wisconsin!", Karen grita, batendo palmas e apontando para um caminhão que ultrapassamos.

Não consigo segurar o riso ao ver a expressão horrorizada de Hardin. "Puta que pariu", ele bufa, deitando a cabeça no encosto do assento.

"Quer parar? Ela está se divertindo", eu repreendo.

"Texas!", grita Landon.

"Abre a porta, eu vou pular", Hardin acrescenta.

"Quanto drama", eu provoco, olhando para ele. "E daí que ela gosta de fazer a brincadeira das placas de carro? Pensei que você fosse se identificar... você e os seus amigos gostam de um monte de brincadeiras idiotas, tipo verdade ou consequência."

Antes que Hardin possa dar uma resposta engraçadinha, Karen diz: "Estamos muito felizes por vocês irem conhecer o barco e o chalé!".

Eu olho para ela. "Chalé?", pergunto.

"Sim, temos um chalezinho na beira da praia. Acho que você vai gostar, Tessa", ela fala.

Fico aliviada ao descobrir que não vou precisar dormir no barco, como imaginava.

"Espero que faça sol... o tempo até que está bom para fevereiro. É ainda melhor no verão. Quem sabe não podemos voltar no meio do ano?", Ken sugere, olhando pelo retrovisor.

"Sim", Landon e eu respondemos em uníssono.

Hardin revira os olhos. Pelo jeito ele vai continuar se comportando como um menino birrento durante todo o trajeto.

"Está tudo pronto para Seattle, Tessa?", Ken pergunta. "Conversei com o Christian ontem e ele está bem contente por poder contar com você."

Sinto os olhos de Hardin sobre mim, mas não vou me deixar intimidar. "Vou começar a arrumar tudo quando voltar, mas já me matriculei no novo campus", eu conto.

"Aquele campus não chega nem aos pés do meu", provoca Ken, e Karen dá risada. "Estou brincando, é um bom campus. Se tiver algum problema, é só me falar."

Eu abro um sorriso, feliz por saber que ele está do meu lado. "Obrigada, pode deixar."

"Por falar nisso", ele continua, "na semana que vem vamos receber um professor vindo do campus de Seattle. Ele vai substituir um dos nossos professores de religião."

"Ah, qual deles?", Landon pergunta, me olhando com uma sobrancelha levantada.

"O mais novo, Soto." Ken olha pelo retrovisor de novo. "Ele dá aula para vocês, não é?"

"Dá, sim", responde Landon.

"Não lembro para onde ele vai, mas acho que pediu transferência", conta Ken.

"Que bom", Landon comenta baixinho, mas eu percebo e abro um sorriso. Nenhum de nós dois gostamos muito do estilo e da falta de rigor acadêmico do professor Soto. Mas eu gostei do diário que ele pediu para escrevermos.

A voz suave de Karen interrompe meus pensamentos: "Vocês já sabem onde vão morar?".

"Não. Eu tinha encontrado um apartamento, ou pelo menos pensei que sim, mas a mulher simplesmente sumiu. Era perfeito, dentro do meu orçamento e perto da editora", eu conto.

Hardin fica um pouco inquieto do meu lado, e sinto vontade de acrescentar que ele não vai comigo para Seattle, mas espero usar essa viagem para fazê-lo mudar de ideia, então fico quieta.

"Eu tenho alguns amigos em Seattle, Tessa. Posso conseguir um lugar para você até segunda-feira, se quiser", oferece Ken.

"Não precisa", Hardin se apressa em responder.

Eu olho para ele. "*Na verdade*, seria *ótimo*", respondo para Ken pelo retrovisor. "Caso contrário vou ter que gastar uma fortuna ficando num hotel até conseguir um lugar para alugar."

Hardin mais uma vez dispensa a oferta de seu pai. "Não precisa. Tenho certeza de que Sandra vai entrar em contato."

Que estranho, penso comigo mesma e me viro para ele. "Como você sabe o nome dela?", pergunto.

"Quê?" Ele pisca algumas vezes. "Foi você que falou, umas mil vezes."

"Ah", respondo, e ele põe a mão na minha perna, apertando de leve.

"Bom, se precisar de alguma coisa é só me falar", Ken oferece outra vez.

Uns vinte minutos depois, Karen se vira para nós outra vez, toda animada. "Que tal brincar de 'o que estou vendo'?"

Landon abre um sorriso de divertimento. "É, Hardin, que tal?"

Hardin encosta a cabeça no meu ombro e me envolve com o braço. "Estou fora. Quer dizer, é uma ótima ideia, mas está na hora do meu cochilo. Mas com certeza Tessa e Landon vão adorar."

Apesar da resposta irônica, gosto da demonstração de carinho em público e abro um sorriso. Lembro de quando Hardin só conseguia segurar minha mão por baixo da mesa na casa de seu pai, mas agora ele não vê problema nenhum em me abraçar na frente da família toda.

"Certo! Eu começo", Karen diz. "O que estou vendo agora é uma coisa... azul!", ela grita.

Hardin dá uma risadinha junto de mim. "A camisa do Ken", ele sussurra e se aconchega ainda mais.

"A tela do GPS?", arrisca Landon.

"Não."

"A camisa do Ken?", pergunto.

"Sim! É a sua vez, Tessa."

Hardin me dá um beliscão de leve, mas eu prefiro me concentrar no sorriso de Karen. Ela está exagerando um pouco com essas brincadeiras meio bobas, mas ela é um doce de pessoa, e não quero cortar seu barato.

"Certo, o que estou vendo agora é uma coisa" — dou uma olhada para Hardin — "preta."

"A alma do Hardin!", Landon grita, e eu dou risada.

"Acertou!", respondo, ainda aos risos.

"Ótimo, então vocês bem que poderiam fazer silêncio para eu e a minha alma negra dormirmos em paz", ele reclama de olhos fechados.

Nós o ignoramos e continuamos, e alguns minutos depois a respiração de Hardin fica pesada, e ele começa a roncar junto ao meu pescoço. Ele resmunga alguma coisa antes de deitar a cabeça no meu colo e me abraçar pela cintura. Landon aproveita a deixa e começa a dormir também. Até Karen resolve tirar um cochilo.

Aproveito o silêncio para olhar pela janela e observar a bela paisagem da estrada.

"Estamos chegando, só faltam alguns quilômetros", Ken avisa para ninguém em particular.

Balanço a cabeça e passo os dedos pelos cabelos macios de Hardin. Suas pálpebras se mexem um pouco, mas ele não acorda. Vou descendo os dedos por suas costas, admirando-o enquanto dorme tão tranquilamente, me abraçando com força.

Logo depois entramos em uma ruazinha ladeada por pinheiros. Em silêncio, observo quando entramos em outra rua e viramos uma esquina, e de repente estamos na praia. É lindo.

A água azul e cintilante cria um contraste deslumbrante com a costa. A grama, porém, está marrom depois de um inverno mais rigoroso que o normal. Não consigo nem imaginar como esse lugar deve ser lindo no verão.

"Chegamos", Ken avisa enquanto estaciona o carro.

Olho para a frente e vejo um enorme chalé de madeira. Claramente, a ideia da família Scott de um "chalezinho" é bem diferente da minha. O chalé diante de mim é uma construção de dois andares, feita de cerejeira escura, com uma varanda pintada de branco no andar de baixo.

"Hardin, acorda." Passo o indicador em seu queixo.

Ele abre os olhos e pisca algumas vezes, confuso, e em seguida senta e esfrega os olhos.

"Querida, chegamos", Ken diz para sua esposa, que levanta a cabeça, seguida do filho.

Ainda um pouco atordoado, Hardin leva nossas malas para dentro do chalé e Ken mostra a ele o quarto onde vamos ficar. Vou com Karen para a cozinha enquanto Landon leva sua bagagem para seu quarto.

O teto alto da sala é idêntico ao da cozinha, em escala menor. Demoro um pouco para entender por que esse ambiente me parece tão peculiar, mas então percebo que a cozinha daqui é uma versão menor mas igualmente elegante da cozinha da casa dos Scott.

"É muito lindo", digo para Karen. "Obrigada pelo convite."

"Eu é que agradeço, querida. É muito bom finalmente ter alguém para trazer para cá." Ela sorri e abre a geladeira. "Estamos adorando receber vocês. Nunca imaginei que Hardin fosse participar de uma viagem em família. Sei que só vamos passar dois dias aqui, mas para Ken isso significa muita coisa", ela conta, falando baixinho para que ninguém ouça.

"Eu também estou contente por ele ter vindo. Acho que ele vai se divertir." Digo essas palavras na esperança de que se tornem realidade.

Karen se vira para mim e segura minha mão. "Vou sentir muito a sua falta quando você for para Seattle. Nunca tive a chance de passar muito tempo com Hardin, mas vou sentir falta dele também."

"Eu ainda vou estar por perto. São só duas horas de viagem", digo para tentar confortá-la, e a mim também.

Vou sentir saudade dela e de Ken. E não consigo nem pensar na partida iminente de Landon. Apesar de eu partir para Seattle antes de ele se mudar para Nova York, não estou pronta para ficar tão longe dele. Comigo em Seattle, pelo menos nós dois estaríamos no mesmo estado. Mas Nova York é longe, longe demais.

"Espero que sim. Sem o Landon, acho que vou ficar meio perdida. Me acostumei a ser mãe por quase vinte anos..." Ela começa a chorar. "Desculpa, é que estou muito orgulhosa dele." Ela limpa as lágrimas com os dedos e olha ao redor da cozinha em busca de alguma tarefa que afaste aqueles sentimentos. "Acho que vocês três podem dar um pulo no mercado para mim enquanto Ken prepara o barco."

"Sim, claro", digo quando os três homens entram na cozinha.

Hardin vem ficar atrás de mim. "Deixei as malas na cama para você desfazer. Eu sei que ia fazer tudo errado."

"Obrigada", respondo, feliz por ele não ter nem tentado. Ele gosta de enfiar as coisas de qualquer jeito nas gavetas, o que me deixa louca. "Falei para a Karen que a gente podia ir ao mercado enquanto seu pai prepara o barco."

"Tudo bem", ele diz, encolhendo os ombros.

"Você também." Eu me viro para Landon, que faz que sim com a cabeça.

"O Landon sabe onde é. Fica aqui na rua mesmo. Dá para ir a pé ou de carro. As chaves estão penduradas perto da porta", Ken avisa quando saímos.

O tempo está bom para um dia de inverno, e o sol deixa a temperatura bem mais alta do que seria de esperar nessa época do ano. O céu está azul e quase sem nuvens. Ouço as ondas quebrando e sinto o cheiro da água salgada no ar a cada lufada do vento. Decidimos ir andando até o mercadinho no fim da rua, e me sinto bem à vontade de calça jeans e uma camisa de manga curta.

"É tão gostoso aqui, parece que estamos isolados do mundo", digo para Hardin e Landon.

"Nós *estamos* isolados do mundo. Ninguém vem para a praia no meio da porra do inverno", comenta Hardin.

"Bom, eu acho muito gostoso", respondo, ignorando sua grosseria.

"Enfim...", Landon olha para Hardin, que está chutando as pedrinhas da rua sem calçamento, "a Dakota tem um teste para uma pequena produção esta semana."

"Sério?", pergunto. "Que demais!"

"Pois é, ela está bem empolgada. Espero que consiga o papel."

"Mas ela não acabou de entrar na faculdade? Por que dariam o papel para uma amadora?" A voz de Hardin é tranquila, como alguém pensando em voz alta.

"Hardin..."

"Eles podem dar o papel para ela porque, apesar de ser amadora, Dakota é uma ótima dançarina, faz balé desde criança", Landon rebate.

Hardin ergue as mãos de um jeito meio cômico. "Não precisa ficar nervosinho, só estou comentando."

Mas Landon continua defendendo sua amada. "Bom, então pode parar. Ela tem muito talento e vai conseguir o papel."

Hardin revira os olhos. "Tudo bem... puta merda."

"Acho muito legal você apoiar a Dakota." Eu sorrio para Landon em uma tentativa de quebrar a tensão entre ele e Hardin.

"Eu sempre vou ficar do lado dela, não importa o que aconteça. É por isso que vou mudar para Nova York." Landon olha para Hardin, que cerra os dentes.

"Então é assim que vai ser essa viagem? Vocês dois se juntando contra mim? Eu estou fora, então, porra. Nem queria vir nessa merda mesmo", Hardin esbraveja.

Nós três interrompemos o passo, e eu e Landon nos viramos para Hardin. Enquanto penso em uma maneira de acalmá-lo, Landon diz: "Bom, então não deveria ter vindo. Todo mundo ia se divertir muito mais se não precisasse ficar aguentando o seu comportamento".

Arregalo os olhos por causa das palavras duras de Landon e sinto vontade de defender Hardin, mas fico em silêncio. Afinal, Landon está certo. Hardin não tem o direito de estragar nossa viagem agindo dessa forma sem nenhum motivo.

"Como é? Foi você que ficou nervosinho porque eu falei que sua namorada é uma amadora."

"Não, você já começou a agir como um babaca lá no carro", rebate Landon.

"É... porque a sua mãe não parava de cantar junto com qualquer merda que tocava no rádio e de gritar os nomes dos estados" — Hardin eleva o tom de voz — "enquanto eu estava tentando *apreciar* a *vista*."

Eu me ponho entre eles quando Hardin começa a se mover na direção de Landon, que respira fundo e o encara com um olhar desafiador. "Minha mãe só está querendo que todo mundo se divirta!"

"Bom, então talvez seja melhor ela..."

"Parem com isso, vocês dois. Não podem ficar brigando o tempo todo enquanto estamos aqui. O clima vai ficar insuportável, então é melhor darem um tempo", eu peço, sem querer tomar partido entre meu melhor amigo e meu namorado.

Eles ainda continuam se olhando por alguns breves e tensos momentos, e eu quase dou risada, porque os dois se comportam como irmãos, apesar de fazerem tudo para negar isso.

"Tudo bem", Landon diz finalmente, soltando um suspiro.

"Tá bom", Hardin responde bufando.

O resto do trajeto é feito em silêncio, a não ser pelas botas de Hardin chutando pedrinhas e Landon cantarolando baixinho. A calmaria depois da tempestade... ou antes.

Ou talvez entre uma e outra.

* * *

"O que você vai usar no barco?", pergunto a Landon quando voltamos para o chalé.

"Bermuda, acho. Agora está quente, mas provavelmente vou levar casaco e uma calça."

"Ah." Eu queria que estivesse calor para poder usar biquíni. Nem tenho um, mas a ideia de comprar um biquíni com Hardin me faz sorrir.

Até consigo imaginá-lo fazendo comentários pervertidos — ele provavelmente ia acabar entrando no provador junto comigo.

Preciso parar de pensar nessas coisas, especialmente quando Landon está falando sobre o tempo. Eu deveria pelo menos fingir estar prestando atenção.

"O barco é enorme", comenta Landon.

"Ah..." Eu faço uma careta. Agora que está chegando a hora do passeio de barco, começo a ficar apreensiva.

Landon e eu vamos até a cozinha guardar as compras, e Hardin vai para o quarto sem dizer uma palavra.

Landon olha por cima do ombro para a direção em que foi o filho de seu padrasto. "Ele fica nervoso quando o assunto é Seattle. Ele não quer ir, né?"

Olho ao redor para ver se tem alguém por perto. "Pois é, não mesmo", respondo e mordo o lábio inferior, envergonhada.

"Eu não entendo", continua Landon, olhando para as sacolas. "O que tem de tão ruim em Seattle para ele não querer ir com você? Ele tem algum trauma do lugar ou coisa do tipo?"

"Não... Bom, não que eu saiba...", começo a dizer, mas então a carta de Hardin me vem à mente. Não me lembro de ele ter mencionado nada que tenha acontecido em Seattle. Será que existem coisas que ele não me contou?

Acho que não. Espero que não. Não estou preparada para mais surpresas desagradáveis.

"Bom, algum motivo deve ter, porque ele não vai nem ao banheiro sem você, então não consigo imaginar ele levando na boa o fato de você se mudar sozinha. Pensei que ele faria qualquer coisa para manter você por perto... *literalmente*." Landon diz, enfatizando essa última parte.

"Eu também." Solto um suspiro, sem entender por que Hardin está sendo tão teimoso. "E ele vai ao banheiro sem mim. Às vezes", digo em tom de brincadeira.

Landon dá risada. "Acho meio difícil. Ele deve ter instalado uma câmera escondida na sua blusa para vigiar seus passos."

"Não gosto muito de câmeras. Prefiro dispositivos de rastreamento via satélite." Ao ouvir a voz de Hardin tenho um sobressalto e quando me viro vejo que ele está na porta da cozinha.

"Obrigado por ajudar a comprovar meu argumento", Landon diz, e Hardin dá uma risada, sacudindo a cabeça. Ele parece estar mais bem-humorado, ainda bem.

"Cadê o barco? Já estou de saco cheio de ficar só ouvindo vocês falarem merda sobre mim."

"A gente não estava falando merda, estava só tirando sarro de você", digo para ele e vou até a porta da cozinha para abraçá-lo.

"Tudo bem, eu faço a mesma coisa quando você não está por perto", ele fala em tom de brincadeira, mas não consigo deixar de notar uma pontinha de verdade por trás de suas palavras.

23

TESSA

"O píer não está muito bem conservado, mas pelo menos está firme. Preciso mandar alguém vir fazer uma reforma...", Ken comenta enquanto o seguimos até o local onde o barco está atracado.

Pelo quintal, é possível ter acesso direto à água, e a vista é incrível. As ondas quebram contra as pedras na praia, e instintivamente eu me posiciono atrás de Hardin.

"Qual é o problema?", ele pergunta baixinho.

"Nada. Só estou meio nervosa."

Ele se vira para mim, enfiando as duas mãos nos bolsos traseiros da minha calça jeans. "É só o mar, linda, não tem perigo."

Ele sorri, mas não sei se ele está tirando sarro de mim ou sendo sincero. Só quando seus lábios tocam meu rosto minha dúvida desaparece.

"Esqueci que você não gosta de água." Ele me puxa mais para perto.

"Eu gosto de água... na piscina."

"E em rios?" Os olhos dele brilham de divertimento.

Eu abro um sorriso com a lembrança. "Só de um rio em particular."

Eu estava nervosa naquele dia também. Hardin me convenceu a entrar na água na base da chantagem. Ele prometeu responder uma das minhas inúmeras perguntas a seu respeito se eu entrasse no rio com ele. Esses dias parecem muito distantes — um passado remoto, na verdade —, mas os segredos continuam pairando sobre nosso presente.

Hardin segura minha mão enquanto seguimos sua família pelo píer até a embarcação inacreditavelmente intimidadora à nossa espera. Não entendo muito de barcos, mas para mim parece uma lancha gigante. Sei que não é um iate, mas é maior do que qualquer barco de pesca que já vi.

"É tão grande", murmuro para Hardin.

"Shh, não fica falando do meu pau na frente da minha família", ele brinca.

Adoro seu humor ao mesmo tempo ranzinza e brincalhão. Seu sorriso é contagiante. Mas então a madeira do píer estala sob meus pés, e aperto com força a mão de Hardin, em pânico.

"Cuidado aí", Ken avisa enquanto sobe a escada que liga o píer ao barco.

Hardin põe a mão nas minhas costas para me ajudar a subir. Tento me forçar a imaginar que é só uma escadinha de um brinquedo de playground, e não o acesso para um barco enorme. A segurança proporcionada pelo toque de Hardin é a única coisa que me impede de sair correndo pelo píer de volta para o chalé e me esconder debaixo da cama.

Ken nos ajuda a subir ao convés. Quando chego lá em cima, vejo como o barco é bonito, decorado com madeira branca e couro cor de mel. Espaço para sentar não falta, dá para todo mundo se acomodar confortavelmente.

Ken tenta ajudar Hardin a subir, mas ele dispensa a mão estendida do pai. Quando chega ao convés, ele olha ao redor e comenta: "Bom saber que seu barco é maior que a casa da minha mãe".

O sorriso orgulhoso de Ken desaparece.

"Hardin", eu murmuro, puxando sua mão.

"Desculpa", ele diz, bufando.

Ken solta um suspiro, mas parece aceitar o pedido de desculpas do filho antes de se dirigir para o outro lado do barco.

"Está tudo bem?" Hardin se inclina na minha direção.

"Está, mas se comporta, por favor. Eu já estou enjoada."

"Eu vou me comportar. Já até pedi desculpas." Ele se senta em um dos bancos, e eu faço o mesmo.

Landon pega a sacola do mercado e começa a tirar as latas de refrigerante e os pacotes de salgadinhos. Olho para o mar do alto do barco. É lindo, o sol parece estar dançando na superfície da água.

"Eu te amo", Hardin fala baixinho no meu ouvido.

O motor do barco começa a funcionar com um leve rugido, e eu chego mais perto de Hardin. "Eu te amo", digo em resposta, ainda olhando para a água.

"Se formos para o alto-mar vamos conseguir ver alguns golfinhos, e com um pouco de sorte alguma baleia!", Ken anuncia bem alto.

"Uma baleia pode virar um barco como este em dois tempos", Hardin comenta, e eu engulo em seco. "Porra, desculpa", ele complementa.

Quanto mais nos afastamos da costa, mais tranquila vou ficando. É estranho, pensei que fosse ser o contrário, mas o distanciamento da terra firme me dá uma espécie de serenidade.

"Vocês já viram golfinhos muitas vezes por aqui?", pergunto para Karen, que está bebendo um refrigerante.

Ela sorri. "Não, só uma vez. Mas continuamos tentando!"

"Não dá para acreditar no sol que está fazendo hoje, parece verão", Landon comenta, tirando a camiseta.

"Vai se bronzear um pouco?", pergunto, olhando para seu corpo pálido.

"Está fantasiado de fantasma?", acrescenta Hardin.

Landon revira os olhos, mas não responde o comentário engraçadinho. "Pois é, mas para onde estou indo não vou precisar de bronzeado."

"Se a água não estivesse tão gelada, a gente poderia dar um mergulho na praia", diz Karen.

"Quem sabe no verão", eu respondo, e ela balança a cabeça, toda contente.

"Mas podemos usar a banheira de hidromassagem lá no chalé", diz Ken.

Curtindo o momento, olho para Hardin, que permanece em silêncio, com o olhar perdido ao longe.

"Vejam só! Ali!" Ken aponta para um ponto atrás de nós.

Hardin e eu nos viramos no mesmo momento, e eu demoro um pouco para ver o grupo de golfinhos saltando sobre a água. Não estão muito perto do barco, só o suficiente para vermos seus movimentos sincronizados por entre as ondas.

"Nós demos sorte hoje", Karen diz rindo.

O vento joga meus cabelos sobre o rosto, bloqueando minha visão por alguns instantes, e Hardin me ajuda a colocá-los atrás da orelha. São essas coisas simples que ele faz, sua maneira de me tocar sem nem se dar conta do que está fazendo, que me fazem sentir um frio na barriga.

"Que legal", digo para ele depois de os golfinhos passarem.

"É mesmo", ele concorda, parecendo surpreso.

* * *

Depois de duas horas de conversa sobre passeios de barco, lindos verões no litoral, esportes e uma menção a Seattle que deixou Hardin todo sobressaltado, Ken nos leva de volta para a terra firme.

"Não foi tão ruim, foi?", Hardin e eu perguntamos um para o outro ao mesmo tempo.

"Acho que não mesmo." Ele dá risada, me ajudando a descer para o píer.

O sol deixou seu rosto vermelho e seus cabelos estão bagunçados por causa do vento. Ele está tão lindo que até dói olhar.

Vamos andando até o quintal, e só consigo pensar que quero manter a sensação de tranquilidade que senti no mar.

Quando entramos no chalé, Karen anuncia: "Vou fazer o almoço... com certeza está todo mundo com fome".

Nós ficamos em silêncio enquanto ela vai até a cozinha.

Por fim, Hardin pergunta a seu pai: "O que mais tem para fazer aqui?".

"Bom, tem um restaurante bacana lá na cidade... estamos planejando ir jantar lá amanhã. Tem um cinema de rua, uma biblioteca..."

"Resumindo, um monte de coisas chatas?", Hardin diz em um tom brincalhão, apesar do comentário grosseiro.

"É um lugar bem legal, você vai gostar se der uma chance", Ken responde, nem um pouco ofendido.

Nós quatro vamos para a cozinha e esperamos enquanto Karen serve sanduíches e frutas. Hardin, que hoje está bastante carinhoso, põe a mão na minha cintura.

Talvez este lugar faça bem para ele.

Depois do almoço, ajudo Karen a arrumar a cozinha e fazer limonada enquanto Landon e Hardin discutem sobre a má qualidade da literatura contemporânea. Não consigo segurar o riso quando Landon menciona Harry Potter. Isso faz com que Hardin comece um discurso de cinco minutos de duração sobre nunca ter lido e nunca querer ler os livros da série, enquanto Landon tenta desesperadamente fazê-lo mudar de ideia.

Depois que a limonada é servida e avidamente consumida, Ken avisa a todos nós: "Karen e eu vamos até o chalé de uns amigos aqui perto, e vocês podem ir também se quiserem".

Hardin me olha do outro lado da sala, e eu espero sua resposta. "Não, obrigado", ele enfim se pronuncia, sem tirar os olhos de mim.

Landon olha para Hardin e depois para mim. "Eu vou", ele avisa com naturalidade, mas juro que o vi dar um sorrisinho na direção de Hardin antes de levantar e se juntar a Ken e sua mãe.

24

HARDIN

Chego a pensar que eles nunca vão sair e, assim que passam pela porta, puxo Tessa para sentar comigo no sofá.

"Você não queria ir?", ela pergunta.

"Nem fodendo... por que ia querer? Prefiro ficar aqui com você. Sozinho", respondo, afastando os cabelos de sua nuca. Ela estremece um pouco quando toco de leve sua pele. "Você queria ir e ficar ouvindo a conversa chata de um bando de pessoas mais chatas ainda?", pergunto, roçando a boca em seu queixo.

"Não." O ritmo da respiração dela já mudou.

"Tem certeza?", provoco, passando o nariz de leve em seu pescoço, fazendo-a levantar a cabeça.

"Não sei, de repente é mais divertido do que isso que estamos fazendo", ela responde.

Dou uma risadinha junto ao seu pescoço, beijando o local onde vejo sua pele se arrepiar. "Duvido. A gente tem uma banheira de hidromassagem lá em cima, lembra?"

"É, mas não adianta, eu não trouxe biquíni...", ela começa.

Dou uma chupada de leve no pescoço dela e tento imaginar Tessa de biquíni.

Caralho.

"Você não precisa de um", murmuro.

Ela inclina a cabeça para trás e me olha como se eu estivesse maluco. "Claro que preciso! Não vou entrar em uma banheira de hidromassagem sem roupa."

"Por que não?" Para mim parece uma ideia bem divertida.

"Porque a sua família está aqui."

"Não sei por que você sempre usa isso como desculpa..." Minha mão passeia pelo seu colo, e eu aperto a costura de sua calça jeans. "Às vezes eu acho que você gosta disso."

"Do quê?", ela pergunta, praticamente ofegando.

"Da possibilidade de ser pega."

"Por que alguém iria gostar disso?"

"Um monte de gente gosta... correr riscos é excitante, sabia?" Aperto com mais força o meio de suas pernas, e ela tenta fechá-las, entregue a um conflito entre o que quer e o que acha que *não deveria* querer.

"Não, isso é... Sei lá, mas eu não gosto", ela mente. Tenho certeza de que gosta.

"Sei..."

"Não mesmo", ela grita, na defensiva, com o rosto vermelho e os olhos arregalados de vergonha.

"Tess, não tem problema nenhum se você gostar. É uma coisa que dá um tesão do caralho, na verdade", garanto a ela.

"Eu não gosto."

Tá bom, Tessa. "Tudo bem, você não gosta." Levanto as mãos admitindo minha derrota, e ela resmunga, reclamando da perda do contato. Eu sabia que ela não ia admitir de jeito nenhum, mas não custa tentar.

"Você vai entrar na banheira comigo?", pergunto, tirando a mão dela.

"Eu posso ir até lá... mas não vou entrar."

"Você que sabe." Eu sorrio e fico de pé. Sei que ela vai acabar entrando — só é um pouquinho mais difícil de convencer que a maioria das outras garotas. Pensando bem, nunca entrei numa banheira de hidromassagem com uma menina antes, com ou sem roupa.

Segurando meu pulso com sua mão pequena, ela vai comigo para o andar de cima, para o quarto que vai ser nosso pelos próximos dias. A varanda foi o principal motivo para eu tê-lo escolhido. Assim que vi aquela banheira do lado de fora, comecei a pensar em Tessa lá dentro.

A cama também não é ruim — é pequena, mas não precisamos de uma cama grande, já que dormimos sempre agarrados.

"Eu adorei aqui. É tão tranquilo", ela comenta e senta na cama para tirar os sapatos.

Abro a porta dupla da varanda. "É legal." Se meu pai, sua mulher e Landon não estivessem aqui, seria melhor ainda.

"Não tenho roupa para usar amanhã no restaurante que seu pai falou."

Encolho os ombros e abro a torneira da hidromassagem. "Então a gente não vai."

"Eu quero ir. Só não sabia que a gente ia a algum lugar antes de fazer as malas."

"Falha de planejamento deles, então", digo enquanto dou uma olhada na banheira para ver se está tudo funcionando. "A gente pode ir de calça jeans. Não parece ser um lugar chique."

"Não sei."

"Bom, se não quiser ir de jeans, a gente pode encontrar algum lugar neste fim de mundo que venda algum outro tipo de roupa", sugiro, e ela sorri.

"Por que esse bom humor todo?" Tessa levanta uma sobrancelha para mim.

Enfio um dedo na água. Está quase lá. Essa coisa esquenta bem *rápido*. "Sei lá... eu estou e pronto."

"Certo... Algum motivo para eu me preocupar?", ela pergunta, saindo para a varanda também.

"Não." *Sim*. Aponto para a cadeira de vime ao lado da banheira. "Você pode pelo menos ficar sentada aqui fora enquanto eu relaxo na água quente?"

Ela dá risada e faz que sim com a cabeça. Fico observando seus olhos inocentes enquanto ela me vê tirar a camisa e a calça. A cueca eu deixo. Quero que ela tire.

"Tem certeza de que não quer entrar?", pergunto enquanto passo a perna por cima da borda e entro. *Está quente pra caralho*. Alguns segundos depois, o incômodo desaparece, e eu me recosto na superfície de plástico duro.

"Tenho", ela responde e olha para as árvores ao redor.

"Ninguém vai ver a gente aqui. Você acha mesmo que eu ia convidar você para entrar sem roupa se não tivesse certeza disso?", questiono. "Tipo, com os meus problemas de 'ciúme' e tudo mais?"

"E se eles voltarem?", ela pergunta baixinho, como se alguém pudesse ouvir.

"Eles disseram que vão demorar uma ou duas horas."

"É, mas..."

"Pensei que você estivesse aprendendo a se divertir...", eu provoco a minha menina linda.

"E estou."

"Você está aí fazendo bico nessa cadeira enquanto eu estou aproveitando a vista", argumento.

"Não estou fazendo bico", ela retruca, fazendo um bico maior ainda.

Dou uma risadinha e sei que isso vai irritá-la ainda mais. "Tudo bem", eu digo, fechando os olhos enquanto ela franze a boca. "Eu estou me sentindo bem sozinho aqui. Acho que vou ter que me virar."

"Não tenho nada para usar."

"Como sempre", comento, mais uma vez me referindo à nossa experiência no riacho.

"Eu..."

"Entra logo na água", digo sem abrir os olhos nem alterar o tom de voz. Falo como se fosse uma coisa inevitável, e nós dois sabemos que é mesmo.

"Tudo bem, eu entro!", ela responde, tentando se convencer de que está contrariada e que não quer realmente fazer aquilo.

Não foi tão difícil quanto eu imaginei. Quando abro os olhos, quase perco o fôlego. Ela está tirando a camiseta e está usando um sutiã vermelho.

"Tira esse sutiã", eu digo.

Ela olha ao redor outra vez, e eu balanço a cabeça. A única coisa que dá para ver da varanda são as árvores e a água.

"Tira, linda", eu peço, e ela faz que sim com a cabeça, puxando as alças pelos braços.

Nunca vou me cansar dela. Não importa quantas vezes eu a toque, a beije, a abrace... nunca vai ser suficiente. Eu sempre vou querer mais. Não é nem por causa do sexo, que fazemos com frequência. A questão é que eu sou a única pessoa com quem Tessa transou, e ela confia em mim a ponto de ficar pelada ao ar livre numa varanda.

E daí que eu só faço merda? Com ela eu quero que seja tudo diferente.

A calça jeans vai para o chão junto com a camiseta e o sutiã — tudo dobrado perfeitamente, claro.

"A calcinha também", eu lembro a ela.

"Não, você também não tirou tudo", ela responde e põe o pé na água. "Ai!", ela grita, se encolhendo toda antes de ficar mais à vontade. Depois de entrar com o corpo todo, ela solta um suspiro quando se acostuma com a temperatura da água.

"Vem cá." Estendo o braço e a puxo para o meu colo.

Acho que esses assentos de plástico desconfortáveis podem servir para alguma coisa, no fim das contas. O toque de seu corpo junto ao meu, combinado com os jatos da hidromassagem, me dá vontade de arrancar sua calcinha imediatamente.

"Poderia ser assim em Seattle o tempo todo", ela diz, envolvendo meu pescoço com os braços.

"Assim como?" A última coisa que quero é falar sobre a porra de Seattle. Se existisse um jeito de riscar essa merda de cidade do mapa, eu faria isso.

"Assim." Ela aponta para nós. "Só nós dois, sem problemas com os seus amigos, tipo a Molly, sem nenhum fantasma do passado. Só eu e você em outra cidade. Podemos recomeçar tudo juntos, Hardin."

"Não é assim tão simples", respondo.

"É, sim. Não tem mais o Zed."

"Pensei que você tivesse entrado aqui para transar comigo, não para falar sobre o Zed", eu provoco, e ela fica toda tensa.

"Desculpa, eu..."

"Calma, eu estou brincando. Então, sobre o lance do Zed..." Ajeito seu corpo sobre o meu para que ela fique montada em mim, com o peito nu contra o meu. "Você é tudo para mim. Você sabe, não é?" Repito a pergunta que já fiz muitas vezes.

Desta vez ela não responde. Em vez disso, apoia os cotovelos nos meus ombros, entrelaça os dedos nos meus cabelos e me beija.

Ela está sedenta. Do jeitinho que eu sabia que ia estar.

25

HARDIN

Tento puxar seu corpo quase nu ainda mais para perto quando o beijo se intensifica. Ela segura meus braços e guia minha mão até o meio de suas pernas.

Não temos por que perder tempo.

"Você já deveria ter tirado isso", digo para ela, puxando a lateral de sua calcinha fina e ensopada.

Tessa solta uma risadinha silenciosa antes de respirar fundo quando meus dedos deslizam para dentro dela. Seus gemidos são abafados pela minha boca, que se gruda na dela. Ela prende meu lábio inferior entre os dela, e eu quase perco a cabeça. Ela é muito gostosa e sedutora, mesmo quando não está tentando ser.

Quando ela começa a mexer o quadril junto da minha mão, eu a seguro pela cintura para tirá-la do meu colo e a ponho ao meu lado, com as pernas bem abertas, sem deixar de proporcionar prazer com meus dedos.

Essa porra de calcinha está me irritando.

Tessa toma um susto quando tiro os dedos para puxar sua calcinha com força e com a maior rapidez possível, deixando para ela a tarefa de terminar de tirá-la pelos pés debaixo d'água. Fico olhando por um instante enquanto a peça de roupa flutua para o outro lado da banheira — existe algo de hipnotizante em ver a barreira final entre nós se afastando de forma tão suave.

Mas rapidamente Tessa me segura pelo pulso e me obriga a tocá-la de novo.

"O que você quer?", pergunto, ansioso para ouvi-la dizer com suas próprias palavras.

"Você." Ela dá um sorriso meigo e abre ainda mais as pernas, mostrando o quanto na verdade é safada.

"Vira de costas, então", eu mando.

Sem dar a ela a chance de responder, eu viro seu corpo, o que a faz soltar um gemido. Fico em pânico por um momento, mas então percebo que sua bocetinha está perfeitamente alinhada com o jato da hidromassagem. É claro que ela está gemendo. Logo vai estar aos gritos.

Eu me ajoelho atrás dela — adoro pegá-la nessa posição. Assim posso senti-la muito melhor, posso tocar a pele macia de suas costas e observar cada músculo se movendo — e cada respiração quando meto com força nela.

Jogo seus cabelos compridos para o lado e chego mais perto, entrando bem devagarinho. Suas costas se arqueiam para trás, e eu aperto seus seios enquanto começo a entrar e sair lentamente.

Porra, está uma delícia, melhor do que nunca. Deve ser a água quente nos envolvendo enquanto meto nela. Ela geme, e eu me abaixo um pouco para garantir que ela ainda esteja sentindo o jato d'água. Ela está com os olhos fechados e a boca aberta. Seus dedos estão pálidos por causa da força com que se agarra à borda da banheira.

Sinto vontade de me mover mais depressa, de meter com força, mas me obrigo a manter esse ritmo lento e torturante.

"Har-dinnn", ela geme.

"Caralho, é como se eu pudesse sentir cada pedacinho de você." Assim que digo essas palavras, entro em pânico e me afasto dela.

A camisinha.

Não me lembrei de pôr a merda da camisinha. O que foi que ela fez comigo?

"Que foi?", ela pergunta, ofegante, com uma fina camada de suor cobrindo seu rosto.

"Eu não estou usando camisinha!" Passo as mãos pelos cabelos molhados.

"Ah", ela diz sem se alterar.

"Ah? Como assim, ah?"

"Tipo, então põe a camisinha?", ela sugere com os olhos assustados.

"Não é essa a questão!" Fico de pé na banheira. Ela não diz nada. "Se eu não lembrasse, você poderia ter engravidado."

Ela balança a cabeça. "Sim, mas você lembrou."

Por que ela está tão calma? Ela está planejando uma grande mudança para Seattle — um bebê definitivamente estragaria tudo. *Espera aí...*

"Isso é algum plano seu ou coisa do tipo? Acha que, se engravidar, eu vou ter que ir com você?" Parece uma teoria da conspiração maluca, mas faz sentido.

Ela se vira para mim, dando risada. "Está falando sério?" Quando ela tenta me abraçar, eu a afasto.

"Estou."

"Qual é, isso é loucura. Vem cá, lindo." Ela tenta me segurar outra vez, mas eu vou para o outro lado da banheira.

Dá para ver que ela fica magoada e em seguida cobre os seios com as mãos. "Foi *você* que esqueceu a camisinha e agora está dizendo que eu estou armando para engravidar?" Ela sacode a cabeça, incrédula. "*Escuta o que você está dizendo.*"

Bom, não seria a primeira vez que uma garota maluca faz uma coisa dessas. Chego um pouco mais perto, mas ela se ajoelha na banheira. Olho para ela impassível, sem dizer nada.

Me encarando com os olhos cheios de lágrimas, ela fica de pé e sai da banheira. "Vou tomar um banho." Ela desaparece dentro do quarto, batendo com força a porta da varanda e depois a do banheiro.

"Caralho!", eu grito, batendo com a mão na água, desejando que a água pudesse revidar o tapa. Eu preciso mesmo escutar o que estou dizendo — ela não é uma maluca qualquer. É a Tessa. O que eu tenho na cabeça? Estou agindo como um paranoico do caralho. A culpa por causa da história de Seattle está me fazendo perder a porra do juízo. O que restou dele, pelo menos.

Preciso dar um jeito de consertar essa situação, ou pelo menos tentar. Eu devo isso ela, principalmente depois de fazer a acusação mais idiota de todos os tempos.

Ironicamente, de uma forma toda errada, quase chego a desejar que não tivesse lembrado da camisinha...

Não. Nada disso. Só não quero que ela vá embora, e não sei mais o que fazer. Um bebê não é a solução, de jeito nenhum. Já fiz tudo o que era possível, menos trancá-la no apartamento. Essa ideia até passou pela minha cabeça algumas vezes, mas acho que ela não ia gostar muito. Além do mais, isso ia provocar uma deficiência de vitamina D. E ela não faria mais ioga... e não usaria mais aquela calça.

Preciso entrar e me desculpar por essa situação constrangedora e por ser um babaca antes que os outros cheguem. Talvez eu dê sorte e eles fiquem perdidos na floresta por algumas horas.

Mas antes tem outra coisa que eu preciso fazer. Saio da banheira e volto para o quarto. Está um frio do cacete agora que estou usando só uma cueca molhada. Olho para meu celular, depois para a porta do banheiro. O chuveiro ainda está aberto, então pego o telefone e uma manta que estava no encosto da cadeira e saio de novo para a varanda.

Procuro na minha lista de contatos até encontrar o nome Samuel. Um disfarce não muito engenhoso. Nem sei por que gravei o número dessa mulher, aliás. Acho que eu sabia que estava fazendo cagada e precisaria ligar para ela de novo. Mudei o nome para o caso de Tessa fuçar nas minhas coisas, o que eu sabia que ela ia fazer. Pensei que não ia conseguir me safar quando ela me perguntou sobre as chamadas apagadas depois de me ouvir gritando com Molly no telefone.

Na verdade, acho que ela ia preferir ver o nome da Molly no meu registro de chamadas em vez dessa pessoa.

26

TESSA

Não acredito que Hardin teve a coragem de me acusar de querer engravidar de propósito, ou mesmo de *pensar* que existe uma chance remota de eu fazer algo assim com ele... ou comigo mesma. É uma ideia absurda e completamente idiota.

Estava tudo indo muito bem — maravilhosamente bem, na verdade — até ele mencionar a camisinha. Ele deveria simplesmente ter saído da água e pegado uma. Sei que ele trouxe um monte. Vi quando ele pôs o pacote na mala depois que arrumei nossas coisas.

Ele deve estar frustrado por causa de toda essa confusão de Seattle e exagerou na reação — e talvez eu também tenha exagerado. Depois de me irritar com os comentários grosseiros de Hardin e com o fato de ele ter estragado nossa... nosso momento na banheira, preciso de um banho quente. Em questão de segundos, a água começa a agir sobre minha musculatura tensa, relaxando meus nervos e clareando meus pensamentos. Nós dois exageramos, ele mais que eu, foi um desentendimento desnecessário. Quando vou pegar o xampu, percebo que fiquei tão apressada em sumir das frente dele que esqueci de pegar minha nécessaire. Que ótimo.

"Hardin?", eu grito. Duvido que ele consiga me ouvir com o barulho do chuveiro e da banheira, mas afasto a cortina florida e o espero mesmo assim. Ele não aparece, então me enrolo na toalha e, deixando uma trilha molhada no chão do quarto, vou até as malas que estão sobre a cama. Nesse momento, ouço a voz de Hardin.

Não consigo entender muito bem o que ele está falando, mas percebo que está se esforçando para ser simpático, o que significa que está fazendo de tudo para ser educado e esconder sua frustração, o que por sua vez me diz que se trata de uma conversa importante o suficiente para Hardin não agir como normalmente faz.

Vou andando na ponta dos pés pelo chão de madeira e, como o celular está no viva voz, ouço alguém dizer: "Porque sou uma corretora de imóveis, e o meu trabalho é justamente não deixar nenhum imóvel desocupado".

Hardin solta um suspiro. "E você não tem nenhum outro apartamento desocupado?", ele pergunta.

Como assim, Hardin está procurando um apartamento para mim? Fico ao mesmo tempo chocada e empolgada com a ideia. Ele finalmente está aceitando a ideia de Seattle, e está tentando me ajudar em vez de me fazer desistir. Finalmente.

A mulher do outro lado da linha, que aliás tem uma voz que me soa bem familiar, responde: "Você deu a entender que a sua amiga Tessa era alguém com quem eu não deveria perder o meu tempo".

Quê? Espera aí... Essa é a...?

Ele não faria isso.

"Então, o negócio é o seguinte... ela não é tão ruim quanto eu falei. Na verdade ela nunca destruiu nenhum apartamento e nunca deixou de pagar o aluguel", ele continua, e sinto meu estômago revirar.

Ele *fez* isso.

Abro com força a porta da varanda e grito as primeiras palavras que me vêm à mente. "Seu imbecil egoísta, você é doente!"

"Alô?" Escuto a voz de Sandra do outro lado da linha, e ele pega o telefone para silenciá-la.

A raiva toma conta de mim. "Como você teve a coragem de fazer isso? Como?"

"Eu...", ele começa.

"Não! Nem tenta arrumar uma desculpa! O que diabos você tem na cabeça?", eu berro, agitando o braço em sua direção.

Volto para o quarto, e ele vem atrás de mim, implorando: "Tessa, me escuta".

Eu me viro, me sentindo fortalecida e enfurecida, apesar de estar magoada e ferida. "Não! Me escuta você, Hardin", digo entre os dentes cerrados, tentando baixar o tom de voz. Mas não consigo. "Estou cansada disso tudo, estou cansada de você tentar sabotar qualquer coisa na minha vida que não gire em torno de você!" Continuo gritando, com os punhos fechados na lateral do corpo.

"Não foi isso que eu..."

"Cala a boca! Cala essa maldita boca! Você é a pessoa mais *egoísta, arrogante...* você é... argh!" Não consigo nem pensar direito. As palavras raivosas voam da minha boca, e minhas mãos se agitam diante de mim.

"Eu não sei onde estava com a cabeça. Mas justamente agora eu estava tentando consertar tudo."

"Exatamente. É exatamente disso que estou falando. Você está sempre fazendo alguma coisa. Está sempre escondendo alguma coisa. Está sempre arrumando novas maneiras de tentar controlar tudo o que eu faço, e eu não suporto mais isso! É demais para mim." Não consigo parar de andar de um lado para o outro no quarto, e Hardin me observa com olhos cautelosos. "Consigo aguentar esse seu jeito superprotetor e até as brigas em que você se mete de vez em quando. Porra, consigo até aguentar o fato de você ser um babaca na maior parte do tempo, porque lá no fundo eu sempre soube que você estava fazendo o que achava que era melhor para mim. Mas isso não. Você está tentando arruinar o meu futuro, e *isso eu não vou admitir nem fodendo.*"

"Desculpa", ele diz. E eu sei que está sendo sincero, mas...

"Você está sempre se desculpando! É sempre a mesma merda: você faz alguma coisa, esconde alguma coisa, diz alguma coisa, eu caio no choro, você pede desculpas e *pronto*! Está tudo perdoado." Eu aponto o dedo para ele. "Mas dessa vez não vai ser assim."

Sinto vontade de meter a mão na cara dele, mas olho ao redor em busca de alguma coisa na qual descontar minha raiva. Pego uma almofada na cama e jogo no chão. Depois mais uma. Não ajuda muito a aliviar a minha fúria, mas eu me sentiria muito pior se quebrasse alguma coisa de Karen.

Isso é muito cansativo. Não sei mais quanto tempo aguento antes de ter um colapso nervoso.

Chega, não vou ter colapso nenhum. Estou cansada de entrar em parafuso — é só isso que eu faço. Preciso me recompor longe de Hardin, antes que eu acabe em pedaços aos pés dele de novo.

"Estou cansada desse ciclo sem fim. Já disse isso antes, e você não me escuta. Sempre arruma um jeito de retomar o ciclo, e eu não aguento mais, simplesmente não aguento mais!"

Não sei se já fiquei com tanta raiva assim dele. Sim, ele já fez coisa pior, mas sempre consegui superar. Nunca estivemos nesse estágio antes, em que eu pensava que Hardin não estava escondendo mais nada de mim, pensava que ele tinha entendido que não podia interferir na minha carreira. Essa oportunidade é muito importante para mim. Passei a vida toda testemunhando o que acontece com uma mulher que não consegue construir nada sozinha. Minha mãe nunca teve nada que tivesse conseguido por esforço próprio, nada que fosse dela, e eu preciso disso. Preciso conseguir isso. Preciso de uma oportunidade de provar que, mesmo sendo jovem, posso chegar onde minha mãe nunca conseguiu. Não posso deixar ninguém tirar isso de mim, como minha mãe permitiu que acontecesse com ela.

"Não aguenta mais o que... eu?" A voz dele está trêmula. "Você disse que não aguenta mais..."

Não sei o que não aguento mais. Deveria ser ele mesmo, mas sei que não é a hora de responder isso. Normalmente eu já estaria aos prantos a essa altura, pronta para perdoar tudo com um beijo... mas hoje não.

"Estou exausta, não aguento mais. Não posso continuar vivendo assim. Você ia deixar eu me mudar para Seattle sem ter onde morar só para tentar me forçar a não ir!"

Hardin fica em silêncio, e eu respiro fundo, esperando aplacar minha raiva, o que não acontece. Ela continua crescendo até virar uma fúria incontrolável. Pego o restante das almofadas, imaginando que são vasos de vidro que posso arremessar no chão e deixar a bagunça para ele limpar. O problema é que a limpeza ia acabar sobrando para mim — ele não correria o risco de se cortar só para me poupar.

"Sai daqui!", grito para ele.

"Não. Tudo bem, desculpa, mas..."

"Sai daqui, porra. *Agora*!", eu repito, e ele me olha como se não estivesse me reconhecendo.

E talvez não esteja mesmo.

Ele se encolhe e sai do quarto — e eu bato a porta atrás dele antes de voltar para a varanda. Sento na cadeira de vime e fico olhando para o mar, tentando me acalmar.

Não me vem nenhuma lágrima, só lembranças. Lembranças e arrependimentos.

27

HARDIN

Sei que ela está exausta — dá para ver isso em seu rosto toda vez que faço cagada. A briga com Zed, a mentira sobre a expulsão... a cada idiotice, as coisas se acumulam dentro dela. Tessa pensa que eu não percebo, mas não é verdade.

Por que eu fui pôr Sandra no viva-voz? Se não tivesse feito isso, poderia ter resolvido a cagada antes de ela descobrir e ter contado tudo só depois. Assim ela não teria ficado tão chateada.

Não pensei no que Tessa poderia fazer quando descobrisse, e nem passou pela minha cabeça que ela poderia ficar sem ter onde morar caso não mudasse de ideia sobre ir para Seattle. Acho que imaginei que, como gosta de tudo certinho, ela ia adiar a viagem se não conseguisse um apartamento.

Que bela cagada, Hardin.

Minhas intenções eram boas — quer dizer, não antes, mas agora. Sei que foi uma puta sacanagem atrapalhar a locação do apartamento em Seattle, mas estou tentando desesperadamente fazer com que ela não me abandone. Sei o que vai acontecer em Seattle, e não vai terminar bem.

Para não perder o costume, dou um murro na parede do lado da escada.

"Merda"

Para o meu azar, descubro que não é feita de gesso, e sim de madeira maciça, e a dor é mil vezes pior. Seguro meu punho com a outra mão para não repetir a reação idiota. Sorte que não quebrei nada. Com certeza vai inchar, mas com isso já estou acostumado.

Estou cansada desse ciclo sem fim. Já disse isso antes, e você não me escuta. Desço as escadas pisando duro e me jogo no sofá como uma criança mimada. E é isso que eu sou, na verdade, um moleque. Ela sabe, eu sei — porra, todo mundo sabe. É como se estivesse escrito na minha testa.

Eu devia subir e tentar me explicar de novo, mas, sinceramente, estou meio assustado. Nunca vi Tessa tão furiosa antes.

Preciso dar o fora daqui. Se Tessa não tivesse me forçado a vir no carro da família perfeita, eu poderia encerrar essa viagem idiota mais cedo. Eu nem queria vir, para começo de conversa.

O passeio de barco meio que foi legal... mas a viagem como um todo está uma chatice e, agora que ela está puta comigo, simplesmente não tenho motivo para ficar aqui. Olho para o teto, sem saber o que fazer. Não posso ficar sentado aqui e, se ficar, sei que vou acabar subindo e piorando ainda mais a situação com Tessa.

Vou dar uma volta. É o que as pessoas normais fazem quando estão com raiva, em vez de socar paredes e quebrar coisas.

Preciso pôr uma roupa antes de fazer qualquer coisa, mas se voltar para o quarto ela vai me matar, literalmente.

Solto um suspiro ao ficar de pé. Se eu não estivesse tão confuso por causa da reação de Tessa, ficaria mais preocupado com o que estou prestes a fazer.

Quando abro a porta do quarto de Landon, reviro os olhos imediatamente. Suas roupas estão dobradas em pilhas simétricas sobre a cama — ele devia estar pensando na melhor maneira de guardá-las quando meu pai e a mãe dele o chamaram para sair.

Dou uma olhada em suas roupas horrendas, procurando desesperadamente alguma coisa que não tenha um maldito colarinho. Por fim, consigo achar uma camiseta azul e uma calça de moletom preta.

Que beleza. Agora estou sendo obrigado a usar as roupas de Landon. Espero que a raiva de Tessa passe logo, mas pela primeira vez não sei como as coisas vão ficar. Não esperava que ela fosse reagir daquela maneira. O problema não foi o que ela falou, mas como me olhou o tempo todo. Aquele olhar dizia coisas impossíveis de expressar em palavras, o que me assustou ainda mais.

Olho outra vez para a porta do quarto onde estávamos até vinte minutos antes, então desço a escada e saio.

Não consigo nem chegar à maldita rua antes que o meu meio-irmão preferido apareça. Pelo menos ele está sozinho.

"Cadê o meu pai?", pergunto.

"Você está usando minhas roupas?", ele questiona, claramente confuso.

"Hã, estou. Eu não tive escolha, então não começa a me encher o saco por causa disso." Encolho os ombros e percebo que, pelo sorriso em seu rosto, a intenção dele era justamente essa.

"Tudo bem... O que você aprontou dessa vez?"

Como assim? "Por que você acha que eu aprontei alguma coisa?"

Ele levanta a sobrancelha.

"Certo... Então, eu fiz uma coisa idiota pra caralho", admito, bufando. "Mas não estou a fim de falar sobre isso, então nem começa."

"Tudo bem." Ele dá de ombros e começa a se afastar.

Eu esperava pelo menos uma palavra ou outra, ele é bom nessa coisa de conselhos. "Espera aí!", chamo quando ele vira as costas. "Você não vai me perguntar o que foi?"

"Você acabou de dizer que não quer falar sobre isso", ele rebate.

"É, mas... então." Não sei o que dizer, e ele está me encarando como se eu fosse uma aberração da natureza.

"Você *quer* que eu pergunte?" Ele parece estar se divertindo com a situação, mas felizmente não está dando uma de babaca.

"Eu sou o motivo...", começo, mas então vejo Karen e meu pai chegando da rua.

"O motivo do quê?", Landon pergunta, olhando para eles.

"Nada, esquece." Solto um suspiro de frustração, passando as mãos pelos cabelos molhados.

"Oi, Hardin! Cadê a Tessa?", Karen pergunta.

Por que todo mundo sempre me pergunta isso como se eu não pudesse ficar meio metro longe da Tessa?

A dor no meu peito me explica o motivo: não consigo mesmo ficar longe dela.

"Está lá dentro, dormindo", minto e me viro para Landon. "Vou dar uma volta. Você cuida dela?" Ele faz que sim com a cabeça.

"Aonde você vai?", meu pai me pergunta quando passo por eles.

"Sair", respondo com um grunhido e acelero o passo.

Quando chego a uma placa de pare algumas ruas adiante, percebo que não faço a menor ideia de para onde estou indo e também não sei como voltar para o chalé. Só sei que já estou andando há algum tempo e que as ruas daqui são mais tortuosas do que parecem.

Oficialmente, eu detesto este lugar.

Não parecia tão ruim quando eu estava olhando Tessa com os cabelos ao vento, o olhar voltado para o mar cintilante, a boca contorcida em um pequeno sorriso de satisfação. Ela parecia tão tranquila, como as águas em que navegávamos até as coisas entre nós ficarem turbulentas. Agora estamos atravessando águas revoltas, com ondas que quebram furiosamente sobre nós. Em pouco tempo vão voltar ao normal, pelo menos até a próxima tempestade.

Uma voz feminina desvia meus pensamentos da imagem de Tessa sob o sol. "Você por acaso está perdido?"

Quando me viro, para minha surpresa, dou de cara com uma menina mais ou menos da minha idade. Seus cabelos castanhos são compridos como os de Tessa. Ela está sozinha aqui nesse lugar à noite. Eu olho ao redor. Não existe nada além de uma rua vazia e da floresta.

"Você está?", questiono, olhando para sua saia comprida.

Ela sorri e chega mais perto. Deve ser completamente maluca para estar aqui no meio do nada perguntando para um desconhecido com a minha aparência se está perdido.

"Não. Estou dando o fora", ela responde, prendendo o cabelo atrás da orelha.

"Está fugindo de casa? Tipo, aos vinte anos de idade?" É melhor ela continuar andando, então. A última coisa que estou querendo é lidar com um pai furioso procurando sua filha adolescente.

"Não." Ela dá risada. "Aproveitei os dias de folga da faculdade para visitar os meus pais, mas eles estão me matando de tédio."

"Ah, que bom. Espero que seu caminho para a liberdade leve você até Shangri-la", respondo e começo a me afastar.

"Você está indo para o lado errado", ela grita.

"Não estou nem aí."

Em seguida, cerro os dentes quando ouço seus passos correndo pelo cascalho atrás de mim.

28

TESSA

Estou exausta, cansada demais de briga após briga com Hardin. Não sei o que fazer agora, como vai ser daqui em diante. Venho seguindo nesse caminho com ele há meses e sinto que não estamos indo a lugar nenhum. Estamos tão perdidos quanto no começo.

"Tessa?" A voz de Landon atravessa o quarto e chega à varanda.

"Aqui fora", respondo, contente por ter vestido um short e um moletom. Hardin sempre faz algum comentário engraçadinho quando me visto assim, mas é bom para dias como este, nem muito frio nem muito quente.

"Oi", ele diz, sentando na cadeira ao meu lado.

"Oi." Olho de relance para ele antes de me voltar de novo para a água.

"Você está bem?"

Paro um pouco para refletir. Estou bem? *Não.* Vou ficar bem? *Sim.*

"É, desta vez acho que vou ficar bem." Levanto os joelhos e os envolvo com os braços.

"Quer conversar?"

"Não. Eu não quero estragar a viagem com todo o meu drama. Estou bem, sério mesmo."

"Tudo bem, mas, se quiser falar, estou aqui para ouvir."

"Eu sei." Olho para ele, que abre um sorriso reconfortante. Não sei o que vou fazer sem Landon por perto.

Ele arregala os olhos e aponta para alguma coisa. "Aquilo é...?"

Eu me viro para onde ele está olhando.

"Ai, meu Deus!" Fico de pé em um pulo, pego a calcinha vermelha que está flutuando na banheira e guardo no bolso do moletom.

Landon morde o lábio para conter a risada, mas eu não consigo me segurar. Nós dois caímos na gargalhada — ele porque está se divertindo, eu porque estou me sentindo humilhada. Mas prefiro mil vezes rir com Landon a chorar por causa de Hardin, como sempre acontece quando brigamos.

29

HARDIN

Estou ficando de saco cheio por não ver nada além de cascalho e árvores enquanto caminho por esta cidadezinha. A menina esquisita continua me seguindo, e a briga com Tessa ainda pesa sobre mim.

"Você vai ficar andando atrás de mim pela cidade toda?", pergunto para a garota irritante.

"Não, estou voltando para o chalé dos meus pais."

"Bom, você pode fazer isso sozinha."

"Você não é muito educado", ela resmunga.

"Sério mesmo?" Eu reviro os olhos, apesar de ela não conseguir ver o meu rosto. "As pessoas dizem que a minha simpatia é um dos meus pontos fortes."

"Estão mentindo para você", ela diz com uma risadinha atrás de mim.

Dou um chute em uma pedra, contente por Tessa ser sempre tão certinha e ter me obrigado a tirar os sapatos na porta do chalé, caso contrário teria que usar os tênis de Landon. Ia ficar horrível. Além disso, tenho certeza de que os pés dele são bem menores que os meus.

"De onde você é?", ela pergunta.

Eu ignoro e continuo caminhando. Acho que preciso virar à esquerda na próxima esquina. Espero que esteja certo.

"Inglaterra?"

"Isso", respondo, e resolvo perguntar. "Para que lado tenho que ir?"

Quando me viro, vejo que ela está apontando para a direita. Obviamente, eu estava errado.

Seus olhos são de um tom de azul bem claro e sua saia se arrasta pelo chão de cascalho. Ela me lembra Tessa... bom, a Tessa que conheci meses atrás. A minha Tessa não usa mais essas roupas horrorosas. Ela também aprendeu um novo vocabulário, principalmente para poder me xingar em um monte de ocasiões diferentes.

"Você também está aqui com os seus pais?" Seu tom de voz é baixo, meigo até.

"Não... Quer dizer, mais ou menos."

"Eles são mais ou menos seus pais?" Ela abre um sorriso. Seu jeito de falar também me lembra Tessa.

Olho para a menina outra vez para me certificar de que ela está mesmo aqui e não é uma aparição bizarra no estilo *Um conto de Natal* que veio para me dar uma lição.

"Estou com a minha família e a minha namorada. Eu tenho namorada, aliás", aviso. Não consigo imaginar que uma menina como ela possa se interessar por mim, mas pensava o mesmo sobre Tessa.

"Certo...", ela responde.

"Certo." Eu acelero o passo para criar algum espaço entre nós. Viro à direita, e ela faz o mesmo. Nós dois vamos para a grama quando passa uma caminhonete, e ela me alcança de novo.

"Cadê ela, então? A sua namorada?", ela pergunta.

"Dormindo." Faz sentido usar a mesma mentira que contei para o meu pai e para Karen.

"Humm..."

"Humm, o quê?" Eu olho para ela.

"Nada." Ela olha para a frente.

"Já estamos na metade do caminho e você continua me seguindo. Se tem alguma coisa para falar, fala logo", digo, irritado.

Ela remexe alguma coisa entre as mãos, olhando para baixo. "É que me pareceu que você estava fugindo de alguém, ou tentando se esconder... Sei lá, esquece."

"Não estou me escondendo. Ela me mandou cair fora, e eu obedeci." O que diabos essa aspirante a Tessa está querendo, afinal?

Ela olha para mim. "Por que ela mandou você embora?"

"Você é sempre assim tão intrometida?"

Ela sorri. "É, sou."

"Odeio gente intrometida."

A não ser Tessa, claro. Por mais que eu seja apaixonado por ela, às vezes sinto vontade de amordaçar sua boca para acabar com seus interrogatórios. Ela é a pessoa mais invasiva que já conheci.

Mas na verdade não é bem assim. Eu adoro esse comportamento irritante dela. Antes detestava, mas agora entendo. Eu também quero saber tudo sobre ela... o que está pensando, o que está fazendo, o que está querendo. Horrorizado, percebo que ultimamente ando fazendo mais perguntas que ela.

"E então, vai me contar?", insiste a menina.

"Qual é o seu nome?", pergunto, me esquivando do questionamento.

"Lillian", ela responde e deixa cair o que tinha na mão.

"Eu sou o Hardin."

Ela prende o cabelo atrás da orelha. "Me fala sobre a sua namorada."

"Por quê?"

"Porque você parece chateado, e quem melhor para conversar nessas horas do que uma desconhecida?"

Não quero falar com essa menina. Ela é estranhamente parecida com Tessa, e isso está me deixando inquieto. "Acho que não é uma boa ideia."

O sol se põe cedo aqui, e o céu está quase todo escuro.

"E guardar tudo é?", ela pergunta. Faz sentido. Até demais.

"Então, você parece... legal e tudo mais, mas não conheço você, e você não me conhece, então essa conversa não vai rolar."

Ela franze a testa. E solta um suspiro. "Tudo bem."

Finalmente, consigo ver o telhado do chalé do meu pai à distância. "Bom, eu vou para aquele chalé ali", digo em tom de despedida.

"Sério? Espera aí... você é o filho do Ken, né?" Ela bate a mão na testa.

"Sou...", respondo, surpreso.

Nós dois paramos na frente do chalé. "Como eu sou idiota! Com o sotaque, como não me dei conta antes?" Ela dá risada.

"Não estou entendendo." Eu olho para ela.

"Seu pai é amigo do meu pai, eles fizeram faculdade juntos ou coisa do tipo. Acabei de passar a última hora ouvindo eles contarem histórias sobre seus tempos de glória."

"Que ironia, hein?" Abro um meio sorriso. Estou começando a ficar mais à vontade com essa menina.

Ela abre um sorriso radiante. "Então no fim das contas nós não somos dois desconhecidos."

30

TESSA

"Biscoitos", Landon e eu respondemos ao mesmo tempo.

"Certo, biscoitos, então." Karen sorri e abre o armário.

Karen nunca para, está sempre assando, cozinhando, preparando alguma coisa. Não que eu esteja reclamando — tudo que ela faz é delicioso.

"Já escureceu. Espero que ele não tenha se perdido", comenta Ken. Landon simplesmente encolhe os ombros, como quem diz: *Isso é típico de Hardin*.

Hardin saiu faz quase três horas, e estou tentando me segurar para não entrar em pânico. Sei que ele está bem. Se tivesse acontecido alguma coisa com ele, eu saberia. Não sei como explicar, mas lá no fundo eu simplesmente saberia.

Não estou preocupada que ele esteja correndo algum risco. Só não quero que sua frustração se transforme em uma desculpa para entrar no bar mais próximo. Por mais que eu queira que ele fique bem longe de mim, detestaria vê-lo entrar pela porta cambaleando e cheirando a álcool. Só precisava ficar sozinha um pouco, para refletir e esfriar a cabeça. Ainda não consegui pensar direito. Estou evitando isso a todo custo.

"Que tal usarmos a banheira de hidromassagem hoje à noite ou amanhã de manhã?", Karen sugere.

Landon cospe seu refrigerante de volta para dentro do copo, e eu desvio o olhar rapidamente, mordendo o interior da bochecha. A lembrança de Landon vendo minha calcinha flutuando na banheira ainda é recente e fico toda vermelha.

"Karen, querida, acho que eles não vão querer entrar na banheira com a gente." Ken dá risada e Karen sorri, percebendo que sua sugestão foi meio esquisita.

"Acho que você tem razão." Ela dá risada e começa a fazer bolinhas com a massa dos biscoitos, franzindo o nariz. "Odeio essas coisas semiprontas."

Com certeza para Karen a massa de biscoito semipronta é um horror, mas para mim é uma visão do paraíso. Principalmente agora, quando estou prestes a explodir a qualquer momento.

Landon e eu estávamos no meio de uma conversa sobre Dakota e o apartamento onde eles vão morar quando sua mãe e Ken apareceram. Eles disseram que tinham cruzado com Hardin, que estava saindo. Pelo que entendi, ele falou que eu estava dormindo, então tentei confirmar a mentira dizendo que acordei quando Landon entrou no quarto.

Fiquei pensando em Hardin, imaginando para onde teria ido e quando iria voltar, desde que ele saiu. Uma parte de mim não quer nem vê-lo pela frente, mas a outra, muito maior, precisa saber que ele não está fazendo nada que possa pôr ainda mais em risco nosso já fragilizado relacionamento. Continuo irritadíssima por ele ter interferido na minha mudança para Seattle e não tenho ideia do que vou fazer a respeito.

31

HARDIN

"Você sabotou a mudança dela?", pergunta Lillian, boquiaberta.

"Eu te falei que foi uma puta cagada", lembro a ela.

Outro par de faróis passa por nós enquanto caminhamos para o chalé de seus pais. Minha intenção era voltar para a casa do meu pai, mas Lillian vem se mostrando uma boa ouvinte. Então, quando ela me pediu para acompanhá-la no caminho de volta até o chalé dela para conversarmos melhor, eu aceitei. Minha ausência vai dar a Tessa um tempo para esfriar a cabeça e quem sabe assim a gente possa conversar.

"Você não tinha mencionado o tamanho da cagada. Dá para entender por que ela está com raiva de você", comenta a garota, obviamente pronta para ficar do lado de Tessa.

Não consigo nem imaginar o que ela ia pensar de mim se soubesse o tipo de merda que Tessa precisou aturar por minha causa nos últimos seis meses.

"Bom, e o que você vai fazer agora?", ela pergunta, abrindo a porta do chalé de seus pais. Ela faz um gesto para eu entrar, como se já tivesse me convidado antes e eu tivesse concordado.

Quando passo pela porta, vejo que é tudo bem extravagante. O chalé é ainda maior que o do meu pai. Riquinhos de merda.

"Eles devem estar lá em cima", ela diz quando entramos.

"Quem deve estar lá em cima?", uma voz de mulher questiona, e Lillian faz uma careta antes de se virar para uma mulher que deve ser sua mãe. É bem parecida com ela, só que mais velha. "Quem é esse?", ela pergunta.

Nesse momento, um cara de meia-idade usando camisa polo e calça cáqui aparece na sala.

Puta que pariu. Que maravilha. Eu deveria ter acompanhado Lillian só até a porta. Fico imaginando como Tessa se sentiria se soubesse que estou aqui. Será que ela ficaria incomodada? Além de já estar bem irritada comigo, ela tem um histórico de ciúme da Molly. Mas essa menina não é a Molly, não tem nada a ver com ela.

"Mãe, pai, esse é o Hardin, filho do Ken."

Um sorriso enorme aparece no rosto do sujeito. "Pensei que não fosse conhecer você!", ele exclama com um sotaque britânico todo afetado. Bom, isso explica o fato de ele ter feito faculdade com o meu pai.

Ele vem até mim e dá um tapinha no meu ombro. Dou um passo atrás, e ele franze a testa de leve, apesar de eu sentir que ele meio que já esperava essa reação. Meu pai deve tê-lo alertado sobre o meu jeito. Quase dou risada ao pensar nisso.

"Querida", ele diz, virando para a mulher. "Esse é o filho da Trish."

"Você conhece a minha mãe?", pergunto antes de me virar para a mulher dele.

"Conheço, desde muito antes de ela virar sua mãe", a mulher diz com um sorriso. "Nós éramos muito amigos, nós cinco", ela acrescenta.

"*Cinco?*", eu pergunto.

O pai de Lillian dá uma olhada para a esposa. "Querida..."

"Enfim, você é a cara dela! Só os olhos que são do seu pai. Nós não nos vemos desde que mudei para cá. Como ela está?", a mulher pergunta.

"Está bem, vai se casar em breve."

"Sério?", ela exclama com um gritinho. "Manda os parabéns para ela, é muito bom saber disso."

"Tá", eu respondo. Esse pessoal sorri demais. É como estar em uma sala cheia de Karens, só que muito mais irritantes e menos agradáveis. "Bom, eu já vou indo", digo a Lillian, querendo acabar logo com esse momento constrangedor.

"Não, não. Pode ficar... nós vamos lá para cima", o pai de Lillian diz, passando o braço em torno da cintura da mulher enquanto se afasta.

Lillian fica olhando para eles, depois se vira para mim. "Desculpa, eles são tão..."

"Falsos?", completo por ela. Dá para sentir a falsidade por trás do sorriso branco e reluzente do sujeito.

"É, muito." Ela dá risada e vai sentar no sofá.

Eu continuo parado em pé na porta.

"A sua namorada vai ficar brava se souber que você está aqui?", ela pergunta.

"Não sei, provavelmente", respondo com um grunhido, passando os dedos pelos cabelos.

"Você ia gostar se ela fizesse a mesma coisa? Como você ia se sentir se soubesse que ela está com um cara que acabou de conhecer?" Assim que ela termina de falar, a raiva começa a crescer no meu peito.

"Eu ia ficar muito puto", resmungo.

"Imaginei." Ela abre um sorrisinho e dá um tapa na almofada do sofá ao seu lado.

Respiro fundo, vou até lá e sento bem longe dela. Não sei qual é a dessa menina — ela vai direto ao ponto e também é um pouco irritante.

"Você faz o tipo ciumento, então?", ela pergunta, com os olhos arregalados.

"Acho que sim", respondo, encolhendo os ombros.

"Aposto que a sua namorada não ia gostar nada se a gente se beijasse." Ela chega mais perto, e eu pulo do sofá. Quando estou quase chegando à porta, ela cai na risada.

"Que merda foi essa?", digo, tentando não gritar.

"Estava só brincando com você. Não estou interessada, pode acreditar." Ela sorri. "E é um alívio saber que você também não está. Agora senta aí."

Ela pode até ser parecida com a Tessa, mas não é meiga como ela... muito menos inocente. Sento na poltrona diante do sofá. Não conheço essa menina a ponto de confiar nela. Só estou aqui porque não quero dar as caras no chalé do meu pai, e Lillian, apesar de ser uma desconhecida, pode fazer o papel de observadora imparcial, ao contrário de Landon, que é o melhor amigo de Tessa. É bom poder conversar com alguém que não tem nenhuma razão para me julgar. E, porra, ela é meio doidinha, então é até capaz de me entender.

"Agora me diz o que tem em Seattle para você não querer ir para lá com ela."

"Não é nada específico. Tive umas experiências ruins por lá, mas não é só isso. É porque ela vai se dar muito bem por lá", respondo, sabendo que deve parecer uma tremenda maluquice. Mas estou pouco me fodendo. Essa menina ficou me seguindo durante uma hora, então se tem algum maluco aqui é ela.

"E isso é ruim?"

"Não. Eu quero que ela se dê bem na vida, mas também quero ter uma participação nisso." Solto um suspiro, já morrendo de saudade de Tessa, apesar de estarmos longe há apenas algumas horas. O fato de ela estar brava comigo só torna a saudade ainda maior.

"Então você se recusa a morar em Seattle com ela porque quer fazer parte da vida dela? Isso não faz o menor sentido", ela diz, concluindo o óbvio.

"Sei que você não entende, nem ela, mas ela é a única coisa que eu tenho na vida. Ela é literalmente a pessoa mais importante da minha vida, e não quero perdê-la. Eu não seria nada sem ela."

Por que estou contando essas merdas para ela?

"Sei que sou patético pra caralho."

"Não, nem um pouco." Ela abre um sorriso compreensivo, e eu desvio o olhar. Não quero que ninguém sinta pena de mim.

A luz da escada se apaga, e olho de novo para Lillian. "É melhor eu ir?", pergunto.

"Não, aposto que meu pai ficou em êxtase porque eu trouxe você aqui", ela responde, sem nenhum sinal de sarcasmo na voz.

"Por quê?"

"Bom, desde que os dois conheceram Riley, meu pai está torcendo para a gente terminar."

"Porque não gosta dele ou coisa do tipo?"

"Dela."

"Quê?"

"Ele não gosta dela", ela repete, e eu tenho que me segurar para não sorrir.

Acho o fim o pai dela não aceitar seu relacionamento, mas tenho que admitir que estou extremamente aliviado.

32

TESSA

Landon explica que, como o novo apartamento fica bem perto do campus, eles vão poder ir andando para a faculdade. Ele não vai precisar de um carro nem vai ter que usar o metrô todo dia.

"Bom, fico feliz em saber que você não vai ter que dirigir naquela cidade enorme. Ainda bem", comenta Karen, pondo a mão no ombro do filho.

Ele sacode a cabeça. "Eu sou um ótimo motorista. Melhor que a Tessa", ele provoca.

"Eu também dirijo bem. Melhor que o Hardin", rebato.

"Grande coisa", Landon diz em tom de brincadeira.

"Eu não estou preocupada com o jeito como *você* dirige, e sim com aqueles taxistas malucos!", Karen explica, como uma boa mãe coruja.

Pego um biscoito no prato no balcão e olho para a porta da frente outra vez. Estou vigiando a entrada à espera de Hardin. Minha raiva vai se transformando em preocupação a cada minuto que passa.

"Certo, obrigado por me avisar. Vejo você amanhã", Ken está dizendo ao telefone quando chega na cozinha.

"Quem era?"

"Max. O Hardin está no chalé deles com a Lillian", ele conta, e sinto um frio na barriga.

"Lillian?", não consigo deixar de perguntar.

"A filha do Max. Ela tem mais ou menos a sua idade."

Por que Hardin está no chalé dos vizinhos com a filha deles? Eles se conhecem? Já tiveram alguma coisa?

"Ele volta daqui a pouco, tenho certeza." Ken franze a testa e, quando olha para mim, sinto que se arrependeu de ter dito aquilo na minha frente. O fato de ele estar sem graça faz com que eu fique sem graça também.

"É", digo com um nó na garganta, e levanto do banquinho. "Eu só... Eu vou para a cama", aviso, tentando manter a compostura. Sinto minha raiva começar a ressurgir e preciso me afastar antes que eu perca o controle de vez.

"Eu vou lá para cima com você", Landon se oferece.

"Não, eu estou bem, é sério. É que acordei cedo, como todo mundo, e está ficando tarde", eu me justifico, e ele faz que sim com a cabeça, mas dá para ver que não está acreditando.

Quando chego à escada, escuto Landon dizer: "Ele é um idiota mesmo".

Pois é, Landon. Ele é um idiota.

Fecho as portas da varanda antes de ir até a cômoda pegar meu pijama. Com a cabeça a mil, não estou conseguindo encontrar o que vestir. Nada parece ser um substituto à altura das roupas surradas de Hardin, e me recuso a vestir a camiseta branca pendurada no braço da poltrona. Preciso conseguir dormir com as minhas próprias roupas. Depois de remexer a gaveta inteira, decido ficar com o short e a blusa de moletom que estou usando e vou deitar na cama.

Quem é essa garota misteriosa com quem Hardin está? Ironicamente, estou mais chateada com a perda do apartamento em Seattle do que com o fato de ele estar com ela. Se ele quer acabar com a nossa relação me traindo, problema dele. Sim, eu ficaria arrasada, e acho que nunca ia conseguir me recuperar, mas não quero ficar pensando nisso.

Na verdade, não consigo nem imaginar. Não consigo imaginar ele me traindo. Apesar de todas as coisas que ele já fez, isso eu não vejo como. Não depois daquela carta, não depois de ter me pedido perdão. Sim, ele é controlador, controlador demais, e não sabe o quanto pode ou não interferir na minha vida, mas ele faz essas coisas porque quer me manter próxima, e não me afastar, o que aconteceria se ele me traísse.

Mesmo depois de uma hora olhando para o teto e contando as vigas de madeira do telhado, o ressentimento contra Hardin não passa.

Ainda não sei se estou pronta para conversar, mas sei que não vou conseguir dormir enquanto ele não chegar. Quanto mais ele demora, mais o ciúme toma conta de mim. Não consigo deixar de pensar em como as coisas seriam bem diferentes se fosse o contrário. Se eu estivesse em um chalé com um cara, Hardin provavelmente iria surtar e pôr fogo na mata ao redor da casa. Quase dou risada desse pensamento ridículo, mas não consigo. Fecho os olhos de novo e torço para o sono vir.

33

HARDIN

"Quer uma bebida?", Lillian oferece.

"Quero." Encolho os ombros e olho para o relógio.

Ela levanta e vai até um carrinho de bebidas prateado. Olhando as garrafas, ela escolhe uma e me mostra bem rápido, como se fosse apresentadora de um programa de auditório ou coisa do tipo. Depois de tirar a tampa de uma garrafa de conhaque que com certeza custa mais que a televisão enorme pendurada na parede, ela me olha com uma compaixão fingida. "Você sabe que não pode continuar sendo um covarde para sempre."

"Cala a boca."

"Você é muito parecido com ela." Lillian dá uma risadinha.

"Com a Tessa? Não mesmo. E como você poderia saber?"

"Não, não com a Tessa. Com a Riley."

"Como assim?"

Lillian serve o líquido escuro em um copo curvado e me entrega antes de sentar de novo no sofá.

"E a sua bebida?", pergunto.

Ela sacode a cabeça, toda orgulhosa. "Eu não bebo."

Claro que não. Eu mesmo não deveria estar bebendo, mas o aroma intenso e levemente adocicado do conhaque me faz ignorar o bom senso.

"Vai me contar por que acha que eu pareço com ela ou não?" Olho para ela cheio de expectativa.

"Vocês são parecidos, só isso. Ela também é revoltada, também tem esse jeito de quem tem raiva do mundo." Ela faz uma careta exagerada e cruza as pernas sob o corpo.

"Bom, talvez ela tenha um motivo para ter raiva", respondo, defendendo sua namorada, que nem conheço, antes de engolir meio copo de conhaque. É forte, envelhecido na medida certa, e faz a queimação se espalhar até a sola das minhas botas.

Lillian não responde. Em vez disso, contrai os lábios e fica olhando para a parede atrás de mim, perdida em seus pensamentos.

"Eu não curto esse negócio de cura pelo diálogo e esses sentimentalismos de hippie", aviso a ela, que balança a cabeça.

"Eu não estou esperando sentimentalismo, mas acho que pelo menos deveria pensar em um jeito de se desculpar com a Tamara."

"O nome dela é Tessa", eu digo de forma rude, irritado com o pequeno erro dela.

Ela sorri e puxa o cabelo sobre um dos ombros. "Desculpa, Tessa. Tenho uma prima chamada Tamara e acho que estava pensando nela sem perceber."

"E por que você acha que eu vou pedir desculpas, aliás?" Estalo a língua no céu da boca enquanto aguardo sua resposta.

"Está brincando, né? Você deve desculpas a ela!", ela diz, bem alto. "Precisa pelo menos falar que vai para Seattle com ela."

Solto um grunhido. "Eu *não* vou para Seattle, caralho." *Por que Tessa e Tessa número dois não param de encher o saco com essa história de Seattle?*

"Bom, então espero que ela vá mesmo sem você", ela se limita a dizer.

Dou uma boa olhada para a menina que pensei que fosse me entender. "O que você disse?" Ponho o conhaque em cima da mesa rápido demais, derramando o líquido marrom sobre a superfície branca.

Lillian levanta uma sobrancelha. "Disse que espero que ela vá sozinha, porque você tentou atrapalhar a mudança e ainda por cima não está a fim de ir com ela."

"Ainda bem que estou pouco me fodendo para o que você pensa, então." Fico de pé para ir embora. Sei que ela está certa, mas para mim já chega.

"Está, sim, só não quer admitir. Se tem uma coisa que aprendi na vida é que as pessoas que fingem que não se importam são as que se importam mais."

Pego o copo e termino a bebida antes de ir em direção à porta. "Você não sabe porra nenhuma sobre mim", digo por entre os dentes cerrados.

Lillian levanta e vem até mim caminhando lentamente. "Sei sim. Como eu disse, você é igualzinho à Riley."

"Bom, então tenho pena dela por ter que aguentar..." Começo a insultar a menina, mas me interrompo. Ela não fez nada de errado. Na verdade, está tentando me ajudar, e não merece ser maltratada.

Solto um suspiro. "Me desculpa, tá?" Volto para a sala e me jogo no sofá.

"Viu, pedir desculpas não é tão difícil assim, é?" Lillian sorri, vai de novo até o carrinho de bebidas e traz a garrafa de conhaque para o lugar onde estamos sentados.

"Você está claramente precisando de mais uma dose." Ela sorri e pega meu copo vazio.

Depois da terceira dose, eu resmungo: "A Tessa detesta quando eu bebo."

"Você é um bêbado violento?"

"Não", respondo, pensativo. Mas, vendo que ela está realmente interessada, reflito mais um pouco e reconsidero a resposta. "Às vezes."

"Humm..."

"Por que você não bebe?", pergunto.

"Não sei, eu não bebo e pronto."

"O seu namo...", começo antes de me corrigir: "A sua namorada bebe?" Ela faz que sim com a cabeça. "Às vezes. Não tanto quanto antes."

"Ah." Essa Riley e eu temos mais coisas em comum do que eu imaginava.

"Lillian?", o pai dela chama, e em seguida escuto um degrau da escada estalar.

Levanto e me afasto instintivamente dela, que se vira para o pai. "Oi, pai."

"Já é quase uma da manhã. Acho que está na hora de seu amigo ir embora", ele avisa.

Uma da manhã? *Puta merda.*

"Tá bom." Ela balança a cabeça e olha para mim. "Ele parece que esquece que eu já sou adulta", ela murmura, claramente irritada.

"Eu preciso ir mesmo. A Tessa vai me matar", eu resmungo. Quando fico de pé, minhas pernas não estão tão firmes quanto deveriam.

"Pode voltar amanhã se quiser, Hardin", o amigo do meu pai diz quando chego à porta.

"Pede desculpas e repensa sobre Seattle", Lillian recomenda outra vez.

Mas eu estou determinado a ignorá-la, então atravesso a porta, desço os degraus da entrada e saio andando pela entrada pavimentada da garagem. Queria saber o que o pai dela faz da vida. O cara é claramente podre de rico.

Está um breu aqui fora. Quase não consigo enxergar um palmo diante do nariz, literalmente, e vou tateando com as mãos esticadas como um idiota. Quando chego à rua, vejo as luzes acesas do chalé do meu pai e elas me guiam até os degraus da entrada.

A porta de tela range nas dobradiças ao ser aberta, e eu solto um palavrão. A última coisa que quero é que meu pai acorde e sinta o meu bafo de conhaque. Pensando bem, ele pode acabar querendo um gole.

A Tessa dentro de mim me repreende pelo cinismo, e aperto o nariz na altura dos olhos, sacudindo a cabeça para expulsá-la.

Quase derrubo um abajur ao descalçar as botas. Me apoio no canto da parede para me equilibrar e enfim consigo deixar minhas botas ao lado dos sapatos de Tessa. Minhas mãos começam a suar e subo as escadas bem devagar. Não estou bêbado, mas também não estou sóbrio, e sei que ela vai estar ainda mais chateada que antes. Tessa estava muito puta mais cedo, e agora que passei todo esse tempo fora — e ainda por cima bebendo — com certeza ela vai surtar. Estou até com um pouco de... medo dela agora. Ela estava com tanta raiva, gritando palavrões e me pondo para fora.

A porta do quarto que estamos ocupando se abre com um rangido leve, e tento não fazer nenhum barulho enquanto procuro o caminho da cama na escuridão.

Mas não tenho essa sorte.

O abajur do criado-mudo se acende, e o rosto impassível de Tessa me encara.

"Desculpa... Não queria acordar você", eu digo.

Ela contrai os lábios carnudos. "Eu não estava dormindo", revela, e sinto um aperto no peito.

"Eu sei que está tarde, desculpa", digo, juntando as palavras umas nas outras.

Ela estreita os olhos. "Você bebeu?"

Apesar da expressão em seu rosto, seus olhos estão serenos. A maneira como a luz fraca do abajur ilumina seu rosto me faz querer ir até a cama e tocá-la.

"Sim", confirmo e espero o ataque de fúria.

Tessa suspira e leva a mão à testa para afastar as mechas de cabelo que escaparam do rabo de cavalo. Ela não parece alarmada nem surpresa com o meu estado.

Trinta segundos depois, ainda estou esperando a explosão de raiva. Mas nada acontece.

Ela continua sentada na cama, apoiada nos cotovelos, me encarando com olhos abatidos enquanto eu fico parado, todo sem graça, no meio do quarto.

"Você não vai dizer nada?", finalmente pergunto, quebrando o silêncio perturbador.

"Não."

"Hã?"

"Estou cansada, e você está bêbado. Não tenho nada para dizer", ela diz sem demonstrar nenhum sentimento.

Fico sempre imaginando o momento em que ela vai enfim explodir, chegar ao ponto em que não suporta mais minhas cagadas. Sinceramente, estou morrendo de medo de que essa hora tenha chegado.

"Eu não estou bêbado, só tomei três doses. Você sabe que isso não é porra nenhuma para mim", digo e sento na beirada da cama. Sinto um frio na espinha quando ela se afasta de mim.

"Onde você estava?" Seu tom de voz é baixo e tranquilo.

"No vizinho."

Ela continua olhando para mim, esperando que eu me explique.

"Eu estava com uma menina chamada Lillian. O pai dela estudou com o meu, e começamos a conversar, e uma coisa levou à outra e..."

"Ai, meu Deus." Tessa fecha os olhos, cobre os ouvidos e aproxima os joelhos do peito.

Eu estendo os braços, segurando seus pulsos e puxando suas mãos de volta para seu colo. "Não, não é nada disso. *Porra*. A gente estava conversando sobre *você*", explico, e fico esperando ela revirar os olhos ou fazer aquela cara de que não está acreditando em uma palavra do que estou dizendo.

Ela abre os olhos e volta a me encarar. "O que estavam falando sobre mim?"

"Sobre essa merda toda de Seattle."

"Você falou com ela sobre Seattle, mas comigo não quer falar?"

A voz de Tessa não demonstra irritação, só curiosidade, e eu fico confuso pra caralho. Não é que eu quisesse falar com a menina, ela praticamente me forçou, porra, mas em certo sentido fico feliz que tenha feito isso.

"Não é bem assim... você me mandou embora", lembro à garota sentada diante de mim, que tem a mesma aparência de Tessa, mas um comportamento bem diferente.

"E ficou com ela esse tempo todo?" Seu lábio começa a tremer, e ela o aperta entre os dentes.

"Não, eu saí para dar uma volta e cruzei com ela." Estendo a mão para afastar uma mecha de cabelo rebelde de seu rosto, e ela não se afasta. Sua pele está quente e seu rosto parece brilhar sob a luz fraca. Ela inclina a cabeça na direção da palma da minha mão e fecha os olhos quando acaricio sua bochecha. "Ela é bem parecida com você."

Não era isso que eu esperava que acontecesse. Pensei que estaria no meio de uma guerra com Tessa a essa altura.

"Você gostou dela, então?", ela pergunta, abrindo de leve os olhos acinzentados.

"É, ela é legal." Encolho os ombros, e ela fecha os olhos de novo.

Fico desconcertado com sua reação tranquila, e o estupor do conhaque só serve para me deixar ainda mais confuso.

"Estou cansada", ela diz, tirando minha mão de seu rosto.

"Está brava?", pergunto. Tem alguma coisa me incomodando no fundo da minha mente, mas não consigo trazê-la à tona. Maldita bebida.

"Só estou cansada", ela responde e deita de novo sobre o travesseiro.

Certo...

Alarmes... Não, *alertas de tornado* soam na minha mente diante da ausência de emoção em sua voz. Tem alguma coisa que ela não está me dizendo, e eu preciso saber o que é.

Mas ela pega no sono — ou pelo menos finge dormir —, e eu percebo que vou ser obrigado a ignorar os sinais silenciosos esta noite. Já está tarde. Se eu forçar a barra, ela pode me pôr para fora de novo, e não quero que isso aconteça. Não consigo dormir sem ela e tenho que agradecer por ela me deixar deitar ao seu lado depois das merdas que falei para Sandra. Ainda bem que a bebida me deixou meio sonolento e que não vou ficar a noite toda acordado pensando no que pode estar se passando na cabeça de Tessa.

34

TESSA

A luz da manhã invade o quarto à medida que o sol vai surgindo à distância. Meus olhos se movem das portas da varanda com as cortinas abertas para minha barriga, onde o braço de Hardin está jogado sobre o meu corpo. Seus lábios cheios estão entreabertos, e ele está ressonando de leve. Não sei se o empurro da cama ou se acaricio seus cabelos castanhos e dou um beijo em sua pele avermelhada.

Estou brava, muito puta da vida com Hardin por causa de tudo que aconteceu ontem à noite. Ele teve a cara de pau de voltar para o chalé à uma e meia da manhã e, como eu temia, cheirando a álcool. É só mais uma parte da teia de confusões em que ele me envolveu. E ainda estava com uma menina, uma garota parecida comigo, com quem passou várias horas. Disse que eles só ficaram conversando — e não duvido que seja verdade. O problema é que Hardin se recusa a falar comigo sobre Seattle, ou sobre qualquer coisa que esteja remotamente relacionada com esse assunto, mas pelo jeito com ela conseguiu conversar.

Não sei o que pensar, e estou cansada de ficar o tempo todo pensando. Tem sempre algum problema para resolver, algum desentendimento para superar. E estou cansada. Cansada de tudo isso. Eu amo Hardin mais do que sou capaz de compreender, mas não sei por quanto tempo ainda aguento esse tipo de coisa. Não posso ficar preocupada se ele vai chegar bêbado em casa toda vez que temos um problema. Tive vontade de gritar, jogar um travesseiro na cara dele e dizer que ele é um babaca, mas finalmente estou me dando conta de que tem um limite para a quantidade de vezes que alguém consegue brigar pelo mesmo motivo antes de desistir.

Não sei o que fazer em relação a essa insistência dele em não se mudar para Seattle comigo, mas sei que ficar deitada na cama não vai me ajudar em nada. Levanto o braço de Hardin e me livro de seu peso, apoiando-o sobre o travesseiro ao seu lado. Ele resmunga alguma coisa, mas por sorte não acorda.

Pego meu telefone no criado-mudo e vou caminhando silenciosamente até as portas da varanda. Elas se abrem quase sem fazer barulho, e solto um suspiro de alívio ao fechá-las atrás de mim. O ar está muito mais frio do que ontem. Mas, pensando bem, são só sete da manhã.

Com o telefone na mão, começo a pensar sobre minha mudança para Seattle, que no momento voltou para a estaca zero. Minha transferência para lá está se tornando um aborrecimento maior do que eu imaginava, e sinceramente às vezes não sei se vale a pena passar por tudo isso. Eu me repreendo mentalmente por pensar assim. É exatamente o que Hardin está tentando fazer — dificultar ao máximo minha mudança, na esperança de que eu desista dos meus planos e fique com ele.

Bom, isso simplesmente não vai acontecer.

Abro o navegador e espero com impaciência que a página do Google carregue. Fico olhando para a tela, esperando que o pequeno círculo do cursor pare de girar. Frustrada com a lentidão do meu telefone velho, volto para o quarto e pego o de Hardin antes de sair de novo para a varanda.

Se ele acordar e me pegar mexendo no telefone dele, vai ficar puto. Mas não vou fuçar suas mensagens e ligações. Só vou usar a internet.

É, ela é legal. Suas palavras sobre a tal Lillian ecoam na minha mente enquanto tento encontrar apartamentos para alugar em Seattle.

Balanço a cabeça, afastando o pensamento e admirando um apartamento de luxo pelo qual eu gostaria de poder pagar. Passo para o seguinte, um apartamento menor, de apenas um quarto, térreo. Não me sinto à vontade com um apartamento térreo. Prefiro que as pessoas tenham que passar por um hall de entrada para chegar ao meu apartamento, principalmente porque, ao que parece, vou ter que morar sozinha. Deslizo o dedo pela tela mais algumas vezes antes de enfim encontrar um apartamento de um quarto em um prédio relativamente alto. Está acima do meu orçamento, mas não muito. Se eu precisar apertar o cinto logo depois de mudar, posso fazer isso sem problemas.

Anoto o telefone de contato no meu celular e continuo examinando as opções de aluguel disponíveis. Pensamentos inviáveis de procurar um apartamento com Hardin começam a me atormentar. Nós dois estaríamos sentados na cama, eu com as pernas cruzadas, Hardin com as pernas compridas esticadas, encostado na cabeceira. Eu mostraria apartamento após apartamento e ele iria revirar os olhos e reclamar, mas eu o pegaria sorrindo, com os olhos concentrados nos meus lábios. Ele diria que eu fico linda quando estou nervosinha antes de tomar o laptop das minhas mãos, garantindo que encontraria um lugar para nós.

Mas isso seria simples demais. Fácil demais. Tudo na minha vida era simples e fácil até seis meses atrás. Minha mãe me ajudou a conseguir o quarto no alojamento, e eu tinha tudo planejado e arrumado bem antes de chegar à Washington Central.

Minha mãe... A saudade que sinto dela é inevitável. Ela nem imagina que retomei o contato com o meu pai. E ficaria muito brava se soubesse. Tenho certeza.

Antes que tenha tempo de me arrepender, ligo para ela.

"Alô?", ela atende prontamente.

"Mãe?"

"Quem mais poderia ser?"

Já estou começando a me arrepender de ter ligado. "Tudo bem com você?", pergunto baixinho.

Ela suspira. "Tudo bem. Ando meio ocupada com tudo que anda acontecendo." Ouço o barulho de louças e panelas ao fundo.

"O que está acontecendo?" *Será que ela já sabe sobre o meu pai?* Me apresso em decidir que, se não souber, agora não é a hora de contar.

"Nada demais, na verdade. Tenho feito muitas horas extras, e temos um novo pastor... ah, e a Ruth faleceu."

"Ruth Porter?"

"Sim, eu ia ligar para você", ela diz, e sua voz se torna um pouco menos fria.

Ruth, a avó de Noah, foi uma das mulheres mais doces que tive o prazer de conhecer. Era sempre muito gentil e, empatada com Karen, fazia os melhores biscoitos com gotas de chocolate do mundo.

"Como está o Noah?", arrisco perguntar. Ele era bem próximo da avó, e sei que deve estar sofrendo. Nunca tive a chance de ter um relacionamento próximo com meus avós. Os pais do meu pai morreram quando eu era bem pequena, e os da minha mãe não eram do tipo que deixava as pessoas se aproximarem.

"Ele está sofrendo bastante. Você devia ligar para ele, Tessa."

"Eu..." Começo a dizer que não posso ligar para ele, mas me interrompo. Por que não poderia? Eu posso e vou. "Eu vou... Agora mesmo."

"Sério?" O tom de surpresa é evidente em sua voz. "Bom, pelo menos espera dar nove horas", ela pede, e não consigo deixar de abrir um sorriso, porque sei que ela também está sorrindo do outro lado da linha. "Como está indo a faculdade?"

"Vou mudar para Seattle na segunda", confesso, e escuto o barulho de alguma coisa caindo no chão.

"Quê?"

"Eu já contei, lembra?" *Eu contei, não contei?*

"Não contou, não. Falou que sua empresa estava mudando para lá, mas não disse que ia também."

"Desculpa, é que ando muito ocupada com Seattle e Hardin."

"Ele vai com você?", ela pergunta com um tom de voz inacreditavelmente controlado.

"Eu... não sei", respondo com um suspiro.

"Está tudo bem? Você parece chateada."

"Estou bem", minto.

"Sei que as coisas entre nós não estão muito bem ultimamente, mas eu ainda sou sua mãe, Tessa. Você pode me contar se alguma coisa estiver acontecendo."

"Eu estou bem, é sério. Só estou estressada com a mudança e com a transferência de campus."

"Ah, é isso? Você vai se dar muito bem por lá... Seu desempenho acadêmico é excelente, em qualquer campus. Você se daria bem em qualquer lugar", ela diz com toda a segurança.

"Eu sei, mas já estou tão acostumada com o campus daqui, já conheço os professores, e tenho amigos... alguns amigos." Não tenho nenhum amigo do qual vou sentir muita falta, a não ser Landon. E talvez Steph, mas principalmente Landon.

"Tessa, foi para isso que nós trabalhamos todos esses anos, e olha só para você... em pouco tempo já se estabeleceu. Você deveria estar orgulhosa."

Fico surpresa com suas palavras, e minha cabeça começa a girar a mil. "Obrigada", murmuro.

"Me avisa assim que estiver instalada em Seattle para eu fazer uma visita, já que você obviamente não vai vir para cá tão cedo", ela diz.

"Pode deixar." Eu ignoro seu tom de reprimenda.

"Preciso desligar agora. Tenho que me arrumar para o trabalho. Não esquece de ligar para o Noah."

"Não vou esquecer, vou ligar daqui a pouco."

Quando desligo, uma movimentação na varanda chama minha atenção, e quando olho para cima vejo Hardin. Ele já está vestido, com sua habitual camiseta preta e seu jeans escuro. Os pés estão descalços, e os olhos, voltados para mim.

"Quem era?", ele pergunta.

"Minha mãe", respondo e abraço os joelhos, pondo os pés em cima da cadeira.

"Por que ela ligou?" Ele segura o encosto da cadeira vazia e a arrasta para perto de mim antes de sentar.

"Fui eu que liguei", respondo sem olhar para ele.

"Por que meu telefone está aqui fora?" Ele pega o celular do meu colo e começa a examiná-lo.

"Eu estava usando a internet."

"Ah", ele diz, como se não estivesse acreditando.

Se ele não tem nada para esconder, qual é o problema?

"Para quem você estava falando que ia ligar?", ele questiona, sentando na beirada da banheira.

Eu olho para ele. "Noah", respondo secamente.

Ele estreita os olhos. "Vai o cacete."

"Vou, sim."

"Por que você quer falar com ele?" Ele apoia as mãos nos joelhos e se inclina para a frente. "Vocês não têm nada para falar."

"Então você pode passar horas com outra pessoa e voltar bêbado, mas eu..."

"Ele é seu *ex-namorado*", ele me interrompe.

"E como eu vou saber se ela não é uma ex-namorada sua?"

"Porque eu não tenho ex-namoradas, lembra?"

Solto uma bufada de frustração. Minha determinação anterior está se dissipando e estou ficando irritada de novo. "Tudo bem, uma das garotas *com quem você trepava*, então." Depois continuo, com a voz bem grave e clara. "Enfim, você não tem o direito de me dizer para quem eu posso ou não ligar. Não interessa que seja meu ex-namorado."

"Pensei que você não estivesse brava comigo."

Eu suspiro e me concentro na água, desviando o olhar de seus olhos verdes penetrantes. "Não estou, não mesmo. Você fez exatamente o que eu achava que ia fazer."

"Que foi...?"

"Desaparecer por horas e voltar com bafo de bebida."

"Você me mandou ir embora."

"Isso não quer dizer que era para você voltar bêbado."

"Vai começar!", ele resmunga. "Eu sabia que você não ia ficar quietinha como ontem à noite."

"Ficar quietinha? Está vendo qual é o seu problema? Você quer que eu aceite tudo calada. Estou cansada."

"Do quê?" Ele se inclina na minha direção, aproximando o rosto do meu.

"Disso..." Faço um aceno dramático com a mão e levanto. "Estou cansada de tudo isso. Você pode fazer o que quiser da vida, mas arruma outra pessoa para ficar quietinha do seu lado aguentando seus desaforos, porque para mim chega." Eu dou as costas para ele.

Hardin fica de pé e segura meu braço para me puxar de volta. "Para", ele manda. Sua outra mão me enlaça pela cintura. Penso em me debater para me livrar dele, mas ele me puxa para junto do peito. "Para de brigar comigo... você não vai a lugar nenhum."

Ele comprime os lábios em uma linha reta, e eu desvencilho dele.

"Me larga que eu sento de novo", digo, bufando. Não quero ceder, mas também não posso arruinar a viagem de todo mundo. Se eu descer, Hardin com certeza vai vir atrás, e vamos acabar dando um escândalo na frente da família dele.

Ele me larga, e eu me jogo na cadeira outra vez. Hardin senta na minha frente e fica me encarando com um olhar cheio de expectativa, com os cotovelos apoiados nos joelhos.

"Que foi?", esbravejo.

"Então você vai me abandonar?", ele murmura, o que ameniza um pouco minha postura rígida.

"Se está se referindo à mudança para Seattle, sim."

"Na segunda?"

"Sim, na segunda. Já cansei de falar isso para você. Eu sei que você pensou que aquela palhaçada que você armou ia me fazer desistir", eu digo, irritada, "mas não vai. Nada vai me fazer desistir."

"Nada?" Ele me olha por entre os cílios grossos.

Eu caso com você, ele me falou quando estava bêbado. Será que ele está se referindo a isso? Por mais que eu queira perguntar agora, não posso. Acho que não estou preparada para a resposta que ele vai me dar sóbrio.

"Hardin, o que tem em Seattle que você precisa tanto evitar?", pergunto em vez disso.

Ele desvia o olhar. "Nada demais."

"Hardin, eu juro, se estiver escondendo mais alguma coisa de mim, nunca mais falo com você", digo com toda a sinceridade. "Numa boa, já estou cansada dessa merda."

"Não é nada, Tessa. Tenho uns amigos por lá de quem não gosto muito, porque fazem parte da minha antiga vida."

"'Antiga vida'?"

"Minha vida antes de você: a bebedeira, as festas, as trepadas com qualquer uma que visse pela frente." Faço uma careta, e ele pede desculpas antes de continuar. "Não tenho segredo nenhum, só lembranças ruins. Mas não é por isso que não quero ir."

Espero que ele se explique melhor, mas ele fica em silêncio. "Tudo bem, então me conta o motivo. Porque ainda não entendi."

Ele me encara com uma expressão esvaziada de qualquer sentimento. "Por que você precisa de uma explicação? Eu não quero ir, nem quero que você vá sem mim."

"Bom, isso não basta. Eu vou mesmo assim", digo, sacudindo a cabeça. "E quer saber? Não quero mais que você vá comigo."

"*Quê?*" Seu rosto fica sério.

181

"Não quero que você vá." Tento manter a calma quando me levanto da cadeira. Estou orgulhosa de mim mesma por conseguir discutir sem gritaria. "Você tentou me sabotar... Esse é o meu sonho desde que eu me entendo por gente, e você tentou estragar tudo. Conseguiu transformar uma coisa que eu esperava ansiosamente em um assunto insuportável. Eu devia estar animada e preparada para realizar os meus sonhos. Em vez disso, você fez questão de garantir que eu não tivesse nem onde morar. Então, não, eu não quero que você vá."

Ele abre e fecha a boca antes de levantar e começar a andar de um lado para o outro pelo chão de madeira da varanda. "Você...", ele começa, mas se interrompe, como se tivesse pensado duas vezes.

Mas com Hardin as coisas nunca mudam, e ele prefere mostrar seu lado mais feio e cruel, como sempre. "Você... quer saber de uma coisa, Tessa? Está todo mundo pouco se fodendo para Seattle, a não ser você. Quem passa a vida inteira sonhando morar em Seattle, porra? Que puta falta de ambição", ele esbraveja, respirando fundo. "E, caso tenha esquecido, você só conseguiu essa oportunidade por minha causa. Ou acha que alguém daria um estágio remunerado para uma caloura de faculdade? Nem fodendo! A maioria das pessoas só consegue isso com muito esforço, muitas vezes depois de se formar."

"Isso não tem porra nenhuma a ver com o que estamos discutindo aqui." Reviro os olhos diante da audácia dele.

"Então do que estamos falando, sua ingrata de..."

Dou um passo na direção dele e minha mão já está voando para o seu rosto antes que eu me dê conta do que estou fazendo.

Mas Hardin é mais rápido, e segura minha mão a poucos milímetros de seu rosto.

"Não faz isso", ele avisa. Sua voz é áspera, cheia de raiva, mas minha vontade de bater na cara dele ainda não passou. Seu hálito de menta envolve meu rosto enquanto ele tenta se controlar.

Pode vir, Hardin, eu o desafio em pensamento. Não me deixo intimidar por sua respiração alterada e suas palavras agressivas. Posso devolver na mesma moeda.

"Você não pode falar o que quiser para as pessoas sem sofrer as consequências." Minhas palavras saem graves, ameaçadoras até.

"Consequências?" Ele me encara com os olhos faiscando de raiva. "Não fiz nada na vida além de aguentar consequências."

Detesto quando ele quer levar o crédito pelo meu estágio, e detesto esse cabo de guerra entre nós. Detesto ter ficado tão nervosa a ponto de querer bater nele, e de sentir que estou perdendo o controle sobre algo que nunca tive. Olho para Hardin, que ainda está segurando meu pulso para evitar que eu tente bater nele de novo. Ele parece magoado, de um jeito perigoso. Há um brilho desafiador por trás de seu olhar que faz meu estômago se revirar.

Ele leva minha mão até seu peito, sem deixar de me encarar, e diz: "Você não sabe nada sobre consequências".

Em seguida ele se afasta de mim, ainda com aquele olhar, e eu deixo minha mão cair ao lado do corpo.

35

HARDIN

Quem ela pensa que é, caralho? Está achando que, só porque não quero ir para Seattle, pode dizer esse tipo de merda para mim? Que agora não quer que eu vá?

Ela diz que não quer mais que eu vá para Seattle e depois ainda vem me bater? Nem fodendo. Eu falei tudo aquilo em um acesso de raiva, e quando ela tentou me bater fiquei surpreso — e muito. Quando fui embora, ela estava com os olhos arregalados de raiva, mas eu precisava me afastar e ficar bem longe.

Fui parar no pequeno café da cidade. O café tem gosto de alcatrão, e o bolinho que comprei é pior ainda. Detesto esses fins de mundo onde não tem nada que preste.

Abro três envelopes de açúcar e despejo no café horroroso, mexendo com uma colherzinha de plástico. Ainda está cedo demais para encarar essa merda toda.

"Bom dia", uma voz familiar me cumprimenta, mas não a voz que eu gostaria de ouvir.

"O que você está fazendo aqui?", reviro os olhos e pergunto a Lillian quando ela fica de frente para mim.

"Bom, pelo jeito *alguém* não acorda de bom humor", ela provoca e senta diante de mim.

"Vai embora", respondo, bufando e olhando ao redor do café. Uma fila está se formando quase até a porta, e praticamente todas as mesas estão ocupadas. Eu deveria fazer um favor para esse pessoal e mandar todo mundo ir atrás de uma porra de uma Starbucks, porque este lugar é uma porcaria.

Ela olha para mim. "Você não pediu desculpas, né?"

"Minha nossa, como você é intrometida." Aperto meu nariz na altura dos olhos, e ela sorri.

"Você vai terminar?", ela pergunta, apontando para o bolinho duro como pedra na minha frente.

Empurro o prato na direção dela, que tira um pedaço com a mão. "Eu não comeria isso", aviso, mas ela vai em frente mesmo assim.

"Não é tão ruim", ela mente. Dá para ver que ela está com vontade de cuspir tudo, mas acaba engolindo. "Então, não vai me contar por que não pediu desculpas para a Tamara?"

"O nome dela é Tessa, porra. Se você continuar..."

"Ei, calma aí. É brincadeira! Só estava brincando com você." Ela dá uma risadinha, toda orgulhosa por ser tão irritante.

"Ha, ha." Engulo o resto do meu café.

"Enfim, por que não pediu desculpas?"

"Não sei."

"Sabe, sim", ela insiste.

"Por que você está tão preocupada com isso, afinal?" Inclino o corpo em sua direção, e ela se recosta na cadeira.

"Não sei... Você parece ser apaixonado por ela e é meu amigo."

"Seu *amigo*? Eu mal conheço você, e você com certeza não me conhece", rebato.

Sua expressão neutra se desfaz por um momento, e ela começa a piscar lentamente. Se ela chorar, vou acabar batendo em alguém. Não sou capaz de aguentar tanto drama a esta maldita hora da manhã.

"Olha só, você é legal e tudo mais. Mas isto..." — faço um gesto apontando para mim e para ela — "... isto não é uma amizade. Eu não tenho amizades."

Ela inclina a cabeça para o lado. "Você não tem amigos? Nem um que seja?"

"Não. Tenho o pessoal da balada e tenho a Tessa."

"Você devia ter amigos. Pelo menos um."

"Que diferença faz se eu e você vamos ser amigos? Só vamos ficar aqui até amanhã de manhã."

Ela dá de ombros. "Podemos ser amigos até lá."

"Está na cara que você também não tem nenhum amigo."

"Não muitos. A Riley não gosta muito dos meus amigos."

"E daí? Que diferença isso faz?"

"Eu não quero brigar com ela, então quase não encontro meus amigos."

"Não me leva a mal, mas essa Riley parece ser uma pentelha."

"Não fala assim dela." Lillian fica vermelha, e pela primeira vez desde que a conheci não está exalando um ar de calma nem de sabedoria.

Começo a brincar com meu copo, meio que contente por ter conseguido mexer com ela. "Não é por nada, mas eu não deixaria ninguém me dizer de quem posso ou não ser amigo."

"Então está me dizendo que Tessa tem amigos com quem pode sair além de você?" Ela ergue as sobrancelhas, e eu desvio o olhar para pensar a respeito.

Ela tem amigos... tem Landon. "Sim."

"Você não conta."

"Não, eu não. O Landon."

"Landon é da sua família, ele não conta."

Steph é mais ou menos amiga de Tessa, mas não exatamente, e Zed... deixou de ser um problema. "Ela tem a mim", digo.

Ela abre um sorrisinho. "Foi exatamente o que pensei."

"Que diferença faz? Quando a gente se mandar daqui e recomeçar a vida em outro lugar, ela pode arrumar novos amigos. Podemos fazer novos amigos juntos."

"Claro. O problema é que vocês não vão para o mesmo lugar", ela me lembra.

"Ela vai comigo. Sei que não é o que está parecendo, mas você não conhece a Tessa. Eu conheço e sei que ela não pode viver sem mim."

Lillian me encara com olhos pensativos. "Existe uma grande diferença entre amar uma pessoa e não conseguir viver sem ela, sabia?"

Essa menina não tem ideia do que está falando — nada do que ela diz faz sentido. "Não quero mais falar sobre ela. Se vamos ser amigos, preciso saber mais sobre você e a Regan."

"Riley", ela corrige.

Dou uma risadinha. "Viu como é irritante?"

Lillian me olha feio de brincadeira, e em seguida me conta como conheceu sua namorada. Elas eram parceiras de estudo no primeiro ano de faculdade de Lillian. Riley foi meio grossa no começo, mas depois deu em cima dela, o que foi uma surpresa para as duas. Pelo jeito a tal Riley é ciumenta e nervosinha. Parece bem familiar.

"A maioria das nossas brigas são por causa do ciúme dela. E ela está sempre com medo de ser abandonada. Não sei por que, já que é ela que atrai todos os olhares, de homens e mulheres, e já teve parceiros de ambos os sexos." Ela solta um suspiro. "Para ela vale tudo."

"Para você não?"

"Não, eu nunca fiquei com homens." Ela franze o nariz. "Bom, só uma vez, no oitavo ano do colégio, porque achava que precisava. Minhas amigas estavam me enchendo o saco por nunca ter namorado."

"Por que não contou para elas, então?", questiono.

"Não é tão simples assim."

"Deveria."

Ela sorri. "Pois é, deveria. Mas não é. Enfim, nunca namorei ninguém além de Riley e uma outra menina." Em seguida o sorriso desaparece de seu rosto. "A Riley já ficou com um monte de gente."

Passo o resto da manhã e a tarde inteira ouvindo os problemas dessa menina. Não é tão ruim quanto eu pensava, na verdade. É bom saber que eu não sou o único com esse tipo de conflito. Lillian me lembra muito Tessa e Landon. Se eles pudessem se fundir em uma única pessoa, com certeza seria Lillian. Detesto admitir isso, mas até que gosto da companhia dela. Ela é uma pessoa que sofre preconceito, assim como eu, mas não fica me julgando, porque mal me conhece. As pessoas entram e saem a toda hora do café e, cada vez que entra uma loira, não consigo me conter e acabo olhando, na esperança de que seja a *minha* loira.

Uma musiquinha estranha começa a tocar. "Deve ser o meu pai me ligando...", Lillian diz e pega o celular. "Merda, são quase cinco horas", ela diz, em pânico. "A gente precisa ir. Quer dizer, eu preciso ir. Ainda não tenho o que vestir hoje à noite."

"Para quê?", pergunto quando ela fica de pé.

"Para o jantar. Você sabe que nós vamos sair para jantar com os seus pais, né?"

"Karen não é...", começo, mas decido deixar para lá. Ela já sabe.

Levanto e vou com ela até uma lojinha de roupas cheia de vestidos coloridos e bijuterias chamativas. A loja cheira a água salgada e naftalina.

"Não tem nada que preste aqui", ela resmunga, erguendo um vestido rosa com babado.

"Isso é horroroso", digo a ela, que concorda e pendura o vestido de volta no cabide.

Não consigo deixar de me perguntar o que Tessa está fazendo agora. Será que está curiosa para saber onde estou? Com certeza está achando que estou com Lillian, o que é verdade, mas ela não tem com que se preocupar. Ela sabe disso.

Quer dizer... não sabe, não. Não falei nada sobre a namorada de Lillian.

"A Tessa não sabe que você é gay", digo de repente quando ela me mostra um vestido preto com lantejoulas.

Ela me olha sem se alterar e passa a mão pelo vestido outra vez, da mesma forma que fez com a garrafa de conhaque ontem à noite.

"Eu não vou dar conselhos de moda para você, então pode parar", resmungo.

Ela revira os olhos. "Por que não contou para ela?"

Começo a mexer em um colar de pena. "Sei lá, eu nem pensei nisso."

"Ah, que bom que a minha orientação sexual não tem importância nenhuma para você", ela diz com ironia colocando a mão aberta no pescoço. "Mas você devia contar." Ela sorri. "Não foi à toa que você quase apanhou."

Eu sabia que não deveria ter falado nada sobre o tapa.

"Cala a boca. Eu vou contar..." Pensando bem, essa informação pode ser usada a meu favor. "Talvez", acrescento.

Lillian revira os olhos de novo. Ela faz isso quase tanto quanto Tessa.

"Ela é difícil, e eu sei o que estou fazendo, tá?" Pelo menos acho que sim. Sei exatamente como mexer com ela para conseguir o que quero.

"Você precisa estar bem vestido hoje. O lugar onde vamos é extremamente elegante", ela avisa enquanto olha para um vestido pendurado no cabide.

"Nem pensar. O que faz você achar que eu vou, aliás?"

"Por que não? Você quer limpar a barra com a patroa, não quer?"

Suas palavras me deixam atordoado por um momento. "A 'patroa'? Não chama ela assim."

Ela coloca uma camisa social sobre o meu peito. "Pelo menos usa uma camisa bacana, se não quiser que meu pai fique enchendo seu saco a noite toda", ela diz antes de entrar no provador.

Alguns minutos depois, ela sai com o vestido preto. Ficou bom nela —ela é gata afinal—, só que imediatamente começo a fantasiar com Tessa usando aquela roupa. Ficaria bem mais apertado: os peitos de Tessa são maiores que o dela, seus quadris são mais largos, ficaria muito melhor.

"Não é tão feio quanto o resto das porcarias que vendem aqui", digo como um elogio, e ela revira os olhos de novo e me mostra o dedo do meio antes de fechar a cortina.

36

TESSA

Fico me olhando no espelho e pergunto a Landon: "Tem certeza de que está bom?".

"Sim, está bom", ele diz com um sorriso. "Mas tenta lembrar que eu não sou mulher, pode ser?"

Solto um suspiro, e depois dou uma risadinha. "Eu sei. Desculpa. Não tenho culpa se você é meu único amigo."

O vestido escuro e brilhante tem uma textura estranha contra minha pele — o tecido é duro, e as lantejoulas me pinicam quando me mexo. A lojinha da cidade não tinha muitas opções, e com certeza eu não ia escolher um vestido rosa-choque feito de tule. Precisava de uma roupa para o maldito jantar de hoje, e a sugestão de Hardin de usar calça jeans não ia rolar.

"Você acha que ele vai voltar antes de sairmos?", pergunto a Landon.

Hardin sumiu depois da nossa briga, como sempre, e não voltou mais. Também não ligou nem mandou mensagem. Deve estar com a tal garota misteriosa com quem adora discutir nossos problemas. A menina com quem consegue conversar melhor do que com sua própria namorada. Com a raiva que ele está, não duvido que faça alguma coisa com ela só para me magoar.

Não... ele não faria isso.

"Sinceramente, não sei", responde Landon. "Espero que sim. Minha mãe vai ficar muito chateada se ele não for."

"Pois é." Ponho mais um grampo no meu coque e pego meu rímel na pia do banheiro.

"Ele vai voltar, só está sendo teimoso."

"Só não sei se *nós* vamos voltar." Começo a passar o pequeno pincel nos cílios. "Estou chegando ao meu limite, dá para sentir. Sabe o que eu senti quando ele me contou que estava com outra menina ontem à noite?"

"O quê?" Ele me olha sem nenhuma expressão no rosto.

"Acho que é o fim de uma turbulenta história de amor", digo em tom de piada, mas sem causar o efeito desejado.

"É estranho ouvir justo você dizer isso", ele comenta. "Como está se sentindo?"

"Um pouco irritada, mas só isso. É como se eu estivesse anestesiada. Não tenho mais disposição para viver drama atrás de drama. Estou começando a achar que ele é um caso perdido, e isso parte o meu coração", digo, fazendo força para não chorar.

"Ninguém é um caso perdido. A gente só pensa assim para não se dar ao trabalho de tentar."

"Vocês estão prontos?" A voz de Karen pergunta da sala de estar, e Landon responde que vamos descer em um minuto. Calço meus novos sapatos pretos de salto com tiras nos tornozelos. Infelizmente, são tão desconfortáveis quanto pareciam ser. Em momentos como este, sinto falta do tempo em que usava sapatilhas todo dia.

Hardin ainda não voltou quando entramos no carro. "Não dá para esperar mais", Ken avisa com uma cara de decepção.

"Tudo bem, podemos trazer alguma coisa para ele comer", Karen diz, toda meiga, sabendo que isso não basta, mas tentando acalmar a irritação de seu marido.

Landon olha para mim, e abro um sorriso como quem diz que está tudo bem. Ele tenta me distrair durante todo o trajeto falando sobre as pessoas da faculdade, sobre como se comportam na sala de aula, principalmente na de religião.

Quando Ken para o carro, vejo que o restaurante é muito elegante. É um enorme chalé de madeira, do tamanho de um casarão, e o interior contrasta com o aspecto rústico da fachada. Tudo dentro é moderno e requintado, com muito preto, branco e tons de cinza no piso e nas paredes. A iluminação é quase escura demais, mas combina com o clima refinado. Inesperadamente, meu vestido é o objeto mais brilhoso do recinto. Quando a luz bate nas lantejoulas, elas brilham como diamantes, o que faz todo mundo reparar em mim.

"Scott", escuto Ken dizer para a linda recepcionista.

"As outras pessoas do grupo já chegaram." Ela sorri, e o branco de seus dentes é tão perfeito que chega a ser ofuscante.

"Grupo?" Eu me viro para Landon, que encolhe os ombros.

Somos conduzidos pela recepcionista até uma mesa no canto. Odeio o fato de todo mundo estar olhando para mim por causa do meu vestido. Eu deveria ter escolhido o rosa-choque horrendo; teria atraído menos atenção. Um homem de meia-idade derruba sua bebida quando nos aproximamos, e Landon me puxa mais para perto ao passarmos por ele. Não é um vestido inapropriado — ele vai até o joelho. O problema é que foi feito para ser usado por alguém com o busto bem menor que o meu, e o sutiã costurado no forro só serve para ressaltar tudo ainda mais, criando um decote enorme.

"Já estava na hora de vocês chegarem", diz uma voz desconhecida, e eu olho por cima do ombro de Karen para ver de quem se trata.

Um homem, que imagino ser o amigo de Ken, fica de pé para apertar sua mão. Meus olhos se movem para a direita, onde sua esposa está sorrindo, cumprimentando Karen. Ao seu lado está uma garota — *a* garota, percebo instintivamente — e sinto um frio na barriga. Ela é bonita, linda.

E está usando um vestido idêntico ao meu.

Que ótimo.

Consigo ver o brilho de seus olhos azuis daqui e, quando sorri para mim, ela fica ainda mais bonita. Estou tão cega de ciúme que quase não percebo que Hardin está sentado bem ao lado dela, vestindo uma camisa social branca.

37

HARDIN

"Ai, meu Deus..." Lillian sussurra. Sou arrancado dos meus pensamentos sobre a briga com Tessa e olho para quem ela está observando de boca aberta.

Tessa.

Com um vestido... exatamente o vestido que imaginei em seu corpo. E que faz seus peitos parecerem ainda mais... *porra*. Pisco algumas vezes, tentando me recompor antes que ela chegue à mesa. Por um momento, chego a me convencer de que estou tendo uma alucinação — ela está ainda mais sexy do que eu imaginei. Todos os caras do restaurante viram a cabeça para olhar para ela. Um sujeito chega a derrubar sua bebida. Seguro com força o tampo da mesa esperando o babaca se dirigir a ela. Se ele fizer isso, juro que...

"*Aquela* é a Tessa? Ai, meu Deus." Lillian está praticamente ofegante.

"Para de olhar para ela", aviso, e ela ri.

O homem que derrubou a bebida se inclina para longe da mulher, sem tirar os olhos da minha menina.

"Relaxa", ela diz, tocando minha mão de leve. Meus dedos machucados estão pálidos por causa da força com que estou segurando a mesa.

Landon afasta Tessa do idiota casado. Ela sorri para ele, que a puxa para ainda mais perto. *Que porra foi essa?*

Tessa fica parada atrás de Landon enquanto os pais de Lillian, Karen e Ken se acham muito elegantes porque estão se cumprimentando como se não se vissem faz tempo, apesar de terem se encontrado ontem à noite. Antes que eu me dê conta do que está acontecendo, os olhos de Tessa encontram Lillian e se arregalam antes de se estreitarem. Ela está com ciúme.

Ótimo. Era isso que eu queria.

38

TESSA

O pânico toma conta de mim quando vejo Hardin ao lado dessa menina — ele nem repara na minha presença quando sento perto de Landon do outro lado da mesa.

"Olá, e você, quem é?", o amigo de Ken pergunta com um sorriso. Dá para perceber pelo tom de voz que ele é do tipo que se acha melhor que todo mundo no recinto.

"Oi, eu sou a Tessa", me apresento com um breve sorriso e um aceno de cabeça. "Amiga do Landon."

Meus olhos se voltam para Hardin, cujos lábios estão comprimidos em uma linha reta. Bom, ele veio como acompanhante da filha do sujeito, então por que estragar a diversão?

"Prazer, Tessa. Eu sou Max, e essa é Denise", ele diz, apontando para a mulher ao seu lado.

"Prazer", diz Denise. "Vocês formam um lindo casal."

Hardin começa a tossir. Ou engasgar. Não quero olhar para ele para saber... mas não resisto. Ele estreita os olhos, me encarando.

Landon dá risada. "Ah, não, nós não somos namorados." Ele olha para Hardin, esperando que ele diga alguma coisa.

O que obviamente não acontece. A menina parece meio perdida e um pouco sem graça. Ótimo. Hardin se inclina em sua direção e sussurra algo em seu ouvido. Ela abre um sorriso antes de sacudir a cabeça. *Que diabos está acontecendo?*

"Eu sou a Lillian. Prazer", ela se apresenta com um sorriso simpático. *Vadia.*

"Igualmente", consigo responder. Meu coração está disparado dentro do peito e não consigo nem enxergar direito. Se eu não estivesse à mesa com a família de Hardin e os amigos de Ken, jogaria uma bebida na cara de Hardin para que, com os olhos ardendo, ele não conseguisse me impedir de dar um tapa em sua cara dessa vez. Um cardápio é colocado diante de cada um de nós, e eu espero até que sirvam minha água. Ken e Max começam a discutir sobre as diferenças entre a água do filtro e a água mineral.

"Você já sabe o que vai querer?", Landon me pergunta baixinho momentos depois. Sei que ele está tentando desviar minha atenção de Hardin e sua nova amiga.

"Eu... ainda não sei", murmuro e olho para o cardápio de letras elegantes. Nem consigo pensar em comer agora, meu estômago está revirado e não consigo controlar minha respiração.

"Quer ir embora?", ele cochicha no meu ouvido. Olho para Hardin do outro lado da mesa, e nossos olhares se cruzam por um instante antes de ele se voltar de novo para Lillian.

Sim, quero sair daqui agora mesmo e dizer para o Hardin nunca mais falar comigo.

"Não. Eu não vou a lugar nenhum", digo e me ajeito na cadeira, me recostando no assento.

"Ótimo", Landon responde quando um garçom gato chega à mesa.

"Vamos querer uma garrafa do seu melhor vinho branco", pede o amigo de Ken, e o garçom concorda com a cabeça. Quando ele começa a se afastar, Max o chama de volta.

"Ainda não terminamos", ele avisa. Max pede uma série de entradas, coisas das quais nunca ouvi falar, mas acho que não vou conseguir comer quase nada mesmo.

Tento desesperadamente não olhar para Hardin, mas é difícil, muito difícil. Por que ele veio com ela? E está todo arrumado, ainda por cima. Se não estiver de calça jeans por baixo da mesa, acho que o que restou do meu coração vai se estilhaçar. É um sacrifício para mim fazer Hardin usar qualquer coisa que não seja jeans e camiseta, mas essa menina conseguiu convencê-lo a usar uma camisa social.

"Volto daqui a alguns minutos para anotar os pedidos dos pratos principais, e se tiverem alguma dúvida meu nome é Robert", diz o garçom. Ele me olha nos olhos, e sua boca se abre um pouquinho antes de ele desviar o olhar por um instante e se voltar para mim de novo logo em seguida. É culpa desse vestido e desse maldito decote. Abro um sorriso sem graça, que ele retribui, com o rosto vermelho.

Fico esperando que ele olhe para Hardin, mas então me lembro que, por causa da maneira como estamos sentados, parece que estou com Landon, e que Hardin está com Lillian. Sinto meu estômago se revirar de novo.

"Ei, cara. Se não vai anotar os pedidos agora, dá o fora", interpela Hardin, interrompendo meus pensamentos.

"D-desculpa", Robert gagueja e se afasta às pressas.

Todos os olhos se voltam para Hardin, a maioria com uma expressão de reprimenda por causa de seu comportamento. Karen parece envergonhada. Ken também.

"Não se preocupem, ele vai voltar. É o trabalho dele", Max diz, encolhendo os ombros. Só *ele* mesmo para considerar aceitável o comportamento de Hardin.

Fecho a cara para Hardin, que não parece se incomodar, porque está encantado demais com aqueles malditos olhos azuis. Enquanto os observo parece que estou olhando para um estranho, interrompendo um momento de intimidade de um casal apaixonado. Esse pensamento faz a bile subir pela minha garganta. Engulo em seco, e fico contente quando Robert, o garçom, volta com o vinho e baldes de gelo, acompanhado de um ajudante, provavelmente para ter um pouco de apoio moral. Ou proteção.

Hardin fica me vigiando o tempo todo, e reviro os olhos diante de sua audácia: fulminando o coitado do cara com o olhar quando *ele* está agindo como se nem me conhecesse.

Todo nervoso, Robert enche minha taça até a borda, e eu agradeço com um gesto de cabeça. Ele abre um sorriso menos sem jeito dessa vez, e vai servir Landon. Nunca vi Landon beber, a não ser no casamento de Ken e Karen, e mesmo assim foi só uma taça de champanhe. Se eu não estivesse tão perturbada pelo comportamento de Hardin, recusaria o vinho e não beberia na frente de Ken e Karen, mas tive um dia difícil e se não beber não sei como vou sobreviver a este jantar.

Ken põe a mão sobre sua taça quando Robert vem servi-lo: "Não, obrigado".

Olho para Hardin para que ele não faça nenhum comentário engraçadinho sobre seu pai, mas ele está conversando baixinho com Lillian outra vez.

Estou muito confusa. Por que ele está fazendo isso? Sim, nós brigamos, mas ele está indo longe demais.

Tomo um longo gole e descubro que o vinho é refrescante, saboroso e deliciosamente doce. Fico tentada a beber tudo de uma vez, mas preciso ir devagar. A última coisa de que preciso é ficar bêbada e sentimental na frente de todo mundo. Hardin não recusa o vinho, mas Lillian sim. Ele revira os olhos para ela, para provocá-la, e eu olho para o outro lado para não acabar em uma poça de lágrimas no lindo piso de madeira do restaurante.

"... Max estava escalando o muro — estava tão bêbado que precisou ser contido pelos seguranças do campus!", Ken conta, e todo mundo na mesa dá risada.

Menos Hardin, claro.

Remexo minha massa com o garfo e ponho mais um pouco na boca. Me concentro no sabor e no frescor do macarrão, que se enrola perfeitamente no garfo. Caso contrário vou ter que prestar atenção em Hardin.

"Acho que você tem um admirador", Denise me diz. Olho para ela e vejo que está se referindo a Robert, que está recolhendo os pratos da mesa ao lado e aproveitando para me observar.

"Não dê muita atenção. É só um garçom querendo o que não pode ter", Max diz com um sorriso maldoso, me surpreendendo com sua grosseria.

"*Pai*." Lillian olha feio para ele.

Mas Max se limita a sorrir para ela enquanto corta seu filé. "Desculpa, querida, mas só estou dizendo a verdade... Uma menina bonita como Tessa não deve estar interessada em alguém que serve mesas."

Se pelo menos ele tivesse parado por aí... Ignorando nosso desconforto — ou imune aos sentimentos alheios —, Max continua fazendo comentários absurdos até que eu largo ruidosamente meu garfo em cima do prato.

"Não faça isso", Hardin me diz, se dirigindo a mim pela primeira vez desde que cheguei.

Chocada, olho para ele e depois para Max, analisando minhas opções. Ele está sendo um babaca, e eu bebi quase uma taça de vinho inteira. Provavelmente é melhor eu ficar calada, como Hardin sugeriu.

"Você não pode falar assim sobre as pessoas", Lillian diz para seu pai, que encolhe os ombros.

"Tudo bem, tudo bem", ele resmunga, sacudindo de leve a faca e mastigando sua carne. "Longe de mim querer chatear alguém."

Ao lado dele, sua mulher parece constrangida enquanto limpa o canto da boca com o guardanapo de tecido.

"Vou precisar de mais vinho", digo para Landon, que sorri e passa sua taça pela metade para mim. Eu sorrio para ele. "Vou esperar o *Robert* voltar para a mesa. Mas obrigada."

Consigo sentir o olhar de Hardin sobre mim enquanto esquadrinho o restaurante. Não consigo ver os cabelos loiros do garçom, então pego a garrafa e me sirvo sozinha. Fico esperando que Max faça algum comentário sobre minhas maneiras à mesa, mas ele se contém. Hardin está olhando para o outro lado do salão, e Lillian está conversando com sua mãe. Estou perdida no meu próprio mundo, uma alucinação em que Hardin está sentado ao meu lado, com a mão na minha coxa, e se inclina para fazer comentários obscenos no meu ouvido, me fazendo rir e ficar vermelha.

Estou confusa enquanto termino de comer e tomo a segunda taça de vinho. Landon está conversando sobre esportes com Max e Ken. Fico olhando para a toalha de mesa, tentando encontrar desenhos de rostos ou formas reconhecíveis em meio à estampa em preto e branco. Encontro uma silhueta que parece a de um H, e a contorno repetidas vezes com o dedo. De repente, eu paro e olho ao redor, paranoica, com medo de ele ter visto enquanto eu desenhava a letra.

Mas Hardin não está prestando atenção em mim. Ele só tem olhos para ela.

"Preciso de um pouco de ar fresco", digo para Landon e fico de pé. Minha cadeira arranha o chão de madeira, e Hardin interrompe sua conversa por um instante, mas logo se recompõe e finge que estava só procurando sua água antes de voltar a falar com sua nova garota.

39

TESSA

Os meus saltos batucam ruidosamente no piso de madeira, e me concentro só em conseguir chegar à porta dos fundos do restaurante em meio ao estupor do álcool. Se estivéssemos mais perto de casa, eu iria embora agora mesmo, arrumaria minhas coisas para ir para Seattle e ficaria em um hotel até encontrar um apartamento.

Estou cansada de Hardin fazendo essas coisas comigo — é doloroso e constrangedor, e está me destruindo por dentro. *Ele* está me destruindo por dentro, e sabe muito bem disso. É exatamente por isso que ele está se comportando dessa forma. Ele já falou antes que faz esse tipo de coisa só para me deixar abalada.

Quando abro a porta — torcendo para não fazer disparar nenhum alarme ou coisa do tipo —, o ar frio da noite me envolve. É um alívio estar longe do clima péssimo de um jantar com companhias desagradáveis.

Apoio os cotovelos em uma amurada de pedra e fico olhando para a mata. Está tudo bem escuro do lado de fora. O restaurante fica no meio de um bosque, o que cria uma atmosfera de isolamento. Normalmente eu acharia isso maravilhoso, mas não agora, em um momento em que já estou me sentindo em uma prisão.

"Você está bem?", pergunta uma voz atrás de mim.

Quando me viro, Robert está parado na porta, com uma pilha de pratos na mão.

"Hã, sim, só precisava tomar um ar", respondo.

"Ah, está meio frio aqui fora." Ele sorri. Seu sorriso é educado e encantador.

Eu sorrio de volta. "É, um pouco."

Em seguida, ficamos em silêncio. É uma situação um pouco constrangedora, mas eu não me importo. Nada é pior do que ficar sentada naquela mesa.

Alguns segundos depois, ele fala. "Nunca vi você por aqui." Ele põe os pratos em uma mesa vazia e vem andando até mim, apoiando-se sobre os cotovelos na mureta a uma certa distância.

"Estou só de passagem. Nunca vim aqui antes."

"Você deveria vir no verão. Fevereiro é a pior época para visitar. Bom, tirando novembro e dezembro... e talvez janeiro." Ele fica vermelho e começa a gaguejar. "V-você entendeu."

Tentando não rir de seu embaraço e seu rosto vermelho, eu respondo: "Aposto que é lindo aqui no verão".

"É, você é mesmo." Ele arregala os olhos. "Quer dizer, o lugar. É lindo", ele se corrige, passando as mãos sobre o rosto.

Tento segurar o riso outra vez, mas não consigo. Uma risadinha acaba escapando, e ele fica ainda mais aflito.

"Você mora aqui?", pergunto, tentando amenizar sua vergonha. A companhia dele é revigorante — é ótimo estar com alguém que não me intimida. Hardin é o centro das atenções aonde quer que vá, e sua presença quase sempre acaba me diminuindo.

Isso o acalma um pouco. "Sim, nasci e cresci aqui. E você?"

"Estudo na WCU. Vou começar no campus de Seattle na semana que vem." Sinto como se estivesse esperando para dizer essas palavras fazia tempo.

"Uau, Seattle. Que incrível!"

Ele sorri, e eu dou risada de novo. "Desculpa, o vinho me faz rir à toa", explico, e ele me olha com um sorriso.

"Que bom que não é de mim que você está rindo." Ele observa meu rosto atentamente, e eu desvio o olhar. Ele se volta para o restaurante. "É melhor eu voltar, antes que seu namorado decida vir atrás de você."

Eu me viro para olhar pela janela do ambiente elegante. Hardin ainda está voltado para Lillian.

"Ninguém vai vir atrás de mim, pode ficar tranquilo", digo com um suspiro. Meu lábio inferior começa a tremer, denunciando meu coração, que afunda cada vez mais.

"Ele parece estar bem perdido sem você", Robert tenta me animar.

Vejo Landon olhando ao redor do salão, sem ter ninguém com quem conversar. "Ah! Aquele não é o meu namorado. O meu é o que está do outro lado da mesa... o das tatuagens." Observo enquanto Robert olha para Hardin e Lillian com uma expressão confusa. A tinta preta aparece por baixo do colarinho da camisa social de Hardin. Adoro vê-lo vestido assim — adoro conseguir ver suas tatuagens sob o tecido claro.

"Hã, ele *sabe* que é seu namorado?", Robert questiona, erguendo a sobrancelha.

Desvio os olhos de Hardin quando ele abre um sorriso bem largo, mostrando suas covinhas — o tipo de sorriso que costuma ser reservado só para mim. "Estou começando a me perguntar o mesmo."

Levo as mãos ao rosto e balanço a cabeça. "É complicado", resmungo. *Aguenta firme, não entra no jogo dele. Não desta vez.*

Robert encolhe os ombros. "Bom, e quem pode ser melhor para falar sobre os seus problemas do que um desconhecido?"

Nós dois olhamos para a mesa de onde saí. Ninguém além de Landon parece notar minha ausência.

"Você não precisa trabalhar?", pergunto, torcendo para que não. Robert é jovem; apesar de ser mais velho que eu, deve ter no máximo vinte e três anos.

Ele parece bem confiante ao abrir um sorriso e responder: "Sim, mas eu tenho um crédito com o dono". Aparentemente tem alguma coisa aqui que eu não estou sabendo.

"Ah."

"Então, se aquele é o seu namorado, quem é a menina com ele?"

"O nome dela é Lillian." Consigo ouvir o veneno na minha própria voz. "Não sei nada sobre ela, nem ele... Quer dizer, ele não sabia, mas pelo jeito agora já sabe."

Os olhos de Robert encontram os meus. "Então ele está querendo deixar você com ciúmes?"

"Não sei, não está funcionando. Bom, eu *estou* com ciúme... Tipo, olha só para ela. Está usando o mesmo vestido que eu, e fica muito mais bonito nela."

"Não. Não mesmo", ele diz baixinho, e eu dou um sorriso em agradecimento.

"Até ontem, estava tudo bem. Quer dizer, para os nossos padrões.

201

Então tivemos uma briga hoje de manhã... mas nós brigamos o tempo todo. Tipo, estamos sempre brigando, então não sei por que essa briga seria diferente, mas a verdade é que é. Está tudo diferente: não é como as nossas outras brigas, e agora ele está me ignorando como fazia quando nos conhecemos." Percebo que estou falando mais para mim mesma do que para o desconhecido que me observa com olhos azuis curiosos. "Eu sei que pareço uma louca. É culpa do vinho."

Ele abre um sorrisinho e sacode a cabeça. "Não, de jeito nenhum." Robert sorri e eu dou uma risadinha. Apontando com o queixo para minha mesa, ele me avisa: "Ele está olhando para você".

Viro a cabeça para ver. Hardin está olhando para mim e para meu novo terapeuta, com os olhos faiscando, me fazendo sentir um frio na barriga com toda sua intensidade.

"Acho melhor você entrar", aviso a ele. Fico esperando que Hardin levante da mesa a qualquer momento, para vir até aqui e jogar Robert por cima da mureta no meio da mata.

Mas não é isso o que acontece. Ele continua imóvel, segurando a haste da taça de vinho, e me olha uma última vez antes de erguer sua mão livre e apoiá-la no encosto da cadeira de Lillian. *Ai, Deus.* Sinto um aperto no peito.

"Sinto muito", diz Robert.

Quase esqueci que ele estava do meu lado.

"Tudo bem, sério mesmo. Eu já devia estar acostumada. Já estou convivendo com esses joguinhos dele há seis meses." Faço uma careta ao admitir a verdade, me amaldiçoando por não ter aprendido a lição logo no primeiro, ou segundo, ou terceiro mês... Mas aqui estou eu, vendo tudo do lado de fora com um desconhecido enquanto Hardin dá em cima de outra menina descaradamente. "Nem sei por que estou contando tudo isso. Me desculpa."

"Ei, fui eu que perguntei", ele me lembra gentilmente. "E ainda temos bastante vinho, se você quiser." Ele abre um sorriso amigável e brincalhão.

"Com certeza vou precisar." Balanço a cabeça e paro de olhar pela janela. "Isso acontece muito com você? Ficar ouvindo meninas meio bêbadas reclamando do namorado?"

Ele dá uma risadinha. "Não, geralmente são velhos ricos reclamando que seus filés não estão no ponto certo."

"Como o cara da minha mesa, o de gravata vermelha." Aponto para Max. "Meu Deus, como ele é babaca."

Robert balança a cabeça afirmativamente. "É mesmo. Sem querer ofender, mas qualquer um que manda uma salada de volta para a cozinha porque tem 'muita azeitona' é um babaca por definição."

Nós dois damos risada, e eu cubro a boca com as costas da mão, com medo de que com o riso acabe deixando escapar algumas lágrimas.

"É mesmo! E ele se leva a sério demais. Fez um tremendo discurso depois disso, questionando se era razoável colocar tantas azeitonas assim." Faço uma voz grossa para imitar o pai irritante daquela menina irritante. "Azeitonas demais mascaram o sabor delicado e terroso da rúcula."

Robert cai na gargalhada. Com as mãos nos joelhos, ele olha para cima e diz com uma imitação muito mais parecida com a voz de Max do que a minha: "Será que não pode ter só quatro? Três é pouco, mas cinco é demais... isso simplesmente desequilibra o sabor do prato!".

Continuo dando risada até minha barriga doer. Não sei quanto tempo ficamos assim, mas de repente escuto uma porta se abrindo, e Robert e eu instintivamente nos viramos para ver... Hardin parado olhando para nós.

Eu me afasto da mureta, ajeitando o vestido. Não consigo deixar de agir como se estivesse fazendo algo errado, apesar de não estar.

"Estou interrompendo alguma coisa?", rosna Hardin, atraindo para si todas as atenções.

"Está, sim", respondo, com a voz clara e cristalina que gostaria. Minha respiração ainda está acelerada de tanto rir, minha cabeça está girando por causa do vinho e meu coração está doendo por causa de Hardin.

Hardin dá uma encarada em Robert. "Pelo jeito estou mesmo."

Robert ainda está com um sorriso no rosto, os olhos brilhando de divertimento enquanto Hardin tenta intimidá-lo. Mas ele não recua um milímetro, nem ao menos pisca. Nem *ele* aguenta mais as grosserias de Hardin, e ele é *treinado* para ser sempre gentil com as pessoas. E ali, longe dos outros clientes, ele não precisa esconder sua diversão diante do comportamento absurdo de Hardin.

"O que você quer?", pergunto a Hardin. Quando ele se vira para mim, seus lábios estão comprimidos em uma linha reta.

"Vai lá para dentro", ele manda, mas eu faço que não com a cabeça. "Tessa, não brinca comigo, não. Anda."

Ele tenta me segurar pelo braço, mas eu o afasto para longe de seu alcance. "Eu já disse que não. Volta lá para dentro *você*. Sua amiga deve estar sentindo sua falta", esbravejo.

"Você..." Hardin se vira para Robert. "Na verdade você é que tem que voltar lá para dentro. Alguém precisa encher os nossos copos", ele diz, estalando os dedos do jeito mais escroto possível.

"Estou fazendo uma pausa, na verdade. Mas com certeza com esse seu charme você consegue alguém para servir suas bebidas", Robert responde, encolhendo os ombros.

Hardin perde a pose por um momento. Ele não está acostumado a receber esse tipo de resposta, principalmente de desconhecidos.

"Certo, deixa eu falar de outro jeito, então..." Ele dá um passo na direção de Robert. "Fica longe dela. Vai lá para dentro e encontra alguma outra coisa para fazer antes que eu pegue você por esse colarinho ridículo e arrebente a porra da sua cabeça nessa mureta."

"Hardin!", eu o repreendo, me colocando entre os dois.

Mas Robert não se deixa abalar. "Fica à vontade", ele diz, cheio de confiança. "Mas é bom você saber que estamos em uma cidade bem pequena. Meu pai é o xerife, meu avô é o juiz e eles colocaram meu tio na cadeia por agressão. Então, se quiser arrebentar minha cabeça agora mesmo, vai em frente", ele fala, dando de ombros.

Estou de queixo caído, e não consigo fechar a boca. O olhar de Hardin é de puro ódio, e ele parece estar avaliando suas opções enquanto olha para Robert e para mim, e depois para dentro do restaurante.

"Vamos", ele finalmente diz para mim.

"Eu não vou", respondo, dando um passo atrás. Mas me viro para Robert e peço: "Pode nos dar um minuto, por favor?".

Ele faz que sim com a cabeça, olhando feio para Hardin uma última vez antes de voltar para dentro.

"Então agora você vai dar para o garçom?", Hardin diz com uma careta, e eu me afasto ainda mais, tentando não ceder à intensidade de seu olhar.

"Quer parar? Nós dois sabemos como isso vai acabar. Você vai continuar me xingando, eu vou embora, você vai atrás de mim e vai me dizer que não vai ser mais assim. Depois nós voltamos para o chalé e dormimos juntos." Eu reviro os olhos, e ele fica sem reação.

Como sempre, Hardin não demora para se recompor. Jogando a cabeça para trás e dando risada, ele responde: "Errou". Ele dá um passo na direção da porta. "Eu não vou fazer nada disso. Você deve ter esquecido como as coisas são de verdade: você dá um chilique por causa de alguma coisa que eu digo, vai embora e vou atrás de você só porque quero te foder. E você...", ele acrescenta com um olhar sinistro, "você sempre cede."

Fico de boca aberta, horrorizada, e levo as mãos à barriga para não desmoronar diante de suas palavras. "Por quê?", pergunto ofegante, tentando recuperar o fôlego e inspirando o ar gelado.

"Sei lá. Porque você não consegue ficar longe de mim. Provavelmente porque não vai encontrar ninguém que fode você tão bem quanto eu." Seu tom de voz é áspero e cruel.

"Por que... agora?", corrijo minha pergunta anterior. "Eu quis dizer por que você está fazendo isso agora? É porque eu não vou para a Inglaterra com você?"

"Sim e não."

"Como eu não vou abrir mão de Seattle, você se volta contra mim?" Meus olhos estão ardendo, mas não vou chorar. "Você aparece aqui com *ela*", digo apontando para Lillian, "e me diz um monte de desaforos? Pensei que a gente já tivesse passado dessa fase. O que aconteceu com você não conseguir viver sem mim? O que aconteceu com sua intenção de me tratar como eu mereço ser tratada?".

Ele desvia o olhar e, por um momento, vejo uma emoção mais profunda por trás de sua expressão de raiva.

"Existe uma grande diferença entre amar uma pessoa e não conseguir viver sem ela", ele responde.

E, depois disso, vira as costas e sai andando, levando junto todo o respeito que eu ainda tinha por ele.

40

HARDIN

Eu queria magoá-la, para que ela se sentisse humilhada do mesmo jeito que eu fiquei quando desviei os olhos da mesa e a vi caindo na risada. Ela estava às gargalhadas quando na verdade deveria estar sentada na minha frente, implorando pela minha atenção. Era como se ela estivesse pouco se fodendo para a minha proximidade com Lillian. Estava concentrada demais no filho da puta do garçom com sua conversinha fiada.

Então comecei a pensar nas piores coisas possíveis para dizer, tentando escolher uma que com certeza ia acabar com ela. O que Lillian falou hoje de manhã me veio à mente e atiçou a minha raiva, então fui logo dizendo antes que me arrependesse. *Existe uma grande diferença entre amar uma pessoa e não conseguir viver sem ela.*

Quase sinto vontade de voltar atrás no que disse... quase. Ela fez por merecer, de verdade. Não devia ter falado que não queria que eu fosse com ela para Seattle. Disse que me voltei contra ela. Não é nada disso. Estou aqui ao lado dela. Ela é que tenta me abandonar a cada oportunidade que surge.

"Estou indo embora", anuncio quando chego à mesa. Seis pares de olhos me encaram, e Landon revira os seus antes de olhar para a porta. "Ela está lá fora", digo, cheio de sarcasmo. Ele pode sair para confortá-la se quiser — eu é que não vou fazer isso.

"O que você fez agora?", ele tem a audácia de perguntar na frente de todo mundo.

Olho feio para ele. "Cuida da porra da sua vida."

"Hardin", meu pai interfere. Era só o que faltava — está todo mundo contra mim, pelo jeito. Se meu pai começar a falar merda, a coisa vai ficar feia.

"Eu vou também", Lillian avisa, ficando de pé.

"Não", eu protesto, mas ela ignora e vem atrás de mim até a porta do restaurante.

"O que foi que aconteceu?", ela pergunta quando saímos.

Sem diminuir o passo, grito por cima do ombro: "Ela estava lá fora com aquele filho da puta, foi isso que aconteceu".

"E daí? O que ela falou quando você contou que eu não ofereço perigo?" Ela está meio cambaleante sobre os saltos, mas não paro para ajudar, porque preciso decidir para onde vou. Eu sabia que deveria ter vindo no meu carro, mas não, Tessa quis fazer tudo do jeito dela. *Grande novidade.*

"Eu não contei."

"Por que não? Sabe o que ela deve estar pensando agora?"

"Foda-se o que ela está pensando. Espero que esteja pensando que eu vou comer você."

Ela detém o passo. "Por quê? Se você é apaixonado por ela, por que ia querer que ela pensasse isso?"

Ah, que beleza, agora Lillian está se voltando contra mim também. Eu me viro para ela. "Porque ela precisa aprender que..."

Ela ergue uma das mãos. "Para. Pode parar, porque ela não precisa 'aprender' nada. Se tem alguém precisando aprender alguma coisa aqui é você... O que você disse para a coitada da menina?"

"Eu disse aquilo que você me falou hoje de manhã, que existe uma grande diferença entre amar uma pessoa e não conseguir viver sem ela."

Ela balança a cabeça, confusa. "E o que você quis dizer com isso, que não consegue viver sem ela, mas que não a ama?"

"É... não foi isso que acabei de falar?" Tessa número dois precisa ir embora, porque está conseguindo me irritar do mesmo jeito que a Tessa Original.

"Uau", ela comenta e dá risada.

Ela está rindo de mim também? "Que foi? Qual é a graça?", pergunto quase aos berros.

"Você é muito *sem noção*", ela ironiza. "Quando eu disse isso, não estava falando de você, eu estava falando dela. O que eu quis dizer é que só porque você acha que ela não consegue viver sem você isso não significa que ela ame você."

"Quê?"

"Você acha que tem tanto controle sobre ela que ela não é capaz de ir embora e viver sem você, quando na realidade parece que você está mantendo Tessa prisioneira, e é por *isso* que ela não vai embora: não porque te ama, mas porque você faz parecer que ela não consegue viver sem você."

"Não... ela me ama." Eu sei que sim, e é por isso que vai aparecer aqui fora a qualquer momento.

Lillian joga os braços para cima. "Ama *mesmo*? Por que amaria, se você faz tanta questão de magoá-la de propósito?"

Para mim, já chega. "Você não não tem moral para ficar dando sermão." Jogo as mãos para o alto, assim como ela. "Sua namorada deve estar trepando com alguém agora mesmo, enquanto você tenta dar uma de terapeuta de casal comigo e com a Tessa", eu esbravejo.

Lillian arregala os olhos e dá um passo atrás... assim como Tessa fez há alguns minutos. Seus olhos azuis se enchem de lágrimas, brilhando na escuridão. Ela sacode a cabeça e sai andando pelo estacionamento do restaurante.

"Aonde você vai?", grito para ela.

"Vou voltar lá para dentro. A Tessa pode ser burra o suficiente para aguentar você, mas eu não sou."

Por um momento, quase vou atrás dessa menina que pensei que fosse minha... *amiga*? Sei lá, pensei que podia confiar nela, apesar de só conhecê-la há dois dias.

Foda-se: não vou atrás de ninguém. Nem da Tessa, nem da Tessa número dois. Elas podem ir para o inferno — não preciso de nenhuma das duas.

208

41

TESSA

Meu peito está doendo, minha garganta está seca e minha cabeça está girando. Hardin basicamente acabou de dizer que não me ama, e que só vem atrás de mim para dormir comigo. Mas o pior é que eu sei que ele não foi sincero. Eu sei que ele me ama — de verdade. À sua própria maneira, ele me ama mais do que tudo. Já provou isso muitas vezes nos últimos seis meses. Mas também já mostrou que é capaz de tudo para me magoar, para me fragilizar só porque seu ego está ferido. Se ele me amasse como deveria, não faria nada para me magoar de propósito.

Não pode ser verdade que ele me quer só pelo sexo. Ele não me vê só como um brinquedinho, vê? Com ele, a verdade e a mentira variam de acordo com seu humor. Isso não pode ser verdade. Mas ele falou com muita convicção — nem hesitou. Sinceramente não sei mais. Mesmo com todas as brigas, as lágrimas e os murros na parede, sempre tive a certeza de que ele me ama.

Sem isso, nós não temos nada. E sem ele, eu não tenho nada. Nosso temperamento explosivo e irracional, misturado com a imaturidade, está tornando a nossa relação insuportável.

Existe uma grande diferença entre amar uma pessoa e não conseguir viver sem ela. Suas palavras voltam a me atormentar.

O ar aqui dentro está carregado demais, e as risadas dos outros clientes do restaurante estão começando a soar sinistras. Procuro uma saída. As portas de vidro que levam à varanda estão fechadas, e o ar frio é bem-vindo quando as abro. Fico sentada ali, olhando para a escuridão, apreciando o silêncio da noite e acalmando meus pensamentos.

Só percebo que a porta da varanda foi aberta quando vejo Robert ao meu lado. "Trouxe uma coisa para você", ele diz, estendendo uma garrafa de vinho e agitando-a de um jeito brincalhão. Ele encolhe os ombros e um sorriso aparece em seu belo rosto.

Fico surpresa comigo mesma ao abrir um sorriso sincero, apesar de por dentro estar histérica, chorando encolhida em um canto.

"Vinho para afogar as mágoas?", pergunto, estendendo as mãos para pegar a garrafa com rótulo branco. Vejo que é o mesmo que Max pediu antes. Deve custar uma fortuna.

Ele sorri, pondo a garrafa nas minhas mãos. "E por acaso existe algum outro tipo de vinho?" A garrafa está gelada, mas meus dedos estão quase dormentes por causa do ar frio do inverno.

"Copos." Ele sorri, enfiando a mão no bolso do avental. "Não consegui enfiar taças de vinho no bolso, então peguei esses aqui." Ele me entrega um copinho de isopor e tira a rolha da garrafa.

"Obrigada." O vinho enche o copo, e eu imediatamente o levo aos lábios.

"Nós podemos entrar, sabia? Tem umas partes do restaurante que já estão fechadas, e podemos ficar por lá", Robert oferece, tomando um gole do vinho.

"Não sei." Solto um suspiro e dou uma espiada na nossa mesa.

"Ele já foi", Robert avisa, cheio de compaixão na voz. "Ela também", ele acrescenta. "Quer conversar?"

"Não, na verdade não." Encolho os ombros. "Me conta sobre esse vinho." Preciso de um assunto neutro e inofensivo.

"Esse aqui? Bom, ele é... hã... envelhecido à perfeição?" Ele cai na risada, e eu também. "Eu sou bom em beber, mas não entendo nada sobre vinhos."

"Tá, então não vamos falar do vinho", respondo. Virando meu copo, eu termino a bebida o mais rápido que consigo.

"Hã", ele diz, olhando atrás de mim. Sinto um frio na barriga ao ver sua expressão de nervosismo, e espero que Hardin não tenha voltado para destilar mais veneno. Quando me viro, Lillian está parada na porta, aparentemente em dúvida se deve se aproximar ou não.

"O que você quer?", pergunto. Estou tentando controlar meu ciúme, mas o vinho correndo nas minhas veias não favorece muito as boas maneiras. Robert pega meu copo vazio quando o vento o derruba e começa a enchê-lo de novo. Fico com a impressão de que ele está tentando se manter ocupado para evitar qualquer cena constrangedora ou dramática que possa se desenrolar nos próximos minutos.

"Posso falar com você?", Lillian pergunta.

"O que você tem para falar comigo? Para mim as coisas estão bem claras." Dou mais um longo gole no meu copo, deixando o vinho gelado encher minha boca.

Surpreendentemente, ela não se incomoda com a minha grosseria. Apenas se aproxima e diz: "Eu sou gay".

Quê? Se os olhos azuis de Robert não estivessem cravados em mim, eu teria cuspido o vinho de volta no copo. Olho para ele e depois para ela enquanto termino de engolir a bebida.

"É verdade. Eu tenho namorada. Hardin e eu somos só amigos." Ela franze a testa. "Se é que dá para dizer isso."

Eu conheço esse olhar. Ele deve ter sido grosseiro com ela.

"Então por que...", começo. *Ela está falando sério?* "Mas vocês estavam cheios de gracinhas um com o outro."

"Não, ele estava sendo meio... *engraçadinho*, por assim dizer, fazendo coisas como pôr o braço no encosto da minha cadeira. Mas só estava fazendo isso para deixar você com ciúmes."

"Por que ele faria isso? De propósito?", questiono. Mas já sei a resposta: para me magoar, claro.

"Eu pedi para ele contar para você. Me desculpa se você pensou que estava rolando alguma coisa entre nós. Não está. Eu tenho meu próprio relacionamento. Com uma *menina*."

Reviro os olhos e estendo o copo para Robert me servir mais vinho. "Você não parecia nem um pouco incomodada em deixar rolar", comento asperamente.

Com sinceridade, e um olhar de quem se desculpa, ela responde: "Não foi minha intenção. Não estava nem prestando atenção no que ele estava fazendo. Me desculpa se você ficou chateada por minha causa".

Fico procurando uma razão para mandar essa menina sumir da minha frente, mas não consigo pensar em nenhuma. O fato de Lillian ser gay me dá um grande alívio e eu gostaria de ter ficado sabendo antes, mas isso não muda muita coisa em relação a Hardin. Na verdade, isso só torna seu comportamento ainda pior, porque ele estava fazendo de tudo para me deixar com ciúme, e para completar ainda disse as coisas mais odiosas que poderia pensar de mim. Ver Hardin dar em cima dela não foi nada em comparação com ouvir ele dizer que não me ama.

Robert enche meu copo, e eu dou um gole, olhando para Lillian. "Então o que fez você mudar de ideia e vir me contar? Ele soltou os cachorros em você, né?"

Ela abre um meio sorriso e senta à mesa com a gente. "Pois é, foi exatamente isso."

"Ele é especialista nisso", eu comento, e ela concorda. Dá para perceber que está um pouco nervosa, e lembro a mim mesma que o problema não é ela, e sim Hardin.

"Você tem mais copos?", pergunto a Robert, que faz que sim com a cabeça, abrindo um sorriso orgulhoso. Sinto um frio na barriga. Por causa do vinho, tenho certeza.

"Não aqui no bolso, mas posso pegar outro lá dentro", ele oferece, todo educado. "É melhor a gente entrar, aliás. Sua boca já está ficando roxa."

Eu me viro para ele, e meu olhar é atraído por seus lábios. São bem cheios e rosados. Parecem macios. Por que estou olhando para a boca dele? É o efeito do vinho. Queria olhar para a boca de Hardin, mas ultimamente ele só a usa para gritar comigo.

"Ele está lá dentro?", pergunto a Lillian, que faz que não com a cabeça. "Tudo bem, vamos entrar, então. Preciso salvar Landon daquela mesa, principalmente daquele tal de Max", digo sem pensar, e então me viro para Lillian. "Ai, merda, desculpa."

Ela me surpreende caindo na risada. "Não tem problema, pode acreditar. Eu sei que o meu pai é um babaca."

Eu não respondo. Ela pode até não ser uma ameaça ao meu relacionamento com Hardin, mas isso não significa que eu goste dela, apesar de ela parecer ser bem legal.

"Nós vamos entrar ou..." Robert está sacudindo os pés nos sapatos sociais pretos.

"Vamos." Engulo o restante do meu vinho e vou lá para dentro. "Vou buscar o Landon. Tem certeza de que você pode beber aqui? De uniforme e tudo?", pergunto ao meu novo amigo. Não quero que ele acabe encrencado. Minha cabeça está confusa, e a ideia de ele ser preso pelo próprio pai me faz soltar uma risadinha.

"O que foi?", ele pergunta, me olhando com atenção.

"Nada", eu minto.

Quando entramos, Lillian e eu vamos até nossa mesa. Ponho as mãos nas costas da cadeira de Landon, que olha para mim.

"Está tudo bem?", ele pergunta baixinho enquanto Lillian conversa com seus pais.

Eu encolho os ombros. "É, até que está." Não estaria se eu não estivesse praticamente bêbada depois de tantos copos de vinho. "Quer ficar com a gente? Vamos continuar aqui bebendo vinho... mais vinho." Eu abro um sorriso.

"Quem? Ela também?" Landon olha para Lillian, que está do outro lado da mesa.

"Sim, ela... então, ela é legal." Não quero falar da vida pessoal da garota na frente de todo mundo.

"Falei para o Ken que ia ver o jogo com eles no chalé do Max, mas, se quiser que eu fique, posso ficar."

"Não..." Eu quero que ele fique, mas não quero que mude seus planos por minha causa. "Tudo bem. Só pensei que você fosse querer se livrar deles", murmuro, e ele sorri.

"Eu queria, mas Ken ficou todo animado quando eu disse que ia porque Max torce para o outro time. Pelo jeito, ele acha que vai ser divertido a gente ficar se provocando." Em seguida ele se inclina mais para perto de mim, falando mais baixo. "Tem certeza de que quer ficar aqui com esse cara? Ele parece ser legal, mas o Hardin provavelmente vai acabar cometendo uma tentativa de homicídio."

"Acho que ele sabe se defender", garanto. "Divirta-se com o jogo." Me inclino para a frente e dou um beijo no rosto de Landon.

Me afasto rapidamente e cubro minha boca. "Desculpa. Não sei por que..."

"Tudo bem." Landon dá risada.

Olho ao redor da mesa e constato aliviada que ninguém estava prestando atenção em nós. Por sorte, minha vergonhosa demonstração de afeto passou despercebida.

"Toma cuidado, tá, Tessa? E me liga se precisar de mim."

"Pode deixar. E, se ficar entediado, volta para cá."

213

"Volto." Ele sorri. Sei que ele não vai ficar entediado vendo o jogo com Ken. Landon adora a companhia da única figura paterna que tem na vida, ao contrário de Hardin.

"Pai, eu já sou adulta", ouço Lillian bufar do outro lado da mesa.

Max sacode a cabeça, cheio de autoridade. "Você não tem nada que andar por aí sozinha. Vai voltar para o chalé com a gente. E ponto final." Está na cara que ele é do tipo que precisa controlar a vida de todo mundo. O sorrisinho presunçoso em seu rosto confirma isso.

"Certo", sua filha responde, frustrada. Ela olha para a mãe, que permanece em silêncio. Se eu estivesse com mais um pouquinho de vinho na cabeça, ia dizer umas verdades para esse babaca, mas não quero constranger Ken e Karen.

"Tessa, você vai voltar com a gente?", Karen pergunta.

"Não, vou ficar mais um pouquinho, pode ser?" Espero que ela não se importe. Ela olha para Lillian e depois para Robert, parado atrás de mim à distância. Tenho a impressão de que ela não tem ideia da orientação sexual de Lillian e está irritada com a maneira como Hardin se comportou com ela. Eu adoro Karen.

"Não tem problema nenhum. Divirta-se." Ela abre um sorriso de aprovação.

"Tá bom." Retribuo o sorriso e saio da mesa sem me despedir de Max e de sua mulher.

"Já podemos ir. Ela não vai poder ficar", digo a Robert quando chego até ele.

"Não vai poder?"

"O pai dela é um babaca. Mas é melhor assim, porque não sei se gosto dela. Ela me lembra alguém. Não sei direito quem..." Deixo esse pensamento morrer enquanto sigo Robert até uma parte vazia do restaurante. Na área fechada há algumas mesas quase vazias, a não ser pelos candelabros, saleiros e pimenteiros.

Quando sentamos, o rosto deformado de Zed me vem à mente. Pergunto a Robert: "Tem certeza de que quer ficar aqui comigo? Hardin pode voltar, e ele tem uma tendência a agredir as pessoas...".

Robert puxa uma cadeira para mim e dá risada. "Tenho, sim", ele responde.

Sentando diante de mim, ele enche nossos copos de isopor com vinho branco, e fazemos um brinde. O material macio do copo se dobra um pouco e não faz o barulhinho característico do vidro. Aqui é tudo aconchegante, ao contrário do restante do restaurante todo chique.

42

HARDIN

Liguei para todas as empresas de táxi que existem no caminho daqui até o campus para conseguir voltar para casa. Ninguém aceitou, claro, por causa da distância. Eu poderia ir de ônibus, mas transporte coletivo não é a minha praia. Lembro que sempre fazia uma careta quando Steph contava que Tessa ia de ônibus ao shopping ou até a Target. Mesmo quando eu não gostava de Tessa — ou melhor, pensava que não — entrava em pânico ao pensar nela sozinha em um ônibus com um bando de caras bizarros.

Muita coisa mudou desde então, desde a época em que eu provocava Tessa só por diversão. A cara dela quando saí da varanda daquele restaurante... Talvez não tenha mudado tanta coisa assim. Eu não mudei.

Estou torturando a menina que amo. É exatamente isso que estou fazendo, e não consigo parar. Mas não é só culpa minha — é culpa dela também. Ela fica me pressionando para mudar para Seattle, e eu já deixei claro que não vou. Em vez de ficar discutindo, ela devia fazer as malas e se mandar para a Inglaterra comigo. Eu não vou ficar aqui, mesmo não tendo sido expulso — estou de saco cheio dos Estados Unidos, só estou me fodendo aqui. Estou de saco cheio de ver meu pai o tempo todo. Estou de saco cheio de tudo.

"Olha por onde anda, cretino", uma voz feminina diz na escuridão, me assustando.

Desvio do vulto por pouco. "Olha por onde anda *você*", retruco, e continuo andando. *Por que diabos essa menina está aqui na frente do chalé do Max, aliás?*

"Como é?", ela desafia, e me viro no instante em que a luz acionada por sensor de movimento se acende diante do chalé. Dou uma boa olhada nela: pele morena, cabelos encaracolados, calça jeans rasgada, bota de motoqueiro.

"Me deixa adivinhar: Riley, certo?" Reviro os olhos para a menina parada na minha frente.

Ela põe uma das mãos na cintura. "E quem diabos é você?"

"Isso mesmo. Riley. Se está procurando a Lillian, ela não está."

"Onde ela está? E como é que você sabe quem eu estou procurando?", questiona a nervosinha.

"Porque acabei de trepar com ela."

Ela fica toda tensa, baixando a cabeça e fechando a cara. "O que foi que você disse?", ela pergunta, dando um passo à frente.

Inclino a cabeça para o lado e a encaro. "Ei, estou só zoando com a sua cara. Ela está em um restaurante aqui perto com a família."

Riley ergue a cabeça e detém o passo. "Certo. E de onde vocês se conhecem?"

"A gente se conheceu ontem. O pai dela fez faculdade com o meu, parece. Ela sabe que você está aqui?"

"Não, estou tentando entrar em contato com ela", Riley diz apontando para as árvores ao nosso redor. "Mas, como ela está aqui no meio do nada, não estou conseguindo. Provavelmente o cuzão do pai dela não quer que ela fale comigo."

Solto um suspiro. "Pois é, ele é um babaca mesmo. Ele vai deixar vocês duas se falarem, aliás?"

Ela olha feio para mim. "Como você é intrometido, não?" Mas em seguida ela abre um sorrisinho orgulhoso. "Ele vai deixar, sim. É um babaca, mas é um covarde também, e morre de medo de mim."

O brilho de um par de faróis ilumina a escuridão, e me afasto da rua, pisando no gramado. "São eles", aviso.

Pouco depois, o carro embica na entrada da garagem e para. Lillian praticamente pula porta afora nos braços de Riley.

"Como foi que você chegou aqui?", ela praticamente grita.

"De carro", sua namorada responde secamente.

"Como foi que me encontrou? Estou sem sinal no celular há uma semana." Ela afunda a cabeça no pescoço da namorada, e vejo a fachada de durona de Riley começar a se desmanchar. Ela acaricia afetuosamente as costas de Lillian.

"É uma cidade bem pequena, linda. Não foi muito difícil." Ela se

217

afasta um pouco para olhar para Lillian. "O seu pai vai me xingar por ter vindo aqui?"

"Não. Bom, talvez. Mas ele não vai mandar você embora."

Dou uma tossida forçada, me sentindo constrangido por testemunhar aquele reencontro. "Certo, então já vou indo", digo e começo a me afastar.

"Tchau", diz Riley. Lillian não fala nada.

Depois de alguns minutos, chego ao portão do chalé do meu pai e vou andando na direção da porta. Tessa vai chegar a qualquer momento, e quero estar lá dentro quando o carro embicar na garagem. Ela vai estar aos prantos, claro, e vou ter que arrumar uma desculpa para fazê-la parar e me ouvir.

Mal chego à varanda quando Karen e a mãe de Lillian descem do carro. "Cadê o resto do pessoal?", pergunto, procurando Tess com os olhos.

"Ah, o seu pai e Landon foram até o chalé do Max para ver um jogo na televisão."

"E a Tessa?" O pânico toma conta de mim.

"Ficou no restaurante."

"Como é?" *Que porra é essa?* Não era isso que deveria acontecer.

"Ela está com ele, né?", pergunto para as duas, apesar de já saber a resposta. Ela está com aquele loirinho babaca, filho do xerife.

"Está", Karen responde, e se eu não estivesse preso com ela no meio do nada, com certeza ia mandá-la para aquele lugar por causa do sorrisinho que ela está tentando disfarçar.

43

TESSA

"Então basicamente essa é a história da minha vida", Robert termina com um sorriso caloroso e sincero — quase infantil, mas de um jeito todo fofo.

"Isso foi... interessante." Pego a garrafa de vinho em cima da mesa para encher meu copo. Está vazia.

"Mentirosa", ele provoca, e eu dou uma risadinha induzida pelo vinho. Sua história de vida é curta e meiga. Nada muito trepidante, só coisas normais. Ele foi criado pelos dois pais: sua mãe é professora, seu pai, policial. Depois de frequentar uma faculdade local por dois anos, decidiu cursar medicina. Só está trabalhando aqui porque está na lista de espera da Universidade de Washington. E também porque ele ganha um bom dinheiro servindo mesas no restaurante mais caro das redondezas.

"Você deveria ter ido para a WCU", digo a ele, que sacode a cabeça. Ele fica de pé e levanta o dedo indicador, pedindo uma pausa na nossa conversa. Eu me recosto na cadeira enquanto espero ele voltar. Apoio a cabeça na cadeira de madeira e olho para cima. O teto nessa pequena parte do restaurante é pintado com nuvens, castelos e querubins. A figura imediatamente acima de mim está dormindo, com bochechas rosadas e cabelos loiros encaracolados. Suas asinhas brancas estão quase na horizontal. Ao seu lado, um menino — pelo menos eu acho que é um menino — a encara, observando-a com as asinhas pretas abertas.

Hardin.

"Sem chance", Robert diz de repente, interrompendo meus pensamentos. "Mesmo que eu quisesse ir para a WCU, o programa do curso de lá não é como eu quero. Além disso, o curso de medicina é parte do campus principal em Seattle. Na WCU, o campus de Seattle é bem menor." Quando levanto a cabeça, vejo que ele está com outra garrafa de vinho nas mãos.

"Você já foi lá? No campus?", pergunto, ansiosa para saber mais sobre o meu novo local de estudos, e ainda mais ansiosa para me livrar das imagens bizarras de anjos no teto.

"Sim, uma vez. É pequeno, mas é legal."

"Eu preciso estar lá na segunda-feira, mas ainda não tenho nem onde morar." Eu dou risada. Sei que minha falta de planejamento não tem a menor graça, mas não consigo me conter.

"Nesta segunda? Tipo hoje é quinta-feira, e segunda é daqui a três dias?"

"Isso aí." Eu balanço a cabeça.

"E o alojamento universitário?", ele pergunta enquanto tira a rolha da garrafa.

Morar no alojamento nem passou pela minha cabeça, nem de longe. Pensei que... bom, esperava que Hardin fosse comigo, então o alojamento não fazia parte dos planos.

"Não quero morar no campus, principalmente agora que já sei como é ter minha própria casa."

Ele balança a cabeça e começa a servir o vinho. "Verdade. Quando você se acostuma com a liberdade, não tem mais volta."

"Verdade mesmo. Se Hardin fosse para Seattle..." Eu me detenho. "Deixa pra lá..."

"Então vocês vão tentar um relacionamento à distância?"

"Não, nunca ia dar certo", respondo, sentindo meu peito se apertar. "Nem com nós dois na mesma casa está funcionando." Preciso mudar de assunto antes que acabe aos prantos. "Prantos", que palavra engraçada.

"Pranto", digo em voz alta enquanto aperto meus lábios com o indicador e o polegar.

"Está se divertindo?" Robert sorri e põe um copo de vinho diante de mim. Faço que sim com a cabeça, ainda dando risada. "Eu confesso que para mim é o melhor dia de trabalho que tenho em um bom tempo."

"Eu também", concordo. "Quer dizer, se eu trabalhasse aqui." Não estou mais falando coisa com coisa. "Eu não bebo muito — quer dizer, ando bebendo mais do que nunca —, mas não tenho muita tolerância, então fico bêbada beeem rápido", aviso, levantando o copo.

220

"Comigo é a mesma coisa. Não sou muito de beber, mas, quando uma menina linda está tendo uma noite ruim, eu abro uma exceção", ele toma coragem para dizer, mas depois fica todo vermelho. "Quer dizer... hã..." Ele cobre o rosto com as mãos. "Acho que não controlo minha língua quando estou perto de você."

Estendo o braço e o faço tirar as mãos da frente do rosto. Ele faz uma careta e quando ergue os olhos azuis a expressão em seu rosto não é nada difícil de discernir.

"É como se eu conseguisse ler seus pensamentos", digo em voz alta, sem pensar.

"Talvez consiga mesmo", ele murmura em resposta, passando a língua nos lábios úmidos.

Eu sei que ele quer me beijar — dá para ver em seu rosto, em seu olhar sincero. Hardin se esforça tanto para esconder seus sentimentos o tempo todo que é difícil decifrar suas emoções, e mesmo quando consigo, não é do jeito que eu quero, do jeito que eu preciso. Eu me inclino sobre a mesa na direção de Robert, que faz o mesmo.

"Se eu não fosse tão apaixonada por ele, beijaria você", digo baixinho, sem me afastar nem me aproximar mais. Mesmo bêbada e irritada com Hardin, simplesmente não consigo. Não consigo beijar outro cara. Eu quero, mas não consigo.

Ele ergue o canto esquerdo da boca em um sorriso torto. "E se eu não soubesse o quanto é apaixonada por ele, eu deixaria você me beijar."

"Certo..." Não sei muito bem o que dizer, e estou bêbada e constrangida, sem saber como agir. Só fico realmente à vontade com Hardin e com Zed, e de uma certa forma os dois são bem parecidos. Robert é diferente de todo mundo que conheço. A não ser Landon, que também é meigo e gentil. Minha mente está a mil por quase ter beijado alguém que não é Hardin.

"Desculpa." Eu me recosto na cadeira, e ele faz o mesmo.

"Não precisa se desculpar. É melhor você não me beijar do que fazer isso e se arrepender depois."

"Você é esquisito", digo a ele. Queria ter escolhido uma palavra diferente, mas agora é tarde demais. "No bom sentido", eu me corrijo.

"Você também." Ele dá uma risadinha. "Quando vi você com esse vestido, pensei que fosse uma menina rica e esnobe sem um pingo de personalidade."

"Bom, lamento muito, mas não sou nem um pouco rica." Eu dou risada.

"Nem esnobe", ele acrescenta.

"E a minha personalidade não é tão ruim." Encolho os ombros.

"Dá para o gasto", ele me provoca com um sorriso.

"Você é muito legal."

"Por que não seria?"

"Não sei." Começo a mexer no meu copo. "Desculpa, sei que estou agindo feito uma idiota."

Ele parece ficar confuso por um instante, e então responde: "Nada disso. E não precisa ficar se desculpando o tempo todo."

"Como assim?", pergunto. Percebo que despedacei toda a borda do copo. Pedaços de isopor estão espalhados na mesa à minha frente.

"Você fica se desculpando por cada coisinha que fala. Já pediu desculpas umas dez vezes na última hora. Você não fez nada errado, então não tem por que se desculpar."

Fico envergonhada com suas palavras, mas seus olhos são gentis, e nada em sua voz indica que esteja incomodado ou me criticando. "Desculpa...", digo de novo, por força do hábito. "Viu? Eu não sei por que faço isso." Prendo o meu cabelo atrás da orelha.

"Eu faço uma ideia, mas não vou falar. Só quero que você saiba que não precisa fazer isso", ele se limita a dizer.

Respiro fundo e solto o ar com força. É tranquilizador poder conversar com alguém sem ter que me preocupar em magoar seus sentimentos o tempo todo.

"Enfim, me conta mais sobre o seu emprego novo em Seattle", ele pede, e fico aliviada por poder mudar de assunto.

222

44

HARDIN

"Aonde você *acha* que eu vou?", grito da calçada para Karen, jogando os braços para cima.

Ela começa a descer os degraus da varanda e diz: "Sem querer me intrometer, Hardin, mas você não acha melhor deixar a Tessa em paz... só para variar? Não quero que você fique chateado comigo, mas acho que um escândalo não vai ajudar em nada. Sei que você quer vê-la, mas...".

"Você não sabe de nada", esbravejo, e a mulher do meu pai inclina a cabeça um pouco para trás.

"Me desculpa, Hardin, mas realmente acho que você não deveria ir atrás dela", Karen repete, como se fosse minha mãe.

"Ah, é? Por quê? Para ela poder me trair à vontade?" Começo a puxar os cabelos. Tessa já tomou uma taça de vinho no jantar — uma e meia, para ser mais exato —, e só Deus sabe como ela se comporta quando bebe.

"Se é isso que você pensa dela...", Karen começa, mas se interrompe. "Esquece. Vai em frente, então... como sempre." Ela olha para a mulher de Max e dá uma ajeitada no vestido. "Só tenha cuidado, querido", ela diz com um sorriso forçado e volta para dentro com sua amiga.

Depois de me livrar da chata, prossigo com meu plano original de ir até o restaurante. Vou arrancar Tessa de lá de dentro — não literalmente, claro, mas ela *vai* sair de lá comigo. Essa história toda é uma palhaçada, e tudo porque eu esqueci de colocar a porra da camisinha. Foi isso que começou a confusão toda. Eu poderia ter ligado para Sandra mais cedo para resolver a história do apartamento, ou ter arrumado outro lugar para Tessa morar... mas isso também não ia dar certo. Ela não pode ir para Seattle. Estou demorando mais do que esperava para convencê-la disso, e agora está tudo ainda mais complicado.

Ainda não acredito que ela não estava no carro com Karen e a mãe de Lillian, seja lá qual for o nome dela. Eu tinha certeza de que ela estaria chateada e pronta para conversar comigo. Foi aquele garçom — como ele conseguiu convencê-la a ficar naquele restaurante em vez de vir comigo? O que ela viu nele?

Preciso pôr meus pensamentos em ordem, então paro e sento em uma pedra na beirada do jardim. Talvez invadir o restaurante não seja uma boa ideia. Talvez seja melhor levar Landon comigo e pedir para ele tirá-la de lá. Ela leva os conselhos dele muito mais a sério que os meus. Mas acabo desistindo dessa ideia idiota, porque sei que ele não vai topar, vai ficar do lado de sua mãezinha e me dizer para deixá-la em paz.

Mas eu não posso fazer isso. Ficar sentado por vinte minutos nessa maldita pedra gelada só piorou as coisas. Só consigo pensar nela se afastando de mim naquela varanda, depois rindo toda descontraída com ele.

O que eu vou falar para ela? Ele parece ser o tipo de babaca que se meteria na conversa para me impedir de levá-la embora. Não vou precisar dar porrada nele. Se eu gritar bastante, ela vai querer ir embora para evitar uma briga. Assim espero. Ela está sendo imprevisível esta noite.

É muita criancice: meu comportamento, a maneira como manipulo os sentimentos dela. Eu sei disso — só não sei o que fazer a respeito. Eu sou apaixonado por ela — *porra*, como eu amo essa menina. Mas não sei mais o que fazer para ela ficar comigo.

Na realidade parece que você está mantendo Tessa prisioneira, e é por isso *que ela não vai embora: não porque te ama, mas porque você faz parecer que ela não consegue viver sem você.*

As palavras de Lillian se repetem como um disco arranhado na minha cabeça. Fico de pé e apresso o passo para sair do jardim. Está frio pra cacete aqui fora e essa porra de camisa é fina demais. Tessa também não levou um casaco para o restaurante e com aquele vestido — *aquele* vestido — com certeza deve estar com frio. Eu deveria levar um casaco para ela...

E se o sujeito oferecer o casaco dele? O ciúme toma conta de mim, e eu cerro os punhos só de pensar.

... você está mantendo Tessa prisioneira, e é por isso *que ela não vai embora: não porque te ama...*

A porra da Tessa número dois e sua psicoterapia de merda. Ela não sabe nem do que está falando. Tessa me ama, sim. Vejo isso em seus olhos azuis acinzentados toda vez que ela olha para mim. Sinto isso na ponta de seus dedos toda vez que ela acaricia minhas tatuagens. Sinto isso toda vez que seus lábios tocam os meus. Sei a diferença entre amar e ser prisioneiro, entre amor e compulsão.

Tento controlar o pânico que ameaça tomar conta de mim outra vez. Ela me ama. De verdade. Tessa me ama. Se não me amasse, eu não saberia o que fazer. Preciso que ela me ame e fique do meu lado. Nunca deixei ninguém se aproximar tanto de mim quanto ela. Ela é a única pessoa que eu sei que sempre vai me amar incondicionalmente. Até minha mãe fica de saco cheio das merdas que eu faço às vezes, mas Tessa sempre me perdoa e sempre está do meu lado quando preciso, não importa o que eu apronte. Aquela menina teimosa, irritante e irredutível é o centro do meu mundo.

"O que você está fazendo aí, seu idiota?", escuto alguém perguntar na escuridão.

"Puta que pariu, só pode ser brincadeira", resmungo e me viro para Riley, que está saindo da entrada da garagem do chalé de Max. Preciso ficar mais atento. Nem percebi que ela estava vindo na minha direção.

"É você que está aí rondando a porra da casa", ela retruca.

"Cadê a Lillian?"

"Não interessa. Cadê a Tessa?", ela diz com um sorrisinho presunçoso. Lillian deve ter contado sobre a nossa briga. *Que beleza.*

"Não interessa. O que você está fazendo aqui fora?"

"E você?" Essa Riley claramente tem um problema de temperamento.

"Você precisa mesmo ser assim tão chata?"

Ela balança a cabeça algumas vezes de forma exagerada. "Sim. Na verdade, preciso, sim." Pensei que ela fosse vir para cima de mim, mas ela parece não ter ligado. Com certeza já está acostumada a ser chamada de chata. "E estou aqui fora porque Lillian já foi dormir. E depois de ficar ouvindo o pai *dela*, o *seu* pai e o mané do seu irmão lá dentro, estou com vontade de vomitar."

"E então você resolveu dar uma voltinha à noite no meio do inverno?"

"Eu estou de casaco." Ela puxa a barra da roupa para comprovar seu argumento. "Vou procurar um bar que vi no caminho para cá."

"Por que não vai de carro?"

"Porque eu quero *beber*. Eu tenho cara de alguém que quer passar o fim de semana na cadeia?", ela ironiza, passando por mim, e olha para trás sem deter o passo. "E você, está indo aonde?"

"Vou buscar a Tessa. Ela está com... esquece." Estou cansado de dar satisfação da minha vida para as pessoas.

Riley detém o passo. "Você foi muito cuzão por não ter contado que a Lil é gay."

"Ah, claro que ela contou para você", comento.

"Ela me conta tudo. Foi muita babaquice sua."

"É uma longa história."

"Você não vai mudar para Seattle com a Tessa e agora..." — ela joga o cabelo por cima do ombro — "... provavelmente ela está chupando o pau do loirinho no banheiro do..."

Eu vou para cima dela, com o sangue fervendo nas veias. "Cala essa merda dessa boca. *Agora*. Nem pensa em falar uma porra dessa para mim." Preciso lembrar que, apesar de ser desbocada como eu, ela é mulher, e eu não posso partir para a agressão.

Sem se deixar abalar pela minha explosão de raiva, ela responde calmamente: "Não gostou, né? Então talvez seja melhor se lembrar disso antes de fazer outro comentário engraçadinho sobre comer a minha namorada".

Minha respiração está acelerada e fora de controle. Não consigo parar de pensar nos lábios carnudos de Tessa tocando aquele cara. Puxo os cabelos de novo e começo a andar em círculos.

"Isso está deixando você maluco, né? Ela estar com ele?"

"Acho melhor você parar de me provocar", aviso, e ela encolhe os ombros.

"Eu sei como é. Olha, eu provavelmente não devia ter dito isso, mas você foi um babaca primeiro, lembra?" Como eu não respondo, ela continua. "Vamos declarar uma trégua. Eu pago as bebidas, e você pode chorar à vontade pela Tessa enquanto eu conto as coisas que a Lillian sabe fazer com a língua." Ela vem até mim e me puxa pela manga da camisa, tentando me arrastar pela rua. Dá para ver as luzinhas coloridas e cafonas no telhado do bar daqui.

Eu puxo meu braço para me livrar dela. "Preciso ir buscar a Tessa."

"Só uma bebida, então, depois eu vou com você para te dar cobertura." As palavras de Riley ecoam meus pensamentos de alguns minutos atrás.

"Por quê? Por que você quer beber comigo?" Faço contato visual com ela, que encolhe os ombros outra vez.

"Na verdade não quero. Mas estou entediada, e você está aqui fora. Além disso, por alguma razão que eu não entendo, a Lil parece gostar de você." Ela me olha de cima a baixo. "Realmente não entendo, mas ela gosta de você, como *amigo*", Riley diz, enfatizando o máximo possível a palavra "amigo". "Então quero causar uma boa impressão para ela fingindo que estou preocupada com o seu relacionamento fracassado."

"Fracassado?" Eu começo a segui-la pela rua.

"De todas as coisas que eu falei, é com isso que você está preocupado?" Ela sacode a cabeça. "Você é pior que eu."

Ela dá risada, e eu fico em silêncio. A menina irritante me puxa pela manga da camisa outra vez e me arrasta pela rua. Estou ocupado demais com meus pensamentos para impedi-la.

Como ela pode pensar que meu relacionamento é um fracasso se nem me conhece, não conhece a gente?

Nossa relação não é um fracasso.

Sei que não. Eu sempre estrago tudo, mas ela não. Ela vai me salvar. Como sempre faz.

45

TESSA

"Uau, esfriou um bocado aqui fora", Robert comenta quando saímos. O ar gelado me atinge com toda a força, e eu me abraço para tentar me manter aquecida. Ele me olha franzindo a testa. "Queria ter um casaco para oferecer... E queria poder te dar uma carona para casa também, mas eu bebi..." Com um olhar falsamente horrorizado, ele acrescenta: "Acho que não estou muito cavalheiro esta noite."

"Tudo bem, não tem problema", respondo com um sorriso. "Eu estou bêbada, então estou bem aquecida... Isso não faz o menor sentido." Dou uma risadinha e o sigo até a calçada na frente do restaurante. "Mas seria melhor estar usando outro tipo de sapato."

"Quer trocar?", ele brinca.

Dou um empurrão de brincadeira em seu ombro, e ele sorri pela centésima vez essa noite. "Pelo menos os seus parecem ser mais confortáveis que os do Hardin. As botas dele são muito pesadas, e ele sempre deixa na porta de casa, então eu... esquece." Envergonhada com o que acabei de dizer, eu balanço a cabeça e me interrompo.

"Eu sou um cara que curte mais usar tênis", responde Robert, sem parecer incomodado.

"Eu também. Bom, não sou um *cara*." Caio na risada outra vez. Minha cabeça está rodando por causa do vinho, e minha boca parece pronta para dizer qualquer coisa que me venha à mente, por mais sem sentido que seja. "Você sabe para que lado ficam os chalés?"

Ele estende o braço para me ajudar quando eu quase tropeço na calçada. "Que chalés? Tem chalés pela cidade toda."

"Hã, bom, tem uma rua com uma placa, depois uns três ou quatro chalés e mais outra rua..." Tento lembrar do caminho que Ken fez de carro, mas nada na minha mente parece fazer sentido.

"Isso não ajuda muito..." — ele dá uma risadinha — "... mas que tal a gente andar até encontrar o chalé?"

228

"Certo, mas se não encontrarmos em vinte minutos vou para um hotel." Solto um grunhido ao pensar na caminhada e na discussão que com certeza vou ter com Hardin assim que chegar. E, nesse caso, "discussão" significa muito xingamento e gritaria. Principalmente quando ele descobrir que fiquei bebendo com Robert.

De repente eu me viro para olhar para ele enquanto caminhamos na escuridão. "Não é um saco ter sempre alguém dizendo a você o que fazer?"

"Isso não acontece muito comigo, mas deve ser, sim."

"Você tem sorte. Comigo tem sempre alguém me dizendo o que fazer, aonde ir, com quem falar, onde morar." Solto um suspiro e vejo o ar se condensar em uma nuvem de vapor ao sair da minha boca. "Isso me dá nos nervos."

"Posso imaginar."

Fico olhando para as estrelas por um momento. "Eu quero fazer alguma coisa a respeito, mas não sei o quê."

"Talvez a mudança para Seattle ajude."

"Talvez... Mas eu queria fazer alguma coisa agora, tipo fugir ou xingar alguém."

"Xingar alguém?" Ele dá risada e abaixa para amarrar o sapato. Paro de caminhar alguns metros adiante e olho ao redor. Agora que minha mente está a mil, contemplando inúmeras possibilidades de comportamentos imprudentes, não consigo mais parar.

"É, xingar uma pessoa em particular."

"Acho melhor você pegar leve. Sei que xingar alguém é muito louco e tudo mais, mas talvez você possa começar com alguma coisa mais tranquila", ele responde. Demoro um instante para perceber que ele está tirando sarro de mim, mas, quando percebo, também acho graça.

"É sério. Estou com uma vontade de fazer... uma loucura." Eu mordo o lábio superior, refletindo sobre a ideia.

"É o vinho... era bem forte, e você bebeu bem rápido."

Nós caímos na risada de novo, e eu não consigo parar. Só volto ao normal quando vejo uns lampiões pendurados do lado de fora de uma pequena construção.

"Esse é o bar da cidade", Robert avisa, apontando com o queixo.

"Mas é tão pequeno!", eu exclamo.

"Bom, não precisa ser grande, porque a clientela é pequena. Mas é bem divertido. As garçonetes dançam em cima do balcão e tudo."

"Que nem no *Coyote Ugly*?"

Ele escancara ainda mais o sorriso. "É, mas a mulherada aqui tem mais de quarenta e usa um pouco mais de roupa."

Seu sorriso é contagiante, e eu já sei o que vamos fazer a seguir.

46

HARDIN

"Não, você disse uma bebida. Só uma." Reviro os olhos e remexo o gelo do meu copo com o dedo.

"Você que sabe." Ela acena para a mulher do bar e pede mais duas bebidas.

"Eu disse que não vou..."

"Quem disse que é para você?", ela diz com um olhar condescendente. "Às vezes uma garota precisa de uma dose extra."

"Bom, divirta-se. Eu estou indo buscar a Tessa." Eu levanto do banquinho do balcão, mas ela me segura pela camiseta. "Tira a mão de mim."

"Cara, para de ser bundão. Eu disse que vou com você. Só me deixa terminar minhas bebidas. Você já sabe o que dizer para ela ou pretende apelar para a tática do homem das cavernas?"

"Não." Eu volto a sentar. Ainda não pensei no que falar. Não preciso falar nada além de *Vamos embora, caralho*. "O que você diria?", pergunto.

"Bom, para começar..." — ela faz uma pausa para pôr duas notas de cinco sobre o balcão quando as bebidas chegam — "... a Lillian não estaria em um restaurante com outra garota... ou outro cara, sem mim." Ela dá um bom gole em um dos copos e se vira para mim. "Eu já teria colocado fogo na porra do lugar."

Não estou gostando nada desse tom. "Mas para mim você pede para tomar uma bebida antes de ir?"

Ela encolhe os ombros. "Eu não disse que estou certa. Só falei o que eu faria."

"Isso é perda de tempo. Você é uma perda de tempo. Estou caindo fora."

Quando começo a ir em direção à porta, a música country horrenda que estava tocando no bar vai ficando cada vez mais alta e já sei o que vem em seguida. Eu não deveria ter entrado nessa merda de bar. Deveria ter ido logo atrás de Tessa. Os clientes começam a aplaudir e assoviar, e quando me viro vejo duas garçonetes de meia-idade subirem no balcão.

Isso é muito bizarro. É divertido, mas estranho demais.

"Você vai perder o show!", Riley grita.

Quando estou prestes a responder, ouço um barulho atrás de mim e, mais uma vez, sei o que vem em seguida. Ao me virar, minha boca fica seca e meu sangue começa a ferver, porque nesse momento Tessa entra cambaleando no bar. Com *ele*.

Em vez de partir para cima do cara como normalmente faria, volto para o balcão e digo para Riley: "Ela está aqui, com ele. Olha lá".

Riley desvia os olhos das coroas no balcão e se vira. Ela fica de queixo caído. "Cacete, que gata."

Olho feio para ela. "Para. Não olha assim para ela."

"A Lillian falou que ela era bonita, mas, porra, olha só esse peit..."

"Pode parar por aí mesmo." Fico olhando para Tessa. Ela *é* gostosa pra caralho, eu sei, mas o mais importante agora é que está bêbada e toda sorridente enquanto anda por entre as mesas. Ela escolhe uma perto do banheiro para sentar.

"Estou indo lá", digo para Riley. Não sei por que estou dando satisfações para ela, mas parte de mim meio que quer saber o que Riley faria no meu lugar. Sei que Tessa está chateada comigo por causa de um monte de merdas e não quero piorar ainda mais as coisas. Ela nem tem o direito de estar puta comigo, aliás — é ela quem está com um cara que conheceu no jantar, bêbada e dando risada em um bar qualquer. Com ele.

"Por que você não espera um pouco? Fica um tempo observando", Riley sugere.

"Que puta ideia idiota... Por que eu vou ficar olhando enquanto ela está com esse bosta? Ela é minha e..."

Riley me encara com olhos curiosos. "Ela fica brava quando você diz isso?"

"Não. Ela gosta, eu acho." Pelo menos ela me disse que gostava: *Sua, Hardin, sua*, ela murmurou no meu pescoço enquanto eu mexia os quadris, metendo cada vez mais fundo nela.

"A Lil fica muito puta quando falo isso. Acha que está sendo tratada como uma mercadoria ou coisa do tipo", Riley me diz, mas só consigo me concentrar em Tessa. Na maneira como ela segura os cabelos compridos com uma das mãos e joga por cima do ombro. Minha raiva está aumentando, minha irritação está crescendo e minha visão está ficando borrada. Como foi que ela não me viu aqui? Eu sempre sei quando ela chega em algum lugar; é como se o ar no ambiente mudasse e o meu corpo fosse literalmente capaz de sentir a aproximação do corpo dela. Ela está ocupada demais prestando atenção nele, que provavelmente está falando sobre a melhor maneira de servir água em um copo.

Ainda olhando para minha garota, eu respondo: "Bom, a Tessa *é* minha, e não me interessa o que ela acha disso".

"Falou o perfeito babaca", Riley comenta, virando-se para Tessa. "É melhor pegar mais leve. Se ela for como a Lillian, vai ficar de saco cheio, e você vai acabar tendo que encarar um ultimato."

"Quê?" Desvio o olhar de Tessa por um instante, o que para mim é uma tortura.

"A Lillian ficou de saco cheio de mim e me largou. Ela..." — Riley aponta para Tessa com o copo na mão — "... vai fazer a mesma coisa com você se não prestar atenção no que ela quer de vez em quando."

É impressionante como Lillian é mais legal que sua namorada. "Você não sabe nada sobre o nosso relacionamento, então não sabe do que está falando." Olho de novo para Tessa, que está sentada sozinha na mesa mexendo em uma mecha do cabelo e balançando os ombros no ritmo da música. Logo depois, vejo seu amigo garçom do outro lado do balcão, e meus nervos se acalmam um pouco por causa da distância entre os dois.

"Escuta só, cara", diz Riley. "Eu não preciso saber os detalhes, mas estou há quase uma hora aqui com você. Sei que você é um grosso, e ela é carente..." Eu abro a boca para xingar, mas ela simplesmente continua: "A Lillian também é, então não precisa ficar todo nervosinho. Ela é carente, sim, e você sabe disso. Mas sabe qual é a melhor parte de ter uma namorada carente?" Ela abre um sorriso pervertido. "Além do sexo frequente, claro..."

"Fala logo." Reviro os olhos e me viro para Tessa. Seu rosto está vermelho e seus olhos arregalados de divertimento enquanto observa as mulheres terminarem sua dança sobre o balcão. Ela vai me ver a qualquer momento.

"A melhor parte é que elas precisam da gente, mas não da maneira que a gente imagina. Elas precisam de companheirismo às vezes. A Lillian estava sempre tão ocupada tentando me salvar... ou o que quer que ela estivesse fazendo... que às vezes as necessidades dela ficavam em segundo plano. Tipo, eu não lembrava nem do aniversário dela. Não fazia porra nenhuma por ela. Mas *pensava* que fazia, porque estava sempre por perto dizendo eu te amo, mas isso não bastava."

Sinto um desagradável frio na espinha. Fico olhando enquanto Riley termina sua bebida. "Mas vocês ainda estão juntas, não estão?"

"Sim, mas só porque mostrei que ela pode contar comigo, que eu não sou mais aquela vaca que ela conheceu." Riley olha para Tessa, e depois para mim. "Sabe aquele ditado que as meninas idiotas postam na internet o tempo todo? Tipo, 'se você não... se não quiser...' porra. Não lembro, mas basicamente diz para você tratar bem sua namorada, ou ela vai encontrar alguém que faça isso."

"Eu não trato mal a minha namorada." *Pelo menos não o tempo todo.*

Ela solta uma risadinha de quem não acreditou nem um pouco no que eu disse. "Cara, admite de uma vez. Olha, eu não sou nenhuma santa. Ainda não trato a Lillian como ela merece, mas pelo menos eu tenho consciência disso. Você está em um puta estado de negação se acredita que não trata sua namorada que nem lixo... Se você não tratasse, ela não estaria lá com aquele otário, que aliás parece ser o oposto perfeito de você, além de ser bem gato."

Não consigo nem discutir com ela. Ela tem razão, pelo menos na maior parte. Eu não trato Tessa que nem lixo o tempo todo, só quando ela me irrita. Tipo agora.

E hoje mais cedo.

"Ela está olhando para cá", Riley avisa, e sinto meu sangue gelar. Viro a cabeça lentamente na direção de Tessa.

Seus olhos estão vidrados em mim — faiscando —, e juro que consigo ver que estão vermelhos quando se voltam para Riley e depois de novo para mim. Ela não se mexe, nem ao menos pisca. Seu olhar passa de surpreso a selvagem em um instante, e fico impressionado com a expressão assassina com que ela me encara.

"Ela está muito puta." Riley dá risada ao meu lado, e preciso reunir todas as minhas forças para não jogar sua bebida na cara dela.

Em vez disso, resmungo para ela calar a boca, pego a bebida e vou andando na direção de Tessa.

O otário do garçom ainda está no balcão quando chego até ela.

"Uau, nunca pensei que fosse encontrar você aqui, bebendo com outra menina. Que surpresa", ela comenta com um sorriso sarcástico.

"Por que você está aqui?", pergunto, chegando mais perto.

Ela se inclina para trás. "Por que *você* está aqui?"

"Tessa", digo em tom de ameaça, e ela revira os olhos.

"Pode parar, Hardin, hoje não vai funcionar." Ela desce da cadeira e ajeita o vestido.

"Não vira as costas para mim." Minhas palavras soam como uma ordem, mas eu sei que na verdade são uma súplica. Tento segurá-la pelo braço, mas ela não deixa.

"Por que não? É o que você sempre faz comigo." Ela olha feio para Riley outra vez. "Nós dois estamos acompanhados."

Eu balanço a cabeça. "Nada a ver, porra. Aquela é a namorada da Lillian."

Os ombros dela relaxam imediatamente. "Ah." Ela me olha nos olhos, mordendo o lábio inferior.

"Nós precisamos ir embora agora."

"Podem ir."

"Eu e você", esclareço.

"Eu não vou sair daqui, a não ser para ir a algum lugar divertido, mais divertido que aqui, já que você está aqui e você está sempre estragando a minha diversão. Você é tipo a patrulha da diversão." Ela ri da própria piadinha idiota e continua: "É isso mesmo que você é! A patrulha da diversão. Eu devia comprar um distintivo para você poder usar em todo lugar e... sabe como é, estragar a diversão de todo mundo", ela diz e cai na risada.

Puta merda, ela está chapada.

"Quanto você bebeu?", grito para ser ouvido em meio à música alta. Pensei que fossem desligar o som, mas pelo jeito as coroas resolveram fazer um bis.

Ela encolhe os ombros. "Sei lá. Algumas doses, e agora essa." Ela pega o copo da minha mão e, antes que eu possa impedi-la, põe em cima da mesa, se acomodando de novo na cadeira.

"Não bebe mais. Você já está muito louca."

"Que barulho é esse?" Ela leva a mão à orelha. "É a sirene da patrulha da diversão? Uó, uó, uó." Ela faz um beicinho de criança chateada por um instante, depois cai na gargalhada. "Se é para estragar a minha diversão, é melhor você dar o fora." Tessa leva o copo à boca e dá três grandes goles. Ela virou boa parte da bebida em questão de segundos.

"Você vai passar mal", aviso.

"Blá-blá-blá", ela ironiza, balançando a cabeça a cada palavra. Olhando para alguma coisa atrás de mim, ela abre um sorrisinho. "Você já conhece o Robert, né?"

Eu me viro e vejo o idiota parado ao meu lado com um copo em cada mão.

"Que bom ver você de novo", diz Robert, com um meio sorriso. Seus olhos estão vermelhos. Ele está bêbado também.

Ele se aproveitou dela? Eles se beijaram?

Eu respiro fundo. *O pai dele é o xerife. O pai dele é o xerife. O pai dele é o xerife.*

O pai dele é o maldito xerife dessa porra de fim de mundo.

Olho de novo para Tessa e digo por cima do ombro: "Se manda".

Tessa revira os olhos. Tinha esquecido o quanto ela fica corajosa quando bebe. "Nada disso", ela diz, me desafiando, e ele senta em uma cadeira. "Você já não tem companhia?", ela me provoca.

"Não, não tenho. Vamos para casa." Não sei como estou conseguindo me controlar. Se fosse em qualquer outro dia, a cara desse tal Robert já estaria estampada na mesa.

"Aquele chalé não é a minha casa. Nós estamos a horas de distância de casa." Ela termina a bebida que tomou de mim. Depois me lança um olhar que é uma mistura de desprezo, bebedeira e indiferença. "Na verdade, a partir de segunda-feira eu não tenho mais casa, graças a você."

47

TESSA

Hardin respira fundo, tentando se controlar. Dou uma olhada para Robert, que parece meio desconfortável, apesar de nem um pouco intimidado pela presença de Hardin.

"Se você está querendo me irritar, está funcionando", Hardin me fala.

"Não estou, só não quero ir embora." E, bem no momento em que a música acaba, praticamente grito: "Eu só quero beber e me divertir como alguém da minha idade!".

Todo mundo se vira para mim. Não sei o que fazer com tanta atenção, então acabo fazendo um aceno bizarro com a mão. Alguém solta um gritinho de aprovação, e metade do bar levanta o copo em um brinde, e logo em seguida cada um retoma sua conversa. A música volta a tocar, e Robert dá risada. Hardin está fumegando de raiva.

"Está na cara que você já bebeu demais", ele diz, olhando para o copo que Robert me trouxe, agora pela metade.

"Tenho uma notícia para você, Hardin: eu sou adulta", retruco em um tom infantil.

"Porra, Tessa."

"Acho melhor eu ir..." Robert fica de pé.

"Com certeza", responde Hardin, ao mesmo tempo que eu digo: "Não".

Em seguida, olhando ao redor, eu solto um suspiro. Por mais que esteja gostando da companhia de Robert, sei que Hardin vai ficar o tempo todo no nosso pé fazendo comentários grosseiros, ameaças e o que for preciso para ele ir embora. É melhor mesmo ele ir.

"Desculpa. Eu vou embora, assim você pode ficar", digo a Robert.

Ele sacode a cabeça, compreensivo. "Não, não... Não precisa. Já está na minha hora mesmo." Ele leva tudo numa boa, sem perder a cabeça. Sua companhia é revigorante.

"Vou com você até lá fora", eu me ofereço. Não sei se vamos nos ver de novo algum dia, e ele foi muito legal comigo hoje.

"Não vai, não", Hardin se intromete, mas eu o ignoro e sigo Robert até a porta do bar. Quando olho de novo para a mesa, Hardin está apoiando contra ela com os olhos fechados. Espero que esteja respirando bem fundo, porque não estou a fim de aturar as palhaçadas dele hoje à noite.

Quando saímos, eu me viro para Robert. "Me desculpa. Eu não sabia que ele estava aqui. Só queria me divertir."

Robert sorri e dobra um pouco os joelhos para me olhar nos olhos. "Lembra que eu falei que não precisa ficar pedindo desculpas o tempo todo?" Ele enfia a mão no bolso e pega um papel e uma caneta. "Não vou ficar esperando nem nada, mas se algum dia estiver sozinha e entediada em Seattle, me liga. Ou não. Você que sabe." Ele anota alguma coisa e me entrega o papel.

"Tá bom." Não quero fazer nenhuma promessa que não sou capaz de cumprir, então simplesmente abro um sorriso e enfio o papel no decote do vestido. "Desculpa!", eu grito ao perceber que estou praticamente me acariciando na frente dele.

"Para de pedir desculpas!" Ele dá risada. "E principalmente não por *isso*!" Ele olha para a entrada do bar, depois para a escuridão da noite. "Bom, eu preciso ir. Foi legal conhecer você. Quem sabe a gente ainda não se vê de novo?"

Eu sorrio e balanço a cabeça, e ele sai andando pela calçada.

"Está frio aqui fora", Hardin diz atrás de mim, me dando um baita susto.

Solto uma bufada e volto para o bar. A mesa em que eu estava agora está ocupada por um careca com um copo de cerveja enorme. Pego minha bolsa na cadeira ao seu lado, e ele me olha sem nenhuma expressão no rosto. Ou melhor, olha para o meu decote.

Hardin está atrás de mim. De novo. "Por favor, vamos embora."

Eu vou para o balcão. "Que tal um pouco de distância? Não quero ficar perto de você agora. Você me disse umas coisas bem escrotas", eu lembro.

"Você sabe que nada daquilo era verdade", ele responde, se defendendo e tentando fazer contato visual comigo. Eu não vou cair nessa.

"Isso não significa que você pode falar o que quiser." Olho de novo para a menina — a namorada de Lillian — que está nos observando do balcão. "Não quero falar sobre isso agora. Eu estava me divertindo, e não vou deixar você estragar minha noite."

Hardin entra na minha frente. "Então você não me quer aqui?" Seus olhos verdes exalam mágoa e algo em sua profundidade me faz voltar atrás no que falei.

"Não foi isso que eu disse, mas, se você for falar que não me ama ou que só me usa para fazer sexo, então é melhor ir embora. Ou então vou eu." Estou fazendo de tudo para manter meu estado de espírito brincalhão, tentando não deixar a dor e a frustração tomarem conta.

"Foi você que começou, vindo aqui com ele, e ainda por cima bêbada...", ele responde.

Solto um suspiro. "Vai começar." Hardin é especialista em dois pesos e duas medidas. E sua nova amiga está vindo na nossa direção agora.

"Gente do céu, será que dá para vocês pararem? Nós estamos em um lugar público." A bela garota com quem Hardin estava sentado nos interrompe.

"Agora não", Hardin diz.

"Vamos lá, obsessão do Hardin. Vem sentar comigo no balcão", ela me diz, ignorando o comentário dele.

Sentar no fundo do bar e beber alguma coisa trazida por outra pessoa é uma coisa, sentar no balcão e pedir minha própria bebida é outra completamente diferente. "Eu sou menor de idade", explico a ela.

"Ah, fala sério. Com esse vestido, você consegue quantas bebidas quiser." Ela olha para o meu decote, e eu ajeito meu vestido.

"Se eu for colocada para fora, a culpa é sua", digo para ela, que joga a cabeça para trás e cai na risada.

"Eu pago a sua fiança." Ela dá uma piscadinha, e Hardin fica todo tenso ao meu lado. Ele está olhando feio para ela, mas não consigo segurar o riso. Ele tentou me deixar com ciúmes com suas gracinhas com Lillian a noite toda, e agora está com ciúmes porque a namorada dela piscou para mim.

Todo esse troca-troca infantil — ele tem ciúme, eu tenho ciúme, a

239

coroa do bar tem ciúme, todo mundo tem ciúme — é bem irritante. Um pouco divertido, principalmente agora, mas ainda assim irritante.

"Meu nome é Riley, aliás." Ela senta na ponta do balcão. "Com certeza o seu namorado grosseirão não ia nem apresentar a gente."

Olho para Hardin, esperando ele dar alguma resposta atravessada, mas ele só revira os olhos, o que é bem comedido em se tratando dele. Ele tenta sentar no banquinho entre nós duas, mas eu o seguro pelo braço e me sento primeiro. Sei que não deveria tocar nele, mas quero sentar aqui e curtir a última noite das minhas miniférias frustradas. Hardin espantou meu novo amigo, e Landon já deve estar dormindo a essa hora. Minha outra opção seria ficar sentada sozinha no quarto lá no chalé. Aqui parece bem melhor.

"O que vocês vão querer?", uma garçonete de cabelos ruivos e jaqueta jeans me pergunta.

"Vamos querer três doses de uísque com gelo", Riley responde por mim.

A mulher me encara por alguns segundos, e sinto meu coração disparar. "É pra já", ela diz por fim, pegando três copos no balcão e pondo diante de nós.

"Eu não ia beber. Só tomei uma dose antes de você chegar", Hardin se inclina e fala no meu ouvido.

"Você que sabe. Eu vou beber", respondo sem olhar para ele. Ainda assim, fico torcendo para que ele não fique muito bêbado. Nunca sei como ele vai agir quando bebe.

"Estou vendo", ele diz, me repreendendo.

Olho para ele com desprezo, mas acabo admirando sua boca sem querer. Às vezes fico só observando o movimento de seus lábios quando ele fala. É um dos meus passatempos favoritos.

Talvez percebendo que minha expressão se suavizou, ele pergunta: "Ainda está chateada comigo?".

"Sim, muito."

"Então por que está agindo como se não estivesse?" Seus lábios se movem ainda mais lentamente. Preciso descobrir o nome daquele vinho. Era muito bom.

"Eu já disse, quero me divertir", repito. "E *você*, está bravo comigo?"

"Eu sempre estou", ele responde.

Dou uma risadinha. "Pior que é verdade."

"O que você disse?"

"Nada." Dou um sorrisinho inocente enquanto ele passa a mão na nuca, apertando o ombro entre o polegar e o indicador.

Um copo de líquido marrom é colocado na minha frente segundos depois, e Riley ergue seu copo diante de mim e de Hardin. "Um brinde aos relacionamentos disfuncionais e quase psicóticos." Ela sorri e joga a cabeça para trás para beber.

Hardin faz o mesmo.

Eu respiro fundo antes de sentir a queimação gelada do uísque descer pela minha garganta.

"Mais um!", Riley grita, colocando outra dose diante de mim.

"Não sei se aguento", digo, enrolando a língua. "Nunca b-bebi tanto assim na vida, nunca mesmo."

O uísque definitivamente subiu para minha cabeça, montou acampamento e não parece disposto a ir embora tão cedo. Hardin já bebeu cinco doses, eu perdi as contas depois da terceira e Riley deveria estar caída no chão em coma alcoólico.

"Acho esse uísque gostoso", comento, enfiando a língua no copo gelado.

Hardin dá risada ao meu lado, e apoio a cabeça em seu ombro e ponho a mão em sua coxa. Seus olhos imediatamente se voltam para a minha mão, e eu a recolho bem rápido. Não posso agir como se nada tivesse acontecido — sei disso, mas é mais fácil falar do que fazer, principalmente quando não consigo nem pensar direito, e Hardin está todo gato com essa camisa social. Posso lidar com nossos problemas amanhã.

"Viram, vocês só precisavam de um pouco de uísque para relaxar." Riley bate com o copo vazio no balcão, e eu dou uma risadinha. "Que foi?", ela pergunta.

"Você e o Hardin são iguaizinhos." Cubro a boca para abafar minhas risadinhas irritantes.

"Somos nada", Hardin responde, falando mais devagar, como sempre faz quando está bêbado. Riley também.

"São sim! Parece um espelho." Eu dou risada. "A Lillian sabe que você está aqui?", pergunto a ela, inclinando a cabeça.

"Não. Ela já está dormindo como uma pedra." Riley passa a língua nos lábios. "Mas com certeza vai acordar quando eu chegar."

O volume da música aumenta de novo, e vejo a mulher de cabelos ruivos subir no balcão pela quarta vez essa noite.

"De novo?" Hardin torce o nariz, e eu dou risada.

"É engraçado." Neste momento, estou achando tudo engraçado.

"É um saco, e fica me interrompendo a cada meia hora", ele resmunga.

"Você devia subir lá", diz Riley, me dando um cutucão.

"Lá onde?"

"No balcão, para dançar um pouco."

Balanço a cabeça e dou risada, toda vermelha. "Sem chance!"

"Qual é... você fica aí falando sobre ser jovem e querer se divertir, não para de tagarelar sobre isso. Agora é a sua chance. Vai dançar no balcão."

"Eu não sei dançar." É verdade. Tirando música lenta, eu só dancei uma vez, em uma balada em Seattle.

"Ninguém vai perceber... está todo mundo mais chapado que você." Ela ergue as sobrancelhas, me desafiando.

"Nem fodendo", diz Hardin.

Em meio à confusão do álcool, só consigo me lembrar de uma coisa: de jeito nenhum vou deixar que ele diga o que eu posso ou não posso fazer.

Sem dizer uma palavra, me abaixo para soltar as tiras dos sapatos tremendamente desconfortáveis e os deixo cair no chão.

Hardin arregala os olhos quando subo no banquinho, depois no balcão. "O que você está fazendo?" Ele fica de pé e olha para trás quando os poucos clientes que ainda restam no bar começam a gritar. "Tess..."

A música fica mais alta, e a mulher que estava servindo nossas bebidas abre um sorrisinho malicioso e segura minha mão. "Você conhece alguma coreografia, querida?", ela grita.

Faço que não com a cabeça, me sentindo insegura.

"Eu ensino para você", ela diz.

Que diabos eu estava pensando? Só queria dar uma lição em Hardin, e agora estou em cima do balcão para aprender uma dança que nem sei qual é. Nem sei exatamente o que é uma coreografia. Se soubesse que ia acabar aqui em cima, teria me planejado melhor e prestado mais atenção nessas mulheres quando estavam dançando antes.

48

HARDIN

Riley está olhando para Tessa, que está de pé em cima do balcão. "Cacete, não pensei que ela fosse fazer isso de verdade!", ela grita.

Nem eu, mas, pensando bem, ela está fazendo de tudo para me irritar desde o início da noite.

Riley se vira para mim com o divertimento estampado no rosto. "Ela é mesmo bem maluquinha."

"Não... não é nada", discordo, falando baixinho. Tessa parece apavorada, claramente arrependida de sua decisão impulsiva. "Vou ajudá-la a descer." Quando estendo minha mão, Riley dá um tapa nela.

"Deixa ela, cara."

Olho para Tessa de novo. A mulher que serviu nossas bebidas está falando com ela, mas não consigo entender o que ela está dizendo. Ela dançar em cima do balcão com esse vestido curto seria um puta absurdo. Se eu me inclinar mais para a frente, consigo ver por baixo do vestido, assim como todo mundo que está sentado no balcão. Riley já deve até ter dado uma espiada. Olho para os dois lados do balcão, mas nenhum dos caras sebosos sentados na outra ponta está de olho nela. Ainda.

Tessa fica observando a mulher ao seu lado, com as sobrancelhas franzidas em uma expressão concentrada — exatamente o oposto de sua súbita decisão de ser "maluquinha". Ela segue os movimentos da coroa e estende uma das pernas, depois a outra, fazendo em seguida um movimento com os quadris.

"Senta aí e curte o show", Riley diz ao meu lado, passando para mim um dos copos que pediu a mais.

Estou bêbado — completamente —, mas minha mente registra claramente quando Tessa começa a se mover, e se mover para valer. Ela põe as mãos na cintura e enfim abre um sorriso, sem se preocupar se está atraindo a atenção de quase todo mundo no bar. Nossos olhares se encontram, e ela quase se perde na dança antes de se recompor e concentrar seu olhar no fundo do bar.

"Que delícia, hein?" Riley sorri ao meu lado, levando o copo à boca.

Sim, claro, ver Tessa dançando em cima do balcão é incrível, mas também algo inesperado e enlouquecedor. A primeira coisa que me vem à cabeça é: *Porra, isso é um tesão*. A segunda é que eu não deveria estar admirando enquanto ela dança, e sim puto com sua necessidade incessante de me desafiar. Mas não estou conseguido pensar direito por causa da primeira coisa e do fato de ela estar dançando bem na minha frente.

A maneira como o vestido sobe e desce por suas coxas, a maneira como ela segura os cabelos com uma das mãos enquanto ri e tenta acompanhar os passos da mulher ao seu lado... Eu adoro vê-la assim, tão despreocupada. Não é sempre que eu a vejo rindo desse jeito. Uma fina camada de suor cobre seu corpo, fazendo-a brilhar sob a luz. Eu me remexo desconfortavelmente e puxo a camisa ridícula que estou usando um pouco para baixo.

"Ô-ou", diz Riley.

"Que foi?" Saio do meu transe e sigo seus olhos até o outro lado do balcão. Os dois sujeitos na outra ponta estão vidrados em Tessa, com os olhos arregalados, quase saltando da cara assim como meu pau está quase saindo para fora da calça.

Olho de novo para Tessa, e seu vestido está perigosamente alto em suas coxas. A cada vez que ela estica a perna, ele sobe mais um pouco.

Chega.

"Calma aí, nervosinho", diz Riley. "A música já está acabando..."

Ela ergue a mão e faz um aceno enquanto a música termina.

49

TESSA

Hardin estende a mão para me ajudar a descer, o que me pega de surpresa. Pelas caretas que ele estava fazendo enquanto eu dançava, pensei que a esta altura ele estaria aos berros. Ou pior: que ele subisse no balcão e me arrancasse de lá, depois começasse a brigar com todos os clientes do bar.

"Viu? Ninguém nem reparou que você dança mal pra caralho!" Riley cai na risada, e eu sento sobre o balcão gelado.

"Foi muito divertido!", eu grito, e mais uma vez a música para. Dou risada e pulo para o chão me apoiando em Hardin, que me envolve com o braço até eu me equilibrar e não precisar mais da sua ajuda.

"Você deveria subir lá da próxima vez!", falo no ouvido de Hardin, que sacode a cabeça.

"Não", ele responde secamente.

"Não faz beicinho, não é nada bonito." Estendo a mão e toco seus lábios. Mas a verdade é que é bonito, sim, ver seu lábio inferior se projetar para a frente. Seus olhos brilham com o meu toque, e meu pulso se acelera. Estou sob o efeito da adrenalina de dançar em cima do balcão do bar, algo que nunca pensei que fosse fazer na vida. Foi legal, mas sei que nunca mais vou repetir essa experiência. Hardin senta no banquinho, e eu fico de pé entre ele e Riley.

"Você adora." Ele sorri, com meus dedos ainda em seus lábios.

"Sua boca?", pergunto.

Ele sacode a cabeça. Seu tom é brincalhão e sério ao mesmo tempo, e isso é inebriante, ele é inebriante, e eu já estou embriagada. Isso pode ser interessante.

"Não, me tirar do sério. Você adora me tirar do sério", ele fala com um tom seco.

"Não. Você é que se irrita com qualquer coisa."

"Você estava dançando em cima do balcão de um bar na frente de um monte de gente." Seu rosto está a poucos centímetros do meu, e seu hálito é uma mistura de menta e uísque. "Claro que eu ia me irritar, Tessa. Sorte sua que não tirei você de lá, coloquei você no meu ombro e levei você daqui à força."

"No seu ombro, e não no seu colo?", provoco, olhando em seus olhos, o que o desarma.

"Q-quê?", ele gagueja.

Eu dou risada antes de me virar para Riley. "Não acredita nisso, não, ele adorou", ela murmura para mim, e eu balanço a cabeça. Sinto um frio na barriga ao pensar em Hardin me observando, mas minha mente tenta sufocar esses pensamentos obscenos. Eu deveria estar louca de raiva, ignorando Hardin ou gritando com ele por ter sabotado minha ida para Seattle, de novo, e por ter dito as coisas que disse, mas é quase impossível ficar com raiva bêbada do jeito que estou.

Eu me permito fingir que nada disso aconteceu, pelo menos por enquanto, e imaginar que Hardin e eu somos um casal normal que saiu para beber com uma amiga. Nada de mentiras, nada de brigas dramáticas, só diversão e danças em cima do balcão.

"Ainda não acredito que fiz aquilo!", digo para os dois.

"Eu também não", resmunga Hardin.

"Mas não vou fazer de novo, de jeito nenhum." Passo a mão na testa. Estou suada, e está quente dentro do bar. O ar está carregado, e eu preciso respirar.

"Que foi?", ele pergunta.

"Nada. Estou com calor." Começo a me abanar com a mão, e ele balança a cabeça.

"Vamos embora, então, antes que você desmaie."

"Não, eu quero ficar. Estou tão me divertindo. Quer dizer, estou tão divertida..."

"Você não está conseguindo nem falar direito."

"E daí? Talvez eu não queira falar direito. Trata de relaxar, ou então vai embora."

"Você...", ele começa, mas eu cubro sua boca com a mão.

"Quieto... pelo menos uma vez, fica quieto. Vamos nos divertir." Ponho a outra mão em sua coxa e dou um apertão.

"Tudo bem", ele diz.

Eu tiro a mão de sua boca, mas ainda a mantenho levantada, para cobri-la de novo se for preciso.

"Nada de dançar em cima do balcão", ele começa a negociar.

"Tudo bem. Sem beicinho e sem cara feia", eu rebato.

Ele sorri. "Tudo bem."

"Para de falar 'tudo bem'." Eu reprimo um risinho.

Ele faz que sim com a cabeça. "Tudo bem."

"Você é bem irritantezinho."

"Irritantezinho? O que o seu professor de literatura diria desse tipo de linguagem?" Os olhos verdes de Hardin brilham de divertimento, apesar de manchados pelo vermelho da bebida.

"Você é engraçado às vezes." Eu me inclino em sua direção.

Ele me enlaça pela cintura e me puxa para o meio de suas pernas. "Às vezes?" Ele beija meu cabelo, e eu relaxo em seu abraço.

"É, às vezes."

Ele dá uma risadinha, mas não me larga. E acho que eu não quero que ele me largue. Deveria querer, mas não quero. Ele está bêbado e brincalhão, e o álcool no meu organismo me faz perder todo o juízo... como sempre.

"Olhem só vocês dois juntinhos." Riley junta os dedos das mãos como se estivesse nos fotografando.

"Ela é muito irritante", resmunga Hardin.

"Vocês são iguais." Eu dou risada, e ele sacode a cabeça.

"Última chamada!", minha nova amiga avisa de trás do balcão. Na última hora descobri que seu nome é Cami, que ela tem quase cinquenta anos e virou avó em dezembro. Ela me mostrou algumas fotos, como toda avó faz, e eu disse que o bebê é uma gracinha. Hardin mal olhou para as fotos. Em vez disso, começou a murmurar alguma coisa sobre duendes, e eu arranquei as fotos da mão dele antes que Cami ouvisse alguma coisa.

Estou oscilando de um lado para o outro. "Só mais uma e por mim chega."

248

"Não sei como você ainda não está desmaiada!", Riley exclama, claramente admirada.

Eu sei: Hardin tira o copo da minha mão depois de eu beber só metade, e termina de virar tudo ele mesmo.

"Você bebeu mais que todo mundo, provavelmente mais que ele", digo enrolando a língua e aponto para um homem literalmente desmaiado sobre o balcão. "Queria que Lillian estivesse aqui", comento, e Hardin torce o nariz.

"Pensei que você não tivesse ido com a cara dela", ele comenta, e Riley se vira para mim.

"Não é nada disso", eu corrijo. "Não gostei de ver você cheio de gracinhas pra cima dela só para me deixar com ciúmes."

Riley fica tensa, e dá uma encarada em Hardin. "Quê?"

Merda.

"Pode explicar essa história direitinho, amiga", ela insiste.

Estou bêbada, encurralada e não faço ideia do que dizer. Mas não quero deixar Riley com raiva, disso tenho certeza.

"Não foi nada", Hardin diz erguendo uma das mãos. "Eu é que fui um babaca e não contei para Tessa que ela é gay. Você já sabe disso."

Os ombros dela relaxam. "Ah, tudo bem, então."

Puxa, eles dois são iguaizinhos.

"Pois é, não aconteceu nada, então fica fria", Hardin complementa.

"Estou fria, pode acreditar", ela responde e chega com seu banquinho para mais perto do meu. "Um pouco de ciúme não faz mal a ninguém, certo?" Riley me encara com um brilho nos olhos em meio à bebedeira. "Você já beijou uma garota, Tessa?"

Sinto um frio na espinha e solto um suspiro de susto. "Quê?"

"Riley, que porra...", Hardin começa, mas ela o interrompe.

"Só estou perguntando. Você já beijou alguma garota?"

"Não."

"Já pensou a respeito?"

Bêbada ou não, esse tipo de coisa sempre me deixa sem jeito. "Eu..."

"Ficar com garotas é muito melhor, sinceramente. Elas são mais suaves." Ela passa a mão pelo meu braço. "E sabem exatamente o que você quer."

Hardin estende o braço e afasta a mão dela da minha pele. "Chega", ele resmunga, e eu afasto meu braço.

Riley cai na gargalhada. "Desculpa! Desculpa! Não deu para resistir. A culpa foi *dele*." Ela aponta com o queixo para Hardin enquanto morre de rir depois o encara com um sorriso no rosto. "Eu avisei para você não me provocar."

Solto um suspiro de alívio ao perceber que ela só estava querendo irritar Hardin. Dou uma risadinha, e Hardin parece perplexo, irritado e... talvez um pouco excitado?

"Você vai pagar pelas bebidas, já que está sendo tão babaca", Hardin diz, colocando a conta na frente dela.

Riley revira os olhos, enfia a mão no bolso e põe um cartão em cima da conta. Cami passa o cartão sem perder tempo e vai acordar o sujeito apagado do outro lado do balcão.

Quando chegamos à porta, Riley comenta: "Bom, nós fechamos o bar... A Lil vai ficar *puta*".

Hardin segura a porta para eu sair e quase fecha na cara dela, mas eu estendo o braço para impedir e olho feio para ele, que dá risada e encolhe os ombros como se não tivesse feito nada de errado. Não consigo conter um sorriso. Ele é um cretino, mas é o meu cretino.

Ou não é?

Nada é garantido, mas com certeza não quero pensar nisso enquanto voltamos andando para o chalé às duas da manhã.

"Será que ela ainda está dormindo?", pergunto a Riley.

"Tomara."

Espero que todo mundo no nosso chalé também esteja dormindo. A última coisa que quero é dar de cara com Ken ou Karen quando entrar cambaleando pela porta.

"Quê? Você tem medo de levar bronca?", Hardin pergunta.

"Não... quer dizer, sim. Não quero que ela fique chateada. Já estou a perigo."

"Por quê?", pergunto, toda intrometida.

"Não importa", diz Hardin, deixando Riley perdida em seus pensamentos.

Ficamos em silêncio o resto do caminho. Me distraio contando meus passos e dou risada quando lembro da experiência de dançar em cima do balcão.

Quando chegamos ao chalé de Max, Riley parece hesitante ao se despedir. "Foi... foi legal conhecer você", ela diz. Não consigo deixar de rir ao ver a careta que ela faz, como se tivesse sido um sacrifício falar aquelas palavras.

Eu dou um sorriso. "Foi legal conhecer você também. Foi divertido." Por um momento, chego a pensar em dar um abraço nela, mas seria forçar a barra, e acho que Hardin não ia gostar nem um pouco.

"Tchau", Hardin diz simplesmente, sem deter o passo.

Quando estamos quase no chalé percebo o quanto estou cansada. Ainda bem que falta pouco para chegarmos. Meus pés estão doendo, e o tecido desconfortável do vestido está pinicando minha pele.

"Meus pés estão doendo", reclamo.

"Vem cá, eu carrego você", Hardin se oferece.

Como é? Eu dou risada.

Ele abre um sorriso inseguro. "Por que está me olhando assim?"

"Você está se oferecendo para me carregar."

"E daí?"

"Nada, é que isso não é nem um pouco a sua cara." Eu encolho os ombros, e ele chega mais perto de mim, passa os braços sob minhas pernas e me pega no colo.

"Eu faria qualquer coisa por você, Tessa. Não deveria ser surpresa eu te carregar até a maldita porta."

Não falo nada, só dou risada. Sem parar. Meu corpo é dominado pelas gargalhadas. Cubro minha boca para tentar suprimi-las, mas não consigo.

"Por que você está rindo?" Sua expressão é séria, impassível e ameaçadora.

"Não sei... isso foi engraçado", respondo.

Quando chegamos à varanda, ele me ajeita um pouco mais para o lado para poder abrir a porta. "Eu dizer que faria qualquer coisa por você é engraçado?"

"Você faria qualquer coisa por mim... menos mudar para Seattle, casar comigo e ter filhos?" Apesar de eu estar bêbada, ainda sou capaz de ver a ironia da situação.

"Não começa. Nós estamos bêbados demais para ter essa conversa agora."

"Ahhhh", rebato de forma imatura, embora saiba que ele está certo.

Hardin sacode a cabeça e sobe a escada. Eu me seguro em seu pescoço, e ele sorri para mim, apesar de parecer irritado.

"Não me solta", eu murmuro e ele me desliza um pouco mais para baixo. Eu me viro e envolvo sua cintura com as pernas, soltando um gemidinho ao sentir seu corpo junto ao meu.

"Shh. Se eu fosse soltar você", ele ameaça, "teria sido lá de cima."

Faço meu melhor para parecer horrorizada. Um sorriso malicioso aparece em seu rosto, e eu mostro a língua para ele, tocando a ponta de seu nariz.

Culpa do uísque.

No fim do corredor, uma luz se acende, e Hardin aperta o passo na direção do quarto em que estamos dormindo. "Você acordou os dois", ele diz ao me colocar na cama. Eu me inclino para a frente para tirar os sapatos, esfregando os tornozelos doloridos e largando os calçados monstruosos no chão.

"Culpa sua", eu digo ao passar por ele e abro a gaveta da cômoda para pegar algo confortável para dormir. "Esse vestido está me matando", resmungo, tentando abrir o zíper nas costas. Seria bem mais fácil fazer isso sóbria.

"Deixa comigo." Hardin se posiciona atrás de mim e afasta minha mão. "Que diabo é isso?"

"O quê?"

Ele passa os dedos pela minha pele, me deixando toda arrepiada. "Sua pele está vermelha. Esse vestido deixou você toda marcada." Ele põe o dedo em um ponto logo abaixo do meu ombro e empurra o tecido para baixo até o vestido cair no chão.

"Estava bem desconfortável."

"Dá para ver." Ele fica de frente para mim, com o desejo estampado nos olhos. "Só eu posso deixar você marcada."

Eu engulo em seco. Ele está bêbado, brincalhão, e seus olhos revelam tudo o que está pensando.

"Vem cá." Ele dá um passo na minha direção, eliminando a pequena distância entre nós. Está completamente vestido, enquanto eu estou só de calcinha e sutiã.

Eu balanço a cabeça. "Não..." Sei que tenho alguma coisa para dizer para ele, mas não consigo lembrar o que é. Não consigo lembrar nem o meu nome quando ele me olha assim.

"Sim", ele rebate, e eu dou um passo atrás.

"Eu não vou transar com você."

Ele me segura pelo braço e leva a outra mão aos meus cabelos, puxando-os de leve e me obrigando a encará-lo. Sinto sua respiração sobre meu rosto, e seus lábios estão a poucos centímetros dos meus. "E por que não?", ele pergunta.

"Porque..." Enquanto minha mente procura uma resposta, meu subconsciente implora para o restante das minhas roupas serem arrancadas. "Estou chateada com você."

"E daí? Eu também estou chateado com você." Seus lábios roçam minha pele, percorrendo o contorno do meu queixo. Meus joelhos enfraquecem, e meus pensamentos ficam enevoados.

Eu enrugo a testa e pergunto: "Chateado por quê? Eu não fiz nada". Sinto um frio no estômago quando sua mão desliza para a lateral da minha cintura, me apertando de leve.

"O seu showzinho no bar foi suficiente para me mandar para o hospício, sem contar que você resolveu desfilar pela cidade com aquele babaca daquele garçom. Você me desrespeitou na frente de todo mundo ficando com ele." Seu tom de voz é ameaçador, mas seus lábios são suaves enquanto deslizam pelo meu pescoço. "Eu te quero muito, estava morrendo de tesão por você naquele bar de merda. Depois de te ver dançar daquele jeito, só queria que a gente fosse para o banheiro para eu poder te comer encostada na parede." Ele se encosta em mim, e sinto o quanto seu pau está duro.

Por mais que eu também queira, não posso permitir que ele ponha a culpa de tudo em mim.

"Você...", eu fecho os olhos, me concentrando na sensação de suas mãos e seus lábios em mim. "Foi você..." Não consigo formar um pensamento coerente, muito menos uma frase. "Para."

Seguro suas mãos para ele parar de me acariciar.

Os olhos dele brilham, e ele deixa as mãos caírem junto do corpo. "Você não me quer?"

"Claro que quero, eu sempre quero. Mas é que... eu deveria estar brava."

"Fica brava amanhã", ele diz com seu sorriso diabólico.

"Eu sempre faço isso, preciso..."

"Shh..." Ele cala minha boca com um beijo ardente. Meus lábios se abrem, e ele tira vantagem disso, agarrando meu cabelo de novo, enfiando a língua na minha boca e apertando meu corpo contra o dele o máximo possível.

"Me pega", ele pede, segurando minhas mãos. Não precisa nem pedir duas vezes. Eu quero tocá-lo, e ele precisa do meu toque. É assim que nós resolvemos as coisas e, apesar de não ser nada saudável, não é isso que parece quando ele está me beijando desse jeito e pedindo para ser tocado.

Eu me complico com os botões de sua camisa, e ele solta um grunhido impaciente, puxando a camisa com as duas mãos e arrancando os botões.

"Eu gostei dessa camisa", digo com a boca colada à sua, e ele sorri.

"Eu odiei."

Arranco a camisa de seus ombros e a deixo cair no chão. Sua língua passeia lentamente pela minha boca, e estou me derretendo toda em seus braços e em seu beijo sedento e ao mesmo tempo inacreditavelmente carinhoso. Sinto toda a raiva e a frustração em seus lábios, mas ele faz de tudo para esconder. Está sempre escondendo alguma coisa.

"Eu sei que você vai me abandonar em breve", ele diz, passando a língua no meu pescoço de novo.

"Quê?" Eu me afasto um pouco, surpresa com suas palavras, e confusa também.

Meu coração está doendo por ele, e a bebida me torna ainda mais sensível a seus sentimentos. Sou apaixonada por ele, muito. Mas ele faz eu me sentir tão fraca, tão vulnerável. Quando permito a mim mesma acreditar que ele está preocupado, triste ou chateado com o que quer que seja, é como se todos os meus sentimentos ficassem em segundo plano, e só consigo me concentrar nele.

"Eu te amo tanto", ele murmura, passando o polegar pelos meus lábios. Seu peito nu é uma visão do paraíso em contraste com o jeans escuro, e sei que estou completamente dominada por ele.

"Hardin, o que..."

"Depois a gente conversa. Quero sentir você." Ele me leva para a cama, e tento ignorar meus pensamentos, que gritam para eu fazê-lo parar, para não ceder. Mas não consigo. Não sou forte o suficiente para me segurar quando suas mãos ásperas sobem pelas minhas coxas, afastando-as de leve, e ele me provoca passando o dedo indicador por cima da calcinha.

"Camisinha", digo ofegante, e seus olhos vermelhos encontram os meus.

"E se a gente não usar? E se eu gozar dentro de você, não seria..."

Mas ele se interrompe, e fico aliviada. Acho que não estou preparada para o que ele ia dizer. Ele se levanta, fica de pé, e vai até a mala que está no chão. Eu me deito, olhando para o teto, tentando me livrar dos meus pensamentos embriagados. *Eu preciso mesmo ir para Seattle? Seattle é importante o suficiente para me fazer perder Hardin?* A dor que atravessa o meu corpo quando penso nisso é quase insuportável.

"Está de brincadeira comigo, porra?", ele diz do outro lado do quarto.

Quando eu me sento, vejo que ele está olhando para um pedaço de papel em sua mão.

"Que porra é essa?", ele pergunta, me encarando.

"O quê?" Olho para o chão: meu vestido está caído no piso escuro de madeira junto com meus sapatos. A princípio fico meio confusa, mas então vejo meu sutiã caído no chão. *Merda.* Levanto de um pulo e tento arrancar o papel da mão dele.

"Nem tenta dar uma de idiota... Você pegou a *porra do telefone* dele?" Ele está de queixo caído, segurando o papel acima da cabeça para me impedir de pegá-lo.

"Não é nada disso, eu estava brava e ele..."

"O caralho!", ele grita.

Lá vamos nós. Eu conheço esse olhar. Ainda lembro da primeira vez que o vi em seu rosto. Ele estava derrubando uma cristaleira na casa de seu pai a primeira vez que vi suas feições contorcidas dessa maneira.

"Hardin..."

"Vai em frente, pode ligar para ele. Pode dar para ele... porque eu com certeza não vou querer comer você."

"Não exagera", eu peço. Estou bêbada demais para entrar nessa gritaria com ele.

"*Não exagera?* Acabei de encontrar o telefone de outro cara dentro do seu vestido", ele diz entre os dentes cerrados.

"Você não é nenhum santinho também", comento enquanto ele caminha de um lado para o outro. "Se vai gritar comigo, poupe sua saliva. Já estou cansada de brigar com você todo santo dia", digo com um suspiro.

Ele aponta para mim, furioso. "É você que faz isso! Está sempre me deixando louco. Eu sou assim por culpa sua, e você sabe!"

"Não! Não é nada disso." Eu me esforço para manter minha voz sob controle. "Você não pode me culpar por tudo. Nós dois cometemos erros."

"Não, *você* comete erros. Uma tonelada de erros, e eu estou de saco cheio." Ele puxa os próprios cabelos. "Você acha que eu quero ser assim? Não, porra! É você que faz isso comigo!"

Eu fico em silêncio.

"Vai em frente, pode chorar", ele diz, me ironizando.

"Eu não vou chorar."

Ele arregala os olhos. "Ora, ora, que surpresa." Ele começa a aplaudir da maneira mais degradante possível.

Eu dou risada, o que o faz parar.

"Por que você está rindo?" Ele me encara por um instante. "Me responde."

Eu balanço a cabeça. "Você é doente. Tipo, totalmente perturbado."

"E você é uma vadia egoísta. Grande novidade", ele esbraveja, e minha risada cessa na hora.

Levanto da cama sem dizer uma palavra, sem derramar uma lágrima, e pego na gaveta da cômoda uma camiseta e um short, que visto rapidamente enquanto ele me observa.

"Aonde você pensa que vai?", ele pergunta.

"Me deixa em paz."

"Não, vem cá." Ele me segura, e sinto uma vontade quase incontrolável de dar um tapa na cara dele, mas sei que ele vai conseguir se esquivar.

"Não, me larga!" Eu me desvencilho dele. "Chega. Chega desse vai-vém. Estou cansada, exausta, e não quero mais isso para mim. Você não me ama — você quer ser meu dono, e isso não vai acontecer." Olho bem no fundo de seus olhos verdes brilhantes e digo: "Você é doente, Hardin, e eu não tenho a cura para o seu problema".

Sua cara de raiva se desfaz quando ele se dá conta do que fez comigo, e com ele mesmo. Hardin fica parado diante de mim sem demonstrar nenhuma emoção. Seus ombros desabam, seus olhos perdem o brilho e uma expressão vazia se instala em seu rosto. Não tenho mais nada para dizer, e ele não tem mais nada para destruir dentro de mim ou dele mesmo. Pela maneira como fica pálido, vejo que enfim ele caiu na real.

50

TESSA

Landon abre a porta, esfregando os olhos. Está usando apenas uma calça xadrez, sem camisa.

"Posso dormir aqui?", pergunto a ele, que faz que sim com a cabeça, ainda zonzo, sem fazer nenhuma pergunta. "Desculpa ter acordado você", murmuro.

"Tudo bem", ele resmunga e volta cambaleando para a cama. "Pode ficar com esse aqui, o outro é muito baixo." Ele me entrega um travesseiro branco bem macio.

Eu sorrio, abraçando o travesseiro e sentando na beirada da cama. "É por isso que eu adoro você. Não só por isso, mas por isso também."

"Porque eu te dei o melhor travesseiro?" Seu sorriso é ainda mais lindo quando ele está sonolento.

"Não, porque você está sempre do meu lado... *e* tem travesseiros macios." Minha fala fica muito lenta quando estou bêbada... é esquisito.

Landon deita de novo na cama e chega mais para o lado para abrir mais espaço para mim. "Ele vai vir atrás de você?", ele pergunta baixinho.

"Acho que não." O momento de descontração proporcionado por Landon e seus travesseiros macios é substituído pela dor provocada por Hardin e as palavras que trocamos momentos antes.

Deito na cama e olho para Landon, que está deitado ao meu lado. "Lembra quando você disse que ele não é uma causa perdida?", murmuro.

"Lembro."

"Acredita mesmo nisso?"

"Acredito." Ele faz uma pausa. "A não ser que ele tenha feito outra coisa..."

"Não. Quer dizer... nada de novo, na verdade. É que... eu não sei se consigo continuar. Nós estamos sempre voltando à estaca zero, e não deveria ser assim. Toda vez que penso que estamos fazendo algum progresso, ele volta a ser o mesmo Hardin que conheci seis meses atrás. Ele me chama de vadia egoísta, praticamente diz que não me ama... Eu sei que não é verdade, mas a cada vez isso me magoa mais, e acho que estou começando a entender que é assim que ele é. Ele não consegue evitar, mas também não consegue mudar."

Landon me observa atentamente, franzindo os lábios. "Ele chamou você de vadia? Tipo hoje?"

Faço que sim com a cabeça, e ele solta um suspiro pesado, passando as mãos pelo rosto.

"Eu também falei umas coisas pesadas para ele." Eu soluço. A combinação nada harmônica de vinho e uísque vai cobrar seu preço amanhã. Tenho certeza.

"Ele não deveria chamar você assim — ele é um homem e você é uma mulher. Isso nunca é aceitável, Tessa. Não fica arrumando justificativas para ele, por favor."

"Não estou... É que..." Mas é exatamente isso que estou fazendo. Solto um suspiro. "Acho que é tudo por causa de Seattle. Ele fez uma tatuagem para mim, falou que não conseguia viver sem mim, depois mudou o discurso, dizendo que só vinha atrás de mim para trepar comigo. Ai, meu Deus! Desculpa, Landon!" Cubro meu rosto com as mãos. Não acredito que falei isso na frente dele.

"Tudo bem... você já pescou sua calcinha da banheira de hidromassagem na minha frente, lembra?" Ele ri, amenizando o clima, e espero que a relativa escuridão do quarto seja suficiente para esconder o quanto estou vermelha.

"Essa viagem foi um desastre." Eu balanço negativamente a cabeça, afundando-a no travesseiro frio.

"Talvez não. Pode ter sido o que vocês precisavam."

"Para terminar de vez?"

"Não... foi isso que aconteceu?" Ele põe outro travesseiro ao meu lado.

"Não sei." Afundo meu rosto ainda mais.

"É isso que você quer?", ele pergunta com toda a delicadeza.

"Não, mas é o que eu *deveria* querer. Não é justo para nenhum de nós dois passar por esse tipo de situação dia sim, dia não. Eu tenho minha parcela de culpa também — sempre espero demais dele." Os defeitos da minha mãe passaram para mim. Ela também espera demais das pessoas.

Landon se mexe um pouco. "Não tem nada de errado em ter expectativas, principalmente se forem razoáveis", ele argumenta. "Hardin precisa saber o que está arriscando perder. Você foi a melhor coisa que aconteceu na vida dele, e ele precisa reconhecer isso."

"Ele falou que é culpa minha... que ele é assim por minha causa. Eu só quero que ele me trate bem pelo menos a maior parte do tempo, e quero segurança no nosso relacionamento, só isso. É patético, na verdade." Solto um gemido, e minha voz falha. Ainda sinto o gosto de uísque misturado com o hálito de menta de Hardin na minha boca. "Você iria para Seattle se fosse eu? Às vezes acho que seria melhor largar tudo e ficar aqui, ou ir com ele para a Inglaterra. Se ele está agindo assim por causa da minha mudança para lá, talvez..."

"Você não pode desistir de ir", Landon me interrompe. "Você fala sobre Seattle desde o dia em que nos conhecemos. Se Hardin não quer ir, azar o dele. Além disso, depois que você for, não dou uma semana para ele aparecer na sua porta. Você não pode ceder dessa vez. Ele precisa saber que você está falando sério. Você tem que fazer ele sentir sua falta."

Abro um sorriso quando imagino Hardin aparecendo uma semana depois da minha mudança, pedindo perdão desesperadamente com um buquê de lírios nas mãos. "Eu não tenho nem uma porta para ele bater."

"Foi por causa dele, né? Que aquela mulher não ligou para você?"

"Foi."

"Eu sabia. Corretores não fazem isso, não deixam as pessoas sem resposta. Você precisa ir. O Ken arruma algum lugar para você ficar até encontrar um apartamento para alugar."

"E se ele não for no fim das contas? Ou pior, e se ele for e ficar ainda mais irritado porque odeia a cidade?"

"Tessa, só estou dizendo isso porque gosto de você, tá bom?" Ele espera por uma resposta, e eu faço que sim com a cabeça. "Seria uma loucura abrir mão de Seattle por alguém que te ama, mas que na maior parte do tempo não consegue demonstrar isso."

Penso no que Hardin me disse, sobre eu cometer todos os erros, sobre ele ser assim por minha culpa. "Você acha que ele vai ficar melhor sem mim?", pergunto a Landon.

Ele senta na cama e diz: "Não, de jeito nenhum! Mas, como sei que você não me conta nem metade das coisas absurdas que ele fala, talvez as coisas não estejam dando certo." Ele toca o meu braço e o acaricia de leve.

Usando o álcool como desculpa, eu me permito ignorar o fato de que Landon, uma das poucas pessoas que acreditavam no meu relacionamento com Hardin, acabou de jogar a toalha. "Eu vou estar me sentindo um bagaço amanhã", digo para mudar de assunto antes de quebrar a promessa que fiz a mim mesma de não chorar.

"Vai mesmo. Você está com cheiro de armarinho de bebidas", ele provoca.

"Eu conheci a namorada da Lillian. Ela me pagou um monte de bebidas. Ah, e eu dancei em cima do balcão."

Ele solta um suspiro de susto. "Mentira."

"Verdade. Fiquei morrendo de vergonha. Foi ideia da Riley."

"Ela é... interessante." Landon sorri e parece se dar conta de que seus dedos ainda estão tocando minha pele. Ele recolhe a mão e apoia a cabeça no braço.

"Ela é a versão feminina do Hardin." Eu dou risada.

"É mesmo! Não é à toa que ela é tão irritante!", ele brinca e, em um momento de loucura bêbada, olho para a porta, esperando ver Hardin fazendo cara feia ao ouvir o insulto brincalhão de Landon.

"Você me faz esquecer de tudo." Minha boca pronuncia as palavras antes que minha mente as registre.

"Que bom." Meu melhor amigo sorri e pega o cobertor no pé da cama. Ele nos cobre, e eu fecho os olhos.

Alguns minutos se passam em silêncio, e minha mente tenta resistir ao sono. A respiração de Landon fica mais lenta, e preciso manter os olhos fechados e fingir que é Hardin quem está do meu lado, caso contrário não vou relaxar.

A expressão furiosa e as palavras ásperas de Hardin pairam sobre meus pensamentos enevoados quando finalmente adormeço: *Você é uma vadia egoísta.*

* * *

"Não!"

A voz de Hardin me acorda. Preciso de alguns segundos para me lembrar de que estou no quarto de Landon e que Hardin está sozinho no outro quarto.

"Tira as mãos dela!" Sua voz ecoa pelo corredor instantes depois.

Desço da cama e saio pela porta antes mesmo que ele termine a frase.

Hardin precisa ver o que está arriscando perder. Ele precisa saber que você está falando sério. Você tem que fazer ele sentir sua falta.

Se eu entrar correndo naquele quarto, sei que vou perdoar tudo. Vou encontrá-lo vulnerável e assustado, e dizer o que for preciso para acalmá-lo.

Com o coração apertado, dou meia-volta e deito de novo na cama. Quando ponho o travesseiro em cima da cabeça, ouço mais um grito ecoar pelo chalé.

"Tessa... você está...", Landon murmura.

"Não", respondo com a voz embargada. Mordo o travesseiro e, quebrando minha promessa, começo a chorar. Não por mim. As lágrimas são por Hardin, o menino que não sabe como tratar as pessoas de quem gosta, o menino que tem pesadelos quando dorme sem mim, mas diz que não me ama. O menino que precisa aprender uma lição sobre o significado de ficar sozinho.

51

HARDIN

Eles não param, não param de tocá-la. A mão suja e enrugada está subindo por suas coxas, e ela solta um gemido quando o outro homem a segura pelo rabo de cavalo e puxa sua cabeça para trás com força.

"Tira as mãos dela!", tento gritar, mas eles não me ouvem. Tento me mover, mas estou paralisado na escadaria da minha infância. Seus olhos acinzentados estão arregalados de medo e absolutamente sem vida quando me olham e uma mancha roxa já começa a se formar em sua bochecha.

"Você não me ama", ela murmura. Seus olhos ficam vidrados nos meus enquanto a mão dele sobe e envolve seu pescoço.

Quê?

"Sim, sim, eu amo! Eu te amo, Tess!", grito, mas ela não me escuta.

Ela sacode a cabeça, e ele a aperta com mais força. O amigo dele enfia a mão no meio de suas pernas.

"Não!", grito uma última vez antes de ela começar a desaparecer diante dos meus olhos.

"Você não me ama..." *Seus olhos estão vermelhos, e não posso fazer nada para ajudá-la.*

"Tess!" Jogo o braço para o outro lado da cama para chegar até ela. Assim que eu tocá-la, o pânico vai passar, assim como as imagens perturbadoras daquelas mãos em torno de seu pescoço.

Ela não está aqui.

Ela não voltou. Sento na cama, acendo o abajur e olho ao redor do quarto. Meu coração está disparado, e meu corpo, coberto de suor.

Ela não está aqui.

Ouço uma leve batida na porta e prendo a respiração quando uma fresta se abre. Por favor, que seja...

"Hardin?" A voz suave de Karen entra no quarto. *Merda.*

"Eu estou bem", resmungo, e ela abre a porta ainda mais.

"Se precisar de alguma coisa, por favor..."

"Eu disse que estou bem, porra!" Jogo a mão para cima do criado-mudo, arremessando ruidosamente o abajur no chão.

Sem dizer uma palavra, Karen sai do quarto, fechando a porta atrás de si, e eu fico sozinho na escuridão.

Tessa está com a cabeça apoiada sobre os braços cruzados em cima do balcão. Ainda está de pijama, e seus cabelos estão despenteados. "Só preciso de um analgésico e de um copo d'água", ela resmunga.

Landon está sentado ao seu lado, comendo uma tigela de cereal.

"Eu pego para você. É só colocar tudo no carro e podemos ir. Só que o Ken ainda está na cama. Ele não dormiu bem à noite", Karen avisa.

Tessa olha para ela, mas não fala nada. Eu sei o que ela está pensando. *Será que todos eles me ouviram gritar feito uma menininha histérica?*

Karen abre uma gaveta e pega duas cartelas de remédio. Fico olhando para os três, esperando que alguém note minha presença, o que não acontece.

"Eu vou arrumar as malas. Obrigada pela aspirina", Tessa diz com uma voz suave e fica de pé. Ela toma o remédio rapidamente e, quando põe o copo de volta no balcão, seus olhos encontram os meus, mas ela logo se vira para o outro lado.

Apesar de ter ficado só uma noite sem ela, já estou morrendo de saudade. Não consigo tirar as cenas do pesadelo da cabeça, principalmente depois de vê-la passar por mim sem demonstrar nenhuma emoção, sem expressar nada que me diga que vai ficar tudo bem.

O sonho pareceu muito real, e ela está sendo superfria.

Fico imóvel por um momento, pensando se devo ir atrás dela, mas meus pés decidem por mim e começam a subir as escadas. Quando entro no quarto, ela está ajoelhada no chão, abrindo a mala.

"Só estou arrumando tudo para a gente poder ir embora", ela diz sem se virar.

Faço que sim com a cabeça, mas então me dou conta de que ela não está me vendo. "Tudo bem", murmuro. Não sei o que ela está pensando ou sentindo, nem o que devo dizer. Estou totalmente perdido, como sempre.

"Me desculpa", eu digo, bem alto.

"Tá", ela responde sem pensar duas vezes, ainda de costas para mim, dobrando as minhas roupas que estavam na gaveta e no chão.

"De verdade. Eu não quis dizer nada daquilo." Preciso que ela olhe para mim, para eu ter certeza de que tudo não passou de um pesadelo.

"Eu sei. Não se preocupa." Ela solta um suspiro, e percebo que seus ombros estão mais caídos do que antes.

"Tem certeza? Eu falei um monte de merda." *Você é doente, Hardin, e eu não tenho a cura para o seu problema* — essa era a pior coisa que ela poderia ter me falado. Ela enfim percebeu o quanto sou perturbado e, pior, se deu conta de que eu não tenho conserto. Se ela não é capaz de me curar, ninguém mais é.

"Eu também. Não tem problema. Estou morrendo de dor de cabeça. Podemos falar sobre outra coisa?"

"Claro." Chuto um pedaço do abajur que quebrei ontem à noite. Devo estar devendo pelo menos uns cinco malditos abajures para o meu pai e para Karen a essa altura.

Estou me sentindo meio culpado por ter gritado com Karen ontem à noite, mas não quero tocar no assunto, e ela provavelmente é *educada* e *compreensiva* demais para fazer isso.

"Você pode ir pegar as coisas que estão no banheiro, por favor?", Tessa me pede.

Minhas últimas horas nesse maldito chalé são passadas assim, vendo Tessa arrumar nossas coisas e recolher o abajur quebrado, mal falando comigo e sem nem ao menos olhar para mim.

52

TESSA

"Fiquei muito contente em rever Max e Denise... fazia tanto tempo!", Karen comenta quando Ken liga o carro. As malas já estão guardadas, e peguei emprestado o fone de ouvido de Landon para me distrair durante a viagem.

"Foi legal. A Lillian cresceu tanto", Ken responde com um sorriso.

"É mesmo. Virou uma moça linda."

Sem pensar, eu reviro os olhos. Lillian foi legal comigo, mas, depois de passar horas pensando que ela estava interessada em Hardin, duvido que algum dia eu consiga gostar dela. Ainda bem que a chance de nos encontrarmos de novo são quase inexistentes.

"Max não mudou nada durante esses anos", Ken comenta, com um tom de desaprovação. Pelo menos eu não fui a única que se incomodou com sua arrogância e seu ar de superioridade.

"Está melhor?", Landon se vira para me perguntar.

"Não muito." Solto um suspiro.

Ele balança a cabeça. "Você pode dormir na viagem. Quer água?"

"Eu pego para você", Hardin intervém.

Ignorando o que ele disse, Landon pega uma garrafa no isopor aos seus pés. Eu o agradeço com um gesto e ponho os fones nos ouvidos. Meu telefone começa a travar toda hora, então eu o desligo e ligo de novo, na esperança de que isso resolva o problema. Essa viagem vai ser um inferno se eu não puder afogar minhas tensões na música. Não sei por que nunca fiz isso antes da "grande depressão", quando Landon me ensinou como baixar músicas.

Abro um sorriso ao lembrar do nome ridículo que inventei para aqueles longos dias sem Hardin. Nem sei por que estou sorrindo, já que foram os piores dias da minha vida. A sensação agora é parecida. Sei que esse tempo está prestes a voltar.

"Que foi?", Hardin se debruça para falar no meu ouvido, e eu me afasto por reflexo. Ele franze a testa, e não tenta mais me tocar.

"Nada, meu telefone está... uma droga." Levanto o aparelho para ele ver.

"O que você está tentando fazer, exatamente?"

"Ouvir música e talvez dormir", murmuro.

Ele pega o celular da minha mão e começa a mexer nas configurações. "Se você tivesse me escutado e comprado um novo, isso não estaria acontecendo", ele me repreende.

Mordo a língua e olho pela janela enquanto ele tenta resolver o problema. Não quero um celular novo, e nem tenho dinheiro para isso agora, aliás. Preciso encontrar um apartamento, comprar móveis, pagar minhas contas. A última coisa que quero é gastar uma grana em uma coisa que comprei não faz muito tempo.

"Acho que voltou a funcionar. Se der problema, pode usar o meu", ele diz.

Usar o dele? Hardin está se oferecendo para me emprestar seu celular? Essa é nova.

"Obrigada", murmuro, e começo a mexer na lista de músicas do meu telefone para escolher o que ouvir. Logo a música enche meus ouvidos e invade meus pensamentos, envolvendo meu turbilhão emocional.

Hardin encosta a cabeça na janela e fecha os olhos. Suas olheiras deixam bem claro que ele mal dormiu.

Uma onda de culpa cresce dentro de mim, mas consigo sufocá-la. Em questão de minutos, a música suave embala meu sono.

"Tessa." A voz de Hardin me acorda. "Está com fome?"

"Não", resmungo sem abrir os olhos.

"Você está de ressaca. É melhor comer", ele aconselha.

De repente me dou conta de que preciso mesmo colocar alguma coisa no estômago. "Certo", digo, concordando. Não estou com ânimo para brigar.

Minutos depois, um sanduíche e uma porção de fritas aparecem no meu colo. Remexo a comida e me recosto de novo no assento depois de comer metade. Meu celular trava outra vez.

Vendo que estou toda enrolada de novo, Hardin tira o fone do meu aparelho e pluga no dele. "Pronto."

"Obrigada."

Ele já abriu o aplicativo de música para mim. Uma longa lista aparece na tela e procuro alguma coisa que conheça. Quando estou quase desistindo, vejo uma pasta chamada "T". Me viro para Hardin, que, para minha surpresa, está com os olhos fechados, e não me observando. Quando abro a pasta, vejo todas as minhas músicas favoritas, mesmo as que nunca mencionei na sua frente. Ele deve ter visto a lista do meu telefone.

São coisas como essa que me deixam em dúvida. Os pequenos gestos que ele tenta esconder de mim são as minhas coisas favoritas no mundo. Queria que ele parasse de escondê-los.

Me sacudindo de leve, é Karen quem me desperta dessa vez. "Acorda, querida."

Olho para o lado e vejo que Hardin ainda está dormindo. Sua mão está caída no assento ao meu lado, seus dedos tocando de leve minha perna. Mesmo dormindo, ele acaba atraído por mim.

"Hardin, acorda", murmuro, e ele abre os olhos imediatamente, todo alerta. Em seguida os esfrega, coça a cabeça e fica me encarando.

"Você está bem?", ele pergunta baixinho, e faço que sim com a cabeça. Estou tentando evitar uma discussão com ele hoje, mas seu comportamento tranquilo está me deixando preocupada. Geralmente é assim que ele fica antes de uma explosão.

Nós descemos do carro, e Hardin vai pegar nossas malas.

Karen me abraça com força. "Tessa, querida, obrigada mais uma vez por ter ido. Foi muito gostoso. Por favor, venha nos visitar em breve, mas, enquanto isso, quero que você seja muito feliz em Seattle." Quando ela se afasta, seus olhos estão cheios de lágrimas.

"Eu venho visitar vocês em breve, prometo." Eu a abraço de novo. Ela sempre foi muito gentil e compreensiva comigo, como eu gostaria que a minha mãe fosse.

"Boa sorte, Tessa, e se precisar de alguma coisa é só avisar. Eu tenho muitos contatos em Seattle." Ken sorri e passa um dos braços sobre meu ombro, todo sem jeito.

"Eu vou ver você antes de ir para Nova York, então não precisamos nos abraçar ainda", Landon diz, e nós dois damos risada.

"Estou esperando no carro", Hardin resmunga e sai andando, sem nem se despedir de sua família.

Vendo o filho se afastar, Ken comenta comigo: "Se ele pensar direito, vai acabar mudando de ideia".

Olho para Hardin, que está sentado dentro do carro. "Espero que sim."

"Voltar para a Inglaterra não vai fazer bem para ele. Vai trazer de volta muitas lembranças, muitas inimizades e muitos erros que cometeu por lá. Você é que vai fazer bem para ele, você e Seattle", Ken me garante, e eu balanço a cabeça. Queria que Hardin também pensasse assim.

"Mais uma vez, obrigada." Dou um sorriso para eles antes de ir me juntar a Hardin no carro.

Ele não diz nada quando entro, só liga o som e aumenta o volume para mostrar que não está a fim de conversa. Queria saber o que se passa em sua cabeça em momentos como esse, quando ele fica tão inacessível.

Meus dedos brincam com a pulseira que ele me deu de Natal, e fico o trajeto inteiro olhando pela janela. Quando chegamos à garagem do nosso prédio, a tensão entre nós já está insuportável. Isso está me deixando maluca, mas ele não parece nem um pouco incomodado.

Quando faço menção de descer, a mão de Hardin me impede. Ele leva a outra mão ao meu queixo e vira minha cabeça para eu ter que encará-lo. "Me desculpa. Por favor, não fica chateada comigo", ele diz baixinho, com a boca a centímetros da minha.

"Tudo bem", respondo, inalando seu hálito de menta.

"Mas você não está bem. Dá para ver. Tem alguma coisa que não quer me dizer. Eu detesto isso."

Ele tem razão; ele sempre sabe exatamente o que estou pensando, mas ao mesmo tempo parece não ter a menor noção. É uma contradição intrigante. "Eu não quero mais brigar com você."

"Então não briga", ele responde, como se fosse assim tão simples.

"Estou tentando, mas aconteceu muita coisa durante essa viagem. Ainda estou tentando processar tudo", admito. Começou com a descoberta de que Hardin sabotou minha tentativa de alugar um apartamento, e terminou com ele me chamando de vadia egoísta.

"Eu sei que arruinei a viagem."

"Não foi só você. Eu não deveria ter passado meu tempo com o..."

"Nem termina essa frase", ele interrompe, tirando a mão do meu queixo. "Não quero ouvir mais nada sobre esse assunto."

"Tá bom." Desvio o olhar de sua cara amarrada, e ele segura minha mão, apertando de leve.

"Às vezes eu... bom, às vezes eu fico... *porra*." Ele suspira e começa de novo: "Às vezes, quando eu penso na gente, começo a ficar paranoico, entendeu? Às vezes eu não sei por que você está comigo, e começo a achar que não vai dar certo, ou que estou perdendo você, e é aí que falo as piores merdas. Se você esquecesse essa história de Seattle, a gente finalmente ia poder ser feliz... sem nenhuma outra distração."

"Seattle não é uma distração, Hardin", respondo baixinho.

"É, sim. Você só está fazendo isso para mostrar que pode." É incrível como o tom de voz dele vai de tranquilizador a frio como gelo em questão de segundos.

Eu olho pela janela. "Podemos parar de falar sobre Seattle, por favor? Nada vai mudar: você não quer ir, e eu vou. Já estou cansada de ficar girando em círculos nessa discussão."

Ele tira a mão de mim, e eu me viro para ele. "Certo, e o que você sugere, então? Ir para Seattle sem mim? Quanto tempo você acha que a nossa relação ia durar? Uma semana? Um mês?" Seu olhar é frio e me faz estremecer.

"Pode dar certo se a gente quiser de verdade. Pelo menos até eu ver como vão ser as coisas em Seattle. Se eu não gostar, podemos ir para a Inglaterra."

"Não, não, não", ele diz, encolhendo os ombros. "Se você for para Seattle, é o fim. Nós não vamos mais ficar juntos. Acabou."

"Como assim? Por quê?" Fico sem saber o que dizer.

"Porque eu não namoro à distância."

"Você também não namorava, lembra?", eu recordo. É uma coisa enervante eu estar praticamente implorando para ele não terminar nosso relacionamento, quando na verdade eu é que deveria estar pensando em terminar tudo por causa da maneira como ele me trata.

"E olha só no que deu", ele responde cinicamente.

"Você estava literalmente se desculpando por ter me maltratado um minuto atrás, e agora está ameaçando terminar tudo se eu for para Seattle sem você?" Fico boquiaberta, e ele faz que sim com a cabeça. "Então vamos esclarecer as coisas direitinho: você disse que casa comigo se eu não for, mas se eu for você vai terminar tudo entre a gente?" Eu não pretendia mencionar a proposta de casamento, mas não consegui me conter.

"Casar com você?" Ele estreita os olhos. Eu sabia que não deveria ter tocado nesse assunto. "O quê..."

"Você disse que se eu ficasse você casaria comigo. Sei que você estava bêbado, mas pensei que..."

"Pensou o quê? Que eu fosse *casar* com você?" Quando ele diz essas palavras, todo o ar dentro do carro desaparece, e respirar vai ficando cada vez mais difícil em meio ao silêncio.

Eu não vou chorar na frente desse menino. "Não, eu sei que não, só que..."

"Então por que tocou no assunto? Você sabe que eu estava bêbado e desesperado para que você ficasse... eu falaria qualquer coisa."

Meu coração fica apertado quando ouço essas palavras, o tom de desprezo em sua voz, como se estivesse me culpando por acreditar em todas as merdas que *ele* fala. Eu sabia que sua reação natural seria me insultar, mas uma pequena parte de mim — aquela que ainda acredita que ele me ama — me fez acreditar que talvez a proposta tivesse sido para valer.

É como a reprise de um filme. Neste mesmo carro, sentada neste mesmo lugar, já fiquei ouvindo Hardin me ironizar por pensar que tínhamos um relacionamento. O fato de eu estar tão magoada quanto naquele momento, na verdade muito mais, me dá vontade de gritar.

Mas não faço isso. Fico em silêncio, envergonhada, como sempre fico quando Hardin faz essas coisas que ele sempre faz.

"Eu te amo. Te amo mais do que tudo, Tessa, e não quero magoar você, tá bom?"

"Bom, você está fazendo um ótimo trabalho", esbravejo e mordo o interior da bochecha. "Eu vou lá para dentro."

Ele suspira e abre a porta do motorista ao mesmo tempo que eu abro a do passageiro. Ele contorna o carro e abre o porta-malas. Eu até me ofereceria para ajudar a carregar nossa bagagem, mas não estou a fim de ficar interagindo com ele, que faria questão de carregar tudo sozinho de qualquer forma. Porque, mais que tudo, Hardin quer ser uma ilha.

Entramos no prédio em silêncio, e o único ruído dentro do elevador é o do maquinário nos puxando para cima.

Quando chegamos ao nosso apartamento, Hardin enfia a chave na fechadura e me pergunta: "Você se esqueceu de trancar a porta?".

A princípio, não entendo a pergunta, mas logo me recomponho e respondo: "Não, você trancou. Eu lembro". Ele trancou a porta antes de sair — me lembro disso porque ele revirou os olhos e fez uma brincadeira sobre eu demorar demais para me arrumar.

"Que estranho", ele comenta, entrando. Seus olhos esquadrinham o apartamento como se estivesse à procura de algo.

"Você acha que...", começo.

"Alguém entrou aqui", ele responde, comprimindo os lábios em uma linha reta, instantaneamente alerta.

Eu começo a entrar em pânico. "Tem certeza? Não parece estar faltando nada." Começo a andar pelo corredor, mas ele me puxa de volta.

"Só entra depois que eu disser que está tudo bem", ele ordena.

Sinto vontade de dizer para ele ficar que eu vou dar uma olhada, mas sei que é bobagem. Quem me protege é ele, e não o contrário. Faço que sim com a cabeça, sentindo um frio na espinha. *E se tiver mesmo alguém lá dentro? Quem entraria no nosso apartamento enquanto estamos fora e não roubaria a tevê de tela plana, que ainda está pendurada na parede da sala?*

Hardin desaparece dentro do nosso quarto, e só volto a respirar quando ouço sua voz de novo.

"Está tudo bem." Quando ele reaparece, eu solto um suspiro profundo.

"Tem certeza de que entrou alguém aqui?"

"Tenho, mas não sei por que não levaram nada..."

"Eu também não." Eu percorro o quarto com os olhos e percebo algumas diferenças. A pequena pilha de livros na mesinha de cabeceira de Hardin está fora da ordem. Lembro que o livro grifado que dei a ele estava no topo da pilha, porque sempre sorria ao pensar que ele o estava relendo.

"Foi o merda do seu pai!", ele grita de repente.

"Quê?" Sendo bem sincera, eu até já tinha pensado nisso, mas não quis tocar no assunto.

"Só pode ter sido ele! Quem mais entraria no nosso apartamento, sabendo que estávamos viajando, e não roubaria nada? Só ele mesmo, aquele bêbado imbecil!"

"Hardin!"

"Liga para ele agora", ele exige.

Pego o celular no bolso, mas interrompo o movimento. "Ele não tem telefone."

Hardin joga as mãos para o alto, como se essa fosse a pior coisa que ele já tivesse ouvido na vida. "Ah, claro que não. Ele é um maldito sem-teto."

"Para com isso", eu digo, olhando feio. "Só porque você acha que pode ter sido ele, isso não quer dizer que pode ficar dizendo essas coisas na minha frente!"

"Certo." Ele baixa o braço e aponta para a porta. "Vamos atrás dele, então."

Em vez disso, vou até nosso telefone fixo. "Não! Vamos chamar a polícia e registrar uma ocorrência em vez de sair por aí caçando o meu pai."

"Chamar a polícia e dizer o quê? Que o drogado do seu pai invadiu nosso apartamento, mas não roubou nada?"

Detenho o passo e me viro para ele. Posso *sentir* a raiva em meus olhos. "Drogado?"

Ele pisca algumas vezes e dá um passo na minha direção. "Eu quis dizer bêbado..." Ele não olha para mim. Está mentindo.

"Me explica por que você falou que ele é um drogado", exijo.

Ele sacode a cabeça, passando as mãos pelos cabelos, depois olha para mim e em seguida para o chão. "É só uma suposição, tá bom?"

"E por que essa suposição?" Meus olhos começam a arder e sinto um nó na garganta só de pensar nisso. *Hardin e suas suposições brilhantes.*

"Não sei, talvez porque o cara que apareceu para buscar o seu pai aqui tinha todo o jeito de ser viciado em metanfetamina." Ele me olha com uma expressão mais suave. "Você viu os braços do sujeito?"

Lembro que o homem não parava de coçar os braços, mas estava usando mangas compridas. "Meu pai não é um drogado...", respondo lentamente, sem saber se acredito nas palavras que saem da minha boca, mas com toda a consciência de que não estou preparada para encarar essa possibilidade.

"Você nem conhece o cara. Eu nem ia dizer nada." Ele dá outro passo na minha direção, mas eu me afasto.

Meu lábio inferior começa a tremer, e não consigo mais encará-lo.

"Você também não conhece. E se não ia falar nada, por que falou?"

Ele encolhe os ombros. "Sei lá."

Minha cabeça está explodindo e estou tão cansada que me sinto prestes a desmaiar a qualquer momento. "Para que dizer, então?"

"Falei porque escapou, só isso. E ele invadiu nosso apartamento, porra."

"Você não tem prova nenhuma disso." Ele não faria isso. Ou *faria*?

"Tudo bem, Tessa, continua fingindo que seu pai — que aliás é um *bêbado* — é totalmente inocente nesse caso."

Sua cara de pau em dizer as coisas é imensa, como sempre. Ele está criticando meu pai por beber? Hardin Scott acha que pode falar isso de alguém, quando bebe a ponto de mal se lembrar do que fez no dia seguinte?

"Você também é um bêbado!", respondo e imediatamente cubro minha boca.

"O que foi que você falou?" Um vestígio de compaixão desaparece imediatamente de seu rosto. Ele me encara como um predador e começa a me rodear.

Eu me sinto mal, mas sei que ele está só tentando me intimidar. Ele não tem um pingo de autocrítica. "Se pensar bem, você vai ver que é. Sempre que fica chateado ou irritado, você bebe. E não sabe quando parar de beber. E é um bêbado violento. Você quebra coisas e arruma brigas..."

"Eu não sou um bêbado, porra. Tinha parado de beber até você aparecer."

"Você não pode me culpar por tudo, Hardin." Eu ignoro minha consciência me dizendo que eu também tenho recorrido ao vinho quando estou chateada ou irritada.

"Não estou culpando você pela questão da bebida, Tessa", ele diz, com o tom de voz alterado.

"Só mais dois dias e nenhum de nós dois vai ter que se preocupar mais com isso!" Eu saio pisando duro da sala, e ele vem atrás.

"Quer parar um pouco e me ouvir?", ele diz em um tom enérgico, mas pelo menos não está gritando. "Você sabe que eu não quero que você vá embora."

"Bom, então você fez um ótimo trabalho demonstrando o contrário."

"O que você quer dizer com isso? Eu vivo dizendo que te amo!"

Vejo a dúvida estampada em seu rosto quando ele grita essas palavras para mim. Ele sabe que não demonstra seu amor por mim como deveria. "Nem você acredita nisso. Está na cara."

"Então me diz uma coisa: você acha que vai conseguir encontrar outra pessoa que aguente todas as suas chatices? Sua choradeira, suas reclamações, sua necessidade irritante de manter tudo organizado, seu temperamento?" Ele gesticula com as mãos diante do corpo.

Eu dou risada. Dou risada bem na cara de Hardin. Mesmo cobrindo a boca com a mão, não consigo parar. "Meu temperamento? *Meu* temperamento? Você vive me desrespeitando... beira o abuso emocional, é obsessivo, sufocante e grosseiro. Você virou minha vida do avesso e espera que eu agradeça de joelhos porque tem uma ideia completamente distorcida de si mesmo. Faz essa pose de machão que está cagando e andando para tudo mundo mas não consegue nem dormir sem mim! Eu sou capaz de passar por cima de cada um dos seus defeitos, mas não vou deixar você falar assim comigo."

Começo a andar de um lado para o outro pelo piso de cimento, e ele observa cada passo. Estou me sentindo um pouco culpada por gritar com Hardin desse jeito, mas basta eu lembrar de tudo o que ele me falou para minha raiva voltar. "E, aliás, eu posso ser até difícil de lidar às vezes, mas é só porque estou o tempo todo preocupada com você e todo mundo à minha volta, tentando não irritar você, e acabo esquecendo de mim mesma. Então *me* desculpa se sou irritante ou reclamo com você, que vive me ofendendo *sem motivo nenhum!*"

Hardin fica sério, com os punhos cerrados ao lado do corpo e o rosto vermelho. "Eu não sei mais o que fazer, tá bom? Você sabe que eu nunca namorei antes, e sabia que ia ser difícil quando entrou nessa. Não tem nenhum direito de ficar reclamando agora."

"Não tenho o direito de reclamar? É da minha vida que estamos falando, então eu posso reclamar o quanto eu quiser, porra", digo com uma risada de deboche. Ele não pode estar falando sério. Por um segundo, pensei que a expressão em seu rosto quisesse dizer que ele ia se desculpar pela maneira como me trata, mas eu já devia saber. O problema de Hardin é que, quando ele está bem, ele é incrível, a pessoa doce e sincera que eu tanto amo; mas, quando está mal, é a pessoa mais detestável que já conheci na vida, de longe.

Vou para o quarto, abro uma mala e começo a jogar minhas roupas lá dentro.

"Aonde você vai?", ele pergunta.

"Não sei", respondo com sinceridade. *Para longe de você, isso eu sei.*

"Sabe qual é o seu problema, Theresa? Seu problema é que você lê romances demais e acaba esquecendo que é tudo um monte de baboseira. Não existe nenhum Darcy, nenhum Wickham, nenhum Alec d'Urberville, então vê se acorda e para de querer que eu vire uma porra de um mocinho saído de um livro, porque isso não vai acontecer, caralho!"

Suas palavras me atingem com toda a força, e minha raiva começa a exalar por todos os poros. Pra mim chega. "É exatamente por isso que nunca vai dar certo. Eu tentei o máximo que podia, até ficar exausta. Perdoei as coisas horrorosas que você fez comigo — e com as outras pessoas também —, e você ainda me faz isso. Na verdade, sou eu que faço isso comigo mesma. Eu não sou uma vítima, sou só uma menina idiota que te ama demais — e mesmo assim não significo nada para você. Na segunda-feira, quando eu for embora, sua vida vai voltar ao normal. Você vai voltar a ser o mesmo Hardin que está pouco se fodendo para todo mundo, e sou eu quem vai sofrer — mas a culpa é toda minha. Eu me deixei envolver por você, mesmo sabendo que ia terminar assim. Pensei que, com as nossas separações, você fosse perceber que fica melhor comigo do que sozinho, mas adivinha só, Hardin, você fica melhor sozinho. Você vai ficar sozinho para sempre. Mesmo se encontrar outra menina ingênua disposta a abrir mão de tudo por você, até de si mesma, ela também vai se cansar desse vaivém e vai abandonar você, assim como eu..."

Hardin fica me encarando. Seus olhos estão vermelhos, suas mãos estão tremendo, e sei que ele está prestes a perder a cabeça. "Pode falar, Tessa! Diz que vai me abandonar. Melhor ainda, não fala nada. Só junta suas tralhas e some daqui."

"Para de tentar se controlar", digo para ele, irritada, mas ainda compreensiva. "Você está tentando não desmoronar, mas é isso que você quer. Se você pelos menos conseguisse me mostrar como se sente de verdade..."

"Você não sabe nada sobre os meus sentimentos. *Vai embora!*" Sua voz fica embargada no final, e sinto vontade de abraçá-lo e dizer que nunca vou deixá-lo.

Mas não posso.

"Você só precisa me dizer. Por favor, Hardin, me diz que vai tentar de verdade dessa vez." Estou implorando, não sei mais o que fazer. Não quero ir embora, mesmo sabendo que é o melhor a fazer.

Hardin fica parado, a poucos passos de mim, e posso sentir ele se fechando. Todo o brilho do meu Hardin está desaparecendo, se apagando na escuridão, levando o homem que amo para bem longe de mim. Quando ele finalmente desvia os olhos de mim e cruza os braços na frente do peito, consigo ver claramente que o perdi.

"Eu não quero mais tentar. Eu sou assim e, se isso não basta, você sabe onde fica a porta."

"É isso que você quer então? Não vai nem tentar? Se eu for embora, é para nunca mais voltar. Sei que você não acredita, porque sempre digo isso, mas é verdade. Me diz que só está agindo assim porque está em pânico com minha mudança para Seattle."

Olhando para a parede atrás de mim, ele fala simplesmente: "Tenho certeza de que você consegue encontrar um lugar para ficar até segunda-feira."

Como eu não respondo, ele vira as costas e sai do quarto. Eu fico parada, em choque, sem conseguir acreditar que ele não voltou para continuar brigando. Alguns minutos se passam até eu enfim conseguir me recompor e arrumar as malas pela última vez.

53

HARDIN

Minha boca não para de falar coisas das quais minha mente discorda. É como se eu não tivesse nenhum controle sobre ela. É claro que eu não quero que ela vá embora. Quero abraçá-la e beijar seu cabelo. Quero dizer que faço qualquer coisa por ela, que posso mudar por ela e que vou amá-la até morrer. Em vez disso, saio andando e a deixo sozinha.

Ouço seus movimentos no quarto. Sei que deveria ir até lá e fazê-la parar de arrumar as malas, mas para quê? Ela vai embora na segunda-feira, de qualquer forma; pode muito bem ir logo agora. Ainda estou abismado por ela ter sugerido um namoro à distância. Nunca ia dar certo, ela a horas de distância de mim, nós dois no falando ao telefone uma ou duas vezes por dia, sem poder dormir na mesma cama. Eu não iria aguentar.

Se não estivermos mais juntos, pelo menos não vou me sentir culpado se beber ou fizer qualquer coisa que me dê na telha... Mas quem estou querendo enganar? Eu não quero fazer coisa nenhuma. Prefiro passar o dia todo no sofá sendo obrigado a ver episódio após episódio de *Friends* com ela a ficar um minuto fazendo algo sem Tessa.

Instantes depois, Tessa aparece no corredor arrastando duas malas. Sua bolsa está pendurada no ombro, e seu rosto está pálido. "Acho que não esqueci nada além de alguns livros, mas posso comprar outros", ela diz com a voz grave e embargada.

Então é isso — este é o momento que venho temendo desde o dia em que conheci essa garota. Ela está me abandonando, e não estou fazendo nada para impedi-la. Na verdade, não posso fazer nada. Ela sempre quis fazer coisas maiores, sempre quis estar com alguém melhor do que eu. Eu sabia disso desde o início. Só esperava que estivesse errado, como sempre.

Em vez disso tudo, digo apenas: "Tudo bem".

"Certo." Ela engole em seco e endireita os ombros. Quando estende o braço para pegar a chave, a bolsa escorrega de seu ombro. Não sei qual é o meu problema. Eu deveria fazer alguma coisa para impedi-la, ou ajudá-la, mas não consigo.

Tessa olha para mim. "Bom, então é isso. Todas as brigas, a choradeira, o amor, as risadas... tudo isso foi por nada", ela diz baixinho. Não há raiva em suas palavras. Só uma neutralidade... vazia.

Faço que sim com a cabeça, incapaz de dizer qualquer coisa. Se eu *conseguisse* falar, tornaria as coisas mil vezes mais difíceis para nós dois. Tenho certeza.

Ela sacode a cabeça e abre a porta, mantendo-a aberta com o pé enquanto arrasta as malas para fora.

Quando atravessa a porta, ela olha para mim e diz tão baixinho que quase não consigo ouvir: "Eu sempre vou te amar. Espero que saiba disso."

Para de falar, Tessa. Por favor.

"E outra pessoa também vai te amar, tanto quanto eu, espero."

"Shh", eu peço. Não vou aguentar ouvir isso.

"Você não vai ficar sozinho para sempre. Sei que eu falei isso, mas, se você procurar ajuda, aprender a controlar sua raiva, pode encontrar alguém..."

Engulo a bile que sobe pela minha garganta e vou até a porta. "Vai embora de uma vez", eu digo e fecho a porta na cara dela. Consigo ouvir seu suspiro de susto através da madeira maciça.

Acabei de bater a porta na cara dela — *o que é que eu tenho na porra da minha cabeça?*

Começo a entrar em pânico e deixo a dor tomar conta de mim. Eu me segurei por muito tempo, mal consegui me controlar, até ela ir embora. Passo as mãos pelos cabelos, caio de joelhos no chão de cimento e simplesmente não sei o que fazer. Sou oficialmente o maior imbecil do mundo, e não posso fazer nada a respeito. Parece tudo muito simples: é só ir para Seattle com ela e viver feliz para sempre, mas não é bem assim. Tudo vai ser diferente por lá: ela vai ficar ocupada com o estágio e as aulas, vai fazer novas amizades, experimentar coisas diferentes — coisas melhores — e me esquecer. Não vai mais precisar de mim. Limpo as lágrimas que se acumulam nos meus olhos.

280

Como é? Pela primeira vez, percebo o quanto estou sendo egoísta. Fazer novas amizades? Qual é o problema de fazer novas amizades e experimentar coisas novas? Eu estaria ao lado dela, compartilhando suas novas experiências. Por que fiz de tudo para impedir que ela fosse para Seattle em vez de aproveitar essa oportunidade com ela? A oportunidade de provar que eu posso fazer parte de seus sonhos. Foi só isso que ela me pediu, e eu não fui capaz de fazer.

Se eu ligar agora mesmo, ela vai dar meia-volta, e eu posso arrumar minhas coisas e sair procurando um lugar, qualquer lugar, para a gente morar em Seattle...

Não, ela não vai voltar, não vai dar meia-volta. Ela me deu a chance de fazer alguma coisa para impedi-la de ir embora, mas eu nem tentei. Ela até tentou fazer com que eu me sentisse melhor enquanto eu assistia toda a fé que ela depositava em mim morrer diante dos meus olhos. Eu deveria ter oferecido algum consolo, e em vez disso fechei a porta na cara dela.

Você não vai ficar sozinho para sempre, ela falou. Mas ela está errada. Eu vou ficar, ela não. Vai encontrar alguém que vai amá-la como eu não fui capaz. Ninguém vai amar essa garota mais do que eu, mas talvez outro cara saiba *demonstrar* seu amor melhor que eu, fazê-la sentir que, apesar de todas as cagadas, ela tem alguém com quem pode contar sempre.

E ela merece isso. Quando penso que, para ter o que merece, ela precisa estar com outra pessoa, mal consigo respirar. Mas é assim que tem que ser. Eu deveria ter deixado ela ir muito tempo atrás, em vez de cravar minhas garras ainda mais fundo e fazê-la perder tempo comigo.

Estou dividido. Uma parte de mim tem certeza de que ela vai voltar hoje mesmo, talvez amanhã, e me perdoar. Mas a outra parte do meu cérebro diz que ela está realmente de saco cheio de tentar dar um jeito em mim.

Algum tempo mais tarde, levanto do chão e vou arrastando os pés até o quarto. Quando chego lá, quase desabo outra vez. A pulseira que dei para ela está em cima de um pedaço de papel, junto com seu *e-reader* e um exemplar de *O morro dos ventos uivantes*. Pego a pulseira, passo os dedos pelo símbolo do infinito com corações e olho para a tatuagem no meu pulso.

Por que ela deixou isso aqui? Foi um presente de quando estava tentando desesperadamente demonstrar meu amor por ela. Eu precisava de seu amor e de seu perdão, e ela cedeu. Para meu pavor, o papel sob a pulseira é a carta que escrevi para ela. Enquanto a desdobro para ler mais uma vez, sinto meu coração ser cortado ao meio e arremessado no chão frio. As lembranças invadem minha mente perturbada: a primeira vez que disse que a amava, depois voltei atrás; o encontro com a loirinha que tentei fazer com que se tornasse sua substituta; a maneira como me senti quando a vi parada na porta depois de ler a carta. Eu continuo lendo.

Você me ama quando não devia, e eu preciso de você. Sempre precisei e sempre vou precisar. Quando você me abandonou na semana passada, quase morri, fiquei perdido. Completamente perdido sem você. Saí com uma pessoa na semana passada. Não ia contar, mas não suporto a chance perdê-la novamente.

Meus dedos começam a tremer e quase rasgo o papel tentando mantê-lo parado para que eu possa ler.

Sei que você pode arrumar coisa melhor. Não sou romântico, nunca vou escrever um poema ou cantar uma música para você.

Não sou nem gentil.

Não posso prometer que não vou te magoar de novo, mas posso jurar que vou te amar até o dia em que morrer. Sou uma pessoa terrível, e não mereço você, mas espero que me dê a chance de recuperar sua fé em mim. Lamento a dor que causei, e entendo se não conseguir me perdoar.

Mas ela me perdoou. Sempre perdoou meus erros, mas não dessa vez. Eu deveria fazê-la recuperar a fé em mim, mas só o que fiz foi continuar magoando seus sentimentos. Minhas mãos trabalham rápido e rasgam em pedacinhos aquela confissão patética. Os pedaços flutuam por alguns segundos antes de cair no chão de cimento.

É isso, eu destruo tudo! Apesar de saber o quanto essa carta era importante para ela, eu a transformei em uma pilha de lixo.

"Não! Não, não, não!" Ajoelho no chão e tento freneticamente juntar os pedaços e restaurar a carta, mas são muitos pedaços e nenhum se encaixa, e eles continuam caindo das minhas mãos e flutuando de novo até o chão. Deve ter sido assim que ela se sentiu quando tentou dar um jeito em mim. Fico de pé e chuto os pedaços no chão, mas acabo recolhendo tudo de novo e coloco na escrivaninha. Ponho um livro sobre os papéis para que eles não saiam voando e vejo que peguei justamente o exemplar de *Orgulho e preconceito*. Claro.

Deito na cama e fico esperando o barulho da fechadura, o som de seu retorno.

Espero por horas e horas, mas o barulho nunca vem.

54

TESSA

Resolvo mentir para Steph. Não quero que ninguém saiba dos problemas que estou enfrentando no meu relacionamento, principalmente agora, enquanto ainda estou tentando processar o que acabou de acontecer. E foi exatamente por isso que liguei para Steph: Landon já se envolveu demais e não quero deixá-lo preocupado. Não tenho opção. É isso que acontece quando a pessoa só tem um amigo, e é justamente o enteado do pai do seu namorado.

Ou melhor, ex-namorado...

Então, quando Steph expressa preocupação ao telefone, eu digo: "Não, não. Estou bem. É que... Hardin foi viajar com o pai dele, e eu fiquei sem minha chave, então preciso de um lugar para ficar até ele voltar, na segunda-feira."

"Isso é típico do Hardin", ela diz, e fico aliviada por minha mentira ter colado. "Certo, vem para cá. O mesmo quarto de sempre... Vai ser como nos velhos tempos!", ela diz, toda contente, e tento fingir uma risadinha.

Que ótimo. Os velhos tempos.

"Eu vou até o shopping com Tristan mais tarde, mas você pode ficar aqui se quiser, ou então vir junto. Você que sabe."

"Eu tenho um monte de coisas para resolver antes de ir para Seattle, então prefiro ficar no quarto, se não tiver problema."

"Claro, claro." E em seguida ela acrescenta: "Espero que você esteja pronta para sua festa amanhã!"

"Festa?", pergunto.

Ah, é... a festa. Estava tão preocupada com tudo que até esqueci da festa de despedida que Steph planejou para mim. Assim como na "festa de aniversário" de Hardin, com certeza seus amigos vão se juntar para beber mesmo que eu não dê as caras, mas ela parece fazer questão da minha presença e, como estou pedindo um grande favor, não quero fazer desfeita.

"Uma última vez, vai! Sei que o Hardin deve ter dito que não, mas..."

"O Hardin não decide as coisas por mim", eu lembro, e ela dá risada.

"Eu sei! É que a gente não vai mais se ver. Eu estou de mudança, e você também", ela insiste.

"Tudo bem, vou pensar. Estou indo para aí", digo. Mas, em vez de ir direto para o alojamento, dou mais algumas voltas de carro. Preciso ter certeza de que vou conseguir segurar a onda na frente dela. *Nada de choro. Nada de choro.* Mordo o interior da boca de novo para segurar as lágrimas.

Por sorte, já estou acostumada com a dor. Estou praticamente anestesiada.

Quando chego ao quarto de Steph, ela está se trocando, pondo um vestido vermelho sobre uma meia arrastão. Ela abre a porta com um sorriso.

"Que saudade!", ela grita, e me abraça com força.

Quase caio no choro, mas me seguro. "Eu também estava com saudade, apesar de não fazer tanto tempo assim." Eu sorrio, e ela balança a cabeça. Parece que faz séculos que Hardin e eu fomos com ela ao estúdio de tatuagem, e não apenas uma semana.

"É verdade. Mas parece que faz." Ela pega no armário um par de botas que vão até os joelhos e senta na cama. "Eu não vou demorar. Pode ficar à vontade... mas não é para arrumar nada!", ela diz, reparando na maneira como meus olhos passeiam pelo quarto bagunçado.

"Eu não ia arrumar nada!", minto.

"Ia, sim! E provavelmente ainda vai." Ela dá risada, e eu me obrigo a rir também. Não dá muito certo, e acabo soltando um ruído que parece mais uma tossida, mas por sorte ela não faz nenhum comentário a respeito.

"Já contei para todo mundo que você vai, aliás. Eles ficaram animados!", ela acrescenta quando sai do quarto e fecha a porta. Abro a boca para protestar, mas ela já foi.

Esse quarto está cheio de lembranças. Uma mistura de amor e ódio. Meu antigo lado ainda está vazio, apesar de Steph ter colocado um monte de roupas e sacolas em cima da cama. Passo meus dedos pelo móvel, recordando a primeira vez que dormi com Hardin ali.

Mal posso esperar para deixar este campus para trás — esta cidade, todas as pessoas que vivem aqui. Só tive decepções desde que cheguei à wcu. Seria melhor nunca ter vindo para cá.

Até a parede me faz lembrar de Hardin, de quando ele espalhou minhas anotações pelo quarto, me deixando com vontade de dar um tapa na sua cara, até que ele me beijou, imprensada contra a parede. Meus dedos vão até meus lábios, contornando seu formato, e sinto um tremor ao pensar que nunca mais vou beijá-lo.

Acho que não vou conseguir ficar neste quarto hoje à noite. Minha cabeça vai ficar a mil o tempo todo. As lembranças vão me atormentar, surgindo toda vez que eu fechar os olhos.

Preciso de alguma distração, então pego o laptop e tento procurar um lugar para morar em Seattle. Como eu suspeitava, a tentativa é em vão. O único apartamento que encontro fica a meia hora de carro da nova sede da Vance e está um pouco acima do meu orçamento. Anoto o número no meu celular mesmo assim.

Depois de mais uma hora de buscas, acabo engolindo meu orgulho e ligo para Kimberly. Não queria ter que pedir para ficar com ela e com Christian, mas Hardin não me deixou escolha. Sendo como é, Kimberly não faz nenhuma objeção, e faz questão de dizer que vai adorar me receber em sua nova casa em Seattle, que aliás, ela se gaba um pouco, é ainda maior do que o lugar onde ela mora atualmente.

Eu prometo que não vou ficar mais que duas semanas, o que espero ser tempo suficiente para encontrar um apartamento que caiba no meu bolso e não fique em um lugar onde seja preciso ter grades nas janelas. De repente me dou conta de que, por causa de todo o drama com Hardin, quase esqueci que nosso apartamento foi invadido enquanto estávamos fora. Espero que não tenha sido meu pai, mas não sei se posso acreditar nisso. E, se foi o meu pai, ele não roubou nada — talvez só estivesse precisando de um lugar para passar a noite e não tivesse para onde ir. Espero que Hardin não vá atrás dele fazendo esse tipo de acusação. De que adiantaria? Mesmo assim, acho melhor ir atrás dele primeiro, mas está ficando tarde e tenho um pouco de medo de ir sozinha para aqueles lados da cidade.

* * *

Acordo quando Steph volta para o quarto, por volta da meia-noite, tropeçando nos próprios pés até chegar à cama. Não lembro de ter pegado no sono na escrivaninha, e meu pescoço dói quando levanto a cabeça. Quando passo a mão, dói ainda mais.

"Não esquece da sua festa amanhã", ela murmura e apaga imediatamente depois.

Enquanto tiro as botas de seus pés, ela começa a roncar, e eu agradeço em silêncio por ela ser uma boa amiga e me deixar ficar em seu quarto sem nem avisar com antecedência.

Ela resmunga e diz alguma coisa ininteligível antes de rolar para o lado e começar a roncar de novo.

Fico deitada o dia todo lendo na minha antiga cama. Não quero ir a lugar nenhum nem falar com ninguém, e principalmente não quero correr o risco de encontrar Hardin, apesar de duvidar que isso possa acontecer. Ele não tem motivo nenhum para vir para esses lados, mas estou paranoica e magoada e não quero correr riscos.

Steph só acorda às quatro da tarde.

"Vou pedir uma pizza... quer?", ela pergunta, tirando o delineador pesado dos olhos com um lenço de papel que tirou da bolsa.

"Sim, por favor." Meu estômago ronca, me lembrando que ainda não comi nada hoje.

Steph e eu passamos as duas horas seguintes comendo e falando sobre sua mudança para Louisiana e sobre como os pais de Tristan não estão nem um pouco contentes por ele trocar de faculdade por causa dela.

"Com certeza eles vão superar isso... eles gostaram de você, né?" Tento ser positiva.

"É, mais ou menos. Mas a família dele tem obsessão pela wcu, um negócio de legado, blá-blá-blá." Ela revira os olhos, e eu dou risada, sem vontade de ficar explicando por que as famílias preferem manter seus legados.

287

"Então, sobre a festa. Você já sabe o que vai vestir?", ela pergunta, abrindo um sorriso malicioso. "Ou quer pegar alguma coisa minha emprestada para lembrar dos velhos tempos?"

Eu faço que não com a cabeça. "Não acredito que concordei com isso depois..." Quase menciono Hardin, mas me corrijo a tempo: "... depois de todas as vezes que você me forçou a ir a essas festas."

"Mas é a última. Além disso, você não vai achar ninguém que chegue perto de ser legal como a gente lá no campus de Seattle." Ela pisca com os cílios postiços para mim, e eu solto um grunhido.

"Eu lembro da primeira vez que vi você. Abri a porta do quarto e quase tive um enfarte. Sem querer ofender." Abro um sorriso, que ela retribui. "Você disse que tinha um monte de festas aqui, e minha mãe quase teve um treco. Ela queria que eu trocasse de quarto, mas eu recusei..."

"Ainda bem que você não fez isso, caso contrário não estaria com o Hardin", ela diz com um sorrisinho e logo depois desvia o olhar. Por um instante, tento imaginar o que teria acontecido se eu tivesse trocado de quarto e nunca mais tivesse visto Hardin. Apesar de tudo que aconteceu, não me arrependo.

"Já chega de lembranças... está na hora de se arrumar!", ela grita batendo palmas, me pega pelo braço e me arranca da cama.

"Agora eu lembro por que detestava tanto os chuveiros coletivos", resmungo, secando o cabelo com a toalha.

"Não é tão ruim assim." Steph dá risada, e eu reviro os olhos, lembrando do chuveiro do apartamento. Tudo me faz pensar em Hardin, e me esforço para manter o sorriso falso no rosto, mas por dentro estou desmoronando.

Por fim, quando estou maquiada e com os cabelos cacheados, Steph fecha o zíper do vestido amarelo e preto que comprei há pouco tempo. A única coisa que me mantém de pé no momento é a esperança de que a festa de fato seja divertida e que eu possa ter pelo menos duas horas de sossego.

Tristan chega para nos buscar um pouco depois das oito. Steph não me deixa ir de carro, porque pretende me deixar completamente bêbada.

Acho que gosto da ideia. Se estiver de porre, talvez não fique vendo o sorriso com covinhas ou a cara amarrada de Hardin toda vez que fecho os olhos.

"Cadê o Hardin?", Nate pergunta do banco do passageiro, e eu entro em pânico por um momento.

"Foi passar o fim de semana com o pai dele", eu minto.

"Vocês não vão mudar para Seattle na segunda?"

"É, esse é o plano." Sinto as palmas das minhas mãos começarem a suar. Detesto mentir e sou péssima nisso.

Nate se vira e abre um sorriso simpático. "Legal, boa sorte para vocês. Queria ter encontrado o Hardin uma última vez antes da mudança."

A queimação fica ainda pior. "Obrigada, Nate. Vou dar o recado para ele."

Quando paramos na frente da fraternidade, imediatamente me arrependo de ter vindo. Eu sabia que era uma péssima ideia, mas não estava conseguindo pensar direito e achei que precisava de uma distração. Só que isso não é uma distração. É mais um grande lembrete de tudo por que passei, e de tudo o que perdi.

Chega a ser engraçado que eu me arrependa de ter vindo aqui todas as vezes, mas sempre acabe nessa maldita república.

"Hora da diversão", Steph diz e me pega pelo braço com um sorriso.

Por um momento seus olhos se iluminam e não consigo deixar de pensar que existe algum motivo por trás do que ela falou.

55

HARDIN

Quando bato na porta do escritório do meu pai, sinto meu estômago se embrulhar. Não acredito que cheguei a este ponto, pedindo conselhos para ele. Só preciso que alguém me escute, alguém que saiba como eu me sinto, ou que pelo menos possa imaginar.

"Entra, querida", ele responde lá de dentro. Eu hesito antes de entrar, sabendo que isso vai ser constrangedor, mas necessário. Sento na cadeira diante de sua mesa enquanto observo sua expressão mudar de expectativa para surpresa.

Ele solta uma risadinha. "Desculpa, pensei que fosse a Karen." Mas então, percebendo meu estado de espírito, ele se interrompe e me olha atentamente.

Eu balanço a cabeça e desvio o olhar. "Não sei por que estou aqui, mas não sabia para onde ir." Apoio a cabeça nas mãos, e meu pai senta na borda de sua mesa de mogno.

"Fico feliz que você tenha me procurado", ele diz baixinho, esperando minha reação.

"Eu não diria exatamente que procurei você", lembro a ele. Não quero que ele pense que se trata de alguma revelação bombástica ou alguma merda desse tipo, apesar de, de certa forma, ser. Vejo que ele engole em seco e balança a cabeça bem devagar, olhando para todos os cantos da sala menos para mim.

"Não precisa se preocupar. Eu não vou surtar nem quebrar nada. Não tenho forças para isso." Fico olhando para os quadros na parede atrás dele.

Como ele não diz nada, eu solto um suspiro.

E, claro, *isso* o incentiva a falar, esse sinal da minha derrota. "Quer me contar o que aconteceu?"

"Não, não quero", respondo, olhando para os livros nas prateleiras.

"Tudo bem..."

Solto outro suspiro, me rendendo ao inevitável. "Não quero, mas vou ter que falar, acho."

Meu pai parece confuso por um instante e seus olhos castanhos se arregalam, me observando com atenção, com certeza esperando alguma reviravolta.

"Pode acreditar em mim", continuo. "Se eu tivesse algum outro lugar para ir, não estaria aqui, mas o Landon é um babaca que sempre fica do lado dela." Sei que não é bem assim, mas não quero os conselhos de Landon agora. Mais do que isso, não quero admitir para ele quanto fui escroto e o tanto de merdas que falei para Tessa nos últimos dias. A opinião dele não significa nada para mim, mas por algum motivo é mais importante que a das outras pessoas, a não ser Tessa, é claro.

Meu pai abre um sorriso triste. "Eu sei disso, filho."

"Ótimo."

Não sei por onde começar e, sinceramente, ainda não sei por que vim até aqui. Minha intenção era ir até um bar, mas de alguma forma acabei embicando o carro na entrada da garagem do meu pai. Essa é mais uma influência de Tessa: ele tem sorte de eu me referir a ele como "pai", e não como "Ken" ou "babaca", como fiz a maior parte da vida.

"Bom, como você deve ter adivinhado, a Tessa finalmente me largou", admito e olho para ele, que se esforça para manter uma expressão neutra enquanto espera que eu continue, mas tudo o que digo é: "E eu não fiz nada para impedir."

"Tem certeza de que ela não vai voltar?", ele pergunta.

"Sim, tenho certeza. Ela me deu todas as oportunidades de fazer alguma coisa para impedir, e não tenta me ligar nem manda mensagem há..." — olho para o relógio na parede — "... há mais de vinte e oito horas, e não faço a menor ideia de onde ela esteja."

Pensei que fosse encontrar o carro dela parado na frente da casa de Ken e Karen. Tenho certeza de que esse foi um dos motivos que me trouxeram até aqui. Onde mais ela pode estar? Espero que não tenha ido para a casa da mãe dela.

"Você já fez isso antes", meu pai começa. "Vocês dois sempre dão um jeito de..."

"Você não está ouvindo? Eu disse que ela não vai voltar", interrompo, bufando.

"Estou ouvindo, sim. Só queria saber por que essa vez é tão diferente de todas as outras."

Quando me viro para encará-lo, puto da vida, ele está me olhando com uma expressão impassível, e preciso me segurar para não me levantar e dar o fora de seu escritório cafona. "Eu só sei que é. Não sei por quê — e você deve estar me achando um imbecil por ter vindo aqui —, mas a verdade é que estou cansado, pai. Estou cansado de ser assim, caralho, e não sei o que fazer."

Porra. Eu estou parecendo desesperado e patético.

Ele abre a boca para responder, mas muda de ideia e não fala nada.

"Eu acho que a culpa é sua", continuo. "De verdade, acho que a culpa é *sua*. Porque, se você estivesse por perto, talvez pudesse ter me ensinado como... Sei lá... como não tratar as pessoas que nem lixo. Se eu tivesse um homem em casa quando era criança, talvez não fosse tão escroto. Se não conseguir me entender com a Tessa, vou terminar que nem você. Quer dizer, antes de você virar isso." Faço um gesto apontando para seu colete de lã e sua calça social bem passada. "Se eu não encontrar um jeito de parar de odiar você, nunca vou conseguir..."

Não quero terminar essa frase na frente dele. O que quero dizer é que se não conseguir deixar de odiá-lo, nunca vou ser capaz de demonstrar meu amor por ela e tratá-la como deveria, como ela merece.

Minhas palavras interrompidas pairam no ar do escritório com revestimento de madeira nas paredes como um espírito torturado que nenhum de nós dois sabe como exorcizar.

"Você tem razão", ele por fim concorda, me pegando de surpresa.

"Tenho?"

"Tem. Se tivesse um pai para ensinar a você como ser um homem, saberia melhor como lidar com essas situações, e com a vida como um todo. Eu também me culpo pelo seu..." — vejo que ele está procurando a palavra certa e me inclino um pouco para a frente — "... *comportamento*. Você é assim por minha culpa. Tudo isso se deve a mim e aos erros que cometi. Vou carregar essa culpa pelo resto da vida e sinto muito pelos pecados que cometi, filho." Sua voz fica embargada no fim, e de repente eu me sinto... eu me sinto...

Extremamente enojado. "Ah, que ótimo. Que bom que você pode ser perdoado, mas o resultado disso tudo é a pessoa que *eu* sou hoje! E eu, o que eu vou fazer?" Começo a puxar a pele ao redor das unhas e percebo que meus dedos não estão arrebentados pela primeira vez em um bom tempo. Por algum motivo, isso faz minha raiva diminuir um pouco. "Eu preciso fazer alguma coisa", digo baixinho.

"Acho que você deveria conversar com alguém", ele sugere.

Mas sua resposta não é satisfatória, e a raiva volta. *Não brinca que eu preciso conversar com alguém? Não me diga, porra.* Faço um gesto com o braço para nós dois. "Não é isso que estamos fazendo aqui? Conversando?"

"Estava me referindo a um profissional", ele responde sem se alterar. "Você vem guardando muita raiva desde a infância e, enquanto não conseguir se livrar disso, ou pelo menos conseguir lidar com esse sentimento de um jeito mais saudável, acho difícil fazer algum progresso. Eu não posso ajudar nesse caso. Fui eu que causei esse sofrimento todo e quando você estiver com raiva não vai querer ouvir o que eu tenho a dizer, mesmo que seja para ajudar."

"Então vir até aqui foi uma perda de tempo? Você não pode fazer nada por mim?" Sabia que era melhor ter ido para o bar. Eu já poderia estar no meu segundo uísque com Coca-Cola.

"Não foi perda de tempo. Foi um grande passo no seu esforço para melhorar." Ele faz contato visual comigo outra vez, e literalmente consigo sentir o gosto do uísque que poderia estar tomando agora em vez de estar tendo esta conversa. "Ela vai ficar muito orgulhosa de você", ele acrescenta.

Orgulhosa? Por que diabos alguém teria orgulho de mim? Chocada por eu estar aqui talvez, mas orgulhosa... Ah, não.

"Ela me chamou de bêbado", confesso sem pensar no que estou dizendo.

"E é verdade?", ele pergunta, com a preocupação bem clara na voz.

"Não sei. Eu acho que não sou, mas sei lá."

"Se você não sabe se é alcoólatra, é melhor tentar descobrir antes que seja tarde demais."

Observo o rosto do meu pai e consigo ver claramente o medo em seus olhos. Ele está com o medo que eu deveria ter. "Por que você começou a beber, aliás?", resolvo questionar. Sempre quis saber por que ele começou a beber, mas nunca consegui perguntar.

Ele solta um suspiro e passa a mão pelos cabelos curtos. "Bom, eu e sua mãe não estávamos em um bom momento, e tudo começou a degringolar quando eu saí uma noite e enchi a cara. Eu não consegui nem voltar para casa. Mas acabei gostando da maneira como me senti, apesar de tudo. Beber anestesiava a dor que eu estava sentindo e depois desse dia virou um hábito. Eu passava mais tempo naquele maldito bar do outro lado da rua do que com você e com a sua mãe. Cheguei a um ponto em que não conseguia fazer mais nada sem beber, mas também não estava fazendo muita coisa com a ajuda da bebida. Era uma batalha perdida."

Não me lembro de quando meu pai ainda não era um bêbado. Pensei que ele sempre tivesse sido assim, desde antes de eu nascer. "E que coisa dolorosa era essa da qual você queria fugir?"

"Isso não importa. O que importa é que eu finalmente acordei e nunca mais bebi."

"Depois de abandonar a gente", eu lembro.

"Sim, filho, depois que eu fui embora de casa. Vocês iam ficar melhor sem mim. Eu não estava em condições de ser o pai ou o marido de ninguém. Sua mãe fez um ótimo trabalho criando você — eu queria que ela não tivesse sido obrigada a fazer isso sozinha, mas foi melhor assim do que comigo por perto."

A raiva cresce dentro de mim, e aperto com força os braços da cadeira. "Mas você está conseguindo ser um marido para a Karen, e um pai para o Landon."

Pronto, falei. Tenho um ressentimento do caralho desse cara que foi um bêbado cretino a minha vida toda — que fodeu a minha vida —, mas que no fim conseguiu casar outra vez, arrumar outro filho e começar uma vida nova. Isso sem falar que ele é rico agora, e eu cresci na merda. Karen e Landon estão desfrutando daquilo que era para ser meu e da minha mãe.

"Sei que é isso que parece, Hardin, mas não é verdade. Conheci a Karen dois anos depois de parar de beber. Landon já tinha dezesseis anos, e eu nunca quis fazer o papel de pai dele, mas ele também cresceu sem nenhum homem em casa, então me aceitou prontamente. Não era minha intenção formar uma nova família e substituir você — isso nunca vai acontecer. Você nunca quis manter contato comigo — e eu entendo —, mas eu passei a maior parte da minha vida nas trevas, filho — nas trevas mais profundas e terríveis. E a Karen foi minha luz no fim do túnel, assim como Tessa é para você."

Meu coração quase para de bater quando ele fala em Tessa. Eu estava tão envolvido nas lembranças da minha infância de merda que consegui parar de pensar nela por um momento.

"Sou muito grato por Karen ter aparecido na minha vida, e isso vale para Landon também", Ken continua. "Daria qualquer coisa para ter com você a relação que tenho com ele. Talvez um dia isso aconteça."

Dá para ver que meu pai está sem fôlego depois dessa longa confissão, e eu não sei o que dizer. Nunca tive esse tipo de conversa com ele, nem com ninguém na vida além de Tessa. Ela parece ser a exceção em tudo.

Não sei o que falar para ele. Não o perdoo por ter fodido a minha vida e ter preferido a bebida à minha mãe, mas estava falando sério sobre tentar perdoá-lo. Se não fizer isso, nunca vou conseguir ser normal. Na verdade, acho que de qualquer maneira não conseguiria ser considerado "normal", mas quero pelo menos ser capaz de passar mais de uma semana sem quebrar nada nem bater em ninguém.

A humilhação estampada no rosto de Tessa quando a coloquei para fora do apartamento ainda está viva na minha mente. Em vez de tentar lutar contra os fatos como sempre fiz, decido aceitá-los. Não posso esquecer do que fiz com ela — não vou mais me esquivar das consequências dos meus atos.

"Você não falou mais nada", meu pai comenta, interrompendo meus pensamentos. A imagem do rosto de Tessa começa a desaparecer, apesar de eu tentar mantê-la na cabeça. O único consolo que tenho é saber que em breve ela volta para me atormentar.

"Eu realmente não sei o que dizer. Isso tudo é demais para mim. Não sei nem o que pensar", admito. A sinceridade das minhas palavras me deixa apavorado, e fico esperando que ele torne tudo ainda mais constrangedor.

Mas não é isso que acontece. Ele balança a cabeça e fica de pé. "Vamos jantar um pouco mais tarde hoje. Se quiser ficar..."

"Não, eu estou fora dessa", respondo com um grunhido. Quero ir para casa. O único problema é que Tessa não está lá. E é tudo culpa minha.

Encontrei com Landon no corredor quando estava saindo, mas passei direto sem dizer nada, porque não queria nenhum conselho seu. Eu deveria ter perguntado onde Tessa está — estou desesperado para saber. Só que também me conheço muito bem e sei que iria até onde ela estivesse e tentaria convencê-la a ir embora comigo. Preciso estar com ela, onde quer que ela esteja. Ouvir a explicação do meu pai sobre por que ele foi um pai de merda para mim foi um passo na direção certa, mas não vai fazer com que eu me transforme em alguém controlado de uma hora para outra. E se Tessa estiver em algum lugar que eu não queira — com Zed, por exemplo...

Ela está com Zed? Puta que pariu, será que está? Eu acho que não, mas ela não tem muitos amigos, porque nunca deixei. E se ela não está com Landon...

Não, ela não está com Zed. Não pode estar.

Continuo tentando me convencer disso enquanto subo até nosso apartamento. Chego até a desejar que o imbecil que invadiu nossa casa esteja de volta. Eu preciso de uma boa válvula de escape para minha raiva.

Sinto um calafrio percorrer todo o meu corpo. E se Tessa estivesse em casa sozinha durante a invasão? A imagem de seu rosto vermelho e coberto de lágrimas, como nos meus pesadelos, me vem à mente, e meu corpo todo se enrijece. Se alguém tentasse machucá-la, seria a última coisa que faria na vida.

Eu sou um puta de um hipócrita! Estou pensando em matar alguém que pudesse machucá-la, sendo que eu fiz justamente isso.

Depois de tomar um copo d'água e olhar para o apartamento vazio por alguns minutos, começo a ficar inquieto. Para me ocupar, começo a mexer na coleção de livros de Tessa. Ela deixou muita coisa para trás, e sei que deve ter sido difícil. Mais uma prova do quanto eu faço mal a ela.

Um caderno com capa de couro escondido entre duas edições diferentes de *Emma* chama minha atenção. Quando o pego e começo a folhear, vejo que todas as páginas estão preenchidas com a letra de Tessa. Será que é algum tipo de diário que eu não sabia que ela estava escrevendo?

Introdução às Religiões do Mundo, é o que está escrito na primeira página com uma letra toda caprichada. Sento na cama com o caderno na mão e começo a ler.

56

TESSA

Logan me chama do outro lado da cozinha, mas, quando fica claro que não estou ouvindo, ele vem andando até mim. "Legal que você veio. Pensei que não viesse!", ele diz com um sorriso.

"Eu não perderia a minha própria festa de despedida", respondo, erguendo meu copo vermelho em uma espécie de brinde.

"Você fez falta por aqui. Faz tempo que ninguém tenta esganar a Molly." Ele dá risada e joga a cabeça para trás, virando sua bebida direto da garrafa. Depois de engolir, ele pisca algumas vezes e limpa a garganta, sacudindo a cabeça de um jeito que mostra que a queimação deve estar forte.

"Você sempre vai ser a minha heroína por ter feito isso", ele brinca, me oferecendo a garrafa.

Faço que não com a cabeça e mostro o copo pela metade na minha mão. "Tenho certeza de que não vai demorar muito para aparecer alguém e fazer isso de novo." Não consigo deixar de sorrir ao dizer isso.

"Ô-ou! Por falar no diabo!", Logan diz, olhando para um ponto atrás de mim.

Eu não quero me virar. "Por quê?", resmungo baixinho, apoiando o cotovelo no balcão. Quando Logan oferece a garrafa de novo, eu aceito.

"Manda ver." Ele sorri e se afasta, me deixando com a garrafa.

Molly aparece no meu campo de visão e ergue seu copo vermelho na minha direção. "Por mais triste que eu esteja com a sua mudança", ela diz, com um tom de voz falsamente meigo, "estou feliz porque nunca mais vou ver você. Mas vou sentir falta do Hardin... as coisas que aquele menino faz com a língua..."

Reviro os olhos enquanto tento pensar em uma resposta, mas não consigo. O ciúme se espalha pelas minhas veias e considero a possibilidade de esganá-la de novo aqui e agora.

"Ah, cai fora", eu digo por fim, e ela dá risada. É um som que eu detesto ouvir, de verdade.

"Ah, qual é, Tessa. Eu fui sua primeira inimiga na faculdade — isso não é pouca coisa, né?" Ela dá uma piscadinha e uma batidinha com o quadril no meu quando passa por mim.

Foi uma péssima ideia ter vindo a essa festa. Eu sabia que não deveria aparecer aqui, principalmente sem o Hardin. Steph sumiu, e Logan logo encontrou uma menina mais disponível depois de me fazer companhia por um minuto. Quando vejo a menina pela primeira vez, ela está de perfil e parece ser toda chique e arrumadinha, mas quando ela se vira vejo que metade do seu rosto é coberta de tatuagens. *Ai*. Fico me perguntando se as tatuagens são mesmo de verdade enquanto despejo mais bebida no meu copo. Quero beber bem devagar, fazer esse copo durar a noite toda. Caso contrário a fachada que estou lutando para manter em pé vai desabar, e vou acabar virando a menina bêbada e chata que chora sempre que alguém olha para ela.

Eu me obrigo a dar uma volta pela casa à procura dos cabelos vermelhos de Steph, mas não consigo encontrá-la. Quando enfim localizo um rosto conhecido, vejo que Nate também está dando em cima de uma menina, e não quero interromper. Eu me sinto tão deslocada aqui. Não só porque não me sinto à vontade com essas pessoas, mas também porque, apesar de a festa ser uma "despedida" para mim, acho que ninguém aqui iria ligar se Hardin e eu sumíssemos do mundo. Talvez demonstrassem mais interesse se Hardin tivesse vindo comigo — *ele* é o amigo deles, afinal de contas.

Depois de ficar sentada na cozinha sozinha por quase uma hora, finalmente escuto a voz de Steph: "Aí está você!". A essa altura, já comi uma tigela inteira de salgadinhos e tomei mais dois copos. Estava pensando em chamar um táxi, mas agora que Steph apareceu de novo acho que vou ficar mais um pouco. Tristan, Molly e Dan estão com ela, e me esforço para manter uma expressão neutra.

Sinto falta do Hardin.

"Pensei que você tivesse ido embora!", grito por cima da música, tentando esquecer que simplesmente não deveria estar aqui sem Hardin. Na última hora, fiquei me segurando para não ir até seu antigo quarto no andar de cima. Quero muito ir para lá, para me esconder desse pessoal, sozinha com minhas lembranças... sei lá. Meu olhar toda hora se volta para a escada, o que está me matando aos poucos.

"De jeito nenhum! Trouxe uma bebida para você." Steph sorri, pega o copo que está na minha mão e o troca por um com um líquido rosa. "É vodca com licor de cereja!", ela grita ao ver minha expressão confusa, e solto uma risadinha forçada ao levar o copo à boca.

"À sua última festa com a gente!", Steph brinda, e um monte de desconhecidos levantam os copos. Molly desvia o olhar quando inclino a cabeça para trás e deixo o sabor de cereja invadir minha boca.

"Era só o que faltava", Molly diz para Steph, e eu me viro às pressas. Não sei se quero que a pessoa de quem ela está falando seja Hardin, mas meu dilema logo se resolve quando vejo Zed entrando na cozinha, todo de preto.

Minha boca se abre, e eu me viro para Steph. "Você falou que ele não vinha." A última coisa de que preciso agora é de mais um lembrete da confusão em que transformei minha vida. Já me despedi de Zed e não estou preparada para reabrir as feridas que minha amizade com ele causou.

"Desculpa", ela diz, encolhendo os ombros. "Ele resolveu aparecer. Eu nem sabia." Ela se encosta em Tristan.

Olho feio para ela, já alterada pelo álcool. "Tem certeza de que essa festa é mesmo para mim?" Sei que estou parecendo ingrata, mas o fato de Steph ter convidado Zed e Molly realmente me incomoda. Se Hardin tivesse vindo, perderia a cabeça ao ver Zed entrando na cozinha.

"Claro que é! Olha só, sinto muito por ele ter aparecido. Vou pedir para ele ficar longe de você", ela garante e sai andando na direção de Zed, mas eu a seguro pelo braço.

"Não precisa. Eu não quis ser chata. Tudo bem."

Zed está conversando com uma loirinha que o segue até a cozinha. Ele está sorrindo enquanto ela dá risada, mas quando me vê o sorriso desaparece de seu rosto. Seus olhos se voltam para Steph e Tristan, mas eles se fazem de desentendidos e saem da cozinha com Molly e Dan logo atrás. Mais uma vez, sou deixada sozinha.

Vejo quando Zed se inclina para a frente e diz algo no ouvido da loirinha, que sorri e se afasta.

"Oi." Ele abre um sorriso sem jeito e fica todo inquieto perto de mim.

"Oi." Tomo mais um gole da minha bebida.

"Não sabia que você ia estar aqui", nós dizemos ao mesmo tempo, dando uma risadinha sem graça.

Ele sorri e diz: "Você primeiro."

Fico aliviada ao constatar que ele não guarda nenhum rancor de mim.

"Eu só estava dizendo que não fazia ideia que você vinha."

"E eu não fazia ideia que você vinha."

"Foi o que imaginei. A Steph fica falando que isso é uma festa de despedida para mim, mas com certeza ela só está dizendo isso para ser legal."

Bebo mais um gole. A vodca com licor é bem mais forte que os dois outros drinques que bebi. "Você... veio com a Steph?", ele pergunta, chegando mais perto.

"É. O Hardin não veio, se é isso que você quer saber."

"Não, eu..." Seus olhos se voltam para minha mão quando ponho o copo no balcão. "O que é isso?"

"Vodca com licor de cereja. Que ironia, né?", digo, mas ele não acha graça. O que me surpreende, porque é a bebida favorita dele. Em vez disso, seu rosto se contorce em uma expressão confusa enquanto ele olha para mim, para o copo, depois para mim.

"Foi a Steph que deu isso para você?" O tom dele está sério... bem sério... e minha mente está lenta.

Bem lenta. "Foi... e daí?"

"Porra." Ele pega o copo do balcão. "Não sai daqui", ele manda, e eu faço que sim com a cabeça. Percebo que minha cabeça está ficando mais pesada. Tento me concentrar em Zed, que está saindo da cozinha, mas em vez disso me pego observando as luzes girando no teto. São tão bonitas e criam uma distração tão bacana, parecem estar dançando em cima das pessoas.

As luzes estão dançando? Estão, sim... Eu deveria dançar também.

Não, melhor sentar.

Me inclino sobre o balcão e me concentro na parede em movimento, em suas curvas e distorções, seguindo o ritmo das luzes que dançam sobre as pessoas... ou as luzes estão só brilhando e as pessoas estão dançando? De qualquer forma, é bonito... e meio desorientador também... e a verdade é quem nem sei mais o que está acontecendo.

57

HARDIN

Folheando as páginas do caderninho, fico em dúvida se leio ou não. É um diário da aula de religião de Tessa. Demorei um tempo para entender do que se tratava porque, apesar do título na primeira página, cada entrada tem uma palavra e uma data, e a maioria não tem nada a ver com religião. O texto também é menos estruturado que os ensaios que já vi Tessa escrever, uma coisa mais no estilo fluxo de consciência.

Sofrimento. Essa palavra me salta aos olhos, e começo a ler.

O sofrimento afasta as pessoas de seu Deus? Em caso positivo, como?

O sofrimento pode afastar qualquer um de quase qualquer coisa. O sofrimento é capaz de levar a pessoa a fazer coisas que nunca pensou que faria, como culpar Deus por sua infelicidade.

Sofrimento... uma palavra tão simples, mas tão cheia de significado. Aprendi que o sofrimento é a emoção mais forte que alguém pode sentir. Ao contrário dos outros sentimentos, é o único que com certeza todas as pessoas vão experimentar ao longo da vida, e não existe nenhum lado positivo no sofrimento que nos permita encará-lo de outra perspectiva... só existe a sensação devastadora do sofrimento em si. Ultimamente ando bem íntima do sofrimento — a dor se tornou quase insuportável. Às vezes, quando estou sozinha, o que ultimamente tem acontecido com mais frequência, eu me pego refletindo sobre qual sofrimento é o pior. A resposta não é tão simples quanto eu pensava. O sofrimento lento e constante, do tipo que surge quando somos magoados repetidas vezes pela mesma pessoa mas continuamos deixando o sofrimento continuar... e ele nunca acaba.

Só nos momentos em que ele me puxa para junto de si e faz promessas que nunca consegue cumprir o sofrimento desaparece. Mas quando me acostumo com a liberdade, quando penso que estou livre dessa dor autoinfligida, ela começa de novo.

Isso não tem nada a ver com religião — é sobre mim.

Concluí que o sofrimento agudo e inescapável é o pior. Esse sofrimento vem quando finalmente começamos a relaxar, a respirar, imaginando que um problema ficou para trás, quando na verdade vai se repetir hoje, amanhã e todos os dias depois disso. Esse sofrimento vem quando mergulhamos de cabeça em algo, em alguém, e somos traídos de uma forma tão absurda — de forma quase caprichosa — que o sofrimento nos esmaga a ponto de mal conseguirmos respirar, de mal conseguirmos nos apegar ao que resta dentro de nós para seguir em frente, para não desistir.

Puta que pariu.

Às vezes as pessoas se apegam à fé. Às vezes, se tivermos sorte, podemos confiar em alguém e saber que essa pessoa vai nos resgatar da dor antes que seja tarde demais. O sofrimento é um daqueles lugares horríveis do qual, uma vez nele, precisamos lutar para conseguir sair, e mesmo quando pensamos que escapamos, percebemos que estamos marcados para sempre por aquela experiência. Se você for como eu, então você não tem ninguém com quem contar, ninguém para segurar sua mão e garantir que esse inferno vai passar. Em vez disso, você precisa respirar fundo, segurar sua própria mão e sair por seus próprios esforços.

Meus olhos se dirigem para a data no alto da página. Isso foi escrito quando eu estava na Inglaterra. Melhor parar por aqui. Eu deveria fechar esse maldito caderno e nunca mais abrir, mas não consigo. Preciso saber que segredos ele esconde. Estou com medo de que isso seja o máximo de proximidade que vou ter com ela daqui para a frente.

Viro para uma página intitulada *Fé*.

O que a fé significa para você? Você tem fé em alguma força superior? Acredita que a fé pode beneficiar a vida das pessoas?

Esse tema deve ser mais fácil. Não deve torcer ainda mais a faca cravada no meu peito. Não tem como ser relacionado comigo.

Para mim, fé significa acreditar em alguma coisa além de si mesmo. Não acredito que duas pessoas possam ter a mesma visão sobre a fé, seja ela religiosa ou não. Acredito em uma força superior — fui criada assim. Minha mãe e eu íamos à igreja todo domingo e quase toda quarta-feira. Não vou mais à igreja, talvez devesse ir, mas ainda não sei como me sinto em relação a minha fé religiosa agora que sou adulta e não sou mais obrigada a fazer o que minha mãe quer.

Quando penso em fé, minha cabeça não se volta automaticamente para a religião. Provavelmente deveria, mas não é o que acontece. Minha mente se volta para ele, como sempre. Ele está em cada pensamento meu. Não sei se isso é bom, mas é assim que as coisas são, e tenho fé que vai dar tudo certo para nós no fim das contas. Sim, ele é difícil e superprotetor, às vezes até controlador... Tudo bem, ele é controlador quase o tempo todo, mas tenho fé nele, em suas boas intenções, por mais que suas atitudes sejam frustrantes. Meu relacionamento com ele me põe à prova em todos os sentidos possíveis e imagináveis, mas cada segundo vale a pena. Acredito de verdade que um dia esse seu medo profundo de me perder vai passar e que vamos ter um futuro juntos. Isso é tudo que eu quero. Sei que ele também quer, apesar de nunca dizer. Tenho tanta fé nesse homem que suporto cada lágrima, cada discussão sem sentido... suporto isso tudo para estar por perto quando ele conseguir ter fé em si mesmo.

Enquanto isso, tenho fé que um dia Hardin vai dizer o que sente de forma aberta e sincera e que enfim vai se libertar desse exílio autoimposto de seus sentimentos e vai aprender a lidar com eles como deve. Que um dia ele enfim vai perceber que não é um vilão. Ele se esforça demais para ser um, mas no fundo é um herói. Ele tem sido meu herói, e meu algoz às vezes, mas na maior parte do tempo meu herói. Ele me salvou de mim mesma. Passei a vida fingindo ser alguém que não era, e Hardin me mostrou que não havia problema em ser eu mesma. Não aceito mais a ideia que minha mãe tem de mim e de quem devo ser, e agradeço muito a ele por ter me ajudado a chegar a esse ponto. Acho que um dia ele vai perceber o quanto é incrível. Ele é incrível e perfeitamente imperfeito, e eu o amo muito por isso.

Ele pode não mostrar seu heroísmo da forma convencional, mas está tentando, e é só isso que peço. Tenho fé que, se ele continuar tentando, vai finalmente se permitir ser feliz. Vou continuar a ter fé nele até que ele consiga ter fé em si mesmo.

Fecho o caderno e aperto o nariz na altura dos olhos para tentar conter minhas emoções. Tessa não tem motivo nenhum para acreditar em mim. Nunca vou entender por que ela perdeu tanto tempo comigo, para começo de conversa, mas ler seus pensamentos sem nenhum filtro é como ter uma faca cravada no meu peito várias e várias vezes.

A conclusão de que Tessa é muito parecida comigo me assusta e me empolga ao mesmo tempo. Saber que o mundo dela gira... *girava* em torno de mim me deixa feliz, eufórico até, mas, quando lembro que estraguei tudo, a felicidade se desfaz com a mesma rapidez. Preciso ser uma pessoa melhor, devo isso a ela e a mim mesmo. Preciso tentar me livrar da minha raiva, por ela.

Por mais estranho que possa parecer, sinto como se um peso enorme tivesse sido tirado dos meus ombros depois da minha constrangedora conversa com o meu pai. Não diria que todos os momentos difíceis e dolorosos estão perdoados, ou que do nada vamos virar amigos, vendo jogos na tevê e coisas do tipo, mas eu o odeio menos do que antes. Sou mais parecido com meu pai do que gostaria de admitir. Tentei me afastar de Tessa para o bem dela, mas não tive forças para isso. Então, de certa forma, ele foi mais forte do que eu. Conseguiu ir embora e nunca mais voltar. Se eu tivesse um filho com Tessa e soubesse que estava fodendo a vida da minha família, ia sentir vontade de sumir também.

Puta que pariu. A ideia de ter um filho faz meu estômago se embrulhar. Eu seria o pior pai do mundo, e Tessa estaria melhor sozinha. Se não consigo nem demonstrar para *ela* o que sinto, como seria com uma criança?

"Chega", falo em voz alta e solto um suspiro, ficando de pé. Vou até a cozinha e abro um armário. A garrafa de vodca pela metade na prateleira está chamando meu nome, implorando para ser aberta.

Eu sou mesmo um merda de um bêbado. Estou no balcão da cozinha com uma garrafa de vodca na mão. Abro a tampa e levo a garrafa à boca. Só um gole já vai fazer a culpa desaparecer. Com uma dose vou poder fingir que Tessa vai voltar para casa em breve. Isso sempre funciona para amenizar a dor, e vai funcionar de novo. Só uma dose.

Quando fecho os olhos e jogo a cabeça para trás, vejo os olhos cheios de lágrimas de Tessa me encarando. Abro os olhos, abro a torneira da pia e jogo a vodca pelo ralo.

58

TESSA

As bocas se abrem. Os lábios se mexem sem emitir som. A música reverbera nas paredes, sacudindo minha mente.

Quanto tempo faz que estou aqui? Quando foi que vim para a cozinha? Não consigo lembrar.

"Oi." Dan aparece na minha frente, e estremeço um pouco, encostada no balcão. Seu rosto está meio fora de foco. Eu me concentro em suas feições, para vê-lo melhor.

"Oi..." Minha resposta sai lenta e arrastada.

Ele sorri. "Você está bem?"

Faço que sim com a cabeça. Acho que estou. "Só estou meio esquisita, mais ou menos", admito e percorro o ambiente com os olhos à procura de Zed. Espero que ele volte logo.

"Como assim?"

"Não sei, estou meio... estranha. Tipo bêbada, só que mais lerda, e ao mesmo tempo cheia de energia." Passo a mão diante do meu rosto... Eu tenho três mãos.

Dan dá risada. "Você deve ter bebido *muito*."

Faço que sim com a cabeça de novo. Olho para o chão. Vejo uma menina passando na minha frente, bem devagar. "O Zed vai voltar?", pergunto a ele.

Dan olha ao redor. "Aonde ele foi?"

"Procurar a Steph para falar da minha bebida." Eu me debruço ainda mais sobre o balcão. Metade do meu corpo deve estar apoiada sobre sua superfície no momento. Sinceramente, não sei.

"Ah, é? Bom, eu posso ajudar você a procurar." Ele encolhe os ombros. "Acho que ele foi lá para cima."

"Tudo bem", respondo. Não sei se gosto de Dan, mas preciso encontrar Zed, porque minha cabeça está ficando cada vez mais pesada.

Vou seguindo Dan enquanto ele abre caminho pela multidão na direção da escada. A música está absurdamente alta, e eu me pego balançando a cabeça lentamente para a frente e para trás, para a frente e para trás à medida que subo os degraus.

"Ele está aqui em cima?", pergunto a Dan.

"Sim. Acabou de entrar aqui, acho." Ele aponta com o queixo para a porta do outro lado do corredor.

"Esse é o quarto do Hardin", aviso para ele, que dá de ombros. "Posso sentar aqui um minutinho? Acho que não consigo mais andar." Meus pés estão pesados, mas minha mente parece estar ficando mais aguçada, o que não faz o menor sentido.

"Claro, pode sentar aqui." Dan me pega pelo braço e me puxa para o antigo quarto de Hardin. Vou cambaleando até a beirada da cama, e as lembranças parecem ganhar vida e preencher o ar ao meu redor: Hardin e eu sentados na cama, no mesmo lugar em que estou agora. Eu o beijei pela primeira vez aqui. Estava absolutamente atordoada e confusa com a minha necessidade cada vez maior de ficar perto dele. Meu menino sombrio. Aquela foi a primeira vez que vi o lado mais suave e carinhoso de Hardin. Não durou muito, mas foi interessante conhecê-lo.

"Cadê o Hardin?", pergunto, olhando para Dan.

Uma expressão estranha aparece em seu rosto, e desaparece quando ele dá um risinho. "Ah, o Hardin não está aqui. Você mesma falou que ele não vinha, lembra?" Ele tranca a porta.

O que está acontecendo? Minha mente está a mil, mas meu corpo está pesado demais para se mover. Quero deitar, mas alguma coisa no fundo da minha cabeça me pede para resistir. *Não deita! Fica de olho aberto!*

"A-abre a porta", digo e tento ficar de pé, mas o quarto começa a girar.

Nesse exato momento, ouço uma batida na porta. O alívio toma conta de mim quando Dan destranca a fechadura e abre para Steph.

"Steph!", eu resmungo. "Ele... ele está aprontando alguma." Não sei como explicar, mas sei que ele estava prestes a fazer alguma coisa.

Ela olha para Dan, que abre um sorriso sinistro. Virando de novo para mim, ela pergunta simplesmente: "Aprontando o quê?".

"Steph..." Chamo o nome dela outra vez. Preciso que ela me ajude a sair deste quarto cheio de fantasmas.

"Para de choramingar!", ela esbraveja, e eu perco o fôlego.

"Quê?", consigo dizer.

Mas Steph se limita a sorrir para Dan enquanto remexe na bolsa que trouxe para o quarto. Quando eu resmungo de novo, ela interrompe o que está fazendo e me dá uma encarada: "Meu Deus, você nunca cala a boca? Estou cansada de ouvir você reclamar o tempo inteiro".

Meu cérebro não está funcionando direito — Steph não pode estar dizendo essas coisas para mim.

Ela revira os olhos. "Argh, e esse beicinho ridículo... Dá um tempo, porra." Depois de procurar por mais alguns segundos, ela anuncia: "Encontrei... toma". Ela entrega um pequeno objeto para Dan.

Eu quase apago, mas o som de um bipe me faz recuperar a consciência... pelo menos por mais alguns segundos.

Vejo uma luzinha vermelha, como uma minúscula cereja.

Como a vodca com licor de cereja. Steph, Dan, Molly, Zed. A festa. Ai, não.

"O que foi que você fez?", pergunto, e ela dá risada outra vez.

"Já não falei para parar de resmungar? Você vai ficar bem", ela diz com um grunhido e vem andando na direção da cama. Tem uma câmera na mão de Dan. A luz vermelha indica que está ligada.

"S-sai de perto de mim", tento gritar, mas só consigo emitir um leve sussurro. Tento ficar de pé, mas caio de novo na cama. É macia... como areia movediça.

"Pensei que você...", começo a dizer.

Mas Steph põe as mãos nos meus ombros e me empurra contra o colchão. Não consigo levantar. "Pensou o quê? Que eu fosse sua amiga?" Ela se ajoelha sobre mim em cima da cama. Os dedos de Steph agarram a barra do meu vestido e começam a puxá-lo para cima. "Você estava ocupada demais se oferecendo para o Zed e o Hardin como uma piranha para perceber que na verdade só o que sinto por você é desprezo. Você não acha que se eu realmente me importasse com você eu não teria contado que o Hardin só estava com você por causa de uma aposta? Você não acha que uma amiga de verdade teria te alertado?"

309

Ela tem razão, e mais uma vez a minha burrice é esfregada na minha cara. A dor da traição é multiplicada pela confusão na minha mente — e quando olho para Steph agora, seu rosto está distorcido da forma mais maligna imaginável, como um demônio de cabelos vermelhos, e seus olhos escuros provocam um arrepio que percorre todo o meu corpo.

"Ah, e aliás..." Ela dá risada. "Espero que você tenha se divertido esperando Hardin no aniversário dele. É incrível o que dá para fazer com uma simples mensagem de texto. Então uma câmera de vídeo pode causar ainda mais estragos, hein?"

Tento me livrar dela, mas é impossível. Ela afasta com facilidade meus dedos de onde eu agarrei seus braços e continua levantando meu vestido. Fecho os olhos e imagino Hardin arrombando a porta para me salvar, meu cavaleiro em sua armadura negra.

"O Hardin vai... descobrir", eu ameaço com a voz fraca.

"Ha, ha. Pois é... é essa a ideia. Agora para de falar."

Ouço outra batida na porta, e outra vez faço uma tentativa inútil de me livrar dela.

"Fecha a porta... rápido", Dan pede, e quando viro o pescoço em sua direção vejo que Molly agora está aqui, o que não me surpreende nem um pouco.

"Me ajuda a tirar esse vestido", diz Steph.

Meus olhos estão embaçados, e tento sacudir a cabeça, mas não consigo. Nada funciona. Dan vai me estuprar, eu sei disso. Era esse o plano de Steph para a festa. Não era uma festa de despedida para mim. Era uma armadilha para me destruir. Nem imagino por que eu acreditava que ela era minha amiga.

Os cabelos de Molly caem sobre o meu rosto quando ela sobe na cama ao meu lado, e Steph me puxa para cima e me vira para conseguir ter acesso à parte das costas do meu vestido.

"P-por quê?" Minha voz está embargada, e percebo que meu rosto está coberto de lágrimas, que molham o lençol da cama.

"*Por quê?*", Dan repete, aproximando o rosto do meu. "Por quê? O escroto do seu namorado fez um vídeo dele comendo a minha irmã, é por isso." Seu hálito morno é como lama contra o meu rosto.

"Opa!", Molly diz bem alto. "Você falou que a gente só ia tirar umas fotos dela!"

"É isso aí... e talvez um videozinho", Steph responde.

"Sem chance! Nem fodendo... estupro não!", Molly grita.

"Não é nada disso... Meu Deus. Eu não sou uma psicopata. Ele só vai encostar nela e fingir que eles estão trepando, pro Hardin ficar louco da vida quando receber o vídeo. Imagina a cara dele quando vir sua piranha inocente sendo comida pelo Dan." Steph dá risada. "Pensei que você tivesse topado", ela esbraveja com Molly. "Você disse que estava dentro."

"Eu topei sacanear o Hardin, mas você não pode filmar essa merda", Molly sussurra, mas eu consigo ouvir claramente.

"Você está parecendo ela falando." Steph me vira de novo de barriga para cima depois de tirar meu vestido.

"Para", eu resmungo. Steph revira os olhos, e Molly parece prestes a vomitar a qualquer momento.

"Não sei mais se estou a fim de fazer isso", diz Molly, entrando em pânico.

Steph aperta o ombro dela com força e aponta para a porta. "Bom, então se manda. Se é para dar uma de covarde, vai lá para baixo que daqui a pouco a gente desce."

Ouço outra batida na porta, e a voz de Tristan. "Steph, você está aí?", ele pergunta do corredor. *Ele também não.*

"Merda", Steph resmunga. "Sim, hã, eu estou conversando com a Molly. Já estou saindo!"

Abro a boca para gritar, mas suas mãos no meu rosto me impedem. Estão suadas e cheiram a álcool.

Tento olhar para Molly em busca de ajuda, mas ela vira para o outro lado. Covarde.

"Vai lá para baixo, gato. Eu já vou. Ela... Ela está chateada. Coisas de mulher, sabe?", ela mente. Apesar da situação, não consigo deixar de ficar aliviada por Tristan não saber sobre as intenções cruéis de sua namorada.

"Tá bom!", ele grita.

"Vem aqui", Steph chama Dan com a voz baixa, e em seguida toca meu rosto. "Abre os olhos."

Eu consigo abrir, mas não muito, e sinto a mão de Dan subindo pela minha coxa. O medo toma conta de mim e fecho os olhos outra vez.

"Eu vou lá para baixo", Molly diz por fim, quando Dan põe a câmera na frente de seu rosto.

"Tá, fecha a porta", Steph esbraveja.

"Chega para lá", Dan diz, e o colchão afunda sob meu corpo quando Steph sai de cima de mim e ele assume seu lugar. "Segura a câmera."

Faço de tudo para tentar substituir as mãos de Dan pelas de Hardin na minha mente, mas é impossível. As mãos de Dan são macias, macias demais, e tento substituí-las por alguma outra coisa, qualquer coisa. Imagino o cobertor macio que eu tinha quando criança tocando minha pele... A porta se fecha, assinalando a saída de Molly, e eu choramingo de novo.

"Ele vai acabar com você", digo, ofegante, mantendo os olhos bem fechados.

"Não, vai nada", Dan rebate. "Ele não vai querer que ninguém veja isso, então não vai fazer porra nenhuma." Seus dedos acariciam o elástico da minha calcinha, e ele murmura para mim: "É assim que as coisas funcionam".

Junto todas as minhas forças e tento tirá-lo de cima de mim, mas só consigo fazer a cama balançar um pouco.

Steph solta uma risadinha diabólica. "Hardin é um escroto, entendeu?", ela grita, pondo a câmera no meu rosto. "E fodeu um monte de gente: eu, a irmã do Dan, ele fez isso com várias meninas, e depois jogou fora. Mas só até você aparecer. Por que ele gosta tanto assim de você eu nunca vou saber." O tom da voz dela é de nojo.

"Tessa!" A voz de Zed reverbera de algum lugar, e Steph cobre minha boca outra vez. Ouço alguém esmurrar a porta.

"Fica quietinha", ela manda. Tento morder sua mão. Ela se inclina para a frente e me dá um tapa na cara, mas felizmente mal consigo sentir.

"Abre essa porra dessa porta, Steph... me deixa entrar!", Zed grita.

Ele está envolvido nisso também? Hardin tinha razão sobre ele? Todo mundo aqui está contra mim? Não é uma ideia impossível: quase todo mundo que conheci desde que entrei na faculdade me traiu. A lista só vai aumentando.

"Vou arrombar a porta... Não estou brincando, caralho. Vou chamar o Tristan!", eu o escuto gritar, e Steph imediatamente tira a mão da minha boca.

"Espera!", ela berra, indo na direção da porta. Mas é tarde demais. A porta se abre com um estalo bem alto, e a mão de Dan não está mais sobre mim. Quando abro os olhos, ele está se afastando rápido de mim enquanto Zed entra no quarto, dominando o ambiente com sua presença.

"Que porra é essa?", ele grita, vindo na minha direção.

Um cobertor é jogado em cima de mim quando estendo as mãos em sua direção.

"Me ajuda", eu imploro, rezando para que ele não esteja envolvido nesse pesadelo. Torcendo para que ele consiga me ouvir.

Ele vai até Steph e arranca a câmera da mão dela. "O que é que você tem na cabeça?" Zed joga a câmera no chão e pisa nela várias vezes.

"Relaxa, cara, era só uma brincadeira", ela diz, cruzando os braços no momento exato em que Tristan entra no quarto.

"Uma *brincadeira*? Você batizar a bebida dela e ficar aqui filmado enquanto ela era estuprada pelo Dan? Brincadeira é o caralho!"

Tristan fica boquiaberto. "Como é?"

Manipuladora como sempre, Steph aponta o dedo para Zed e começa a chorar. "Não escuta o que ele está dizendo!"

Zed sacode a cabeça. "Não, cara, é verdade. Pode perguntar para o Jace. Ela pediu um diazepam para ele... e agora olha só para a Tessa! A câmera que eles estavam usando está bem ali." Ele aponta para o chão.

Segurando o cobertor contra o meu corpo, tento sentar de novo. Não consigo.

"Era uma pegadinha. Não ia acontecer nada com ela!", Steph diz com uma risadinha fingida, tentando esconder sua maldade.

Mas Tristan está olhando para ela horrorizado. "Como você foi capaz de fazer uma coisa dessa? Pensei que ela fosse sua amiga."

"Não, não, gato, não é o que está parecendo... foi ideia do Dan!"

Dan joga os braços para cima, se eximindo da culpa. "Foi nada! Não foi ideia minha, não! Foi sua!" Ele aponta para Steph e olha para Tristan. "Ela tem uma obsessão bizarra pelo Hardin, foi ideia dela."

Sacudindo a cabeça, Tristan se vira para sair do quarto, mas parece

313

mudar de ideia, cerra o punho e acerta o queixo de Dan, que desaba no chão. Tristan sai andando em direção à porta, e Steph vai atrás.

"Sai de perto de mim! Não quero mais nada com você!", ele grita e vai embora.

Olhando para todo mundo no quarto, ela berra: "Muito obrigada, porra!".

Sinto vontade de rir diante da ironia: Steph monta esse show de horrores e depois tenta culpar todo mundo quando sua armação se vira contra ela. E se eu não estivesse deitada aqui, tentando recuperar o fôlego, eu *daria* risada.

O rosto de Zed se aproxima de mim. "Tessa... você está bem?"

"Não...", admito, me sentindo mais zonza do que nunca. A princípio pensei que só o meu corpo estivesse lento — minha mente estava só um pouco enevoada, mas agora me sinto cada vez mais afetada pela droga.

"Desculpa ter deixado você sozinha. Eu deveria ter imaginado." Depois de envolver o cobertor em torno de mim com mais firmeza, Zed me pega pelas pernas e pelas costas e me ergue da cama.

Ele começa a me carregar para fora do quarto, mas para na frente de Dan, que está levantando do chão. "Tomara que o Hardin acabe com a sua raça quando ficar sabendo. Você merece."

Consigo ouvir os sussurros e suspiros de susto ao meu redor enquanto Zed me carrega pela casa lotada. Mas não me importo. Quero sumir deste lugar e nunca mais voltar.

"Que porra é essa?" Eu reconheço a voz de Logan.

"Você pode ir lá em cima e pegar o vestido e a bolsa dela?", Zed pergunta baixinho.

"Claro, cara", Logan responde.

Quando Zed sai pela porta da frente, o ar frio me envolve, me fazendo tremer. Pelo menos acho que estou tremendo, mas não sei ao certo. Zed tenta ajeitar melhor o cobertor sobre mim, mas ele fica caindo toda hora. E eu não ajudo muito, já que mal consigo me mover.

"Vou ligar para o Hardin assim que entrarmos no carro, tá?", Zed avisa.

"Não faça isso", eu resmungo. Hardin vai ficar muito bravo comigo. A última coisa que eu quero é ouvir sua gritaria sem conseguir nem abrir os olhos direito.

"Tessa, acho melhor ligar para ele, sério mesmo."

"Não, por favor." Começo a chorar de novo. Hardin é a única pessoa que quero ver agora, mas não quero nem imaginar como ele vai reagir quando descobrir o que aconteceu. Se ele tivesse aparecido em vez de Zed, o que teria feito com Dan e Steph? Com certeza alguma coisa que o colocaria na cadeia para sempre.

"Não conta para ele", eu peço. "Nada, nada, shh."

"Ele vai acabar descobrindo de qualquer forma. Mesmo com o vídeo destruído, um monte de gente viu o que aconteceu."

"Não, por favor."

Ouço o suspiro de frustração de Zed quando ele me apoia em apenas um dos braços para abrir a porta do carro.

Logan aparece logo depois que Zed me coloca no assento gelado. "As coisas dela estão aqui. Ela está bem?", ele pergunta, claramente preocupado.

"Acho que sim. Ela tomou diazepam."

"Como assim?"

"É uma longa história. Você já tomou?", Zed pergunta.

"Já, uma vez, mas só metade, e apaguei uma hora depois. Torce para ela não começar a ter alucinações. Esse negócio tem uns efeitos colaterais bizarros em algumas pessoas."

"Merda", Zed resmunga, e imagino que esteja torcendo o piercing do lábio entre os dedos.

"O Hardin sabe?", Logan pergunta.

"Ainda não..."

Os dois continuam conversando como se eu não estivesse lá, mas fico aliviada quando o aquecedor do carro enfim começa a expulsar o ar frio.

"Preciso levar ela para casa", Zed diz por fim, e em questão de segundos está sentado no banco do motorista.

Me olhando com uma expressão preocupada, ele diz: "Se não quer que eu conte para ele, para onde você quer ir? Pode ficar no meu apartamento, mas sabe como ele vai ficar irritado quando descobrir".

Se eu conseguisse formar alguma frase coerente, contaria sobre a nossa separação, mas acabo emitindo um som parecido com um soluço ou uma tossida. "Mãe", eu resmungo.

"Tem certeza?"

"Sim... Hardin não. Por favor", murmuro.

Ele faz que sim com a cabeça e arranca com a picape. Tento me concentrar na voz de Zed enquanto ele fala ao telefone, mas, por causa das minhas tentativas de me manter sentada, não consigo ouvir a conversa e em questão de minutos estou deitada no assento.

Decido me render e fecho os olhos.

59

HARDIN

O amor é o sentimento mais importante que uma pessoa pode ter. Seja por Deus ou por outra pessoa, é a mais poderosa, atordoante e incrível de todas as experiências. O momento em que a pessoa percebe que é capaz de amar alguém mais do que a si mesma provavelmente é o mais importante de sua vida. Pelo menos foi para mim. Eu amo Hardin mais do que a mim mesma, mais do que tudo.

Meu telefone vibra na mesinha de centro pela quinta vez nos últimos dois minutos. Resolvo atender, no fim das contas, para poder me livrar dela.

"O que você quer, caralho?", eu rosno ao telefone.

"É..."

"Fala logo, Molly, eu não tenho tempo para as suas bobagens."

"É sobre a Tessa."

Fico de pé, e o diário cai no chão. Meu sangue gela. "Que conversa é essa?"

"Ela... Então, não quero que você surte, mas a Steph pôs uma coisa na bebida dela, e o Dan está..."

"Onde você está?"

"Na fraternidade." Antes que ela termine a frase, eu desligo o telefone, pego a chave do carro e saio correndo do apartamento.

Meu coração fica disparado durante todo o trajeto. Por que eu fui alugar um apartamento tão longe do campus, caralho? Esses com certeza são os trinta quilômetros mais longos da minha vida.

Steph deu alguma coisa para Tessa... Que porra ela tem na cabeça? E Dan... o filho da puta do Dan é um homem morto se tiver encostado um dedo nela.

Atravesso todos os sinais vermelhos no caminho e ignoro as luzes dos flashes que me garantem que vou receber um monte de multas pelo correio em breve.

É sobre a Tessa... A voz de Molly ecoa na minha cabeça até eu chegar à república. Não me preocupo nem em desligar o carro — isso é a minha última preocupação no momento. A sala está lotada de idiotas bêbados, como sempre, enquanto abro caminho aos empurrões em busca de Tessa.

Minhas mãos agarram Nate pelo colarinho assim que o vejo, e eu o jogo contra a parede sem pensar duas vezes. "Onde ela está?"

"Não sei! Não vi!", ele berra, e eu afrouxo a pegada.

"Cadê a Steph, caralho?", pergunto.

"Está lá no quintal, eu acho... Pelo menos estava agora há pouco."

Eu o solto com um empurrão, e ele fica me encarando.

Saio para o quintal em pânico... Se Tessa estiver aqui fora nesse frio com Steph e Dan...

Os cabelos vermelhos de Steph brilham na escuridão, e não penso duas vezes antes de puxá-la pela gola da jaqueta de couro até levantá-la do chão.

Ela começa a golpear com os braços para trás. "Que porra é essa?"

"Onde ela está?", pergunto com um grunhido, sem soltar sua jaqueta.

"Não sei... você é quem tem que saber", ela responde, e eu a viro para encará-la.

"Cadê a Tessa, caralho?"

"Você não vai fazer nada contra mim."

"Eu não acreditaria nisso se fosse você. Me diz onde está a Tessa, caralho... *agora!*", eu grito bem na cara dela.

Steph faz uma careta, e sua pose de durona se desfaz por um momento antes de ela sacudir a cabeça. "Não sei onde ela está, mas já deve estar desmaiada agora."

"Você é uma vadia escrota e doente. Se eu fosse você, desapareceria daqui antes de eu encontrar a Tessa. Assim que eu tiver certeza de que ela está bem, nada vai me impedir de vir atrás de você!" Por um momento, chego a considerar a ideia de bater em Steph, mas sei que não posso fazer isso. Nem consigo imaginar a reação de Tessa se eu batesse em uma mulher, mesmo uma tão maligna quanto Steph.

Viro as costas e vou lá para dentro. Não tenho tempo para esses joguinhos.

"Cadê o Dan Heard?", pergunto para uma loirinha sentada na beira da escada.

"Ele?", ela pergunta, apontando a unha pintada para o alto da escada.

Saio correndo escada acima sem responder, saltando dois degraus por vez. Dan só me vê quando eu pulo sobre ele e o jogo no chão, derrubando outras duas pessoas no caminho. Eu o imobilizo sob meu corpo, fechando minhas mãos em torno de sua garganta. *Aqui vamos nós de novo.*

"Cadê a Tessa, caralho?" Eu aperto com mais força.

O rosto de Dan já está ficando vermelho, e ele faz um som patético de quem está engasgando em vez de responder. Eu aperto ainda mais os dedos.

"Se você tiver feito alguma coisa com ela, eu vou acabar com a sua raça", ameaço.

Dan começa a espernear, e eu olho para o cara com quem ele estava falando.

"Cadê a Tessa Young?", pergunto para o moleque, que ergue as mãos em sinal de rendição.

"Eu não... Não sei nem quem ela é! Eu juro, cara!", o covarde grita, afastando-se enquanto eu continuo estrangulando seu amigo.

O rosto de Dan está ficando roxo. "Já está pronto para falar?", pergunto.

Ele faz que sim com a cabeça em um movimento frenético.

"Então *fala*, caralho!", eu grito, largando seu pescoço.

"Ela... o Zed", ele consegue murmurar antes de começar a tossir assim que tiro a mão de sua garganta.

"*Zed?*" Minha vista escurece no momento em que meu maior medo se confirma. "Foi ele que envolveu você nisso, não foi?"

"Não. O Zed não teve nada a ver com a história", Molly responde por ele, saindo de um dos quartos. "Não mesmo. Quer dizer, ele ouviu Steph dizer que estava tramando alguma, mas acho que não levou a sério."

Olho para Molly com os olhos arregalados. "Onde ela está? Cadê a Tessa?", pergunto pela centésima vez. Cada segundo sem vê-la, cada momento sem a garantia de que ela está segura é um golpe a mais contra minha sanidade mental.

"Não sei. Acho que ela foi embora com o Zed."

"O que eles fizeram com ela? Me conta tudo... agora." Fico de pé e deixo Dan no chão, passando a mão no pescoço e tentando recobrar o fôlego.

Molly sacode a cabeça. "Não fizeram nada. Ele chegou antes que acontecesse alguma coisa."

"Ele?"

"O Zed. Fui atrás dele e do Tristan antes que acontecesse alguma coisa. A Steph estava maluca, queria que o Dan estuprasse a Tessa ou coisa do tipo. Disse que ia ser só uma encenação, mas sei lá, ela parecia uma psicopata."

"Estuprar a Tessa?" Eu fico sem fôlego. *Não.* "Ele... encostou nela?"

"Um pouco", ela responde, olhando para o chão.

Olho de novo para Dan, que está começando a sentar. Minha bota acerta o rosto dele, que vai de novo para o chão.

"Puta merda! Você vai matar ele!", Molly grita.

"Como se para você fizesse diferença", eu esbravejo, tentando calcular com quanta força tenho que dar o chute para deixar uma marca permanente no crânio dele. O sangue está escorrendo do canto de sua boca. Ótimo.

"Não faz... estou pouco me fodendo para essa história toda, na verdade."

"Então por que me ligou? Pensei que você detestasse a Tessa."

"E detesto, pode acreditar. Mas não ia deixar ela ser estuprada."

"Bom..." Eu quase agradeço, mas então me lembro da vaca que ela é, apenas balanço a cabeça e vou atrás de Tessa.

O que Zed estava fazendo aqui, para começo de conversa? O filho da puta sempre aparece na hora certa — no momento exato para me fazer parecer um babaca, e agora, mais uma vez, foi ele que veio salvá-la.

Apesar do meu ciúme, estou aliviado por saber que ela está longe de Steph e Dan e de seu plano doentio de vingança contra mim. Esse pesadelo todo é só mais um lembrete de que todas as coisas ruins na vida de Tessa são por minha causa. Se eu não tivesse feito aquela merda com a irmã de Dan, nada disso teria acontecido. Agora ela está drogada e com Zed. Quem é que sabe o que ele não é capaz de fazer com ela?

O inferno deve ser assim. Saber que ela está nessa situação por minha causa. Ela poderia ter sido estuprada por culpa minha.

Assim como nos meus sonhos... e eu não estava lá para impedir. Assim como não consegui evitar o que aconteceu com a minha mãe.

Eu odeio isso tudo. E me odeio, pra caralho. Eu estrago tudo que entra em contato comigo. Sou venenoso, e ela é como um anjo se desfazendo ao meu toque, tentando sobreviver contando apenas com as partes que eu ainda não destruí.

"Hardin!" Logan me encontra na beira da escada.

"Você sabe onde a Tessa e o Zed estão?" Essas palavras queimam minha língua como ácido.

"Eles saíram há uns quinze minutos... pensei que tivessem ido para a sua casa", ele responde.

Então ela não contou para ninguém sobre a nossa separação. "Ela estava... estava bem?", pergunto e prendo a respiração até ele responder.

"Não sei, estava bem chapada. Deram diazepam para ela."

"Caralho." Puxo meus cabelos e saio andando na direção da porta. "Se tiver alguma notícia do Zed, me liga", eu peço.

Logan faz que sim com a cabeça, e vou correndo até o meu carro. Por sorte, ele não foi roubado. Mesmo assim, teve alguém que não perdeu a chance de ser babaca e derramou cerveja no meu para-brisa e deixou o copo vazio em cima do capô. Cretinos do caralho.

Ligo para Tessa, mas a ligação cai na caixa postal. "Atende esse telefone, por favor... Atende só dessa vez."

Sei que ela não deve estar em condições de falar, mas Zed podia atender a porra do telefone por ela. Só de pensar que ela está indefesa e eu não estou por perto fico doente. Dou um murro no volante e arranco com o carro. Isso tudo é um puta de um desastre, e Tessa está justamente com Zed. E eu não confio nele mais do que em Dan ou Steph.

Na verdade, até confio, mas não gosto nem um pouco desta situação. Quando chego ao apartamento de Zed, estou às lágrimas —lágrimas de verdade cobrem o meu rosto, me lembrando do imbecil que na verdade sou. Eu deixei isso acontecer. Deixei que ela fosse drogada, quase estuprada e humilhada. Eu deveria estar lá. Ninguém tentaria fazer essa gracinha comigo por perto. Ela deve ter ficado com muito medo...

Seco os olhos com a camiseta e paro na frente do apartamento de Zed. A picape dele não está na garagem... *Cadê ele, caralho? Cadê a Tessa?*

Tento ligar para Tessa, depois para Zed, depois para Tessa de novo, mas ninguém atende. Se ele fizer alguma coisa com ela enquanto ela estiver desmaiada, eu não respondo pelos meus atos.

Para onde mais ela poderia ir?

Para a casa do meu pai?

"Hardin?" A voz sonolenta de Landon atende o telefone, e eu ponho no viva-voz.

"A Tessa está aí?"

Ele boceja. "Não... deveria estar?"

"Não, não sei onde ela está."

"Você está..." Ele se interrompe. "Está tudo bem?"

"Está... não. Não está. Não consigo encontrar a Tessa, e não sei mais onde procurar."

"Ela quer ser encontrada?", ele pergunta baixinho.

Quer? Provavelmente não. Mas a essa altura não deve estar nem conseguindo pensar coisa com coisa. Não é uma situação normal, para dizer o mínimo.

"Vou encarar esse seu silêncio como um não, Hardin. O meu palpite é que se ela não quer ser encontrada, deve estar no único lugar em que sabe que você não vai aparecer."

"A casa da mãe dela", resmungo, dando um murro na minha própria perna por não ter pensado nisso antes.

"Pronto, estraguei tudo... Você vai até lá?"

"Vou." *Mas será que Zed ia dirigir duas horas para levar Tessa até a casa da mãe dela?*

"Você sabe chegar lá?"

"Não, mas posso passar em casa e pegar o endereço."

"Acho que eu tenho algum papel com o endereço anotado... Ela deixou uns papéis de transferência aqui um tempo atrás. Vou procurar e já te ligo de volta."

"Valeu." Espero com impaciência e entro com o carro no primeiro estacionamento vazio que encontro. Fico olhando pela janela, observando a escuridão, lutando para não deixar que ela me invada. Preciso me concentrar em Tess, em saber se ela está bem.

"Você vai me contar o que está acontecendo?", Landon pergunta assim que me liga de volta.

"A Steph... a ruiva, lembra dela? Ela drogou a Tessa."

Landon solta um suspiro de susto. "Espera aí, como é?"

"Pois é, foi uma armação escrota, e eu não estava lá para ajudar, então ela está com o Zed", eu conto.

"Ela está bem?" Ele parece estar entrando em pânico.

"Não faço a menor ideia."

Limpo o nariz na camiseta, e Landon me passa o endereço da casa onde Tessa cresceu.

A mãe dela vai surtar quando eu aparecer, principalmente nessa situação, mas não estou nem aí. Não faço ideia do que vou fazer quando chegar lá, mas preciso vê-la e saber se ela está bem.

60

TESSA

"O que foi que aconteceu? Quero saber a história toda!", minha mãe grita quando Zed me tira da picape. Seus braços em torno de mim me despertam, e começo a me sentir envergonhada.

"A ex-colega de quarto da Tessa pôs alguma coisa na bebida dela, e ela me pediu para vir para cá", Zed explica, sem revelar toda a verdade. Fico aliviada por ele não contar os detalhes.

"Ai, meu Deus! E por que aquela menina fez isso?"

"Não sei, sra. Young... A Tessa pode explicar tudo quando acordar."

Estou acordada! Quero gritar, mas não consigo. É uma sensação estranha ouvir tudo o que acontece ao meu redor sem conseguir participar da conversa. Não consigo me mexer nem falar, minha mente está enevoada e meus pensamentos, confusos — mas estou estranhamente consciente de tudo o que acontece. O problema é que o que está acontecendo muda a cada minuto: às vezes a voz de Zed se transforma na de Hardin, e juro que consigo ouvir a risada de Hardin e ver seu rosto quando abro os olhos. Estou enlouquecendo. Essa droga está me deixando maluca, e eu quero que essa sensação vá embora.

Mais um tempo se passa — eu não faço ideia de quanto — e sou colocada no sofá, pelo que consigo perceber. De forma lenta, talvez até relutante, o braço de Zed desliza pelas minhas costas.

"Bom, obrigada por trazê-la para cá", minha mãe diz. "Isso tudo é um horror. Quando ela vai acordar?" Sua voz é aguda. Minha cabeça gira lentamente.

"Não sei. Acho que o efeito dura doze horas no máximo. Já faz umas três."

"Como ela pôde ser tão burra?", minha mãe esbraveja com Zed, e a palavra "burra" ecoa na minha mente por um tempo antes de desaparecer.

"Quem, a Steph?", ele pergunta.

"Não, a Theresa. Como ela pôde ser tão burra de se envolver com essas pessoas?"

"Não foi culpa dela", Zed responde, me defendendo. "Era para ser uma festa de despedida. A Tessa achava que essa garota era amiga dela."

"Amiga? Por favor! A Tessa deveria saber que não era uma boa ideia ficar amiga daquela garota, de todos vocês, aliás."

"Sem querer ser desrespeitoso nem nada, mas a senhora nem me conhece. E eu acabei de dirigir duas horas para trazer a sua filha aqui", Zed responde com toda a educação.

Minha mãe solta um suspiro, e eu me concentro no barulho de seus saltos batucando o chão da cozinha.

"A senhora precisa de mais alguma coisa?", ele pergunta. O sofá, eu percebo, é bem mais macio que os braços de Zed. Os braços de Hardin são firmes e macios ao mesmo tempo. Sempre adorei ver seus músculos se enrijecendo sob a pele. Meus pensamentos estão ficando embaçados de novo. Estou detestando essa oscilação entre momentos de clareza e confusão.

A uma certa distância, ouço a voz da minha mãe dizer: "Não, obrigada por tê-la trazido até aqui. Eu fui ríspida com você agora há pouco, e peço desculpas por isso."

"Só vou pegar as roupas e as coisas delas no carro e já vou embora."

"Certo." Escuto os saltos dela batucando o chão da sala.

Espero para ouvir o rugido do motor da picape de Zed, que não vem, ou talvez eu apenas não tenha escutado. Estou confusa. Minha cabeça está pesada. Não sei há quanto tempo estou deitada aqui, mas estou com sede. Zed já foi embora?

"Que diabos *você* está fazendo aqui?", minha mãe grita, e eu tenho um lampejo de lucidez em meio à névoa. Mesmo assim, ainda não sei o que está acontecendo.

"Ela está bem?", uma voz áspera e ofegante pergunta. Hardin.

Ele está aqui. Hardin.

A não ser que seja a voz de Zed me confundindo de novo. Não, agora eu sei que é Hardin. De alguma forma, consigo sentir sua presença.

325

"Você não vai entrar na minha casa!", minha mãe grita. "Você não me ouviu? Não passe por mim como se não tivesse me escutado!"

Ouço a porta bater, e minha mãe continua a gritar.

E então acho que sinto a mão dele no meu rosto.

61

HARDIN

Eles não devem ter chegado há muito tempo — eu vim dirigindo acima do limite de velocidade o tempo todo. Assim que vejo a picape de Zed estacionada na frente da casa de tijolos, quase passo mal. Quando ele aparece na varanda, toda a minha raiva vem à tona.

Zed vai caminhando lentamente até sua picape enquanto estaciono na rua, um pouco mais à frente para não bloquear sua saída e ele poder sumir logo daqui. *O que eu falo para ele? E para ela? Será que ela vai conseguir me ouvir?*

"Eu sabia que você ia aparecer aqui", ele diz baixinho quando me vê.

"E por que eu não viria?", respondo com um grunhido, tentando conter minha raiva.

"Talvez porque tudo isso seja culpa sua."

"Está falando sério? É culpa minha a Steph ser uma porra de uma psicopata, caralho?" *Sim, é.*

"Não, é culpa sua não ter ido com a Tessa àquela festa, para começo de conversa. Você precisava ver a cara dela quando eu arrombei a porta." Ele sacode a cabeça para afastar a lembrança. Sinto um aperto no peito. Tessa não deve ter contado que não estamos mais juntos. *Isso significa que ela ainda tem esperança, como eu?*

"Eu... eu nem sabia que ela estava lá, então não enche o meu saco. Cadê a Tessa?"

"Lá dentro." Ele afirma o óbvio com ódio no olhar.

"Não olha assim para mim, caralho... Você nem deveria estar aqui, aliás", lembro a ele.

"Se não fosse por mim, ela teria sido estuprada e sabe Deus mais o quê..."

Minhas mãos encontram a gola de sua jaqueta de couro, e eu o empurro contra a lateral de sua picape. "Por mais que você tente, e que seja o 'salvador da pátria', ela nunca vai querer você. Não esquece disso."

Dou um último empurrão nele e me afasto. Quero bater nele, arrebentar seu nariz por ser um babaca presunçoso, mas Tessa está lá dentro, e vê-la é muito mais importante para mim agora. Quando passo ao lado da picape, vejo no assento a bolsa de Tessa e... o vestido dela.

Ela está sem roupa?

"Por que o vestido dela está aqui?", tomo coragem para perguntar. Abro a porta com violência e pego as coisas dela. Ele não fala nada, e eu o encaro, exigindo uma resposta.

"Eles tiraram", Zed diz simplesmente, com a expressão bem séria.

"Puta que pariu", eu murmuro e saio andando na direção da casa da mãe de Tessa.

Quando chego à varanda, Carol aparece para bloquear a porta. "Que diabos *você* está fazendo aqui?"

Sua filha está péssima, mas sua principal preocupação é gritar comigo. Que beleza.

"Preciso ver a Tessa." Eu seguro a maçaneta da porta. Ela sacode a cabeça, mas sai da frente. Eu tenho a impressão de que ela sabe que não vai conseguir me deter.

"Você não vai entrar na minha casa!", ela berra.

Eu ignoro e passo direto por ela. "Você não me ouviu? Não finja que não está me escutando!" A porta bate atrás de mim, e percorro a sala pequena com os olhos à procura da minha garota.

Quando a vejo, fico paralisado por um momento. Ela está deitada no sofá com os joelhos ligeiramente flexionados, os cabelos caídos como uma aréola em torno de sua cabeça e os olhos estão fechados. Carol continua me intimidando, ameaçando chamar a polícia, mas eu não estou nem aí. Vou até Tessa e me ajoelho para ficar na altura de seu rosto. Sem pensar duas vezes, acaricio sua bochecha com o polegar e seguro sua face avermelhada com a mão.

"Meu Deus", digo baixinho, observando seu peito se mover para cima e para baixo.

"Porra, Tess, me desculpa. Isso é tudo culpa minha", murmuro para ela, na esperança de que consiga me ouvir. Ela está tão linda, tranquila e imóvel, com os lábios ligeiramente afastados, com a inocência estampada em seu lindo rosto.

Carol, obviamente, aproveita o momento e descarrega toda sua raiva sobre mim. "Isso mesmo! A culpa *é* sua. Agora saia da minha casa se não quiser sair *arrastado* daqui pela polícia!"

Sem me virar para ela, eu respondo: "Para com isso, vai? Eu não vou sair daqui. Pode chamar a polícia. Faz eles virem aqui a esta hora da noite para você virar motivo de fofoca no bairro todo. E nós dois sabemos que não é isso que você quer." Eu sei que ela está me fuzilando com os olhos, mas não consigo me concentrar em nada a não ser na menina deitada na minha frente.

"Tudo bem", Carol resmunga por fim. "Você tem cinco minutos."

Ela arrasta os sapatos no carpete da maneira mais irritante do mundo. *Por que ela está toda arrumada a esta hora, aliás?*

"Espero que você esteja me ouvindo, Tessa", começo. Minhas palavras são abruptas, mas meu toque em sua pele macia é suave. As lágrimas se acumulam nos meus olhos e caem sobre ela. "Me perdoa. Pelo amor de Deus, me perdoa por tudo. Eu não deveria ter deixado você ir embora. Onde eu estava com a cabeça? Mas acho que você ficaria orgulhosa de mim, pelo menos um pouco. Eu não matei o Dan, só dei um chute na cara dele... e apertei um pouco a garganta dele, mas ele ainda está respirando." Faço uma pausa antes de admitir: "Eu quase bebi hoje à noite, mas desisti. Não queria piorar ainda mais as coisas entre nós. Eu sei que você pensa que não estou nem aí, mas estou. Só não sei como demonstrar isso." Dou uma parada para ver seus olhos fechados, que tentam se abrir ao ouvir minha voz.

"Tessa, você está me ouvindo?", pergunto, cheio de esperança.

"Zed?", ela murmura baixinho, e por um momento chego a pensar que o diabo está me pregando uma peça.

"Não, linda, é o Hardin. É o Hardin, não o Zed." Não consigo disfarçar a irritação que sinto ao ouvir o nome dele saindo de forma tão carinhosa da boca dela.

"Hardin não." Ela franze a testa, confusa, mas seus olhos permanecem fechados. "Zed?", ela repete, e eu tiro a mão de seu rosto.

Quando fico de pé, percebo que a mãe dela não está por perto. Fico surpreso por ela não estar espiando por cima do meu ombro quando tento fazer as pazes com sua filha.

E então, como se meus pensamentos a tivessem invocado, ela aparece na sala. "Já terminou?", Carol questiona.

Ergo uma mão para afastá-la. "Não, ainda não." Mas deveria — afinal, Tessa está chamando Zed.

E então, mais humilde, admitindo que não tem controle absoluto sobre o mundo inteiro, ela me pede: "Você pode colocá-la no quarto para mim antes de ir? Ela não pode dormir no sofá".

"Então eu não posso entrar aqui, mas..." Eu me interrompo, ciente de que não vou ganhar nada entrando em conflito com essa mulher mais uma vez. Em vez disso, faço que sim com a cabeça. "Claro, onde fica o quarto?"

"Última porta à esquerda", ela responde secamente e sai da sala de novo. Não sei de onde veio a gentileza de Tessa, mas com certeza não foi dessa mulher.

Soltando um suspiro, passo um braço sob os joelhos de Tessa e outro por baixo de seu pescoço, levantando-a com cuidado. Um grunhido suave escapa de seus lábios quando a trago mais para perto do peito. Mantenho a cabeça baixa enquanto a carrego pelo corredor. A casa é pequena, bem menor do que eu imaginava.

A última porta à esquerda está quase fechada, e quando a empurro com o pé fico surpreso pelos sentimentos nostálgicos que me invadem ao ver um quarto em que nunca estive antes. A cama pequena fica encostada na parede, preenchendo quase metade do quarto. A escrivaninha no canto é quase do tamanho da cama. Uma Tessa adolescente surge na minha mente, como ela devia passar horas e horas sentada ali, ocupada com inúmeras tarefas escolares. Suas sobrancelhas franzidas, sua boca comprimida, seus cabelos caindo sobre os olhos e sua mão afastando-os com movimentos leves antes de pôr um lápis atrás da orelha.

Agora que a conheço melhor, não imaginava que ela teria lençóis cor-de-rosa e um edredom roxo. Devem ser resquícios de um tempo mais distante, quando Tessa brincava com sua Barbie, uma época que ela definiu como "a melhor e a pior de sua vida". Lembro de Tessa contando que sempre perguntava para sua mãe onde a Barbie trabalhava, onde tinha estudado, se teria filhos um dia.

Olho para baixo e vejo a Tessa adulta no meu colo e sou obrigado a segurar o riso ao pensar em sua curiosidade incessante —uma das coisas de que mais gosto e que mais detesto nela agora. Puxo a coberta e a deito com cuidado na cama, colocando só um travesseiro sob sua cabeça, do jeito que ela dorme em casa.

Em casa... nosso apartamento não é mais a casa dela. Assim como essa pequena casa, foi apenas uma escala no caminho para seu sonho: Seattle.

A cômoda de madeira range quando abro a primeira gaveta, procurando por roupas para vestir seu corpo seminu. Ao pensar em Dan tirando sua roupa, cerro os punhos e agarro com força o tecido de uma velha camiseta. Levanto Tessa com cuidado e visto nela a camiseta. Seus cabelos estão bagunçados e, quando tento ajeitá-los, só pioro as coisas. Ela resmunga outra vez, e seus dedos se retraem. Está tentando se mover, mas não consegue. Odeio isso. Engulo a bile que sobe pela minha garganta e tento afastar a imagem das mãos daquele merda sobre ela.

De forma respeitosa, viro para o outro lado enquanto passo seus braços pelas mangas da camiseta e só olho de novo quando ela está totalmente vestida. Carol está parada na porta. Sua expressão é tensa e pensativa, e eu me pergunto há quanto tempo ela está ali.

62

TESSA

Parem com isso, sinto vontade de gritar com os dois. Não consigo entender o que estão falando enquanto brigam desse jeito. Não estou conseguindo acompanhar muita coisa: o tempo não faz sentido no estado em que estou. Está tudo confuso. Ouço portas batendo e minha mãe e Hardin discutindo — e é difícil demais escutar —, mas o principal é a escuridão me puxando para baixo com força...

Em algum momento, pergunto a Hardin: "Sim, mas e o Zed? Você fez alguma coisa com ele?" Pelo menos é o que penso, e estou me esforçando ao máximo para falar. Não sei se essas palavras saem da minha boca ou não, se minha boca ainda está coordenada com meu cérebro.

"Não, é o Hardin. É o Hardin, não o Zed."

Hardin está aqui, não Zed. Espera um pouco, Zed também está aqui, não está?

"Não, Hardin. Estou perguntando do Zed." A escuridão me puxa para longe de sua voz. Minha mãe entra na sala e preenche o ar com seu tom autoritário, mas não consigo entender uma palavra. A única coisa clara para mim é a voz de Hardin. Não suas palavras, mas o som, e a maneira como mexe comigo.

Em algum momento, sinto alguma coisa sob meu corpo. O braço de Hardin? Não sei ao certo, mas sou erguida do sofá, e um cheiro familiar de menta entra pelo meu nariz. Por que ele está aqui, e como foi que me encontrou?

Segundos depois, estou deitada na cama, mas sou puxada para cima de novo. As mãos trêmulas de Hardin enfiam uma camiseta pela minha cabeça, e sinto vontade de gritar para ele parar de me tocar. A última coisa que quero é ser tocada, mas, no momento em que os dedos dele roçam minha pele, a lembrança repugnante de Dan desaparece.

"Me toca de novo, por favor. Faz isso passar", eu imploro. Ele não responde. Suas mãos continuam tocando minha cabeça, meu pescoço, meus cabelos, e eu tento segurá-las, mas meu corpo está pesado demais.

"Eu te amo. Me desculpa", ouço antes de minha cabeça ser colocada de volta sobre o travesseiro. "Quero levar ela para casa."

Não, me deixa aqui. Por favor, eu penso. Mas não vá embora...

63

HARDIN

Carol cruza os braços sobre o peito. "Pode esquecer."

"Eu sabia", esbravejo, e me pergunto se Tessa ficaria muito brava se eu xingasse sua mãe. Sair de seu quarto, o quarto onde passou a infância, fica ainda mais difícil quando ouço seu gemido abafado ao sair para o corredor.

"Onde você estava quando isso aconteceu?", ela questiona.

"Em casa."

"Por que não estava lá para impedir?"

"Quem garante que eu não estava envolvido? Você sempre me culpa por tudo de ruim que acontece no mundo."

"Porque eu sei que, apesar das suas atitudes e do seu estilo de vida equivocado, você não deixaria uma coisa dessas acontecer com a Tessa."

Isso foi um elogio? Talvez não exatamente... Mas vou aceitar mesmo assim, principalmente considerando as circunstâncias. "Bom...", eu começo.

Ela ergue a mão para me silenciar. "Eu ainda não terminei. E não culpo você por tudo de ruim que acontece no mundo." Ela aponta para a menina adormecida, ou semiconsciente, em cima da cama. "Só com *ela*."

"Isso eu não contesto." Solto um suspiro de derrota. Sei que ela está certa — não adianta tentar negar que arruinei quase tudo na vida de Tessa.

Ele tem sido meu herói, e meu algoz às vezes, mas na maior parte do tempo meu herói, ela escreveu em seu diário. Um herói? Estou muito longe de ser uma porra de um herói. Daria tudo para ser um para ela, mas não sei como fazer isso.

"Bom, pelo menos em uma coisa nós concordamos." Ela abre um meio sorriso com os lábios grossos, mas ele se desfaz em seguida e ela baixa a cabeça. "Bom, se era isso que você queria, agora já pode ir."

"Certo..." Dou uma última olhada para Tessa antes de virar de novo para sua mãe, que está me encarando.

"Quais são seus planos em relação à minha filha?", ela pergunta, um tanto autoritária, mas ao mesmo tempo meio temerosa. "Preciso saber quais são suas intenções de longo prazo, porque a cada vez que viro as costas acontece alguma coisa com ela, e é sempre alguma coisa ruim. O que você pretende fazer com ela em Seattle?"

"Eu não vou para Seattle com ela." As palavras quase ficam entaladas na minha garganta.

"Quê?" Ela começa a caminhar pelo corredor, e eu vou atrás.

"Eu não vou. Ela vai sem mim."

"Por mais que eu fique feliz de ouvir isso, posso saber por quê?" Ela ergue a sobrancelha em um arco perfeito, e eu desvio o olhar.

"Eu não vou, só isso. É melhor para ela ir sem mim, de qualquer forma."

"Você parece meu ex-marido falando." Ela engole em seco. "Às vezes eu me culpo por Tessa ter se envolvido com você. Acho que é porque você lembra o pai dela, antes de nos abandonar." Ela passa as mãos com unhas pintadas pelos cabelos e tenta não se mostrar abalada ao falar de Richard.

"Ele não tem nada a ver com o nosso relacionamento. Ela mal conhece o pai. E os poucos dias que eles passaram juntos recentemente mostraram bem isso: ela não tem lembranças suficientes dele para afetar suas escolhas."

"Recentemente?" Carol arregala os olhos de surpresa, e vejo seu rosto empalidecer. Qualquer possibilidade que tínhamos de estabelecer um diálogo amigável foi por água baixo.

Merda. Porra. Puta que pariu. "Ela... hã, a gente cruzou com ele na rua há mais ou menos uma semana."

"Richard? Ele a encontrou?" Sua voz fica embargada, e ela leva a mão ao pescoço.

"Não, ela cruzou com ele na rua."

Seus dedos começam a mexer nervosamente nas pérolas em volta de seu pescoço. "Onde?"

"Não sei se é uma boa ideia contar essas coisas para você."

"*Como é?*" Seus braços caem junto do corpo, e ela fica me observando, em choque.

335

"Se a Tessa quisesse que você ficasse sabendo que ela viu o pai, teria contado ela mesma."

"Isso é mais importante do que o fato de você não gostar de mim, Hardin. Eles têm se visto *com frequência?*" Seus olhos cinzentos ficam brilhantes, ameaçando derramar lágrimas, mas conheço essa mulher e sei que em hipótese alguma ela choraria na frente de alguém, principalmente de mim.

Solto um suspiro. Não quero trair Tessa, mas também não quero me complicar ainda mais com sua mãe. "Ele ficou lá em casa uns dias."

"Ela não ia me contar, né?" Sua voz sai aguda, e ela começa a cutucar as unhas.

"Provavelmente não. Não é muito fácil conversar com você", eu lembro. Me pergunto se é uma boa hora para comentar sobre a minha suspeita de que ele invadiu nosso apartamento.

"E com você é?" Ela eleva o tom de voz, e eu me aproximo. "Pelo menos eu me importo com o bem-estar dela. Já você não pode dizer o mesmo!"

Eu sabia que uma conversa civilizada entre nós não poderia durar muito. "Eu me preocupo com ela mais do que qualquer outra pessoa, inclusive você", rebato.

"Eu sou a mãe dela. Ninguém no mundo a ama mais do que eu. O fato de você pensar assim só mostra o quanto sua mente é perturbada!" Os sapatos dela batucam no chão enquanto ela caminha de um lado para o outro.

"Sabe o que eu acho? Acho que você me odeia porque eu faço você se lembrar dele. Você detesta a lembrança constante de tudo que você arruinou, então me detesta para não ter que detestar a si mesma... mas quer saber de uma coisa?" Espero que ela balance a cabeça de forma sarcástica antes de continuar: "Eu e você também somos muito parecidos. Mais do que Richard e eu, na verdade. Nós dois nos recusamos a admitir os nossos erros. Em vez disso, colocamos a culpa nos outros. Nós isolamos as pessoas que amamos e obrigamos...".

"Não! Você está errado!", ela grita.

Suas lágrimas e sua histeria por algum motivo me impedem de concluir o que eu ia dizer: que ela vai passar o resto da vida sozinha. "Não,

não estou errado. E eu já estou saindo daqui. O carro de Tessa ainda deve estar no campus, então eu trago amanhã, a não ser que queira ir até lá buscar você mesma."

Carol limpa os olhos. "Tudo bem, pode trazer o carro. Amanhã, às cinco." Ela me encara com os olhos vermelhos e a maquiagem borrada. "Isso não muda nada. Eu nunca vou gostar de você."

"E para mim isso nunca vai fazer a menor diferença." Saio andando na direção da porta e por um momento me pergunto se não é melhor dar meia-volta e levar Tessa comigo.

"Hardin, apesar da minha opinião a seu respeito, eu sei que você ama a minha filha. Só quero lembrar que, se você a ama de verdade, vai parar de interferir na vida dela. A Tessa não é mais a menina que eu deixei naquela maldita faculdade seis meses atrás."

"Eu sei." Por mais que eu deteste essa mulher, sinto pena dela, porque, assim como eu, ela provavelmente vai passar o resto de sua vida infeliz sozinha. "Pode me fazer um favor?", pergunto.

Ela me encara, desconfiada. "O quê?"

"Não fala que eu vim aqui. Se ela não lembrar, não conta para ela." Tessa está tão chapada que provavelmente não vai lembrar de nada. Acho que nem sabe que eu estou aqui agora.

Carol olha bem para mim e balança a cabeça. "Isso eu posso fazer."

64

TESSA

Minha cabeça está pesada, muito pesada, e a luz que entra através da cortina amarela é forte, forte demais.

Cortina amarela? Abro os olhos de novo e vejo as cortinas do meu antigo quarto cobrindo as janelas. Nós nunca gostamos dessa cortina, mas minha mãe nunca pôde comprar uma nova, então tivemos que nos acostumar com ela. As últimas horas começam a voltar em fragmentos, pedaços de lembranças embaralhadas e confusas que não fazem muito sentido.

Nada faz sentido. Demora alguns segundos, talvez alguns minutos, para minha mente começar a tentar entender o que aconteceu.

A traição de Steph é a minha lembrança mais marcante da noite passada, uma das mais dolorosas que já tive. Como ela teve coragem de fazer aquilo comigo? Com qualquer pessoa? A situação toda é tão errada, tão perversa, e me pegou totalmente de surpresa. Lembro de ficar aliviada quando ela entrou no quarto, e em seguida entrar em pânico quando ouvi ela dizer que nunca foi minha amiga no fim das contas. Sua voz era cristalina, apesar do estado em que eu estava. Ela pôs alguma coisa na minha bebida para me deixar grogue, ou pior, me fazer desmaiar — tudo isso para executar uma espécie de vingança injustificada contra mim e Hardin. Fiquei com muito medo ontem à noite, e Steph passou de meu porto seguro a minha predadora tão rapidamente que mal me dei conta do que estava acontecendo.

Eu fui drogada em uma festa por alguém que considerava minha amiga. A realidade me atinge com força, e limpo com raiva as lágrimas que escorrem pelo meu rosto.

A humilhação toma o lugar da dor da traição quando me lembro de Dan e sua câmera. Eles tiraram meu vestido... a luzinha vermelha da câmera no quarto mal iluminado é uma imagem que acho que nunca vou esquecer. Eles queriam me estuprar, filmar tudo e depois mostrar para as pessoas. Ponho a mão na barriga, torcendo para não passar mal de novo.

Toda vez que penso que vou ter uma folga da batalha constante que se tornou minha vida, acontece algo pior. E sou eu que me meto nessas enrascadas. Mas a Steph? Ainda não entendo. Se entendi bem o que ela disse, e ela fez tudo aquilo porque não gosta de mim e sente alguma coisa por Hardin, por que não me disse logo de uma vez? Por que fingiu ser minha amiga por tanto tempo só para depois fazer o que fez? Como ela conseguia sorrir para mim, fazer compras comigo, ouvir meus segredos, meus temores, e depois me apunhalar pelas costas desse jeito?

Eu me sento na cama devagar, mas mesmo assim é mais rápido do que deveria. Meu coração está disparado, e quero ir correndo até o banheiro para vomitar caso ainda tenha algum resquício de droga no meu estômago. Em vez disso, porém, fecho os olhos de novo.

Quando volto a acordar, minha cabeça está um pouco mais leve, e consigo levantar da cama. Não estou usando calça, só uma camiseta que nem lembro de ter vestido. Minha mãe deve ter me trocado... mas isso não parece muito provável.

O único pijama na minha antiga cômoda está curto e apertado demais. Eu ganhei peso desde que entrei na faculdade, mas estou me sentindo mais confortável e confiante em relação ao meu corpo do que... Mais do que em qualquer outro momento na minha vida.

Saio cambaleando do banheiro, atravesso o corredor e chego à cozinha, onde encontro minha mãe encostada na bancada, lendo uma revista. Seu vestido preto está impecavelmente limpo e passado, ela está usando sapatos de salto combinando com a roupa e seus cabelos estão penteados à perfeição como sempre. Quando olho para o relógio do fogão, vejo que já passa das quatro da tarde.

"Como você está se sentindo?", minha mãe pergunta baixinho quando se vira para mim.

"Péssima", resmungo, incapaz de fazer uma cara minimamente amigável.

"Eu imaginei, depois da noite que você teve."

Lá vamos nós...

"Toma um café e uma aspirina. Você vai se sentir melhor."

Faço que sim com a cabeça e vou até o armário pegar uma caneca.

"Eu estou saindo para a igreja. Imagino que você não vá querer ir, certo? Já perdeu o culto da manhã", ela diz com um tom de voz monótono.

"Não, eu não estou em condições de encarar a igreja agora." Só minha mãe mesmo para perguntar se quero ir à igreja quando acabei de acordar depois de ter sido drogada e quase estuprada.

Ela pega a bolsa em cima da mesa e se vira de novo para mim. "Certo, vou dizer para Noah e para os pais dele que você mandou lembranças. Vou estar de volta lá pelas oito."

Sinto uma pontada de culpa ao ouvir o nome de Noah. Ainda não liguei para ele desde que fiquei sabendo da morte de sua avó. Sei que deveria ter telefonado, preciso fazer isso. Vou ligar logo depois que o culto terminar — isso se eu encontrar meu celular.

"Como foi que eu vim parar aqui ontem à noite?", pergunto, tentando juntar as peças do quebra-cabeça. Lembro de Zed entrando no antigo quarto de Hardin e destruindo a câmera.

"O jovem que trouxe você se chama Zed, se não me engano." Ela volta a olhar para a revista, limpando a garganta.

"Ah."

Eu odeio isso. Odeio não saber das coisas. Gosto de ter tudo sob controle, e na noite passada não estava conseguindo controlar nem meu corpo nem meus pensamentos.

Minha mãe coloca a revista com força sobre o balcão. "Se precisar de alguma coisa, me liga", ela diz com uma expressão vazia e sai andando na direção da porta.

"Certo..."

Ela se vira e lança um último olhar de desaprovação para meu pijama apertado antes de sair de casa. "Ah, e procura alguma coisa para vestir no meu armário."

Assim que a porta se fecha, ouço a voz de Hardin na minha mente.

É tudo culpa minha, ele disse. Não pode ter sido Hardin — minha mente está me enganando. Preciso ligar para Zed e agradecer por tudo. Eu devo muito a ele por ter aparecido para me ajudar, me salvar. Sou muito grata a Zed, e nunca vou conseguir agradecer o suficiente pelo que ele fez por mim, inclusive me trazer até aqui. Não consigo nem imaginar o que aquela câmera teria filmado se ele não tivesse entrado no quarto.

As lágrimas salgadas se misturam ao meu café pela meia hora seguinte. Por fim, resolvo sair da mesa e ir até o banheiro lavar os vestígios dos acontecimentos repugnantes da noite passada do meu corpo. Quando vou até o armário da minha mãe procurar alguma roupa para vestir, já estou me sentindo melhor.

"Você não tem nenhuma roupa *normal*?", resmungo, empurrando cabide após cabide com vestidos elegantes. Estou quase me rendendo à ideia de ficar sentada aqui sem roupa quando encontro uma blusa creme e uma calça jeans escura. A calça veste bem e a blusa fica apertada no peito, mas pelo menos encontrei alguma coisa informal para usar.

Enquanto reviro a casa em busca do meu celular e da minha bolsa, percebo que não tenho nenhuma lembrança que possa me indicar seu paradeiro. Por que a minha mente não consegue esclarecer o que aconteceu ontem à noite? Imagino que meu carro ainda esteja estacionado na frente do alojamento. Só espero que Steph não tenha furado os pneus.

Volto para meu antigo quarto e abro a gaveta da escrivaninha. Meu celular está lá dentro, em cima da minha bolsa. Ligo o aparelho e espero carregar. Quase desligo de novo quando ele começa a vibrar sem parar. Mensagens e mais mensagens de texto, recados e mais recados de voz.

Hardin... Hardin... Zed... Hardin... número desconhecido... Hardin... Hardin...

Sinto um frio na barriga ao ler seu nome na tela. Ele sabe, com certeza. Alguém deve ter contado o que aconteceu, por isso ele me ligou e me escreveu tantas vezes. Eu deveria ligar para ele e dizer que estou bem antes que ele enlouqueça de preocupação. Apesar do status atual do nosso relacionamento, ele deve ter ficado abalado com o que aconteceu... "abalado" na verdade é pouco.

Desligo o telefone quando a ligação cai na caixa postal e volto para o quarto da minha mãe para tentar dar um jeito nos meus cabelos. A última coisa que me preocupa agora é minha aparência, mas também não quero ficar ouvindo os comentários ofensivos da minha mãe sobre o meu desleixo. Além disso, cuidar da minha aparência também pode me ajudar a desviar meus pensamentos angustiados dos fragmentos de lembranças que surgem na minha mente de tempos em tempos. Cubro as olheiras escuras, passo um pouco de rímel e penteio os cabelos, que estão quase secos, o que ajuda a dar um jeito em seu ondulado natural. Não estão nem perto do que eu gostaria, mas não tenho energia para dedicar mais um minuto que seja ao emaranhado de fios rebeldes.

O som de alguém batendo na porta interrompe meus pensamentos confusos. *Quem pode ser a uma hora destas?* Sinto meu estômago se revirar diante da ideia de que Hardin pode estar do outro lado da porta.

"Tessa?", uma voz conhecida me chama, e escuto a porta se abrir.

Noah entra e eu o encontro na sala de estar. O alívio e a culpa tomam conta de mim quando vejo seu sorriso familiar, mas vacilante.

"Oi..." Ele balança a cabeça, inquieto.

Sem pensar duas vezes, eu praticamente me jogo em cima dele, atirando os braços em volta de seu pescoço. Enterro a cabeça em seu peito e começo a chorar.

Seus braços fortes me envolvem, nos ajudando a manter o equilíbrio. "Você está bem?"

"Estou, é que... Não, não estou." Levanto a cabeça de seu peito, pois não quero borrar seu cardigã bege com minha maquiagem.

"A sua mãe falou que você estava na cidade." Ele continua me abraçando, e eu continuo desfrutando do conforto familiar de seu abraço. "Então saí de fininho antes do fim do culto para poder falar um oi sem ninguém por perto. Então, o que aconteceu?"

"Muita coisa, é difícil até explicar. Mas eu estou sendo muito dramática", resmungo e dou um passo atrás.

"A faculdade ainda não está sendo o que você esperava?", ele pergunta com um sorrisinho compreensivo.

Faço que não com a cabeça e faço um gesto para irmos até a cozinha, para eu fazer mais café. "Não, de jeito nenhum. Estou me mudando para Seattle."

"A sua mãe me contou", ele diz ao se sentar à mesa.

"Você ainda vai para a wcu no próximo semestre?" Eu solto uma risadinha. "Eu não recomendo essa faculdade para ninguém." Mas tentar fazer piada com a minha própria situação só me faz ficar com os olhos cheios de lágrimas.

"Pois é, essa é a ideia. Mas eu e... a menina com quem estou saindo... nós estamos pensando em ir para San Francisco. Você sabe que eu gosto da Califórnia."

Eu não estava preparada para essa informação — Noah está namorando. Não deveria ser surpresa, mas fico sem jeito e só consigo dizer: "Ah, é?"

Os olhos azuis de Noah brilham sob a luz fluorescente da cozinha. "É, as coisas estão indo bem. Mas estou tentando ir devagar, você sabe... por causa de tudo que aconteceu."

Para não deixá-lo concluir esse raciocínio e me sentir ainda mais culpada pela forma como terminamos, eu pergunto: "Hã, como vocês se conheceram?".

"Bom ela trabalha na Zooms ou coisa do tipo, uma loja do shopping lá perto do campus, e..."

"Você foi até lá?", eu interrompo. Parece estranho que ele tenha ido até lá e não tenha me falado nada, não tenha ido me ver... mas eu entendo.

"Fui, para ver a Becca. Eu deveria ter ligado para você, mas como as coisas estavam estranhas entre nós..."

"Eu sei, não tem problema", garanto e deixo que conclua o que estava falando. Esse nome Becca não me é estranho... mas o fragmento de memória se desfaz quando ele continua.

"Enfim, depois de tudo nós ficamos bem próximos. Tivemos um probleminha ou outro, e não consegui confiar nela por um tempo, mas agora está tudo bem."

Ouvir sobre seus problemas me faz lembrar dos meus, e solto um suspiro. "Acho que não consigo mais confiar em ninguém." Noah franze a testa, e eu acrescento: "A não ser você. Não estou falando de você. Todo mundo que conheci desde que entrei na faculdade me enganou de alguma forma".

Até Hardin. Principalmente Hardin.

"Foi isso que aconteceu ontem à noite?"

"Mais ou menos..." Fico me perguntando o que minha mãe contou para ele.

"Eu sabia que só uma coisa bem grave traria você de volta para cá." Faço que sim com a cabeça, e nós damos as mãos por cima da mesa. "Eu estava com saudade", ele murmura, com a voz carregada de tristeza.

343

Olho para ele com os olhos arregalados e posso sentir as lágrimas voltando. "Desculpa não ter ligado depois que a sua avó morreu."

"Tudo bem, eu sei que você anda ocupada." Ele se recosta na cadeira com um olhar sereno.

"Isso não é desculpa, eu tenho tratado você muito mal."

"Não é verdade", ele mente, sacudindo a cabeça de leve.

"Você sabe que é. Tenho tratado você muito mal desde que saí de casa... Desculpa. Você não merece."

"Para de ficar se culpando. Eu já estou bem", ele garante com um sorriso caloroso, mas a culpa não diminui.

"Mesmo assim, eu não deveria ter feito o que fiz."

Então ele me surpreende com uma pergunta que eu jamais esperava que ele fosse fazer: "Se pudesse voltar no tempo, o que você mudaria?".

"O jeito como eu conduzi as coisas. Eu não deveria ter feito nada pelas suas costas. Conheço você quase a vida toda e terminei tudo tão de repente. Foi uma atitude horrível da minha parte."

"Foi mesmo", ele começa, "mas agora entendo. Nós não somos bons um para o outro... Quer dizer, éramos perfeitos juntos", ele diz, dando risada. "Mas acho que o problema era justamente esse."

A cozinha pequena começa a parecer bem mais espaçosa agora que minha culpa começa a se dissolver. "Você acha?"

"Acho. Eu amo você, e vou amar para sempre, mas não do jeito que sempre pensei, e você nunca ia sentir por mim o que sente por ele."

A menção a Hardin me faz prender a respiração. Ele tem toda a razão, mas não posso falar sobre Hardin com Noah. Pelo menos não agora.

Preciso mudar de assunto. "Então Becca faz você feliz?"

"Sim, ela é diferente do que você provavelmente imagina, mas Hardin também não é o tipo de cara por quem eu pensei que pudesse ser trocado." Ele abre um sorriso afetuoso. "Acho que nós estávamos precisando mudar de ares."

Ele está certo de novo. "Pois é, acho que sim." Dou risada junto com ele, e continuamos a conversa em um clima leve até que uma batida na porta nos interrompe.

"Eu atendo", ele diz, ficando de pé e saindo da cozinha antes que eu possa impedi-lo.

344

65

HARDIN

Ficar olhando no relógio a cada minuto está acabando comigo. Eu preferia ter meus cabelos arrancados fio a fio a ficar aqui parado na frente da casa dela até as cinco horas. Não estou vendo o carro da mãe da Tessa. Não tem nenhum carro na entrada da garagem a não ser o carro de Tessa, onde eu estou sentado. Landon parou na rua — ele veio me seguindo para depois me dar uma carona de volta para casa. Por sorte ele se preocupa com o bem-estar de Tessa mais do que qualquer outra pessoa a não ser eu, então não precisei nem convencê-lo.

"Vai lá bater na porta, ou então eu vou", ele ameaça pelo telefone.

"Eu vou, caralho! Só me dá um segundo. Não sei se tem alguém em casa."

"Bom, se não tiver, deixa a chave na caixa de correio e vamos embora." Foi exatamente por isso que ainda não bati na porta — eu quero que ela esteja em casa. Preciso saber se ela está bem.

"Estou indo agora", digo e desligo o celular.

Os dezessete passos até a porta são os mais difíceis da minha vida. Eu bato na porta de tela, mas não sei se foi com força suficiente. Porra. Bato de novo, dessa vez mais forte. Forte demais, forte demais. Abaixo a mão quando o alumínio fino entorta, fazendo um pedaço da tela se soltar da moldura. Porra.

A porta se abre com um rangido, mas, em vez de Tessa, sua mãe ou qualquer outra maldita pessoa no mundo inteiro que eu preferia ver diante de mim, dou de cara com Noah.

"Caralho, isso só pode ser brincadeira", eu resmungo.

Ele tenta fechar a porta na minha cara, mas eu a seguro com a bota.

"Não seja idiota." Eu empurro a porta, e ele dá um passo atrás.

"O que você está fazendo aqui?", ele pergunta, com a cara fechada. Eu é que deveria estar fazendo essa pergunta. Tessa e eu estamos separados há menos de três dias e esse trouxa já veio atrás dela.

"Vim trazer o carro dela." Olho atrás dele, mas não vejo porra nenhuma. "Ela está em casa?" Durante o caminho todo, fiquei dizendo a mim mesmo que não queria que ela me visse e nem se lembrasse que estive aqui ontem, mas sei que estava só me enganando.

"Talvez. Ela sabia que você vinha?" Noah cruza os braços, e preciso de todo o meu autocontrole para não derrubá-lo no chão, passar por cima dele — talvez até *pisando* nele — e sair à procura de Tessa.

"Não. Só queria saber se ela está bem. O que ela contou para você?", eu pergunto, dando um passo para trás.

"Nada. Ela não tem que me contar nada. Mas eu sabia que ela não teria vindo até aqui se você não tivesse aprontado alguma."

Eu fecho a cara. "Na verdade, não. Não fui eu... dessa vez." Ele parece surpreso com a minha pequena confissão, então eu continuo, com tranquilidade, por enquanto: "Olha só, eu sei que você me odeia, e tem todos os motivos para isso, mas eu vou ver a Tessa de qualquer jeito, então você pode colaborar ou...".

"Hardin?" A voz de Tessa parece um sussurro perdido na brisa quando ela aparece atrás de Noah.

"Oi..." Meus pés me carregam para dentro da casa, e Noah abre passagem, para a sorte dele. "Você está bem?", pergunto, segurando seu rosto com as mãos geladas.

Ela se afasta — por causa do frio, prefiro acreditar —, dando um passo atrás. "Sim, estou bem", ela mente.

Uma enxurrada de perguntas sai pela minha boca. "Tem certeza? Como está se sentindo? Você dormiu? Está com dor de cabeça?"

"Sim, estou bem, um pouco, sim", ela responde, balançando a cabeça, mas já esqueci o que perguntei.

"Quem contou para você?", ela me pergunta, ficando vermelha.

"A Molly."

"A Molly?"

"É, ela me ligou quando você estava... hã, no meu antigo quarto." Não consigo disfarçar o pânico na voz.

"Ah..." Ela olha para um ponto distante atrás de mim, franzindo a testa, pensativa.

Ela lembra que eu estive aqui? Eu quero que ela lembre?

Sim, claro que quero. "Mas você está bem?"

"Sim."

Noah se aproxima de nós e, com um tom alarmado, pergunta: "Tessa, o que foi que aconteceu?".

Quando olho para Tessa, percebo que ela não quer que ele saiba. Eu fico mais satisfeito com isso do que deveria.

"Nada, não precisa se preocupar", eu respondo por ela.

"Foi alguma coisa grave?", ele insiste.

"Eu disse que você não precisa se preocupar", digo com um grunhido, e ele engole em seco. Eu me volto para Tessa. "Trouxe o seu carro", aviso.

"Trouxe?", ela diz. "Obrigada. Pensei que Steph tivesse quebrado o para-brisa ou coisa do tipo." Ela solta um suspiro, e seus ombros se encolhem um pouco mais a cada palavra. Sua tentativa de fazer uma piada não deu muito certo, nem ela mesma achou graça.

"Por que você foi atrás dela, aliás? Justamente dela?", questiono.

Ela olha para Noah, depois para mim. "Noah, você nos dá um minutinho?", ela pede educadamente.

Ele faz que sim com a cabeça e me lança um olhar que imagino ser de ameaça antes de sair da sala.

"Por que ela? Me fala, por favor", eu repito.

"Não sei. Eu não tinha para onde ir, Hardin."

"Você poderia ter procurado o Landon. Tem um quarto naquela casa que já é praticamente seu", argumento.

"Não quero mais envolver a sua família nisso tudo. Eu já dei muito trabalho para eles, e isso não é justo."

"E você sabia que eu iria atrás de você lá?" Ela olha para baixo, e eu acrescento: "Mas eu não iria".

"Entendi", ela responde com tristeza.

Porra, não foi isso que eu quis dizer. "Não é nada disso. Eu quis dizer que ia dar espaço para você."

"Ah", ela sussurra, cutucando as unhas.

"Você está bem quieta."

"É que... sei lá. Foi uma noite muito longa, e um dia difícil." Ela franze a testa. Sinto vontade de acariciar a pele de sua testa com o dedo e dar um beijo nela para aliviar sua dor.

Não, Hardin, Zed, ela falou em seu estado semiconsciente.

"Eu sei. Você lembra do que aconteceu?", pergunto, sem saber se quero ouvir a resposta.

Fico esperando que ela me xingue ou me mande embora, mas não é o que acontece. Em vez disso, ela balança a cabeça e senta no sofá, fazendo um gesto para que eu sente do outro lado.

66

HARDIN

Quero chegar mais perto dela, segurar suas mãos trêmulas e arrumar um jeito de apagar essas lembranças. Estou muito mal por ela ter passado por todo aquele inferno, e mais uma vez fico impressionado com sua força. Ela está sentada com as costas bem retas, pronta para conversar comigo.

"Por que você veio aqui?", ela pergunta baixinho.

Em vez de responder, eu questiono: "Por que *ele* está aqui?", apontando com o queixo para a cozinha. Sei muito bem que Noah está encostado na parede, escutando nossa conversa. Eu não suporto o sujeito, mas, diante das circunstâncias, talvez seja melhor não falar nada.

Remexendo os dedos, ela diz: "Ele veio ver como eu estava".

"Ele não tem nada que fazer isso." É por isso que eu estou aqui.

"Hardin, hoje não, por favor." Ela franze a testa.

"Desculpa..." Eu me inclino para trás, me sentindo ainda mais idiota do que segundos atrás.

"Por que você veio aqui?", Tessa pergunta outra vez.

"Vim trazer o seu carro. Você não me quer aqui, né?" Em nenhum momento eu contemplei essa possibilidade. E essa ideia me queima por dentro como ácido. A minha presença só torna as coisas ainda piores para ela. Os dias em que ela encontrava consolo em mim ficaram para trás.

"Não é isso... Eu só estou confusa."

"Confusa em relação a quê?"

Seus olhos brilham sob a luz fraca da sala de sua mãe. "Você, ontem à noite, Steph, tudo. Não sei se você sabia, mas para ela era tudo um jogo, na verdade ela me odiava esse tempo todo."

"Não, claro que eu não sabia", digo a ela.

"Você não fazia nem ideia que ela não gostava de mim?"

Droga. Como quero ser sincero, respondo: "Talvez um pouco, eu acho. A Molly mencionou isso uma vez ou outra, mas não entrou em detalhes, e eu não pensei que a coisa pudesse chegar a esse ponto... Achei que a Molly não sabia do que estava falando."

"Molly? E desde quando a Molly se importa comigo?"

Tão preto no branco. Tessa sempre quer que tudo seja preto no branco. Eu balanço a cabeça negativamente, um pouco triste porque as coisas não são assim tão simples. "Ela não se importa, ela detesta você", eu conto, olhando para o chão. "Mas ela me ligou depois daquela palhaçada no Applebee's, e eu fiquei puto. Não queria que ela ou a Steph estragassem as coisas entre nós. Pensei que a Steph estivesse tentando interferir na nossa relação só porque é uma intrometida. Não imaginei que ela fosse uma psicopata."

Quando olho de novo para Tessa, ela está limpando as lágrimas. Chego mais perto dela no sofá, mas ela se encolhe. "Ei, está tudo bem", digo e puxo seu braço para junto do meu peito. "Shh..." Ponho a mão em seus cabelos e, depois de tentar resistir um pouco, ela cede ao meu toque.

"Eu só quero começar de novo. Quero esquecer de tudo que aconteceu nos últimos seis meses", ela diz aos prantos.

Sinto um aperto no peito e balanço a cabeça, concordando com ela apesar de não querer. Eu não quero que ela tenha vontade de me esquecer.

"Eu odeio a faculdade. Sempre quis ir para lá, mas para mim foi um erro atrás do outro." Ela me puxa pela camisa, para me trazer mais para perto. Permaneço em silêncio, para não fazer ela se sentir ainda pior. Eu não fazia ideia do que ia encontrar quando bati na porta, mas a última coisa que esperava era ter Tessa chorando nos meus braços.

"Eu estou sendo dramática." Ela se afasta, e por um momento penso em puxá-la de volta para junto de mim.

"Não está, não. Você está muito tranquila, considerando o que aconteceu. Me diz do que você lembra, não me faz perguntar de novo. Por favor."

"Parece tudo um borrão na minha cabeça, foi muito... estranho. Eu estava consciente, mas nada fazia sentido. Eu não sei como explicar. Não conseguia me mover, mas dava para sentir as coisas." Ela estremece.

"Sentir as coisas? Onde ele tocou você?" Eu não quero saber.

"Nas pernas... eles tiraram minha roupa."

"Só nas pernas?" *Por favor, responde que sim.*

"É, acho que sim. Poderia ter sido muito pior, mas o Zed...", ela se interrompe e respira fundo. "Enfim, o remédio deixou meu corpo pesado demais... não consigo explicar."

"Eu sei como é", respondo, balançando a cabeça.

"Quê?"

Imagens fragmentas de desmaios em bares e passeios trançando as pernas nas ruas de Londres vêm à minha cabeça. Minha ideia de diversão era bem diferente nessa época. "Eu tomava essas coisas de vez em quando, por diversão."

"Sério?" Ela fica de queixo caído, e eu não sei bem como me sinto diante de seu olhar.

"Acho que 'diversão' não é a palavra certa", eu me corrijo. "Pelo menos não mais."

Ela balança a cabeça e abre um sorriso de alívio e ajeita a gola da blusa, que aliás está bem apertada nela.

"De onde veio isso?", pergunto.

"A blusa?" Ela abre um sorriso. "É da minha mãe... não dá para ver?" Ela puxa o tecido grosso com os dedos.

"Sei lá. Dou de cara com Noah na porta, depois vejo você vestida assim... Parece que entrei em uma máquina do tempo", eu brinco. Os olhos dela se iluminam de divertimento, e toda a tristeza desaparece por um instante. Ela morde o lábio para segurar o riso.

Tessa se inclina sobre a mesinha e tira um lenço de papel de uma caixinha florida. "Não. Não existe máquina do tempo." Tessa balança a cabeça lentamente enquanto assoa o nariz.

Porra, mesmo depois de chorar ela continua linda. "Eu fiquei preocupado com você", digo.

O sorriso desaparece do rosto dela. *Merda.*

"É isso que eu não entendo", ela responde. "Você disse que não queria mais tentar, e agora vem aqui me dizer que estava preocupado comigo." Ela me olha com uma expressão vazia, com o lábio tremendo.

Ela tem razão. Eu quase nunca admito, mas é verdade. Passo horas todos os dias preocupado com ela. Uma demonstração de sentimento... é isso que eu preciso dela. Preciso dessa segurança.

Mas ela entende meu silêncio da forma errada. "Tudo bem, não estou chateada com você. Agradeço por você ter vindo e trazido meu carro. Isso significa muito para mim."

Permaneço mudo no sofá por mais um tempo, incapaz de dizer uma palavra que seja.

"Não foi nada", enfim consigo falar, encolhendo os ombros. Mas preciso dizer alguma coisa sincera, qualquer coisa.

Depois de observar meu doloroso silêncio por mais alguns momentos, Tessa volta a seu papel de anfitriã bem-educada. "Como você vai voltar para casa? Espera aí... Como você sabia chegar aqui?"

Merda. "O Landon me ensinou."

Os olhos dela se iluminam de novo. "Ah. Ele também veio?"

"Veio, está lá fora."

Com o rosto vermelho, ela fica de pé. "Ah! Estou prendendo você aqui, desculpa."

"Não está, não. Ele espera", me apresso em dizer. *Eu não quero ir embora. A não ser que você venha comigo.*

"Ele deveria ter entrado também." Ela olha para a porta.

"Ele está bem." Meu tom de voz se eleva demais.

"Obrigada mais uma vez por ter trazido o meu carro..." Ela está tentando me dispensar de um modo educado.

"Quer que eu traga as suas coisas para dentro?", ofereço.

"Não, vou embora amanhã cedo, é melhor deixar no carro mesmo."

Por que eu ainda fico surpreso com o fato de ela me lembrar sobre Seattle toda vez que abre a boca? Eu fico esperando ela mudar de ideia, mas isso não vai acontecer.

67

TESSA

Quando Hardin se aproxima da porta, eu pergunto: "O que você fez com o Dan?".

Quero saber mais sobre ontem à noite, mesmo que Noah ouça nossa conversa. Quando passamos por Noah no corredor, Hardin mal olha na cara dele, mas Noah lança um olhar furioso, provavelmente por não saber como agir.

"Quando a Molly contou o que aconteceu, o que você fez com o Dan?" Conheço Hardin o suficiente para saber que foi atrás dele. Ainda estou surpresa com a atitude de Molly — não era o que eu esperava quando ela entrou no quarto ontem à noite. Eu estremeço ao me lembrar disso.

Hardin abre um meio sorriso. "Nada de mais."

Eu não matei o Dan, só dei um chute na cara dele...

"Você deu um chute na cara dele...", digo, tentando ordenar meus pensamentos confusos.

Ele ergue as sobrancelhas. "É... O Zed contou para você?"

"Eu... eu não sei..." Lembro de ter ouvido essas palavras, mas não de quem as disse.

É o Hardin, não o Zed, Hardin disse – sua voz soa tão real na minha memória.

"Você veio aqui, não veio? Ontem à noite?" Dou um passo na direção dele, que se encosta na parede. "Veio, sim. Eu lembro. Você disse que ia beber mas mudou de ideia..."

"Pensei que você não fosse lembrar", Hardin murmura.

"Por que você não me falou?" Minha cabeça começa a doer enquanto tento separar a realidade dos meus sonhos induzidos pela droga.

"Sei lá. Eu ia falar, mas aí você foi ficando mais à vontade, começou a sorrir, e eu não quis estragar tudo." Ele encolhe um dos ombros, e seus olhos se concentram na pintura dos portões dourados do Céu em uma das paredes da minha mãe.

"Por que contar que me trouxe para cá ia estragar tudo?"

"Não fui eu que trouxe você. Foi o Zed."

Eu me lembro vagamente disso. É muito frustrante.

"Então você chegou depois? O que eu estava fazendo?" Quero que Hardin me ajude a ordenar a sequência dos fatos, já que não consigo fazer isso sozinha.

"Você estava deitada no sofá e mal conseguia falar."

"Ah..."

"Você ficava chamando o nome dele", ele acrescenta baixinho, com ódio na voz.

"De quem?"

"Do Zed." Sua resposta é curta e direta, mas percebo todo o sentimento que existe por trás.

"Não foi nada disso." Nada faz sentido. "Isso tudo é muito frustrante." Começo a escavar minhas lembranças confusas em busca de sentido... Hardin falando sobre Dan, Hardin me perguntando se eu estava ouvindo, eu perguntando sobre Zed...

"Eu estava perguntando sobre ele, queria saber se você tinha batido nele. Eu acho." É uma lembrança confusa, mas real.

"Você disse o nome dele mais de uma vez. Tudo bem. Você estava quase desmaiada." Seus olhos se voltam para o chão e permanecem lá. "Eu não esperava mesmo que você fosse querer a minha companhia."

"Eu não queria a companhia dele. Posso não lembrar de muita coisa, mas estava com medo. Eu me conheço bem e sei que o único nome que eu poderia chamar seria o seu", digo sem pensar.

Por que eu falei isso? Hardin e eu estamos separados, de novo. Esse é o nosso segundo rompimento de verdade, mas parece que foram muitos mais. Talvez porque dessa vez eu não tenha me jogado em seus braços depois do primeiro sinal de afeição da parte dele. Dessa vez deixei para trás a casa e os presentes de Hardin. Dessa vez eu vou partir para Seattle em menos de vinte e quatro horas.

"Vem cá", ele diz, abrindo os braços.

"Não posso." Passo os dedos pelos meus cabelos, igual ele costuma fazer.

"Pode, sim."

Quando Hardin está perto de mim, seja qual for a situação, a familiaridade de sua presença toma conta de cada fibra do meu ser. Ou nós gritamos um com o outro, ou rimos e brincamos. Não existe meio-termo entre nós. Para mim seria a coisa mais natural do mundo, um instinto, na verdade, encontrar conforto em seus braços, sorrir diante do seu jeito mal humorado e ignorar tudo o que nos trouxe a essa situação horrorosa em que estamos agora.

"Nós não estamos mais juntos", digo baixinho, mais para mim mesma que para ele.

"Eu sei."

"Não posso fingir que estamos." Mordo o lábio inferior e tento não notar como seus olhos se entristeceram com o que eu disse.

"Não estou pedindo para você fazer isso, só para vir aqui." Seus braços ainda estão abertos, longos e convidativos, me chamando, me atraindo para perto.

"Se eu fizer isso, nós só vamos recomeçar um ciclo que decidimos encerrar."

"Tessa..."

"Hardin, por favor." Eu dou um passo atrás. Esta sala é pequena demais para eu manter a distância que preciso dele, e meu autocontrole está começando a vacilar.

"Tudo bem." Por fim, ele solta um suspiro e passa as mãos nos cabelos, seu gesto habitual de frustração.

"Nós precisamos disso, você sabe. Temos que passar um tempo separados."

"Um tempo separados?" Ele parece magoado, irritado, e sinto um pouco de medo das palavras que podem sair de sua boca a seguir. Não quero brigar com ele, hoje é o pior dia possível para ele começar uma discussão.

"Sim, um tempo sozinhos. Não conseguimos nos acertar, e tudo parece estar conspirando contra nós. Você mesmo disse que estava cansado disso. Me pôs para fora do apartamento." Eu cruzo os braços na frente do peito.

"Tessa... puta que pariu, você não pode estar..." Ele me olha nos olhos e se interrompe. "Quanto tempo?"

"Quê?"

"Quanto tempo vamos ficar separados?"

"Eu..." Não esperava que ele fosse concordar. "Não sei."

"Uma semana? Um mês?" Ele insiste para eu ser mais específica.

"Não sei, Hardin. Nós precisamos colocar nossa cabeça no lugar primeiro."

"Meu lugar é ao seu lado, Tessa."

Suas palavras reverberam no meu peito, e eu desvio o olhar antes que seja incapaz de resistir. "O meu também é ao seu lado, mas você se irrita com tudo, e eu fico tensa demais quando estou com você. Você precisa aprender a controlar sua raiva, e eu preciso de um tempo sozinha."

"Então é tudo culpa minha, de novo?", ele questiona.

"Não, é minha também. Eu sou muito dependente de você. Preciso ser mais independente."

"Desde quando isso é um problema?" O tom de sua voz me mostra que ele nunca se incomodou com isso.

"Desde que a gente teve aquela briga feia lá no apartamento. Na verdade, começou antes. A mudança para Seattle e a discussão daquela noite foram a gota d'água."

Quando finalmente crio coragem para encarar Hardin, vejo que sua expressão mudou.

"Tudo bem, eu entendo", ele diz. "Desculpa, eu sei que piso muito na bola. Essa questão de Seattle já deu o que tinha que dar, e acho que está na hora de eu começar a ouvir mais você." Ele estende o braço para pegar minha mão, e eu permito, momentaneamente perplexa com sua concordância. "Vou dar mais espaço para você, tá bom? Você já enfrentou muita coisa sozinha nas últimas vinte e quatro horas. Eu não quero ser mais um problema... pelo menos dessa vez."

"Obrigada", eu respondo simplesmente.

"Pode me avisar quando chegar em Seattle? E vê se come alguma coisa e descansa, por favor." Seus olhos verdes são suaves, afetuosos e reconfortantes.

Sinto vontade de pedir para ele ficar, mas sei que não é uma boa ideia.

"Pode deixar. Obrigada... de verdade."

"Não precisa me agradecer." Ele enfia as mãos nos bolsos apertados da calça jeans e observa meu rosto atentamente. "Vou falar para o Landon que você mandou um oi", ele diz e sai pela porta da frente.

Não consigo conter um sorriso ao vê-lo caminhar até o carro de Landon, dando uma última olhada na casa da minha mãe antes de se acomodar no assento do passageiro.

68

TESSA

Assim que o carro de Landon desaparece, um vazio se instala no meu peito, e eu volto para dentro, fechando a porta.

Noah está encostado no batente da porta que divide a sala da cozinha. "Ele já foi?"

"Sim, já foi." Minha voz soa distante, estranha até para mim.

"Eu não sabia que vocês não estavam mais juntos."

"Nós... bom... ainda estamos tentando resolver as coisas."

"Você pode me responder uma coisa antes de mudar de assunto?" Ele observa atentamente meu rosto. "Eu conheço esse olhar... você está só procurando uma deixa."

Apesar dos meses que passamos distantes, Noah ainda sabe ler minhas reações muito bem. "O que você quer saber?", pergunto.

Seus olhos azuis me encaram. Ele continua me olhando por um bom tempo. "Se pudesse, você voltaria atrás? Ouvi você dizendo que quer apagar os últimos seis meses... Mas, se você pudesse, faria isso mesmo?"

Faria?

Sento no sofá para pensar melhor. Eu voltaria atrás em tudo? Apagaria tudo que aconteceu nos últimos seis meses? A aposta, as brigas incessantes com Hardin, a deterioração da minha relação com a minha mãe, a traição de Steph, toda a humilhação, tudo.

"Sim. Sem pensar duas vezes."

As mãos de Hardin segurando as minhas, seus braços tatuados em torno de mim, me puxando para junto de seu peito. Ele rindo tanto que seus olhos quase se fecham, e o som da sua gargalhada preenchendo meus ouvidos, o apartamento inteiro, com uma felicidade tão grande que fazia com que eu me sentisse mais viva do que nunca.

"Não. Eu não faria isso. Não ia conseguir", digo, mudando minha resposta.

Noah sacode a cabeça. "E então, qual das duas respostas?" Ele dá uma risadinha e senta na poltrona na frente do sofá. "Não sabia que você era tão indecisa."

Eu balanço a cabeça negativamente, com firmeza. "Eu não apagaria nada."

"Tem certeza? Foi um ano bem ruim para você... e não sei nem metade do que aconteceu."

"Tenho certeza." Faço que sim com a cabeça e me inclino para a frente. "Mas algumas coisas eu faria diferente, com você."

Noah abre um sorriso suave. "É, eu também", ele concorda, falando baixinho.

"Theresa." Uma mão me segura pelo ombro e me sacode. "Theresa, acorda."

"Já acordei", resmungo e abro os olhos. Estou na sala da casa da minha mãe. Tiro um cobertor de cima das pernas... o cobertor que Noah pôs sobre mim quando deitei depois de conversarmos mais um pouco e assistirmos tevê juntos. Como nos velhos tempos.

Eu me desvencilho da minha mãe. "Que horas são?"

"Nove da noite. Eu ia acordar você mais cedo." Ela contrai os lábios.

Não deve ter sido fácil para ela me deixar dormir o dia todo. Por algum motivo, isso me diverte.

"Desculpa, eu nem percebi que tinha pegado no sono." Eu me espreguiço e fico de pé. "O Noah já foi?" Olho para a cozinha, mas não o vejo.

"Já. A mãe dele queria ver você, mas falei que não era um bom momento", ela me conta, entrando na cozinha.

Eu vou atrás, sentindo cheiro de comida. "Obrigada." Queria ter me despedido de Noah, principalmente porque não sei quando vamos nos ver de novo.

Minha mãe vai até o fogão e me olha por cima do ombro. "Eu vi que Hardin trouxe o seu carro", ela comenta, com um tom de desaprovação na voz. Em seguida, ela se vira e me entrega um prato de alface e tomates grelhados.

359

Não senti nenhuma falta de suas refeições saudáveis, mas pego o prato mesmo assim.

"Por que você não me falou que Hardin veio aqui ontem à noite? Eu lembrei de tudo."

Ela dá de ombros. "Ele me pediu para não falar."

Sentando à mesa, começo a remexer minha "refeição". "E desde quando você se importa com o que ele pede?", questiono, com medo da reação dela...

"Eu não me importo", ela diz enquanto prepara seu prato. "Só não falei porque seria melhor que você não lembrasse."

O garfo escapa dos meus dedos e cai ruidosamente em cima do prato. "Não saber das coisas não é melhor para mim", rebato. Estou fazendo de tudo para me manter calma e controlada, de verdade. Para enfatizar isso, limpo o canto da boca com o guardanapo perfeitamente dobrado.

"Theresa, não desconte suas frustrações em mim", minha mãe responde, sentando junto comigo à mesa. "Tudo o que esse homem fez com você foi por culpa sua, não minha."

Quando seus lábios pintados de vermelho se curvam em um sorrisinho presunçoso, eu levanto da mesa, jogo o guardanapo no prato e saio da cozinha.

"Aonde você vai, mocinha?", ela grita.

"Dormir. Tenho que acordar às quatro da manhã e tenho uma longa viagem pela frente", respondo do corredor e fecho a porta do quarto.

Quando sento na cama em que dormi a vida inteira, imediatamente as paredes parecem se fechar sobre mim. Eu odeio esta casa. Não deveria, mas odeio. Detesto a maneira como me sinto quando estou aqui, sem poder nem respirar sem ser repreendida ou corrigida. Nunca percebi o quanto estava aprisionada até ter o primeiro gostinho de liberdade com Hardin. Adoro comer pizza no jantar, ficar o dia todo nua na cama com ele. Sem guardanapos de pano. Sem precisar me pentear. Sem essa cortina amarela horrorosa.

Antes que perceba o que estou fazendo, ligo para ele, que atende no segundo toque.

"Tess?", ele diz, ofegante.

"Hã, oi", eu sussurro.

"Que foi?", ele pergunta.

"Nada, você está bem?"

"Vamos lá, Scott. Volta logo para cá", uma voz de mulher grita ao fundo.

Meu coração dispara enquanto as possibilidades inundam minha mente. "Ah, você está... Eu vou desligar."

"Não, não tem problema. Ela espera." O ruído de fundo vai diminuindo. Ele deve estar se afastando de onde ela está.

"Não, tudo bem. Eu desligo. Não quero... interromper você." Olho para a parede cinzenta ao meu lado e sou capaz de jurar que está se aproximando, como se estivesse prestes a desabar sobre mim.

"Tudo bem", ele responde.

Quê?

"Tá, tchau", eu me despeço e desligo, levando à mão na boca para não vomitar no carpete da minha mãe.

Deve haver alguma explicação...

Meu telefone vibra ao lado da minha perna. O número de Hardin aparece na tela. Eu atendo imediatamente.

"Não é o que você está pensando... Só percebi agora o que ficou parecendo", ele se apressa em explicar. Consigo ouvir o vento soprando com força ao seu redor, abafando sua voz.

"Não tem problema, é sério."

"Não, Tess, claro que teria", ele contesta. "Se eu estivesse com outra pessoa agora, não seria certo, então não tenta fingir que seria."

Eu deito na cama, admitindo que ele tem razão. "Eu não pensei que você estivesse fazendo nada de errado", digo sem muita sinceridade. De alguma forma, eu sabia que ele não estava, mas a minha imaginação... eu não consegui contê-la.

"Que bom, talvez você finalmente esteja começando a confiar em mim."

"Talvez."

"O que seria muito mais relevante se você não tivesse me largado." O tom de voz dele é sarcástico.

"Hardin..."

Ele solta um suspiro. "Por que você ligou? Sua mãe está sendo uma vaca?"

"Não fala assim dela." Eu reviro os olhos. "Quer dizer... ela até está sendo, mas só um pouco. Eu só queria... Na verdade, não sei por que liguei."

"Bom..." Ele faz uma pausa, e escuto o som de uma porta de carro se fechando. "Você quer conversar, é isso?"

"Tudo bem? Você pode?", eu pergunto. Pouco tempo atrás, eu estava dizendo que preciso ser mais independente, mas, assim que fico chateada, já estou ligando para ele.

"Claro."

"Onde você está, afinal?" Preciso manter a conversa no tom mais neutro possível... não que isso seja possível em se tratando de mim e de Hardin.

"Na academia."

Eu quase dou risada. "Academia? Você não faz academia." Hardin é uma dessas raras pessoas abençoadas com um corpo perfeito sem precisar malhar. Sua constituição física é privilegiada, alto com ombros largos, apesar de ele dizer que era bem magricelo na adolescência. Seus músculos são firmes, mas não muito definidos; seu corpo é a mistura ideal de firmeza e suavidade.

"Eu sei. Ela estava acabando comigo. Passei vergonha, de verdade."

"Quem?", eu pergunto de forma um pouco enérgica. *Calma, Tessa, só pode ser a mulher que você ouviu falando.*

"Ah, a treinadora. Decidi fazer as aulas de kickboxing que você me deu de aniversário."

"Sério?" A ideia de Hardin praticando kickboxing me desperta pensamentos impróprios para o momento. Como ele todo suado...

"É", ele responde, meio sem graça.

Eu balanço a cabeça para afastar a imagem dele sem camisa da minha mente. "Como foi?"

"Legal, até. Prefiro outro tipo de exercício, mas por outro lado estou bem menos tenso do que algumas horas atrás."

Estreito os olhos ao ouvir sua resposta, apesar de ele não estar me vendo.

Meus dedos contornam a estampa florida do edredom. "Você acha que vai continuar indo?" Finalmente consigo voltar a respirar quando Hardin começa a me contar como a primeira meia hora da sessão foi estranha, como ele ficou xingando a treinadora o tempo todo até levar umas boas porradas na cabeça e finalmente começar a respeitá-la e parar de ser um babaca.

"Espera aí", eu interrompo. "Você ainda está na academia?"

"Não, estou em casa."

"Você simplesmente foi embora? Sem avisar?"

"É, e daí?", ele pergunta, como se fosse a coisa mais natural do mundo.

Eu gosto da ideia de ele largar tudo o que estava fazendo para me atender. Não deveria, mas gosto. Isso é um sinal de alerta, que me faz suspirar e dizer: "Acho que a ideia de dar um tempo não está dando muito certo".

"Nunca dá." Consigo até ver seu sorrisinho presunçoso, apesar de estarmos a mais de cem quilômetros de distância.

"Eu sei, mas..."

"Esse é o nosso jeito de dar um tempo. Você não pegou o carro e veio para cá. Só me ligou."

"Pode ser..." Eu acabo concordando com sua lógica distorcida. Em certo sentido, ele tem razão. Só não sei se isso é bom ou ruim.

"Noah ainda está aí?"

"Não, já foi embora faz tempo."

"Ótimo."

Estou olhando para a escuridão além da cortina horrorosa do meu quarto quando Hardin dá risada e comenta: "Falar no telefone é estranho pra caralho".

"Por quê?", pergunto.

"Sei lá. Nós já estamos conversando há mais de uma hora."

Afasto o telefone da orelha para checar o tempo da ligação e vejo que ele está certo. "Nem parece tanto tempo", eu digo.

"Pois é, eu nunca converso com ninguém pelo telefone. A não ser quando você me liga para pedir para trazer alguma coisa para casa, ou as poucas vezes que ligo para algum amigo, mas essas conversas duram no máximo dois minutos."

"Sério?"

"Sério. Eu nunca tive uma namoradinha de adolescência. Meus amigos passavam horas pendurados no telefone ouvindo as namoradas falarem de esmalte de unha ou qualquer merda do tipo." Ele dá uma risadinha, e minha testa se franze quando me lembro que Hardin nunca teve a chance de ser um garoto normal.

"Você não perdeu muita coisa", garanto.

"Com quem você ficava horas no telefone? Noah?" O ressentimento fica claro em sua voz.

"Não, eu também nunca fui de passar horas pendurada no telefone. Estava ocupada demais com a cara enfiada nos livros." Talvez eu também nunca tenha sido uma adolescente normal.

"Bom, ainda bem que você era uma nerd, então", ele comenta, e sinto um frio na barriga.

"Theresa!" A voz da minha mãe me traz de volta à realidade.

"Ah, já passou da sua hora de dormir?", Hardin provoca. Nosso relacionamento, ou nosso tempo separados que inclui conversas pelo telefone, se tornou ainda mais confuso na última hora.

"Cala a boca", eu respondo, e cubro o telefone para dizer a minha mãe que já estou indo. "Preciso ver o que ela quer."

"Você vai mesmo amanhã?"

"Vou."

Depois de um momento de silêncio, ele diz: "Tudo bem, se cuida então..."

"Posso ligar para você amanhã?" Minha voz sai um pouco trêmula.

"Não, acho melhor a gente não fazer isso de novo", ele responde, e sinto um aperto no peito. "Bom, pelo menos não o tempo todo. Não faz sentido a gente ficar se falando toda hora se não estamos mais juntos."

"Tá bom." Minha voz sai baixa, derrotada.

"Boa noite, Tessa", ele diz, e o telefone fica mudo.

Ele está certo —eu sei que está. Mas saber disso não diminui minha mágoa. Eu nem deveria ter ligado para ele, para começo de conversa.

364

69

TESSA

São quinze para as cinco da manhã e é uma das poucas vezes que vejo minha mãe sem ela estar toda arrumada para sair. Está usando um pijama de seda sob o robe e chinelos combinando nos pés. Meus cabelos ainda estão molhados do banho, mas tive tempo de passar maquiagem e pôr uma roupa decente.

Minha mãe me observa com atenção. "Você tem tudo que precisa, certo?"

"Sim, está tudo no meu carro", respondo.

"Certo, não se esqueça de abastecer antes de pegar a estrada."

"Está tudo sob controle, mãe."

"Eu sei. Só estou tentando ajudar."

"Eu sei." Abro os braços para um abraço de despedida, que ela faz questão de que seja tenso e rápido, então logo me desvencilho dela e pego um café para a viagem. Ainda tem uma pequena parte de mim que espera muito ver um par de faróis surgir na escuridão, Hardin sair do carro com uma mala na mão e dizer que vai para Seattle comigo.

Mas isso é só a parte mais idiota de mim, mais nada.

Às cinco e dez, dou um último abraço na minha mãe e entro no carro. Ainda bem que lembrei de ligar o aquecimento antes para ficar bem quentinho lá dentro. O endereço de Kimberly e Christian está programado no GPS do meu telefone. Antes mesmo de eu sair de casa, o mapa já sumiu várias vezes para que as coordenadas fossem recalculadas. Eu realmente preciso de um celular novo. Se Hardin estivesse aqui, ia ficar me dizendo que esse era mais um motivo para eu comprar um iPhone.

Mas Hardin não está aqui.

A viagem é longa. Estou só no começo da minha aventura, e uma nuvem pesada de inquietação já está se formando sobre a minha cabeça. A cada cidadezinha que atravesso me sinto mais deslocada e me pergunto se em Seattle essa sensação vai ser ainda pior. Será que vou conseguir me adaptar, ou vou acabar voltando para o campus principal da wcu, ou pior, para a casa da minha mãe?

Quando olho no relógio no painel, vejo que só estou na estrada há uma hora. Mas, pensando bem, essa hora passou bem depressa, e por algum motivo isso faz com que minha mente se tranquilize um pouco.

Quando olho de novo, vinte minutos se passaram em um piscar de olhos. Quanto mais me afasto de tudo, mais serena minha mente vai ficando. Não estou sendo dominada por pensamentos de pânico, mesmo dirigindo por uma estrada escura e desconhecida. Estou concentrada no meu futuro. O futuro que ninguém pode tirar de mim, do qual ninguém vai me fazer abrir mão. Paro várias vezes para tomar café, comprar um lanche e respirar o ar da manhã. Quando o sol finalmente aparece, na metade da viagem, eu me concentro em sua luz amarela e alaranjada e na mistura de cores do lindo dia que está nascendo. Meu humor clareia junto com o dia, e me pego cantando junto com Taylor Swift e batucando no volante e rindo da ironia da letra, que fala de alguém que, à primeira vista, ela sabia que era encrenca.

Quando passo pela placa que dá boas-vindas a Seattle, sinto um frio na barriga, mas do tipo bom. Isso está mesmo acontecendo. Theresa Young está oficialmente em Seattle, correndo atrás de seus objetivos em uma idade em que a maioria das pessoas não sabe nem o que quer fazer da vida.

Eu consegui. Não repeti os erros da minha mãe, não permiti que ninguém interferisse no meu futuro. Não consegui tudo sozinha, claro —e sou grata às pessoas que me ajudaram —, mas cabe a mim aproveitar a oportunidade. Tenho um estágio incrível, a companhia de uma amiga divertida e de seu noivo amoroso, e um carro cheio das minhas coisas.

Não tenho um apartamento... nem nada a não ser meus livros, as caixas no meu banco traseiro e meu trabalho.

Mas vai dar tudo certo.

Vai dar. Tem que dar.

Eu vou ser feliz em Seattle... vai ser como eu sempre imaginei. Com certeza.

O tempo parece passar mais devagar... cada segundo traz consigo lembranças, despedidas e dúvidas.

A casa de Kimberly e Christian é ainda maior do que eu esperava. Fico apreensiva e intimidada ao encostar o carro na entrada da garagem. O terreno é cercado de árvores, as cercas-vivas são bem aparadas e o ar tem o cheiro de uma flor que não consigo identificar. Estaciono atrás do carro de Kimberly e respiro fundo antes de descer. A porta da frente tem um V enorme entalhado na madeira — e Kimberly a abre bem no momento em que estou rindo da extravagância da decoração.

Ela ergue as sobrancelhas e segue meu olhar até a porta que acabou de abrir. "Não fomos nós que fizemos isso! Eu juro. Foi o antigo dono da casa, que se chama Vermon!"

"Eu não falei nada", me defendo, encolhendo os ombros.

"Eu sei o que você está pensando. É um horror. Christian é um homem orgulhoso, mas jamais faria uma coisa dessas." Ela bate na letra entalhada com a unha vermelha, e eu dou risada mais uma vez quando ela me chama para entrar. "Como foi a viagem? Vamos entrar, está frio aqui fora."

Eu a sigo até o hall de entrada e sou envolvida pelo ar quente e pelo cheiro gostoso da lenha queimando na lareira.

"Foi boa... bem longa", eu respondo.

"Espero nunca precisar fazer essa viagem de novo." Ela torce o nariz. "Christian está no escritório. Eu tirei o dia de folga para ajudar você a se instalar. Smith vai chegar da escola daqui a pouco."

"Obrigada mais uma vez por me deixar ficar aqui. Prometo que não vai ser por mais de duas semanas."

"Não se preocupa com isso. Você finalmente está em Seattle." Ela abre um sorriso, e minha ficha enfim cai: *Eu ESTOU em Seattle!*

70

HARDIN

"Como foi o treino de kickboxing ontem?", Landon pergunta, com a voz tensa e o rosto contorcido em uma expressão idiota de esforço enquanto ergue mais um saco de terra. Quando ele o põe no lugar, leva as mãos à cintura e diz, revirando os olhos de forma dramática: "Você bem que podia me ajudar".

"Bem que eu podia", respondo da cadeira em que estou sentado, apoiando os pés em uma das prateleiras da estufa de Karen. "O kickboxing foi legal. A treinadora era mulher, então essa parte foi zoada."

"Por quê? Ela te deu uma canseira?"

"Você quer dizer *ela me encheu de porrada*? Não, não foi nada disso."

"Por que você foi, aliás? Eu falei para a Tess não matricular você na academia, porque você não ia."

Sinto a irritação crescer dentro do meu peito quando o ouço chamá-la de Tess. Não gosto nem um pouco disso. *É só o Landon, porra*, preciso lembrar a mim mesmo. Tenho um monte de coisas na cabeça no momento e Landon é a última das minhas preocupações.

"Porque eu estava com raiva e senti que ia acabar quebrando tudo dentro do apartamento. Encontrei o voucher por acaso quando estava arrancando as gavetas da cômoda, então pus meus sapatos e saí."

"Você arrancou todas as gavetas? A Tessa vai matar você..." Ele sacode a cabeça e finalmente resolve sentar em cima da pilha de sacos de terra. Não sei por que ele concordou em ajudar sua mãe a carregar toda essa merda, para começo de conversa.

"Ela não vai nem saber... porque não mora mais lá", eu lembro, tentando disfarçar minha irritação.

Ele me olha com uma cara culpada. "Desculpa."

"Pois é." Solto um suspiro. Não consigo nem pensar em uma resposta engraçadinha.

"Não posso dizer que sinto pena, porque você poderia estar lá com ela", Landon diz depois de um instante em silêncio.

"Vai se foder." Eu apoio a cabeça na parede, sentindo seus olhos sobre mim.

"Isso não faz sentido", ele acrescenta.

"Para você."

"Nem para ela. Nem para ninguém."

"Não preciso me explicar para ninguém", esbravejo.

"Então o que está fazendo aqui?"

Em vez de responder, olho ao redor da estufa, sem saber que diabos estou fazendo aqui, para falar a verdade. "Não tenho nenhum outro lugar para ir."

Ele pensa que eu não estou morrendo de saudade dela? Que eu não preferia mil vezes estar com ela em vez de conversando com ele?

Ele me lança um olhar atravessado. "E os seus amigos?"

"Qual deles? A desgraçada que drogou a Tessa? Ou a que armou uma emboscada para ela descobrir sobre a aposta?" Começo a contar cada um com os dedos, para acrescentar um efeito dramático. "Ou o que não perde a chance de dar em cima dela? Quer que eu continue?"

"Acho que não. Mas estava na cara que os seus amigos não prestavam", ele diz em um tom de voz irritante. "E então, o que você vai fazer?"

Como manter a paz é melhor que matá-lo, eu dou de ombros. "Exatamente o que estou fazendo agora."

"Então você vai passar o tempo todo se lamentando no meu ouvido?"

"Não estou me lamentando. Estou fazendo o que você me falou, *me tornando uma pessoa melhor*", eu ironizo, fazendo um sinal de aspas no ar. "Você já falou com ela depois da mudança?", pergunto.

"Já, ela me mandou uma mensagem hoje de manhã avisando que chegou bem."

"Ela está na casa do Vance, né?"

"Por que não pergunta direto para ela?"

Puta merda, como Landon é irritante. "Eu sei que está. Onde mais ela poderia estar?"

"Com o tal do Trevor", Landon não perde tempo em sugerir. Seu sorrisinho presunçoso me faz pensar duas vezes em minha decisão de manter a paz. Se eu só o derrubasse no chão, não ia machucar tanto assim. Ele só está a mais ou menos um metro do chão. Não ia deixar nem um hematoma...

"Tinha esquecido do babaca do Trevor", resmungo, esfregando as têmporas. Trevor me tira do sério quase tanto quanto Zed. A diferença é que acredito nas boas intenções de Trevor em relação a Tessa, o que me deixa ainda mais puto. Isso o torna ainda mais perigoso.

"Então, qual é o próximo passo do seu processo de se tornar uma pessoa melhor?" Landon sorri, mas logo em seguida fica todo sério. "Quer saber? Estou muito orgulhoso de você por estar fazendo isso. É bom ver você tentar de verdade, em vez de se esforçar por uma hora e voltar a ser o mesmo de sempre assim que ela te perdoa. Vai ser muito importante para ela ver você passar por todas essas mudanças."

Ponho os pés no chão e balanço a cadeira de leve. Essa conversa está mexendo com alguma coisa dentro de mim. "Não vem com esse papo furado. Eu ainda não fiz porra nenhuma. Só faz um dia." Um dia longo, infeliz e solitário.

Landon arregala os olhos em uma expressão de compaixão. "Não, é sério. Você não apelou para a bebida, não arrumou briga, não foi preso, e eu sei que foi até conversar com o seu pai."

Fico de boca aberta. "Ele *contou* para você?" Desgraçado.

"Não, ele não falou nada. Mas eu moro aqui, e vi seu carro aí fora."

"Ah..."

"Acho que Tessa ia gostar de saber que você veio falar com ele", Landon continua.

"Quer parar com isso?", eu digo, encolhendo os braços. "Você não é meu analista, caralho. Para de agir como se fosse melhor que eu e eu fosse uma porra de um imprestável que você precisa..."

"Por que você não pode simplesmente aceitar um elogio?", Landon me interrompe. "Eu nunca disse que me acho melhor que você. Só estou tentando ser seu amigo. Você não tem ninguém — acabou de admitir isso — e agora que Tessa foi embora para Seattle está precisando de alguém para te dar apoio moral." Ele me encara, mas eu desvio o olhar. "Você precisa parar de afastar as pessoas, Hardin. Eu sei que você não gosta de mim — que me odeia porque acha que eu tenho alguma coisa a ver com os problemas que você tem com o seu pai, mas eu gosto muito da Tessa e de você, e não me importo se está ou não a fim de me ouvir."

"Eu não estou a fim de ouvir", rebato. Por que ele sempre precisa falar esse tipo de merda? Eu vim aqui para... sei lá, conversar com ele. Mas não esse papo cabeça... Não vim aqui para ouvir ele ficar dizendo que gosta de mim.

E por que ele gosta de mim, aliás? Tenho me comportado como um perfeito babaca desde que a gente se conheceu, mas isso não significa que eu odeio ele. Ele acha mesmo isso?

"Bom, essa é uma das coisas que você precisa melhorar." Ele fica de pé e sai da estufa, me deixando sozinho.

"Porra." Eu dou um chute e acerto sem querer uma prateleira de madeira. Um estalo reverbera no ar, e eu fico de pé em um pulo. "Não, não, não!"

Tento apanhar os vasos, as floreiras e o resto das coisas antes que caiam. Em questão de segundos está tudo no chão, em pedaços. Isso não pode estar acontecendo. Eu não queria quebrar essa merda toda, e agora estou com uma pilha de terra, flores e vasos de barro quebrados aos meus pés.

De repente consigo limpar toda essa bagunça antes que Karen...

"Meu Deus", ouço quando ela exclama, me viro para a porta e a vejo parada, com uma pá de jardinagem na mão.

Caraaalho.

"Foi sem querer, eu juro. Estiquei o pé e quebrei a prateleira sem querer... e essa porra toda começou a cair, e eu tentei pegar!", explico freneticamente enquanto Karen corre até a pilha de cerâmica quebrada.

Ela remexe nos detritos, tentando juntar os pedaços de um vasinho azul que na verdade não tem como ser consertado. Karen não diz nada, mas vejo que está fungando e ergue os braços para limpar as lágrimas com as mãos sujas de terra.

Depois de alguns segundos, ela diz: "Eu tenho esse vaso desde criança. Foi o primeiro que usei para transplantar uma muda".

"Eu..." Não sei o que dizer para ela. De todas as coisas que quebrei na vida, essa foi a primeira vez que aconteceu por acidente. Estou me sentindo um merda.

"Isso e a minha porcelana foram as únicas coisas que minha avó me deixou", ela diz, às lágrimas.

A porcelana. A porcelana que eu quebrei em um milhão de pedaços.

"Me desculpa, Karen. Eu..."

"Tudo bem, Hardin." Ela suspira, e joga os pedaços do vaso de volta na pilha de terra.

Mas não está tudo bem, dá para ver isso em seus olhos castanhos. Fico surpreso com o sentimento de culpa que comprime meu peito quando vejo o quanto ela está magoada, a tristeza estampada em seus olhos. Ela fica olhando para o vaso despedaçado por mais algum tempo, e eu a observo em silêncio. Tento imaginar Karen como uma garotinha, com seus olhos castanhos enormes e seu jeito gentil. Aposto que ela era uma daquelas meninas que eram legais com todo mundo, mesmo com imbecis como eu. Sua avó devia ser tão amável quanto ela, para Karen guardar suas coisas por todos esses anos. Eu nunca tive nada na vida que não tenha sido destruído.

"Vou terminar de fazer o jantar. Fica pronto daqui a pouco", ela diz por fim.

Então, limpando os olhos, ela sai da estufa da mesma forma que seu filho alguns minutos atrás.

71

TESSA

É impossível resistir ao charme de Smith com seu jeitinho fofo de andar, olhar para as coisas, apertar sua mão cheio de formalidade e encher você de perguntas enquanto tenta fazer suas coisas. Então, quando estou guardando minhas roupas e ele entra e me pergunta baixinho: "Cadê o seu Hardin?", não consigo ficar chateada.

Fico um pouco triste ao ter de dizer que ele ficou na WCU, mas a fofura desse garotinho ameniza um pouco a minha dor.

"E onde fica a WCU?", ele pergunta.

Eu me esforço para sorrir. "Fica bem longe daqui."

Smith pisca seus lindos olhos verdes. "Ele vem para cá?"

"Acho que não. Você gosta do Hardin, né, Smith?" Eu dou risada enquanto penduro meu vestido vinho em um cabide e guardo no armário.

"Mais ou menos. Ele é engraçado."

"Ei, eu também sou engraçada!", eu brinco, mas ele abre um sorriso tímido.

"Não muito", ele responde simplesmente.

Isso me faz rir ainda mais. "O Hardin acha que eu sou engraçada", eu minto.

"Acha?" Smith se junta a mim e começa a me ajudar a tirar minhas roupas da mala e dobrá-las novamente.

"Acha, mas ele não admite."

"Por quê?"

"Sei lá." Eu encolho os ombros. Provavelmente porque não sou muito engraçada e, quando tento ser, é ainda pior.

"Bom, fala para o seu Hardin vir morar aqui, que nem você", ele diz, todo sério, como um rei emitindo um decreto.

Sinto um aperto no peito ao ouvir as palavras desse garotinho doce. "Vou falar para ele. Essas você não precisa dobrar", eu digo, pegando uma camisa azul de suas mãozinhas.

"Eu gosto de dobrar." Ele esconde a camisa atrás de si, e eu não tenho escolha a não ser concordar.

"Você vai ser um ótimo marido um dia", eu digo com um sorriso. Covinhas aparecem em seu rosto quando ele sorri de volta. Pelo menos ele parece gostar um pouco mais de mim do que antes.

"Eu não quero ser um marido", ele responde, torcendo o nariz, e eu reviro os olhos para esse menino de cinco anos que fala como se fosse um adulto.

"Você vai mudar de ideia um dia", eu provoco.

"Não vou." E com isso ele encerra a conversa, e terminamos de dobrar minhas roupas em silêncio.

Meu primeiro dia em Seattle está acabando, e amanhã vai ser meu primeiro dia no novo escritório. Estou extremamente apreensiva. Não gosto muito de novidades — na verdade, elas me deixam apavorada. Gosto de estar no controle da situação e entrar nos lugares sabendo exatamente o que estou fazendo. Não tive muito tempo de planejar essa mudança — só consegui me matricular no novo campus e, sinceramente, não estou ansiosa como deveria pelo início das aulas. Em algum momento enquanto eu pensava nisso tudo, Smith saiu do quarto, deixando uma pilha de roupas perfeitamente dobradas em cima da cama.

Preciso sair para conhecer Seattle amanhã depois do trabalho. Preciso lembrar por que gosto tanto desta cidade, porque, agora, neste quarto estranho, a horas de distância de tudo que conheço, eu só estou me sentindo muito... sozinha.

72

HARDIN

Vejo Logan virar a caneca inteira de cerveja, até a espuma. Ele põe o copo na mesa e limpa a boca. "Steph é uma psicopata. Ninguém sabia que ela ia fazer aquilo com a Tessa", ele diz. E solta um arroto.

"Dan sabia. E se eu descobrir que mais alguém sabia...", eu ameaço.

Ele me encara com seriedade e faz que sim com a cabeça. "Ninguém mais sabia. Quer dizer... não que eu saiba. Mas você sabe que ninguém me conta porra nenhuma." Uma morena alta parece ao seu lado, e ele a abraça pela cintura. "Nate e Chelsea vão chegar daqui a pouco", ele avisa.

"Noite dos casais", eu resmungo. "É melhor eu me mandar." Faço menção de levantar, mas Logan me segura.

"Não tem essa de noite dos casais. O Tristan está solteiro agora, e o Nate não está namorando a Chelsea. Eles só estão trepando."

Não sei nem por que vim aqui, mas Landon mal falou comigo, e Karen parecia tão triste na mesa do jantar que não aguentei ficar lá por muito tempo.

"Deixa eu adivinhar: o Zed também vem?"

Logan sacode a cabeça. "Acho que não. Ele deve estar ainda mais puto que você por causa de tudo que aconteceu, porque não falou mais com a gente desde aquele dia."

"*Ninguém* está mais puto que eu", digo com os dentes cerrados. Conversar com meus antigos amigos não está me ajudando a me "tornar uma pessoa melhor". Só está me deixando irritado. Como alguém ousa dizer que Zed se importa mais com a Tessa do que eu?

Logan estende as mãos. "Não foi isso que eu quis dizer... foi mal. Toma uma cerveja e relaxa." Ele olha ao redor à procura do cara do bar.

Eu me viro e vejo Nate, a menina que deve ser Chelsea e Tristan vindo na nossa direção, atravessando o pequeno bar.

"Eu não quero cerveja, porra", digo baixinho, tentando controlar meu temperamento. Logan só está tentando ajudar, mas está me irritando. Todo mundo está me irritando. Tudo está me irritando.

Tristan me dá um tapa no ombro. "Há quanto tempo", ele tenta brincar, mas só consegue causar um puta desconforto, porque nenhum de nós dois sorri. "Desculpa pela merda que a Steph aprontou... Eu não fazia ideia do que ela estava tramando, sério", ele diz por fim, tornando a situação ainda mais constrangedora.

"Eu não quero falar sobre isso", eu falo, encerrando a conversa.

Enquanto o meu pequeno grupo de amigos bebe e conversa sobre coisas que não me interessam nem um pouco, eu me pego pensando na Tessa. *O que ela está fazendo agora? Está gostando de Seattle? Está se sentindo uma estranha na casa dos Vance, como eu imagino que esteja? Christian e Kimberly estão sendo legais com ela?*

Claro que sim, Kimberly e Christian são legais com todo mundo. Então na verdade eu estou só evitando a questão principal: Tessa está sentindo a minha falta como eu estou sentindo a dela?

"Você vai querer uma?" Nate interrompe meus pensamentos balançando uma dose de bebida na frente do meu rosto.

"Não, estou tranquilo." Aponto para o meu copo de refrigerante sobre a mesa, e ele dá de ombros antes de virar sua bebida.

Este é o último lugar em que eu gostaria de estar no momento. Essa criancice de beber até vomitar ou apagar pode ser legal para eles, mas para mim não. Eles não têm o privilégio de ter uma voz no fundo de sua mente pedindo para fazerem coisa melhor da vida. Nunca tiveram ninguém que os amasse o suficiente para fazer eles quererem ser melhores.

Você me faz querer ser melhor, Tess, eu disse para ela uma vez. Que ótimo trabalho fiz até agora.

"Estou indo nessa", anuncio, mas ninguém nem repara quando levanto para ir embora. Já estou decidido a não perder mais tempo em lugares como esse com gente que está cagando e andando para mim. Não tenho nada contra a maioria desse pessoal, mas a verdade é que nenhum deles me conhece o suficiente para se importar comigo. Eles só gostam do Hardin bêbado, arruaceiro, que comia qualquer menina que aparecesse pela frente. Eu era só mais um ingrediente para suas festas. Eles não sabem merda nenhuma sobre mim —não sabem nem que o meu pai é o reitor da porra da faculdade. E também duvido que saibam o que um reitor faz.

Ninguém me conhece como ela, ninguém nunca se preocupou em me conhecer como Tessa. Ela sempre faz um monte de perguntas invasivas: *Em que você está pensando? Por que você gosta desse programa? O que você acha que aquele homem ali está pensando? Qual é a sua primeira lembrança?*

Eu sempre agi como se esse tipo de coisa me irritasse, mas na verdade me sentia... especial... ou como se alguém me amasse o suficiente para querer saber as respostas para essas perguntas ridículas. Não sei por que minha mente não consegue entrar em um acordo: uma parte de mim me diz para eu arrastar minha carcaça patética até Seattle, bater na porta dos Vance e prometer que nunca mais vou ficar longe dela. Só que não é assim tão fácil. Existe uma outra parte de mim, maior e mais forte, a parte que sempre vence, que me diz que eu sou um caso perdido. Sou tão perturbado que só o que faço é arruinar a minha vida e a de todo mundo a minha volta, então estou fazendo um favor a Tessa ficando longe dela. Esse é a única coisa em que consigo acreditar, principalmente sem ela aqui para me dizer que estou errado. Principalmente depois de já ter tido várias provas disso no passado.

O plano de Landon para me tornar uma pessoa melhor parece bom no papel, mas e depois? Tenho que acreditar que posso continuar sendo assim para sempre? Tenho que acreditar que vou ser bom o suficiente para ela só porque não vou mais apelar para uma garrafa de vodca quando estiver irritado?

Isso tudo seria bem mais fácil se eu me recusasse a admitir o quanto sou perturbado. Não sei o que vou fazer, mas essa questão não precisa ser resolvida agora. Por hoje, vou para o apartamento ver os programas favoritos de Tessa na tevê — os piores possíveis, cheios de diálogos idiotas e péssimas atuações. Provavelmente vou inclusive fingir que ela está lá, explicando cada cena para mim, apesar de eu estar bem do lado dela e de ser perfeitamente capaz de entender o que está acontecendo. Adoro quando ela faz isso. É irritante, mas adoro como ela se apega aos menores detalhes. Tipo quem está usando um casaco vermelho e assediando aquelas meninas mentirosas insuportáveis.

Quando saio do elevador, continuo a planejar minha noite. Vou assistir àquela merda, depois comer, tomar um banho, bater uma punheta enquanto imagino a boca de Tessa me chupando e me esforçar para não fazer nenhuma besteira. De repente posso até arrumar a bagunça que fiz ontem.

Paro em frente à porta do apartamento e olho para o corredor. Por que diabos a porta está entreaberta? Tessa está de volta ou resolveram invadir nossa casa de novo? Não sei qual das duas respostas me deixaria mais puto.

"Tessa?" Empurro a porta com o pé e sinto um frio na barriga ao ver o pai dela todo curvado, coberto de sangue.

"Que porra é essa?", grito e fecho a porta.

"Cuidado", Richard diz com um grunhido, e meu olhar segue o dele até o corredor, onde, por cima de seu ombro, vejo algo se mover.

Tem um homem lá, vindo para cima dele. Ajeito meus ombros e me preparo para atacar se preciso.

Mas então percebo que é o amigo de Richard... Chad, acho que é esse o nome dele. "Que diabos aconteceu com ele e o que você está fazendo aqui, caralho?", questiono.

"Eu esperava encontrar a menina, mas você serve", ele responde.

Meu sangue ferve quando ouço o cretino falar de Tessa. "Some da minha frente agora e leva ele com você." Aponto para o merda que trouxe esse sujeito para o meu apartamento. Seu sangue está sujando todo o meu chão.

Chad mexe os ombros e balança a cabeça de um lado para o outro. Vejo que ele está tentando manter a calma, mas está bem agitado. "O problema é que ele me deve uma boa grana e não tem como pagar", ele diz, coçando os pontos vermelhos nos braços com as unhas imundas.

Viciado do caralho.

Eu ergo a mão espalmada. "Não é problema meu. Estou falando pela última vez para você se mandar daqui, e pode esquecer que comigo não vai conseguir nenhum dinheiro."

Mas Chad dá uma risadinha. "Você não sabe com quem está falando, moleque!" Ele dá um chute nas costelas de Richard, que solta um gemido patético, desaba no chão e não levanta mais.

Eu *não* estou com saco para lidar com dois drogados filhos da puta invadindo meu apartamento. "Estou pouco me fodendo para quem você é, e ele também. Se pensa que estou com medo, está muito enganado", esbravejo.

O que mais poderia acontecer comigo esta semana, caralho?

Não, espera. Eu não quero saber a resposta para essa pergunta.

Dou um passo na direção de Chad, que recua, exatamente como eu esperava. "Para não dizer que não fui legal, vou avisar mais uma vez: cai fora ou eu chamo a polícia. E, enquanto a polícia não chega para te salvar, vou encher você de porrada com o taco de beisebol que tenho aqui para o caso de algum palhaço tentar esse tipo de gracinha." Vou até o closet do corredor, pego o bastão e o levanto bem devagar, para mostrar que estou falando sério.

"Se eu for embora sem o dinheiro que ele me deve, o que acontecer com ele vai ser culpa sua. O sangue dele vai estar nas suas mãos."

"Estou pouco me fodendo para o que você vai fazer com ele", respondo. Mas de repente me pego pensando se realmente penso assim.

"Até parece", ele rebate, olhando ao redor da sala.

"Quanto ele deve, porra?", pergunto.

"Quinhentos."

"Eu não vou dar quinhentos dólares para você." Sei como Tessa vai se sentir quando descobrir que minhas suspeitas sobre seu pai ser um drogado se confirmaram, o que me dá vontade de jogar minha carteira na cara de Chad e deixá-lo pegar o quanto quiser, só para me livrar dele. Detesto saber que eu estava certo sobre o pai dela. A essa altura, ela ainda não acredita totalmente em mim, mas logo vai precisar saber a verdade. Eu queria que essa merda toda desaparecesse, Dick incluído. "Eu não tenho toda essa grana aqui."

"Duzentos?", ele pergunta. Consigo ver o vício estampado em seus olhos.

"Beleza." Não acredito que vou dar dinheiro para esse viciado que invadiu meu apartamento e deu uma surra no pai de Tessa. E eu nem tenho duzentos dólares aqui comigo. O que vou fazer? Ir com o imbecil até um caixa eletrônico? Que puta situação absurda.

Quem é que chega em casa e dá de cara com uma merda dessas?

Eu. Só podia ser eu.

Por ela. Só por ela.

Tiro a carteira do bolso, jogo os oitenta dólares que saquei no banco em cima dele e vou até o quarto, com o taco ainda na mão. Pego o relógio que meu pai e Karen me deram de Natal e arremesso na direção dele. Apesar de ser um farrapo humano, Chad consegue apanhá-lo no ar com bastante habilidade. Ele deve querer muito aquilo... ou a coisa pela qual vai trocar o relógio.

"Esse relógio vale mais que quinhentos. Agora se manda daqui, caralho", digo. Mas na verdade eu não quero que ele vá embora. Quero que venha para cima de mim para eu poder arrebentar sua cabeça.

Chad dá risada, depois tosse, depois ri de novo. "Até a próxima, Dick", ele ameaça antes de sair pela porta.

Eu o sigo com o taco na mão e digo: "Ah, Chad? Se você aparecer aqui de novo, eu *mato* você".

Em seguida, eu bato a porta em sua cara horrorosa.

73

HARDIN

Cutuco a perna de Richard com a ponta da bota. Estou puto da vida, e essa situação toda é culpa dele.

"Desculpa", ele resmunga, tentando se levantar do chão. Alguns segundos depois, ele faz uma careta e desaba de novo sobre o piso. A última coisa que eu quero é ajudar esse bêbado patético, mas a essa altura não tenho muita escolha.

"Vou pôr você em uma cadeira, mas você só vai sentar no sofá depois de tomar banho."

"Certo", ele murmura e fecha os olhos quando me agacho para erguê-lo. Ele não é tão pesado quanto esperava que fosse, considerando sua altura.

Eu o arrasto até uma cadeira da cozinha e, assim que senta, ele se curva para a frente, passando os braços em volta do tronco.

"E agora? O que eu faço com você?", pergunto baixinho.

O que Tessa faria se estivesse aqui? Pelo que conheço dela, prepararia um banho quente e alguma coisa para ele comer. Eu não vou fazer nenhuma dessas coisas.

"Me leva de volta", ele sugere. Seus dedos trêmulos erguem a gola de sua camiseta rasgada, uma que era minha e que Tessa deu a ele. Ele está usando as mesmas roupas desde que foi embora? Ele limpa o sangue da boca, espalhando-o pelo queixo e pela barba malcuidada.

"De volta para onde?", pergunto. Talvez fosse melhor ter chamado a polícia quando entrei no apartamento e não ter dado aquele relógio para Chad... Mas eu não estava conseguindo pensar direito e só não queria envolver Tessa nisso tudo.

Mas ela está bem longe dessa confusão agora, claro... a quilômetros de distância.

"Por que você trouxe aquele cara aqui? Se a Tessa estivesse aqui..." Minha voz falha.

"Ela foi embora. Eu sabia que ela não ia estar aqui", ele se esforça para dizer.

Sei que é difícil para ele falar, mas preciso de respostas, e minha paciência está se esgotando. "Você veio aqui uns dias atrás também?"

"Vim. Mas só para comer e tomar um b-banho", Richard responde, ofegante.

"Você veio até aqui só para comer e tomar banho?"

"É, vim de ônibus na primeira vez. Mas dessa vez o Chad..." — ele toma fôlego e solta um gemido de dor quando se ajeita na cadeira — "... se ofereceu para me trazer, e me atacou assim que chegamos."

"Como você entrou?"

"Peguei a chave reserva da Tessie."

Ele pegou... ou ela deu para ele?, eu me pergunto.

Ele aponta com o queixo para a pia. "Da gaveta."

"Deixa eu ver se eu entendi: você roubou a chave do meu apartamento e pensou que podia vir aqui sempre que quisesse tomar banho. E depois ainda trouxe Chad, o Viciado Maravilha, para a minha casa, onde ele deu uma surra em você por causa de grana?" Como é que eu vim parar nesse reality show sobre viciados?

"Não tinha ninguém em casa. Pensei que não ia ter problema."

"Você pensou... é esse o problema! E se Tessa tivesse vindo para cá? E se ela visse você nesse estado?" Estou completamente perdido. Meu primeiro instinto seria arrastar esse velho imbecil para fora do nosso — do meu apartamento — e deixá-lo sangrando no corredor. Mas não posso, porque sou desesperadamente apaixonado pela filha dele e, se fizesse isso, iria deixá-la mais magoada do que já está. Amor é um negócio legal pra caralho, não?

"Bom, então o que a gente faz?" Eu coço o queixo. "Quer ir para o hospital?"

"Não precisa. Só uns curativos já resolvem. Você pode ligar para Tessie por mim e dizer que sinto muito?"

Eu recuso a sugestão fazendo um gesto com o braço. "Não. Ela não vai nem ficar sabendo disso. Não quero que ela se preocupe com esse tipo de coisa."

"Certo", ele concorda, se remexendo na cadeira.

"Faz quanto tempo que você usa?", pergunto.

Ele engole em seco. "Eu não uso", ele diz, todo humilde.

"Não mente para mim. Eu não sou idiota, porra. Fala logo."

Ele me olha com uma expressão triste e pensativa. "Mais ou menos um ano, mas estou tentando parar desde que reencontrei a Tessie."

"Ela vai ficar arrasada... você sabe disso, né?" Espero que saiba. E eu com certeza vou fazer questão de lembrá-lo quantas vezes for preciso.

"Eu sei, e vou melhorar por ela", ele garante.

É o que todos nós queremos...

"Bom, então é melhor acelerar o processo de reabilitação, porque se ela visse você agora..." Eu não termino a frase. Fico em dúvida se ligo para ela e pergunto que diabos faço com seu pai, mas essa não é a solução. Ela não precisa se envolver nisso, não agora. Não enquanto está batalhando por seus sonhos.

"Eu vou para o quarto. Você pode tomar banho, comer ou fazer o que ia fazer antes que eu interrompesse." Saio da cozinha e vou direto para o quarto. Fecho a porta e me apoio sobre a superfície de madeira. Essas foram as vinte e quatro horas mais longas da minha vida.

74

TESSA

Não consigo esconder o sorriso ridículo em meu rosto quando Kimberly e Christian me mostram minha sala nova. As paredes são de um branco perfeito, a porta e o batente são cinza-escuro, e as mesas e prateleiras são pretas, reluzentes e modernas. O escritório é do mesmo tamanho que o antigo, mas a vista é incrível — de tirar o fôlego. A nova sede da Vance fica bem no centro de Seattle: a cidade lá embaixo fervilha, e aqui estou eu, bem no meio de tudo isso.

"É incrível — muito obrigada!", eu digo, demonstrando um entusiasmo que a maioria das pessoas não acharia muito profissional.

"Aqui perto tem de tudo: cafés, restaurantes de todos os tipos, fica tudo nessa região." Christian olha pela janela, todo orgulhoso, e abraça sua noiva pela cintura.

"Quer parar de se gabar?", Kimberly provoca, e ele dá um beijo na testa dela.

"Bom, nós vamos deixar você em paz. Ao trabalho", Christian me diz em um tom brincalhão. Kimberly o puxa pela gravata e praticamente o arrasta para fora da sala.

Arrumo as coisas na minha mesa até ficar do jeito que eu gosto e leio um pouco, mas quando chega a hora do almoço já mandei pelo menos dez fotos da minha sala nova para Landon... e para Hardin. Sei que Hardin não vai responder, mas não consegui me segurar. Queria que ele visse a vista — quem sabe assim não muda de ideia sobre vir para cá? Sei que estou arrumando desculpas para o meu lapso de juízo momentâneo ao mandar fotos para ele. Mas estou com saudade de Hardin — pronto, falei. Estou morrendo de saudade dele e estava esperando uma resposta, mesmo que fosse um texto de uma linha. Qualquer coisa. Mas não recebi nada.

Landon mandou uma resposta toda empolgada para cada uma das fotos, mesmo quando eu enviei uma foto bem ridícula em que estou segurando uma caneca de café com o logotipo da editora.

Quanto mais eu penso na minha atitude impulsiva de mandar as fotos para Hardin, mais me arrependo. E se ele entender tudo do jeito errado? Ele tem uma tendência a fazer isso. Pode entender as fotos como um recado de que estou seguindo em frente; pode achar que estou querendo esfregar minha alegria na cara dele. Não era essa a minha intenção, e espero que ele não entenda assim.

Talvez eu devesse mandar mais uma mensagem me explicando. Ou dizer que mandei as fotos sem querer. Não sei qual opção seria a mais convincente.

Nenhuma das duas, com certeza. Estou pensando demais. Afinal de contas, são só fotos. Como ele vai interpretá-las não é problema meu. Não posso me responsabilizar pelos sentimentos dele.

Quando chego à sala do café do meu andar, encontro Trevor sentado a uma das mesas quadradas com um *tablet*.

"Bem-vinda a Seattle", ele diz, com seus olhos azuis brilhando.

"Oi." Retribuo seu entusiasmo com um sorriso e passo meu cartão de débito na máquina de doces. Aperto um código numérico e pego um pacotinho de biscoitos de amendoim. Estou nervosa demais para comer. Posso sair para almoçar e explorar os arredores amanhã.

"O que está achando de Seattle?", Trevor pergunta.

Aguardo sua permissão e, depois que ele acena com a cabeça, sento na cadeira do outro lado da mesa. "Ainda não vi muita coisa. Cheguei ontem, mas adorei o novo prédio."

Duas mulheres entram na sala e sorriem para Trevor. Uma delas se vira para mim, e faço um breve aceno para cumprimentá-la. Elas começam a conversar entre si, e a mais baixa, que tem cabelos pretos, tira um prato pronto da geladeira enquanto sua amiga mexe nas unhas.

"Você deveria dar um passeio por aí, então. Tem bastante coisa para fazer aqui. A cidade é bem bonita", Trevor vai dizendo enquanto eu mastigo um biscoito, distraída. "O Space Needle, o Pacific Science Center, museus de arte, o que você quiser."

"Eu quero conhecer o Space Needle e o Pike Place Market", respondo. Mas estou começando a ficar sem graça, já que, toda vez que me viro para as duas mulheres, elas estão olhando para mim e cochichando.

Estou bem paranoica hoje.

385

"Isso. Já decidiu onde vai morar?", ele pergunta, passando o dedo na tela para desligar o tablet e dedicar toda sua atenção a mim.

"Estou ficando na casa da Kimberly e do Christian por enquanto... só por uma semana ou duas, até eu conseguir um lugar para alugar." A apreensão no meu tom de voz é embaraçosa. Detesto ter que ficar com eles porque Hardin arruinou minha chance de alugar o único apartamento que consegui encontrar. Quero morar sozinha, sem ter que me preocupar em ser um fardo.

"Eu posso perguntar se tem algum imóvel vago no meu prédio", Trevor oferece. Ele ajusta e alisa a gravata cinza antes de passar as mãos nas lapelas do paletó.

"Obrigada, mas não sei se o seu prédio cabe no meu orçamento", lembro a ele. Trevor é o diretor financeiro, e eu sou uma estagiária — uma estagiária remunerada, mas cujo salário não paga nem o aluguel de uma lixeira atrás do prédio dele.

Trevor fica vermelho. "Certo", ele responde, dando-se conta do abismo entre nossas rendas. "Mas eu posso perguntar se alguém sabe de algum outro lugar."

"Obrigada." Abro um sorriso sincero. "Tenho certeza de que vou me sentir mais em casa quando tiver o meu próprio apartamento."

"Claro. Pode demorar um pouco, mas sei que você vai gostar daqui." Seu sorriso torto é caloroso e amigável.

"Vai fazer alguma coisa depois do trabalho?", eu pergunto sem me dar conta do que estou fazendo.

"Vou", ele responde, um tanto perplexo. "Mas posso cancelar."

"Não, não. Tudo bem. Eu só pensei que, como você já conhece os lugares, podia me mostrar a cidade. Mas, como você já tem planos, deixa pra lá." Espero poder fazer amigos logo em Seattle.

"Eu adoraria mostrar a cidade para você. Ia sair para correr, só isso."

"Correr?" Eu torço o nariz. "Por quê?"

"Por diversão."

"Isso não parece muito divertido para mim." Eu dou risada, e ele sacode a cabeça em um gesto divertido de desaprovação.

"Eu corro todos os dias depois do trabalho. Ainda estou conhecendo a cidade também, e esse é um bom jeito de fazer isso. Você devia me acompanhar algum dia."

"Não sei..." A ideia não me parece muito atraente.

"Nós podemos andar em vez de correr." Ele dá uma risadinha. "Eu moro em Ballard. É um bairro bem legal."

"Eu já ouvi falar de Ballard, na verdade", respondo, lembrando de quando pesquisei página após página de sites que mostravam as regiões de Seattle. "Certo, tudo bem. Vamos passear por Ballard, então." Fecho as mãos diante do corpo e as apoio no colo.

Não consigo deixar de pensar em como Hardin se sentiria a respeito. Ele detesta Trevor, e já está sofrendo um bocado com nossa ideia de dar um "tempo". Ele não admitiu isso, mas eu gosto de pensar que está. Apesar da distância entre mim e Hardin, literal e metafórica, eu vejo Trevor apenas como um amigo. A última coisa que passa pela minha cabeça é me envolver com alguém, principalmente com alguém que não seja Hardin.

"Combinado, então." Ele sorri, claramente surpreso com a minha resposta positiva. "Minha hora de almoço já acabou, mas passo o meu endereço por mensagem, ou podemos ir direto daqui depois do trabalho."

"Vamos direto daqui então... estou usando sapatos confortáveis." Aponto para as minhas sapatilhas, me parabenizando mentalmente por não estar de salto alto.

"Ótimo. Passo na sua sala às cinco", ele diz e fica de pé.

"Combinado." Eu levanto também e jogo a embalagem dos biscoitos no lixo.

"Todo mundo sabe como ela conseguiu o emprego, para começo de conversa", ouço uma das mulheres dizer.

Quando olho para trás, por curiosidade, elas ficam em silêncio, olhando para a mesa. Não consigo evitar a sensação de que estavam falando de mim.

Minha tentativa de fazer amigos em Seattle já começou mal.

"Essas daí são duas fofoqueiras, ignora", Trevor me diz, colocando as mãos nas minhas costas e me tirando da sala.

Quando volto para o meu escritório, pego meu celular na gaveta da mesa. Duas chamadas perdidas, ambas de Hardin.

Será que eu ligo de volta agora mesmo? *Ele ligou duas vezes, então talvez tenha acontecido alguma coisa*, eu penso, me justificando para mim mesma.

Ele atende no primeiro toque e vai logo perguntando: "Por que não atendeu quando eu liguei?"

"Aconteceu alguma coisa?" Eu levanto da cadeira, entrando em pânico.

"Não, nada." Ele solta o ar com força. Consigo imaginar a maneira exata como seus lábios rosados se movem ao me perguntar: "Por que você me mandou essas fotos?".

Olho ao redor da sala, com medo de tê-lo deixado chateado. "Eu fiquei empolgada com a minha sala nova e queria que você visse. Fiquei torcendo para você não ficar bravo, pensando que eu estava me exibindo. Desculpa..."

"Não, eu só fiquei confuso", ele responde friamente e fica em silêncio.

Depois de alguns segundos, eu digo: "Não vou mandar mais. Não deveria nem ter mandado essas". Encosto a testa na janela e olho para as ruas da cidade.

"Não esquenta, está tudo bem... Como estão as coisas por aí? Está gostando?" O tom de voz de Hardin é bem sério, e sinto vontade de alisar a ruga de preocupação que sei que está marcando sua testa agora.

"É muito bonito aqui."

Ele insiste no assunto, como eu esperava: "Você não respondeu à minha pergunta".

"Estou gostando, sim", respondo baixinho.

"Você não está soando muito empolgada."

"Estou gostando de verdade, é que ainda estou... me acostumando. Só isso. E por aí, como estão as coisas?", pergunto para continuar a conversa. Ainda não estou a fim de desligar.

"Tudo na mesma", ele responde secamente.

"Isso é esquisito demais para você? Sei que você falou que não queria conversar comigo pelo telefone, mas como me ligou..."

"Não, não é esquisito", ele me interrompe. "Nada do que a gente faz é esquisito. Eu só disse que, se não estamos mais juntos, não quero passar horas no telefone com você todos os dias, porque isso não faz sentido, e só ia servir para me torturar."

"Você gosta de falar comigo, então?", pergunto porque sou patética e preciso ouvir ele dizer.

"Claro que gosto."

Um carro buzina ao fundo, e acho que ele deve estar no trânsito. "Então é isso? Vamos conversar pelo telefone, como dois amigos?", ele pergunta sem nenhuma raiva na voz, só curiosidade.

"Não sei, que tal a gente tentar?" Nossa separação está bem diferente da outra vez. Estamos separados de comum acordo, mas não foi um rompimento definitivo. Não sei se um rompimento definitivo com Hardin é o que quero, então deixo esse pensamento de lado, prometendo a mim mesma voltar a analisá-lo mais tarde.

"Não vai dar certo."

"Não quero que a gente passe a se ignorar e nunca mais se fale, mas ainda não mudei de ideia sobre dar um tempo", digo a ele.

"Tá bom, então me conta sobre Seattle", ele finalmente diz.

75

TESSA

Depois de passar metade da tarde ao telefone com Hardin quase sem fazer nada do trabalho, meu primeiro dia no escritório novo termina e espero pacientemente por Trevor na frente da minha porta.

Hardin estava bem calmo mais cedo, e parecia tão claro, como se estivesse concentrado em alguma coisa. Parada no corredor, não consigo conter a felicidade por ainda estarmos nos falando; é muito melhor agora que não estamos mais nos evitando. No fundo, sei que não vai continuar sendo tão fácil conversar com ele assim, me iludindo com pequenas doses de Hardin quando, na verdade, quero ele todo, o tempo todo. Quero ele aqui comigo, me abraçando, me beijando, me fazendo rir.

Eu devo estar em negação.

Eu me conformo com isso por enquanto. É muito bom em comparação com minha outra opção: tristeza.

Suspiro e recosto a cabeça na parede enquanto espero. Estou começando a me arrepender por ter perguntado ao Trevor se ele estava livre depois do trabalho. Eu preferiria estar na casa de Kimberly, conversando com Hardin ao telefone. Queria que ele tivesse vindo para cá, então poderia ser ele vindo me encontrar. Ele poderia ter um escritório perto do meu; poderia vir até a minha sala várias vezes por dia e eu poderia inventar desculpas para ir até a dele. Tenho certeza de que Christian daria um emprego a Hardin se ele quisesse. Ele deixou claro algumas vezes que queria que Hardin voltasse a trabalhar para ele.

Poderíamos almoçar juntos, talvez até reviver alguns dos momentos que compartilhamos no escritório antigo. Começo a pensar em Hardin por trás de mim, eu inclinada sobre a mesa, meus cabelos presos na mão dele...

"Desculpa, me atrasei um pouco, minha reunião demorou mais do que eu pensei." Trevor interrompe meu devaneio, e eu me sobressalto, surpresa e envergonhada.

"Ah, tudo bem. Eu estava..." Prendo meus cabelos atrás da orelha.
"... esperando."

Se ele soubesse no que eu estava pensando; ainda bem que não faz ideia. Nem sei de onde vêm esses pensamentos.

Ele vira a cabeça para o outro lado, espiando o corredor vazio.

"Está pronta para ir?"

"Estou."

Conversamos sobre trivialidades enquanto saímos do prédio. Quase todo mundo já foi embora, e o escritório está em silêncio. Trevor me fala sobre o novo emprego de seu irmão em Ohio e conta que saiu para comprar um terno novo para o casamento da nossa colega de trabalho Krystal, mês que vem. Distraída, fico me perguntando quantos ternos Trevor deve ter.

Entramos em nossos carros e sigo a BMW de Trevor enquanto ele atravessa a cidade lotada, e finalmente chegamos ao pequeno bairro de Ballard. De acordo com os blogs que eu estava lendo antes da mudança, é um dos bairros mais badalados de Seattle. Cafés, restaurantes veganos e bares da moda se espalham pelas ruas estreitas. Paro meu carro em uma vaga do estacionamento embaixo do prédio de Trevor e dou risada lembrando que ele se ofereceu para me ajudar a encontrar um apartamento nesse lugar caro.

Trevor sorri, indicando seu terno.

"Só preciso trocar de roupa, obviamente."

Quando chegamos ao apartamento dele e ele se afasta, eu olho ao redor da ampla sala de estar. Fotos de família e artigos recortados de jornais e revistas preenchem os porta-retratos na prateleira acima da lareira; uma peça complexa feita com garrafas de vinho derretidas e moldadas ocupa toda a mesa de centro. Nem um sinal de poeira acumulada nos cantos. Estou impressionada.

"Pronto!" Trevor anuncia, saindo do quarto e fechando o zíper do moletom vermelho. Sempre fico surpresa ao vê-lo com roupas tão informais — é muito diferente de como ele costuma se vestir.

Depois de caminharmos por dois quarteirões, estamos tremendo de frio.

"Está com fome, Tessa? A gente podia comer alguma coisa."

Nuvens brancas de respiração condensada se formam enquanto ele fala.

Eu concordo. Meu estômago está roncando, o que faz com que eu me lembre que um pacote de biscoitos de amendoim para o almoço não sustenta ninguém.

Digo a Trevor para escolher um lugar de que ele goste, e acabamos indo a um pequeno restaurante italiano a poucos metros de onde estávamos caminhando. O cheiro adocicado do alho toma meus sentidos, e minha boca se enche de água enquanto somos levados até uma mesa nos fundos.

76

HARDIN

"Você está muito mais... *higiênico* hoje", digo a Richard quando ele sai do banheiro secando o rosto recém-barbeado com uma toalha branca.

"Há meses não me barbeio", responde ele, esfregando a pele lisa de seu queixo.

"Não me diga." Reviro os olhos, e ele me dá um meio sorriso.

"Obrigado de novo por me deixar ficar aqui..." Sua voz grave se torna reticente.

"Não é permanente, então não me agradeça. Continuo não gostando nada dessa situação." Dou mais uma mordida na pizza que pedi para mim... e acabei dividindo com Richard. Preciso encontrar uma maneira de tirar um pouco de pressão de cima de Tessa. Já tem muita coisa acontecendo na vida dela, e se eu puder ajudar com essa história do pai dela, é o que vou fazer.

"Eu sei. Fico surpreso por você ainda não ter me chutado para fora", diz ele rindo. Como se isso fosse motivo para rir. Olho para ele. Seus olhos parecem grande demais para seu rosto, com olheiras profundas contra a pele clara.

Solto um suspiro.

"Eu também", admito com irritação.

Richard estremece enquanto olho para ele — não por medo, mas por abstinência de qualquer que seja a porcaria de droga que ele está acostumado a usar.

Quero saber se ele trouxe drogas para o nosso apartamento enquanto estava aqui na semana passada. Mas, se eu perguntar e ele disser que sim, vou perder a paciência e pôr ele para fora em segundos. Pelo bem da Tessa, e pelo meu próprio bem, me levanto e saio da sala levando o prato vazio. A pilha de pratos sujos na pia dobrou de tamanho, mas encher a máquina de lavar é a última coisa que quero fazer no momento.

"Vê se lava os pratos como pagamento!", digo a Richard.

Ouço sua risada grave do corredor, e ele entra na cozinha quando chego ao quarto e fecho a porta.

Quero ligar para Tessa de novo, só para ouvir sua voz. Quero saber como foi o resto do seu dia... O que ela planeja fazer depois do trabalho? Será que ela ficou olhando para o telefone com um sorriso bobo no rosto depois que desligamos, como eu?

Provavelmente não.

Agora sei que todos os meus pecados finalmente estão voltando para me fazer pagar — foi por isso que Tessa entrou na minha vida. Um castigo impiedoso disfarçado de linda recompensa. Tê-la por meses só para depois ela ser arrancada de mim, mas ainda continuar me assombrando por meio de telefonemas casuais. Não sei quanto tempo ainda vou levar até sucumbir ao meu destino e finalmente me permitir sair dessa negação.

Negação, é exatamente isso.

Mas não precisa ser. Posso mudar o resultado de tudo isso. Posso ser quem ela precisa que eu seja sem arrastá-la para o meu inferno de novo.

Que se foda, vou ligar para ela.

O telefone toca, mas ela não atende. São quase seis da tarde — ela já deve ter saído do trabalho e voltado para casa. Para onde mais ela iria? Enquanto penso se devo ou não ligar para Christian, visto meus tênis, amarro o cadarço de qualquer jeito e enfio os braços nas mangas da jaqueta.

Sei que ela vai ficar chateada — bem brava, com certeza — se eu ligar para ele, mas já liguei para ela seis vezes, e ela não atendeu.

Resmungo e passo os dedos pelos meus cabelos não lavados. Essa coisa de dar um tempo está me irritando demais.

"Estou saindo", digo ao meu hóspede indesejado. Ele faz que sim com a cabeça, sem conseguir falar por causa do monte de batata frita que está enfiando na boca. Pelo menos não tem mais pratos na pia.

Para onde eu vou, caralho?

Em poucos minutos, meu carro está estacionado atrás da pequena academia. Não sei de que vai adiantar vir aqui ou se essa merda vai me ajudar, mas no momento estou ficando cada vez mais irritado com Tessa e só consigo pensar em brigar com ela ou em dirigir até Seattle. Não devo fazer nenhuma dessas duas coisas... elas só deixariam tudo pior.

77

TESSA

Quando termino de comer, estou praticamente me contorcendo na minha cadeira. Assim que pedimos nossos pratos, percebi que esqueci meu telefone no carro, e isso está me deixando mais perturbada do que deveria. Ninguém liga para mim. Mas não consigo parar de pensar que Hardin pode ter ligado, ou pelo menos enviado uma mensagem de texto. Estou me esforçando para ouvir o que Trevor está dizendo a respeito de um artigo que leu na *Times*, tentando não pensar em Hardin e na possibilidade de ele ter ligado, mas não consigo. Fico distraída durante todo o jantar e tenho certeza de que Trevor está percebendo; mas só é gentil demais para chamar minha atenção.

"Você não concorda?" A voz de Trevor me arranca dos meus pensamentos. Penso nos últimos segundos da conversa, tentando lembrar sobre o que ele estava falando. O artigo era sobre cuidados com a saúde... acho.

"Concordo." Minto. Não tenho ideia se concordo ou não, só quero que o garçom ande depressa e traga logo a nossa conta.

Como se tivesse ouvido meus pensamentos, o jovem coloca uma pequena caderneta na nossa mesa, e Trevor logo puxa sua carteira.

"Eu posso...", começo.

Mas ele enfia várias notas dentro da caderneta, e o garçom se retira, indo em direção à cozinha do restaurante.

"É por minha conta."

Eu agradeço baixinho e olho para o grande relógio de pedra acima da porta. Já passa das sete; estamos no restaurante há mais de uma hora. Solto um suspiro de alívio quando Trevor une as mãos, fica de pé e diz: "Vamos?".

No caminho de volta para sua casa, passamos por um pequeno café e Trevor ergue a sobrancelha num convite silencioso.

"Que tal uma outra noite esta semana?", pergunto com um sorriso.

"Combinado." Ele esboça seu famoso meio sorriso, e continuamos a caminhada até seu prédio.

Com um adeus rápido e um abraço de amigos, entro em meu carro e imediatamente procuro meu telefone. Estou com os nervos à flor da pele de ansiedade e desespero, mas tento não pensar nisso. Nove chamadas perdidas, todas de Hardin.

Ligo para ele na mesma hora, mas cai na caixa de mensagens. O caminho do apartamento de Trevor até a casa de Kimberly é longo e tedioso. O trânsito em Seattle é horrível; buzinas altas, carros pequenos ziguezagueando de uma faixa para a outra — é muito irritante, e quando estaciono na entrada da garagem, estou morrendo de dor de cabeça.

Assim que entro pela porta da frente, vejo Kimberly sentada no sofá de couro branco, com uma taça de vinho na mão.

"Como foi o seu dia?", ela pergunta e se inclina para pousar a taça na mesa de vidro a sua frente.

"Ótimo. Mas o trânsito nessa cidade é *surreal*", resmungo e me sento na cadeira vermelha ao lado da janela. "Minha cabeça está me matando."

"É verdade. Bebe um pouco de vinho para curar sua dor de cabeça." Ela se levanta e atravessa a sala de estar.

Antes que eu possa protestar, ela serve o vinho branco borbulhante em uma taça e me dá. Bebericando, sinto o líquido frio e doce em minha língua.

"Obrigada", digo sorrindo e tomo um gole maior.

"Então... você estava com o Trevor, né?" Kimberly é muito intrometida... mas de uma forma adorável.

"Sim, saímos para jantar. Como *amigos*", digo de modo inocente.

"Talvez você pudesse tentar responder de novo e enfatizar ainda mais a palavra 'amigo'", ela provoca, e eu dou risada.

"Só estou tentando deixar claro que somos só... hum... amigos."

Seus olhos castanhos brilham de curiosidade.

"O Hardin sabe que você estava jantando com Trevor *como amiga*?"

"Não, mas vou contar para ele quando a gente se falar. Por algum motivo, ele não se incomoda com o Trevor."

Ela faz que sim.

"Eu entendo. O Trevor poderia ser modelo, se não fosse tão tímido. Já reparou naqueles olhos azuis?" Ela exagera suas palavras abanando o rosto com a mão livre, e nós duas rimos como menininhas.

"Não quis dizer *verdes*, querida?", Christian diz quando aparece de repente na saleta, fazendo com que eu quase derrube minha taça de vinho no chão de madeira.

Kim sorri para ele.

"Claro que quis dizer verdes."

Mas ele só balança a cabeça e abre um sorriso tímido.

"Acho que eu também podia ser modelo", ele comenta com uma piscadela. Quanto a mim, fico aliviada por ele não estar chateado. Hardin teria virado a mesa se me pegasse falando sobre Trevor como Kimberly falou.

Christian se senta no sofá ao lado de Kimberly, e ela sobe no colo dele.

"E o Hardin, como anda? Você deve ter falado com ele, certo?", ele pergunta.

Eu desvio o olhar.

"Sim, um pouco. Ele está bem."

"Teimoso. Ainda estou ofendido por ele não ter aceitado minha oferta, considerando a situação dele."

Christian sorri com o rosto voltado para o pescoço de Kim e a beija suavemente logo abaixo da orelha. Esses dois realmente não têm nenhum problema com demonstrações públicas de afeto. Tento desviar o olhar de novo, mas não consigo.

Espera...

"Que oferta?", pergunto, obviamente surpresa.

"Ué, o emprego que ofereci a ele... Eu falei com você sobre isso, não falei? Queria que ele tivesse vindo para cá. Afinal, ele tem o quê? Só mais um semestre antes de se formar, certo?"

O quê? Por que eu não sabia sobre isso? É a primeira vez que fico sabendo que Hardin vai se formar mais cedo. Mas respondo:

"É, sim... acho que sim."

Christian abraça Kimberly e a balança um pouco.

"O cara é praticamente um gênio. Se tivesse se dedicado um pouco mais, seu histórico de notas seria perfeito."

"Ele é mesmo muito inteligente...", concordo. E é verdade. A mente de Hardin sempre me surpreende e intriga. É uma das coisas de que mais gosto nele.

"É um ótimo escritor também", ele diz e rouba um gole do vinho de Kimberly. "Não sei por que ele decidiu parar. Eu estava ansioso para ler mais de seu trabalho." Christian suspira enquanto Kimberly afrouxa a gravata prateada ao redor do pescoço dele.

Estou surpresa com essa informação. Hardin... escrevendo? Eu me lembro de ele ter mencionado por alto que costumava escrever um pouco no primeiro ano de faculdade, mas nunca entrou em detalhes. Sempre que eu falava sobre isso, ele mudava de assunto ou ignorava, dando a impressão de que não tinha muita importância para ele.

"É." Termino de beber o vinho e me levanto, apontando para a garrafa. "Posso?"

Kimberly faz que sim com a cabeça.

"Claro que pode, pode beber quanto quiser. Temos uma adega cheia", ela diz com um sorriso meigo.

Três taças de vinho branco depois, minha dor de cabeça desapareceu e minha curiosidade aumentou muito. Espero Christian tocar no assunto dos textos de Hardin ou da oferta de emprego de novo, mas ele não faz isso. Começa a falar sem parar sobre a empresa e conta que está negociando com um grupo de mídia para expandir a área de filmes e televisão da Vance Publishing. Por mais interessante que seja, quero ir para o meu quarto e tentar falar com Hardin de novo. Quando consigo uma brecha, desejo boa noite a eles e corro para meu quarto temporário.

"Leva a garrafa com você!", Kimberly diz quando passo pela mesa onde a garrafa de vinho pela metade está.

Concordo e agradeço, pegando a garrafa.

78

HARDIN

Entro no apartamento, as pernas ainda doloridas por ter dado muitos chutes no saco de pancadas da academia. Pego uma garrafa de água na geladeira e tento ignorar o homem adormecido no sofá. É por ela, lembro a mim mesmo. Tudo por ela. Bebo metade da garrafa, tiro o telefone da bolsa da academia e o ligo. No mesmo momento em que tento ligar para ela, seu nome aparece em minha tela.

"Alô?", atendo enquanto tiro a camiseta ensopada de suor e a jogo no chão.

"Oi." É só o que ela diz.

Sua resposta é curta. Curta demais. Quero falar com ela. Preciso que ela queira falar comigo.

Chuto minha camiseta e em seguida a pego, sabendo que se ela pudesse me ver, ia me repreender por ser tão desleixado.

"O que você fez hoje?"

"Saí para conhecer a cidade", ela responde com calma. "Tentei ligar para você, mas caiu na caixa de mensagens." O som da voz dela me acalma.

"Voltei para a academia." Eu me deito na cama, desejando que ela estivesse aqui comigo, com a cabeça em meu peito, e não em Seattle.

"Sério? Que ótimo!", ela diz e acrescenta: "Vou tirar os sapatos".

"Tá..."

Ela ri.

"Não sei por que falei isso."

"Você está bêbada?" Eu me sento, usando um cotovelo para apoiar meu peso.

"Bebi um pouco de vinho", ela admite. Eu já deveria ter percebido.

"Com quem?"

"Com a Kimberly e o sr. Vance... quer dizer, Christian."

"Ah." Não sei como me sinto em relação ao fato de ela ter saído para beber em uma cidade que não conhece, mas sei que não é hora de falar sobre isso.

"Ele disse que você escreve muito bem", ela diz, com um tom claro de acusação. *Merda.*

"Por que ele diria isso?", respondo. Meu coração está acelerado.

"Não sei. Por que você não escreve mais?" A voz dela está tomada pelo vinho e pela curiosidade.

"Não sei. Mas não quero falar sobre mim. Quero falar sobre você, Seattle e por que tem me evitado."

"Bom, ele também disse que você vai se formar no próximo semestre", ela diz, ignorando minhas palavras.

Christian obviamente não faz ideia de como cuidar da própria vida.

"É, e daí?"

"Eu não sabia disso", Tessa diz. Ouço seus movimentos, e ela resmunga, claramente irritada.

"Eu não estava escondendo nada de você, é só que o assunto não surgiu. Você ainda tem muito tempo pela frente até se formar, então não importa. Eu não vou a lugar nenhum."

"Espera aí", ela diz. O que diabos ela está fazendo? Quanto vinho bebeu?

Depois de ouvir seus grunhidos incompreensíveis, finalmente pergunto: "O que você está fazendo?".

"O quê? Ah, meu cabelo ficou preso nos botões da minha camisa. Desculpa. Juro que estava ouvindo."

"Por que você estava interrogando o seu chefe a meu respeito?"

"Foi ele que começou a falar sobre você. Sabe, depois que você recusou um emprego que ele te ofereceu várias vezes, você acabou virando *assunto*", ela diz com ênfase.

"Notícia velha." Não me lembro de ter falado com ela sobre a oferta de emprego, mas não foi de propósito que não contei. "Minhas intenções em relação a Seattle sempre foram claras."

"Ah, isso sim é verdade", ela diz, e eu praticamente consigo vê-la revirando os olhos... de novo.

Mudo de assunto.

"Você não atendeu quando eu liguei. Liguei várias vezes."

"Eu sei, deixei meu telefone no carro na casa do Trevor...", ela se interrompe no meio da frase.

Eu me levanto da cama e caminho pelo quarto. Eu *sabia*, porra.

"Nós saímos como amigos, só isso." Ela se justifica depressa.

"Você não atendeu meu telefonema porque estava com o babaca do Trevor?", grito, com a pulsação acelerando a cada batida do silêncio que se segue a minha pergunta.

Então ela diz:

"Nem começa a brigar comigo por causa do Trevor, ele é só meu amigo, e é você que não está aqui. Você não escolhe os meus amigos, entendeu?"

"Tessa...", eu alerto.

"*Hardin Allen Scott!*", ela grita e começa a rir.

"Por que está rindo?", pergunto, mas não consigo deixar de sorrir. Porra, eu sou ridículo.

"Eu... não sei!"

O som da risada dela passa pelo meu ouvido e viaja até o meu coração, aquecendo meu peito.

"Você deveria largar esse vinho", provoco, desejando vê-la revirar os olhos em resposta à minha repreensão.

"Quero só ver você me fazer largar", ela desafia, a voz intensa e brincalhona.

"Se eu estivesse aí, eu faria... pode ter certeza disso."

"O que mais você faria se estivesse aqui?", ela me pergunta.

Eu me deito de novo na cama. Ela está levando a conversa para onde estou achando? Nunca sei, principalmente quando ela está bêbada.

"Theresa Lynn Young... você está tentando fazer sexo ao telefone comigo?", pergunto.

Imediatamente ela começa a tossir muito... engasgada com um gole de vinho, provavelmente.

"O quê? Não! Eu só... eu só estava perguntando!", ela grita.

"Claro, pode negar", digo brincando, rindo do seu tom de voz aterrorizado.

"A não ser que... isso seja uma coisa que *você* queira fazer", ela sussurra.

"Está falando sério?" Só de pensar, sinto meu pau endurecer.

"Talvez... não sei. Está bravo por causa do Trevor?" O tom da voz dela é muito mais inebriante para mim do que qualquer quantidade de vinho que eu consiga consumir.

Porra, é claro que estou irritado porque ela estava com ele, mas não é sobre isso que quero falar agora. Escuto quando ela toma mais um gole, e então ouço o leve tilintar de um copo. "Não estou nem aí para o babaca do Trevor neste momento", minto. E então digo: "Não vai se entupir de vinho". Eu conheço Tessa muito bem. "Você vai passar mal."

Ouço alguns goles altos pelo telefone.

"Você não pode mandar em mim à distância." Ela está tomando longos goles de vinho de novo, para tomar coragem, aposto.

"Eu posso mandar em você a qualquer distância, linda." Abro um sorriso, passando os dedos sobre os lábios.

"Posso contar uma coisa?", ela pergunta baixinho.

"Por favor."

"Eu estava pensando em você hoje, na primeira vez que você foi ao meu escritório..."

"Você estava pensando em mim fodendo você enquanto estava com ele?", pergunto, rezando para que ela responda que sim.

"Nessa hora, eu estava esperando ele."

"Fala mais sobre isso, me conta o que você estava pensando", insisto.

Isso é confuso pra caralho. Sempre que falo com ela é como se não estivéssemos "dando um tempo", como se tudo estivesse igual a como sempre foi. A única diferença é que não posso vê-la nem tocá-la. Merda, quero tocá-la, passar a língua por sua pele macia...

"Eu estava pensando em como...", ela começa, então toma mais um gole.

"Não fica com vergonha", eu a estimulo a continuar.

"Em como gostei, e fiquei com vontade de fazer de novo."

"Com quem?", pergunto só para ouvi-la dizer.

"Com você, só você."

"Ótimo", digo com um sorriso. "Você ainda é minha, apesar de estar me obrigando a te dar espaço; ainda é só minha... você sabe disso, não sabe?", pergunto do modo mais gentil que consigo.

"Eu sei", ela diz. Meu peito infla e eu curto a onda de alívio que acompanha as palavras dela. "Você é meu?", ela pergunta com muito mais confiança na voz do que momentos antes.

"Sou, sempre."

Não tenho escolha. Não tenho escolha desde o dia que te conheci, quero acrescentar, mas fico quieto, esperando a resposta dela.

"Ótimo", Tessa diz com autoridade. "Agora, me diz o que faria se estivesse aqui, nos menores detalhes."

79

TESSA

Meus pensamentos estão meio confusos e minha cabeça parece cheia e pesada, mas da melhor maneira. Estou sorrindo de orelha a orelha, embriagada pelo vinho e pela voz grave de Hardin. Adoro esse lado brincalhão dele, e se ele quer brincar, vou brincar também.

"Ah, não", ele diz com aquele tom frio de voz. "Primeiro, você diz o que quer que eu faça."

Bebo diretamente da garrafa.

"Já disse", digo.

"Bebe mais um pouco de vinho; você só me diz o que quer quando bebe."

"Tudo bem." Corro o dedo indicador pela estrutura de madeira fria da cama. "Quero que você me incline sobre esta cama aqui... e me pegue como fez naquela mesa." Em vez de vergonha, sinto só um calor subindo pelo meu pescoço até as bochechas.

Hardin diz um palavrão baixinho; sei que ele não esperava que eu respondesse de forma tão descritiva.

"E depois?", ele pergunta com delicadeza.

"Bom...", começo, parando para tomar mais um gole e ganhar confiança. Hardin e eu nunca fizemos isso antes. Ele já me mandou algumas mensagens de texto picantes, mas isso... isso é diferente.

"Diz, não fica tímida agora."

"Você me seguraria pelo quadril, como sempre faz, e eu me agarraria aos lençóis para tentar me equilibrar. Seus dedos me apertariam, deixando marcas..." Pressiono as coxas uma na outra quando ouço a respiração de Hardin ficar mais ofegante.

"Se masturba", ele diz, e eu imediatamente olho ao redor, esquecendo por um momento que ninguém pode ouvir nossa conversa particular.

"O quê? Não!", respondo depressa, cobrindo o telefone com a mão. "Sim."

"Não vou fazer isso... aqui. Eles vão me ouvir." Se eu estivesse falando essas coisas com qualquer outra pessoa que não fosse Hardin, eu estaria totalmente horrorizada, com vinho ou sem.

"Eles não vão ouvir nada. Vai, faz. Você quer, eu sei."

Como ele pode saber?

Eu quero mesmo?

"Só deita na cama, fecha os olhos, abre as pernas e vou dizer o que você deve fazer", ele diz com delicadeza. Por mais suaves que sejam as palavras dele, elas soam como um comando.

"Mas eu..."

"Obedece." A autoridade na voz dele faz com que eu me remexa enquanto minha mente e meus hormônios lutam contra. Não posso negar que pensar em Hardin me orientando pelo telefone, dizendo as coisas pervertidas que faria comigo, aumenta a temperatura do quarto pelo menos dez graus.

"Tudo bem, agora que você concordou", ele começa sem que eu tenha dito nada, "me fala quando estiver só de calcinha."

Ah... Mas eu caminho silenciosamente até a porta e viro a chave entre os dedos. O quarto de Kimberly e de Christian e também o de Smith ficam no andar de cima da casa, mas eles podem muito bem estar no primeiro andar comigo. Fico atenta aos movimentos e, quando ouço uma porta se fechar no andar de cima, me sinto melhor.

Pego a garrafa de vinho e termino de beber. O calor dentro de mim passou de uma pequena faísca a um incêndio, e tento não pensar muito no fato de que estou tirando a calça e deitando na cama, usando só uma camisa fina de algodão e calcinha.

"Ainda está na linha?", Hardin pergunta, com um sorriso maquiavélico no rosto, aposto.

"Sim, estou... me preparando." Não acredito que estou fazendo isso.

"Para de pensar demais. Vai me agradecer depois."

"Para de saber tudo que eu estou pensando", provoco, torcendo para que ele esteja certo.

"Você se lembra do que eu ensinei, certo?"

Balanço a cabeça, esquecendo que ele não pode me ver.

"Vou entender esse silêncio como um sim. Ótimo. Então, só pressione os dedos onde pressionou da última vez..."

80

HARDIN

Ouço Tessa ficar ofegante, e sei que ela seguiu minhas instruções. Consigo imaginá-la perfeitamente, deitada na cama, as pernas bem abertas. *Caralho.*

"Porra, como eu queria estar aí agora para ver você", digo, tentando ignorar o sangue que corre diretamente para o meu pau.

"Você gosta, não gosta? De ficar me olhando?", ela suspira.

"Gosto, demais. E você gosta de ser observada, eu sei."

"Gosto, assim como você gosta quando eu puxo os seus cabelos."

Num reflexo, levo a mão ao pau. Imagens de Tessa se contorcendo sob a minha língua, seus dedos agarrando meus cabelos enquanto ela geme meu nome tomam minha mente, e eu pressiono a palma da mão contra meu corpo. Só Tessa consegue me deixar duro desse jeito tão rápido.

Ela geme baixinho, baixinho até demais. Precisa de mais incentivo.

"Mais rápido, Tessa, mexe os dedos em círculo, mais depressa. Imagina que eu estou aí, que sou eu, que são os meus dedos te tocando, fazendo você gozar", digo, mantendo a voz baixa para o caso de meu hóspede irritante estar passando pelo corredor.

"Ai, meu Deus", ela diz e geme de novo.

"Minha língua também, linda, passeando pela sua pele, meus lábios no seu corpo, chupando, mordendo, provocando", eu desço minha bermuda de ginástica e começo a me masturbar devagar. Fecho os olhos e me concentro na respiração dela, em seus pedidos e gemidos.

"Faz o que estou fazendo... se masturba", ela sussurra e sou invadido pela imagem de Tessa arqueando as costas no colchão enquanto se toca.

"É o que já estou fazendo", digo, e ela geme. *Porra, eu quero vê-la.*

"Fala mais, vai", ela implora. Eu adoro como sua inocência desaparece nesses momentos... ela sempre adora ouvir as maiores sacanagens.

"Quero foder você. Não... quero deitar você na cama e fazer amor com você, forte e rápido, tão forte que você vai gritar meu nome enquanto eu meto cada vez mais fundo..."

"*Eu vou...*", ela geme. E sua respiração para.

"Vai, linda, deixa rolar. Quero ouvir você." Eu paro de falar quando percebo que ela está gozando, gemendo baixinho enquanto morde o travesseiro ou vira o rosto contra o colchão. Eu não faço ideia, mas a imagem me deixa louco, e eu gozo dentro da minha cueca gemendo o nome dela.

Nossa respiração ritmada é o único som na linha durante segundos ou minutos, perco a conta.

"Foi...", ela começa, ofegante.

Abro os olhos e apoio os cotovelos na mesa à minha frente. Meu peito sobe e desce enquanto tento recuperar o fôlego.

"Foi mesmo."

"Preciso de um minuto." Ela ri. Um sorriso aparece em meu rosto, e ela acrescenta: "E eu pensando que a gente já tinha feito quase tudo".

"Ah, tem muitas outras coisas que quero fazer com você. Mas precisamos estar na mesma cidade."

"Vem para cá, então", ela diz depressa.

Coloco o telefone no viva-voz e observo minha mão, de frente e de costas. "Você disse que não queria que eu fosse praí. Precisamos dar um tempo, lembra?"

"Eu sei", ela diz com um pouco de tristeza. "Precisamos mesmo de espaço... e parece estar funcionando para nós. Não acha?"

"Não", minto. Mas eu sei que ela está certa. Estou tentando ser uma pessoa melhor por ela, e tenho medo de ela me perdoar de novo muito rápido e eu escorregar e perder a motivação. Se nós... *quando* nós ficarmos juntos de novo, quero que seja diferente, por ela. Quero que seja permanente para eu poder mostrar a ela que o padrão — o tal do "ciclo sem fim", como ela diz — terminou.

"Sinto sua falta, demais", ela diz. Sei que ela me ama, mas sempre que recebo uma confirmação como esta — por menor que seja — é como se um peso fosse retirado de meu peito.

"Eu também." Mais do que qualquer coisa.

"Não diz 'também'. Parece que você só está concordando comigo", ela fala de modo sarcástico, e meu sorriso se abre ainda mais, tomando meu ser inteiro.

"Você não pode usar as minhas ideias; precisa ser original", digo de modo brincalhão e ela ri.

"Posso, sim", ela rebate com infantilidade. Se ela estivesse aqui, ia mostrar a língua para mim para me desafiar.

"Nossa, você está atrevida hoje." Saio da cama; preciso de um banho.

"Estou mesmo."

"E safada também. Não acredito que convenci você a gozar pelo telefone." Dou risada e vou para o corredor.

"Hardin!", ela grita horrorizada, como eu sabia que faria. "E você já deveria saber que consegue me convencer a fazer praticamente qualquer coisa."

"Quem me dera...", murmuro. Se fosse assim, ela estaria aqui agora.

No corredor, sinto o chão frio sob meus pés descalços e faço uma careta. Mas quando ouço alguém começar a falar, deixo o telefone cair no chão.

"Desculpa, cara", Richard diz perto de mim. "Estava meio quente aqui mais cedo, então eu..."

Ele para quando me vê tentando pegar meu telefone, mas é tarde demais.

"Quem está aí?" Ouço a voz de Tessa no telefone. A garota relaxada de minutos atrás desapareceu e ela está completamente alerta. "Hardin, quem está aí?", ela pergunta com mais firmeza.

Puta merda. Eu digo "que merda!" para o pai dela apenas movimentando os lábios e pego o telefone, tirando do viva-voz e correndo para o banheiro. "É...", começo.

"Era o meu pai?"

Quero mentir para ela, mas isso seria muito idiota, e estou tentando parar de ser idiota.

"Era", digo, e espero ela gritar do outro lado da linha.

"Por que ele está aí?", ela pergunta.

"Eu... bem..."

"Você está deixando ele ficar na sua casa?" Ela me livra do pânico de ter que encontrar as palavras certas para explicar essa situação bizarra.

409

"Mais ou menos."

"Não entendi."

"Estou", admito.

"Por quanto tempo? E por que não me disse nada?"

"Desculpa... faz só dois dias."

A próxima coisa que ouço é o barulho da água correndo dentro de uma banheira, então ela deve estar numa boa. Mas mesmo assim, pergunta: "Por que ele foi aí, para começo de conversa?".

Não consigo contar a história toda para ela, não nesse momento.

"Ele não tem nenhum outro lugar para ir, acho." Ligo o chuveiro quando ela suspira.

"Certo..."

"Você está brava?", pergunto.

"Não, não estou brava. Estou confusa...", ela diz, a voz tomada pelo espanto. "Não acredito que você está deixando ele ficar no seu apartamento."

"Nem eu."

O banheiro pequeno é tomado pelo vapor, e eu limpo o espelho com a palma da mão. Eu pareço um maldito fantasma, uma carcaça, de verdade. Sob meus olhos, olheiras já começaram a aparecer por causa da falta de sono. A única coisa que me dá ânimo é a voz de Tessa ao telefone.

"Isso significa muito para mim, Hardin", ela diz por fim.

"Sério?" Isso está indo bem melhor do que eu esperava.

"Sério, claro."

Fico todo feliz de repente, como um cachorrinho que foi recompensado com um petisco por seu dono... e surpreendentemente, me sinto confortável nessa posição patética.

"Que bom." Não sei mais o que dizer. Eu me sinto levemente culpado por não ter contado a ela sobre os... hábitos de seu pai, mas agora não é a hora, nem dá para contar uma coisa assim pelo telefone.

"Espera... então, meu pai estava aí quando você... *você sabe*?", ela sussurra, e ouço um ruído do outro lado da linha. Ela deve ter ligado a ventilação do banheiro para abafar sua voz.

"Bom, ele não estava no quarto; não curto esse tipo de coisa", provoco, para deixar o clima mais leve, e ela responde rindo.

"Você provavelmente curte, sim", ela brinca.

"Não, essa é uma das poucas coisas que eu não curto, pode acreditar", digo sorrindo. "Nunca vou dividir você, linda. Nem mesmo com o seu pai."

Não controlo o riso quando ela emite um som de nojo.

"Você é doente!"

"Sou mesmo", respondo, e ela ri. O vinho a deixou ousada e melhorou seu senso de humor. E eu? Bem, eu não tenho desculpa para esse sorriso ridículo no meu rosto.

"Preciso tomar um banho. Estou aqui de pé coberto de gozo." Tiro a cueca.

"Eu também", ela diz. "Não a parte sobre estar toda... você sabe, mas estou precisando de um banho também."

"Certo... Então acho que é melhor a gente acabar por aqui..."

"Acho que já nos acabamos", ela ri, orgulhosa da tentativa fracassada de fazer piada.

"Ha, ha", provoco. Mas logo digo: "Boa noite, Tessa".

"Boa noite", ela diz, esperando na linha e desligo o telefone antes dela.

A água quente desce pelo meu corpo. Ainda não me recuperei totalmente de imaginar Tessa se masturbando enquanto falava comigo ao telefone. Não é só um tesão. É... mais do que isso. Mostra que ela ainda confia em mim, que ainda confia o suficiente para se expor para mim. Perdido em meus pensamentos, passo o sabonete pela minha pele tatuada. É difícil imaginar que duas semanas atrás estávamos tomando banho juntos...

"Acho que esta é a minha preferida." Ela tocou uma tatuagem e olhou para mim com os cílios molhados.

"Por quê? Detesto essa." Observei os dedos pequenos dela traçando a flor grande desenhada perto do meu cotovelo.

"Não sei, acho bonito você ter uma flor cercada por todas essas coisas sombrias." O dedo dela percorreu o desenho assustador de uma caveira logo abaixo.

"Nunca pensei nela desse modo." Pressionei meu polegar embaixo de seu queixo para que ela olhasse para mim. "Você sempre vê coisas boas em mim... Como isso é possível se eu não tenho nada de bom?"

"Tem muita coisa boa em você. E você também vai ver isso. Um dia." Ela sorriu e ficou na ponta dos pés para pressionar os lábios contra o canto da minha boca. A água correu entre nossos lábios, e ela sorriu de novo antes de se afastar.

"*Espero que você esteja certa*", sussurrei sob a água, tão baixinho que ela não me ouviu.

A lembrança me assombra, voltando enquanto tento afastá-la. Não é que eu não queira me lembrar, porque quero. Tessa é dona de todos os meus pensamentos... sempre foi. É só que as lembranças das vezes em que ela me elogiou, tentando me convencer de que sou melhor do que de fato sou, me deixam louco.

Queria conseguir me enxergar como ela. Queria poder acreditar quando Tessa diz que sou bom. Mas como isso pode ser verdade se sou tão fodido?

Isso significa muito para mim, Hardin, ela disse minutos atrás.

Talvez, se eu continuar fazendo o que estou fazendo agora, se ficar longe das merdas que podem me pôr em encrenca, talvez eu possa continuar a fazer as coisas que significam muito para ela. Possa fazê-la feliz em vez de triste, e talvez, quem sabe, consiga ver algumas das coisas boas que ela diz ver em mim.

Talvez haja esperança para nós, afinal de contas.

Conecte-se com Anna Todd no Wattpad

Anna Todd, a autora deste livro, começou sua carreira sendo uma leitora, assim como você. Ela entrou no Wattpad para ler histórias como esta e para se conectar com as pessoas que as criaram.

Faça hoje mesmo o download do Wattpad para se conectar com a Anna:

[W] imaginator1D

 www.wattpad.com

TIPOGRAFIA Adriane por Marconi Lima
DIAGRAMAÇÃO Osmane Garcia Filho
PAPEL Pólen Soft, Suzano S.A.
IMPRESSÃO Gráfica Santa Marta, março de 2021

A marca FSC® é a garantia de que a madeira utilizada na fabricação do papel deste livro provém de florestas que foram gerenciadas de maneira ambientalmente correta, socialmente justa e economicamente viável, além de outras fontes de origem controlada.